LE MÉDECIN DE CAMPAGNE
SUIVI DE
LA CONFESSION INÉDITE

Paru dans Le Livre de Poche :

Collection dirigée par Michel Zink et Michel Jarrety

HONORÉ DE BALZAC

$9.95
08/2002

Le Médecin de campagne

suivi de

La Confession inédite

PRÉFACE ET NOTES DE PIERRE BARBÉRIS

LE LIVRE DE POCHE
classique

Le texte de ce volume a été établi d'après l'édition fac-similé des *Œuvres complètes illustrées* de Balzac publiée par les Bibliophiles de l'Originale.

Pierre Barbéris, ancien professeur de littérature française à l'École normale supérieure de Saint-Cloud et à l'université de Caen, est l'auteur de *Balzac et le mal du siècle* (2 volumes, Gallimard, 1970), *Le Monde de Balzac* (Arthaud, 1972, Prix de la critique) et *Mythes balzaciens* (Armand Colin, 1972) qui constituent une étude complète (génétique, thématique, idéologique) de l'œuvre de Balzac, lue comme l'une des œuvres témoins de la littérature romantique-critique. Il a publié également *Balzac, une mythologie réaliste* (Larousse, 1971) qui est un livre d'initiation à la problématique balzacienne.

PRÉFACE

Le Médecin de campagne, publié en 1833, est l'œuvre d'un jeune écrivain de trente-trois ans, qui « imprime »[1], comme il disait, depuis 1822 et qui, c'est assez vertigineux, n'a plus que dix-neuf ans à vivre pour écrire *La Comédie humaine*. C'est (pour nous, mais aussi pour les contemporains) une œuvre-*pivot* : Balzac, jusque-là, est un journaliste et un « contier » (qui produit des contes comme un pommier des pommes) et il change de « littérature », ne courant plus après le typomat des journaux et revues, mais se risquant à de la « grande » littérature, politique et morale, ce qui surprit tout le monde. C'est aussi une œuvre-*Somme*, son auteur s'engageant dans une aventure « mythologique » et mythologiste que vérifiera et amplifiera ce qui, dans les années quarante du siècle, deviendra *La Comédie humaine* : un héros démiurgique et une vision organiciste du « réel », par-delà les « histoires » ponctuelles, avec le fameux « retour des personnages » (système auquel le *Médecin* restera étranger), mais aussi avec tout un autre « système » théorique-philosophique à coup de romans. En 1832, avec le *Médecin*, Balzac *bascule*, et vers des livres plus amples (on a, alors, pas mal oublié ce *Dernier Chouan* de 1829, et même cette *Physiologie du mariage* de 1829, où il avait cité le livre d'un autre quasi-inconnu, *De l'amour* d'Henri Beyle, qui n'avait pas encore écrit

---

1. Balzac n'a jamais dit « depuis que j'écris ». Et il avait été imprimeur...

Le Rouge et le Noir), et vers une vision du monde
totalisante qui devait orchestrer les hautes ambitions de
ce relatif nouveau venu alors : le roman. 1832, c'est
encore « Balzac avant Balzac ». Mais, pour qui connaît
les cheminements, c'est aussi un Balzac aux très
anciennes racines du côté de toute une « pensée » qui
se cherche depuis longtemps. On ne sait rien, alors, et
longtemps on ne saura rien, de cet autre « premier »
Balzac qui, de *Notes philosophiques* en tant de textes
restés inédits et en romans pseudonymes totalement
perdus, « travaille » depuis, disons, sa dix-neuvième
année. Il est, en 1832, celui qu'on appelle « l'homme
du moment », qui gagne sa vie et se multiplie en poly-
graphe professionnel courant le cachet et les salles de
rédaction[1], dandy spectaculaire et très « parisien »,
déjà ruiné plusieurs fois, cornaqué par une vieille maîtresse, Mme de Berny (dont pâlit l'étoile alors que se
lève celle de « l'Étrangère », Mme Hanska), et qui, en
1830, avait « explosé » grâce, notamment, à son entrée
dans la (première) Presse-Girardin. Le roman-feuilleton, alors, n'existe pas encore, on en est aux tirages
confidentiels, avec livres très chers, pour un public restreint. Mais la pompe est amorcée, avec un « contier »
comme producteur de courts métrages qui passe au
film de deux heures. Pour toutes ces raisons, pivote-
ment et surgissement du Mythe, le *Médecin* est une
œuvre *compendium* de Balzac en devenir. Certains
avaient détecté, en 1831, avec *La Peau de chagrin* (un
« conte » juste un peu plus long), une « littérature
d'émeute » (le texte était très « actuel » et directement
branché sur le post-Juillet barricadier mais aussitôt
« filouté », comme disait Chateaubriand). Le *Médecin*,
ce n'est plus « l'émeute » mais quelque chose de bien
plus fort : une réflexion sur la « civilisation » articulée
sur une destinée personnelle (la vie secrète de Benassis, rescapé de l'enfer de la « vie privée », qui se

---

1. Voir les précisions capitales de Roland Chollet dans son *Balzac
journaliste* (Bibliographie, p. 49).

« sauve » par l'utopisme et l'utopie socioéconomique, ô nouveauté). L'Histoire au travers d'un individu. Mais aussi, pour nous, et en songeant à ces dix-neuf années qui restent à Balzac aux grandes dents, Benassis foudroyé au milieu de son « œuvre », quelle consonance avec cette année 1851, lorsque Victor Hugo rendra une visite pré-mortuaire au « plus fécond de nos romanciers » (Sainte-Beuve dixit) frappé d'apoplexie. Lorsque l'encore jeune Balzac, qui n'avait pas réussi à coucher avec madame la marquise (de Castries), était revenu d'Aix — ô Lamartine ! —, à défaut de douteux « souvenirs », il avait rapporté *Le Médecin de campagne*, et la vieille amie Zulma Carraud, si clairement « de gauche », avait salué l'événement, loupé par la Presse désorientée : une première « balzacienne » avait vu clair. D'où l'importance ici attachée à ce roman, forme-mère, forme-sens comme disait Lukács, et peut-être, mais il faudra voir, bouillage de « marmites de l'avenir » comme dira Marx.

Je ne puis m'empêcher de faire remarquer ceci, *horresco referens* : en 1832, alors que Stendhal continue d'avancer dans la critique de l'après-Juillet 1830, et alors que Balzac dresse sa première arche, Hugo patauge encore un peu, lui l'ancien ultra modèle 1820, le « libéral » tardif de la Préface d'*Hernani*, le chantre de *Dicté après Juillet 1830* paru en août, et reproduit dans *Le Voleur* de Girardin auquel collabore Balzac (*Lettres sur Paris*), qui prend pas mal le train en marche de l'orléanisme, et Michelet salue la « démocratie modérée » du nouveau régime. Mais Lamartine, toujours plus éveillé qu'on ne pense, publie sa *Politique rationnelle* (1831), et Chateaubriand ses terribles brochures. ON SE COMPTE SUR JUILLET. Mais le déjà ancien « romantisme » de 1829-hiver 1830 a pris un coup de vieux. Balzac, lui, lucide chroniqueur politique au jour le jour dans ses articles, et déjà dans son *Gouvernement moderne* et autres factums, ouvre un nouveau dossier de la modernité. Il est vrai qu'il parle

Balzac à trente-six ans.

production, mise en valeur, nature et fonction du *Pouvoir* : toutes choses étrangères à toute une « littérature » plus ou moins en alexandrins, même chahutés. Bientôt, Beyle va mettre en chantier son *Lucien Leuwen* (pas publié, « à cause de la police »), terrible mise en cause du *King* et de son « système ». Balzac, lui, avec sa *Confession* de Benassis, part à la recherche d'un premier temps perdu (la jeunesse intellectuelle des années 1820), commençant à construire l'archive du siècle : tourne-t-il le dos au mythe 1830 ? Raphaël, déjà, dans *La Peau de chagrin*, n'était pas là pendant les barricades, lui, la conscience de « la mort dans la vie » et de « la vie dans la mort »... Notre « histoire littéraire » est décidément toujours à refaire, tout investie qu'elle est d'un idéalisme très Troisième République et soleil de Juillet. Mais quelque chose ici importe : faire d'un *médecin* un *héros* (fini, ceux de Molière !), quelle rupture ! Le « romantisme » se laïcise, et ce, pour le *Médecin*, dans un roman pourtant « religieux ». Mais Balzac, comme Stendhal, avait porté beaucoup d'attention à La Rochefoucauld-Liancourt, aux statistiques de Charles Dupin, et à la naissante « science sociale ». Mais y a-t-il surprise ? Que le *Médecin* soit atypique mais signifiant dans l'œuvre et dans la production balzaciennes et bien que sagement et ambitieusement rangé avec le *Lys*, *Le Curé de village* et *Les Paysans* dans les importantes *Scènes de la Vie de campagne*, c'est ce que nous pouvons *construire* aujourd'hui à partir d'une génétique rigoureuse et d'une comparaison avec le « reste » de *La Comédie humaine*. Mais, sur le moment, le public, tel qu'il était alors et avec ce qu'il connaissait de ce M. de Balzac, avait bien perçu cette singularité dérangeante et déstabilisante, par rapport uniquement cependant à la production balzacienne *antérieure* telle qu'elle était alors connue. Pour les journaux et pour les revues, le thème est partout le même : qu'est allé se fourvoyer M. de Balzac dans ce « roman », qui n'en est pas un (à juste titre : pas d'« intrigue », pas d'« intérêt » dramatique, pas de « personnages » organisés, mais une série de discours ; et le seul « roman » s'esquisse dans ce qui était alors le second volume, avec la *Confession*, mais dont le contenu aurait dû, dit-on, être mis au début du premier volume, et dans — l'expression revient souvent — cette « cuisinière bourgeoise » d'une bavarde « régénération » sociale et politique ?) Que M. de Balzac continue de nous enchanter avec ses *Contes* ! On le renvoie à tous ces courts récits, fantastiques, philosophiques ou « privés », qui ont fait sa renommée. *Le Dernier Chouan* est alors oublié, méconnu, mais, de *La Peau de chagrin* (ce conte simplement plus long que les autres...) à *Louis Lambert* (alors beaucoup plus court qu'aujourd'hui) en passant par tout le reste, Balzac est autoritairement enfermé dans une littérature qu'il a brillamment inventée. Pouvait-on, cependant, alors, comprendre ?

Le Médecin de campagne s'écrit et s'inscrit à l'intersection de deux grandes lignes de force de la vision balzacienne du réel et du possible : le sous-développement rural et l'utopie. Description et proposition : « en avant », comme aurait dit Balzac avec les saint-simoniens, se trouve alors posé, mais de manière neuve, le problème, lui aussi balzacien, de la vie privée et de l'aventure individuelle des passions. Un village des Alpes, un traité de civilisation moderne, un héros et son histoire : ce livre qui dérouta la critique le nez dans le guidon et qui demeure assez difficile à lire par les amateurs de roman bien fait, s'il paraît écrit de pièces et de morceaux, est en fait le lieu de convergence et surtout de relance de tout un ensemble de prises de mesure qui définit un nouveau romanesque encore aujourd'hui surprenant. Rien ne serait plus faux que de chercher l'explication de cette apparente et gênante disparate dans l'histoire et les problèmes d'une simple fabrication, cette histoire et ces problèmes n'étant que les signes de l'élaboration d'une nouvelle manière de dire : forme et sujet, forme-sujet. Vie privée, vie de campagne sont un ici dont l'analyse complète exige un ailleurs. Cette dialectique ne fonctionne pas sans poser des problèmes. Essayons d'y voir clair.

Le Médecin de campagne (deux volumes in-8°) est publié en 1833, alors que Balzac n'est encore l'auteur (du moins avoué, car il faut tenir compte d'une importante production pseudonyme de 1822 à 1825), à part de nombreux contes et nouvelles, que de trois ouvrages ayant une réelle ampleur : *Le Dernier Chouan*, *La Physiologie du mariage* et *La Peau de chagrin* auxquels on peut ajouter la petite *Notice biographique sur Louis Lambert* écrite en juin 1832. On peut même dire que *La Physiologie du mariage*, œuvre théorique et non d'imagination, n'étant guère qu'une juxtaposition de chapitres d'analyse et d'articles, Balzac n'a alors *composé* que deux ouvrages importants, le second seul, d'ailleurs, fait d'abord de pièces et de morceaux, lui ayant imposé un travail réel d'assemblage et de fusion. On sait, d'autre part, quel mal il eut pour aller au bout de ces deux entreprises, toutes deux assez modestes au départ, d'intention comme d'étendue, et qu'il transforma, chemin faisant, en grandes fresques ou ensembles. Lorsque Balzac écrit *Le Médecin de campagne*, une fois encore à partir d'un projet, lui aussi très modeste, de petit récit in-18°, s'il est rompu au conte et à la nouvelle, il n'est encore qu'un romancier assez inexpérimenté : mais *Le Médecin de campagne* est autre chose qu'un roman, au sens ordinaire du terme. C'est une œuvre qui se relie à certaines des impressions, des idées, voire à certains des travaux les plus anciens du romancier. Ainsi s'explique sans doute en grande partie ce phénomène d'éclatement auquel on assiste à partir d'une première intention simplement moralisante. Les premières traces apparaissent alors qu'il n'est encore qu'un tout jeune homme cherchant ses orientations et ses repères.

On s'est beaucoup intéressé, naguère, à ce docteur

Voreppe, près de Grenoble.

Romme, que Balzac aurait pu rencontrer en 1832 dans son village dauphinois de Voreppe. On a même cru reconnaître Voreppe dans le village du roman. Sans exclure la possibilité de cette « source », il faut bien admettre aujourd'hui qu'il en est de plus convaincantes et surtout de plus significatives et certifiées. La figure du docteur Bossion, de L'Isle-Adam, ami de Villers-la-Faye chez qui Honoré fit plusieurs séjours de 1812 à 1821, sorte de saint laïc dont l'épitaphe dans le cimetière du village atteste qu'il fut « animé constamment par l'amour de l'humanité » et qu'« il prodigua, au préjudice même de sa santé, tous les secours de son art

aux habitants de la campagne », est sans doute la plus
ancienne. Il faut certes se méfier de l'affirmation de
Laure Surville selon qui le docteur Bossion aurait été
le « modèle » du docteur Benassis : d'autres influences
déterminantes interviendront plus tard ; mais on sait
aujourd'hui quelle est chez Balzac l'importance de ces
premiers impacts. Bossion d'ailleurs, avec Villers-la-
Faye (bienfaiteur lui aussi, et ami de ses concitoyens),
avec Bernard-François Balzac (organisateur et philanthrope, administrateur d'hôpital, et théoricien de la
récupération aussi bien des forçats libérés que des filles
séduites), a sans doute contribué à définir pour le jeune
homme les contours d'un premier univers laïque, d'une
idéologie et d'une pratique scientifiques, voire scien-
tistes, matérialistes et humanistes dont relèveront aussi
bien le vieux républicain Niseron, dans *Les Paysans*,
que le docteur Minoret, dans *Ursule Mirouët*, ou que
Benassis lui-même, contre qui prêchera le curé. Il est
vrai que Bossion, toujours selon son épitaphe, était également animé par « les sentiments de la religion » : c'est
là un autre contact avec les « Lumières », mais du côté
de Rousseau plus que du seul côté de Voltaire. Une religion active, proche des réalités et des besoins, n'est pas
immédiatement contradictoire avec une action sociale
appuyée sur le Droit, les connaissances positives et les
aptitudes à l'administration. Le médecin de campagne,
avec le curé de village, est l'une des figures à la fois
secondaires et essentielles de la lutte que livrent sur de
multiples fronts, depuis la seconde moitié du
XVIIIe siècle, les hommes de progrès : voltairiens, libéraux, jansénistes. Ils avaient été, longtemps, à contre-
courant de l'Ancien Régime et de ses survivances structurelles ou sentimentales. On les verra, de plus en plus,
à contre-courant de l'utilitarisme et de l'indifférentisme
propres à la bourgeoisie urbaine, affairiste et de courte
vue, laissant s'enfoncer et contribuant à laisser s'enfoncer dans le sous-développement d'immenses régions de
la réalité française. Un Bossion, très tôt, fut une figure

du refus opposé au laisser-faire et à l'idée que les méca-
nismes de la société libérale étaient « naturels ».

L'étape suivante fut la rencontre, précisément, avec
cette France sous-développée, à l'écart de la « civilisation », plus immédiatement et plus brutalement visible
en certaines régions que dans la calme et riante vallée
de Montmorency. Avant toute rencontre personnelle,
Balzac sur ce point dut avoir des informateurs, dont
il n'est malheureusement pas possible aujourd'hui de
donner les noms ni même de deviner la carrière ou la
trace. Ce qui est sûr c'est que, en 1823, dans des
brouillons pour *La Dernière Fée*, apparaît le village
perdu coupé du progrès aussi bien que des horreurs ou
des absurdités propres aux cités. Fait à noter, il s'agit
d'un village situé dans une région montagneuse, et, très
précisément, d'un village d'*Auvergne*. Enfin, Balzac
affirme nettement tenir ses renseignements d'un « ancien receveur général du Cantal », ce qui, par-dessus
Le Médecin de campagne, conduit évidemment, en
passant par le séjour de Raphaël au Mont-Dore dans
La Peau de chagrin, au *Curé de village* et souligne
ainsi la parenté profonde qui unit les divers éléments
des *Scènes de la Vie de campagne*. Dans *La Dernière
Fée*, le village d'Abel est, lui aussi, un village perdu,
dans lequel on ignore tout des événements et des
mœurs de la capitale. L'Histoire toutefois a quand
même passé sur cette petite communauté : le maire,
Granvani, s'est enrichi en acquérant des biens nationaux ; l'*ancien soldat de la Grande Armée*, Jacques
Bontemps, nostalgique et malcontent, témoigne de
l'importance de l'héritage comme du contentieux militaire dans les villages. Mais il faut le dire : le thème
réaliste a comme avorté, Balzac ayant tenu à faire un
roman symbolique et poétique, et ayant, finalement,
malgré les premiers brouillons, « désocialisé » son village, gardé en réserve et à décrire pour plus tard ce
type de communauté d'une France réelle et encore à
connaître auquel il avait d'abord pensé.

Le thème reparaît ensuite, mais cette fois avec un passage à l'expression romanesque plus poussée, dans un roman que Balzac dut écrire sans doute aux environs de 1828, *Une blonde*, qui ne sera publié qu'en 1833 par les soins d'Horace Raisson. Frédéric Maranval, profondément blessé par une catastrophe privée (il a chassé sa fille de chez lui pour ce qu'il supposait être son inconduite), s'est retiré dans un petit village des Pyrénées ; il a consacré ses forces à faire du bien aux habitants et à sa mort ceux-ci inscrivent sur sa tombe une épitaphe qui dit leur reconnaissance. La rédaction d'*Une blonde* faisait suite à la découverte par Balzac, en 1827, d'une grande figure quasi légendaire de la philanthropie active sous la Restauration : le pasteur Oberlin. Cette année-là, Balzac avait imprimé un petit livre de Mme Guizot, *L'Écolier*, qui, entre autres histoires morales, proposait à la jeunesse l'exemple du bienfaiteur du Ban-de-la-Roche en Alsace. Mme Guizot avait habilement choisi : toute une bibliographie prouve que le pasteur Oberlin occupait alors dans l'opinion une place assez comparable à celle du docteur Schweitzer au XXᵉ siècle. Jouy lui avait consacré un « reportage » dans son *Ermite en province* (1822, recueilli en volume en 1826). Mahul lui avait fait une place dans ses *Annales biographiques*, en 1827, et l'année de sa mort Lutteroth avait écrit une importante *Note sur Jean-François Oberlin, pasteur à Walbach, au Bande-la-Roche*. Dès 1818, sur rapport du grand agronome François de Neufchâteau qui s'était rendu sur place, la Société royale d'Agriculture lui avait décerné une médaille d'or. L'année suivante Louis XVIII avait décoré de la Légion d'honneur cet homme qui pourtant avait été l'ami du régicide abbé Grégoire. Il semble ne faire aucun doute qu'*Une blonde* doive à ce grand exemple. Comme, d'autre part, c'est au rapport de François de Neufchâteau que Balzac semble bien avoir pris l'ouverture de son *Médecin de campagne* (la découverte progressive du village et de son bienfaiteur par l'étranger qui arrive), on peut affirmer que c'est bien pendant les dernières années de la Restauration qu'a pris forme dans son esprit un sujet qui devait toute-fois attendre encore quelques années avant de devenir balzacien, et merci Mme de Castries.

Un autre événement pendant ces années de silence qui séparent la période pseudonyme de Saint-Aubin du retour à la littérature avait d'ailleurs certainement contribué à la cristallisation du mythe. Le 30 mars 1827 était mort un autre grand philanthrope et organi-sateur : le duc de La Rochefoucauld-Liancourt, dont les obsèques devaient donner lieu à des incidents scan-daleux (interdiction des manifestations organisées par la jeunesse libérale, intervention de la police, cercueil porté à bout de bras et renversé, etc.). Or, La Roche-foucauld, dans son village de Liancourt, avait, lui aussi, organisé, instruit, développé. À la différence d'ailleurs d'Oberlin, homme religieux, il avait, lui, pra-tiqué au nom d'une philosophie laïque et nettement dans la ligne des Lumières. Si Oberlin avait été un homme de Dieu, cherchant par l'intermédiaire de la civilisation à ramener des âmes, La Rochefoucauld (révoqué par Villèle) avait été un matérialiste et un homme de science. Cette constatation se trouve d'ail-leurs dans une publication alors imprimée par Balzac lui-même, *La Malle-Poste*, dont il fut sans doute l'un des rédacteurs : « La vie de M. de La Rochefoucauld-Liancourt est un témoignage de ce que peuvent les ver-tus bienfaisantes dirigées par les lumières et fécondées par l'industrie [...]. Il a fait *tout ce qu'une administra-tion malfaisante ne l'a pas empêché de faire*. M. de La Rochefoucauld a été le Vincent-de-Paul de notre siè-cle ; il l'a égalé en vertus ; mais le philanthrope a sur l'apôtre l'avantage que devaient lui assurer la philoso-phie et le savoir, ses travaux ont produit des fruits plus abondants et plus salutaires. » On aura noté que l'œuvre de La Rochefoucauld, comme celle, d'ailleurs, d'Oberlin, s'était développée malgré les obstacles bureaucratiques, contre une administration immobiliste et routinière que retrouveront sur leur chemin aussi bien Benassis dans *Le Médecin de campagne* que l'ingénieur Gérard dans *Le Curé de village*.

Cette vive poussée du thème vers 1827-1828 n'est pas, toutefois, un accident purement balzacien. L'audience rencontrée par le mythe Oberlin était déjà une preuve de sensibilisation de l'opinion à partir de problèmes objectifs d'ensemble. Mais, de plus, et très précisément, on voit toute une partie de la Presse, la plus intelligente, s'interroger sur les problèmes des campagnes françaises.

Si en effet l'on s'accorde à saluer les importants progrès réalisés par le commerce et l'industrie, on constate aussi, et l'on déplore vivement, les retards de l'agriculture. De nombreux articles du *Globe* par exemple, de 1825 à 1827, traitent de cette question. Mathieu de Dombasle et sa ferme expérimentale de Roville sont cités en exemple, ainsi que l'œuvre de Bigot de Morogues en Sologne. Mais, explique *Le Globe*, les spéculateurs ne s'intéressent pas à la terre, de rapport trop lent ; ils préfèrent la Bourse, les assurances, les manufactures. En d'autres termes, l'agriculture française souffre de l'une des conséquences les plus immédiates du libéralisme : la recherche du profit à court terme. Pour la faire sortir de son sous-développement, il faudrait des capitaux, et des capitaux ayant d'autres ambitions que la rentabilité rapide et à tout prix. La solution balzacienne sera romanesque : Benassis, comme plus tard Véronique Graslin, investira dans son œuvre de rénovation et de progrès de l'argent qui relève d'autre chose que des fatalités libérales. Il est à noter d'autre part que selon *Le Globe* (qui n'est pourtant pas encore saint-simonien) seule *l'association* peut résoudre le problème des campagnes françaises ; il est fréquemment question de *colonies* agricoles : on sent bien qu'il n'est pas de solution individualiste et *libérale* aux problèmes de la France rurale. Les campagnes laissées aux initiatives individuelles telles qu'elles peuvent être et se manifester alors ? On verra quel sera le résultat dans *Les Paysans* : non pas plus de production, mais émiettement, atomisation, endettement des tenants d'illusoires lopins, consécration de la puissance bourgeoise, extra-paysanne des usuriers bourgeois (ou, pour parler en termes modernes, des loueurs de capitaux, que n'ont pas encore relayés les organismes « modernes » de crédit) des villes ; non pas promotion donc, mais bien, malgré les apparences (accession à la propriété), prolétarisation des paysans.

Il semble que ce bouillonnement autour du problème de la vie de campagne à la fin de la Restauration ait eu quelques intéressantes conséquences littéraires, ailleurs que chez Balzac. Par exemple dans *Armance* de Stendhal, lorsque Octave de Malivert (impuissant cherchant la puissance) est à l'affût d'une activité qui donne enfin un sens à sa vie, il songe entre autres à se rendre en province pour y faire des expériences agricoles : il s'agit là sans doute, chez Stendhal, très au courant des problèmes économiques d'actualité comme le prouve son pamphlet *D'un nouveau complot contre les industriels* (1825) et ses articles du *Courrier anglais* consacrés à l'économiste Charles Dupin, de tout autre chose que de simples réminiscences, par exemple, de *La Nouvelle Héloïse* et de l'épisode de Clarens. Il est à noter que les représentants de la littérature traditionnelle et pseudo-réaliste (Hugo et les « romantiques ») n'ont pas été touchés par cette vague, alors qu'elle se répercute dans l'œuvre des deux grands réalistes, Stendhal et Balzac.

L'étape suivante est constituée par un texte dont il est souvent question dans la *Correspondance* et qui a été retrouvé par Pierre Citron. Fin juillet 1830, alors que Mme de Berny se rendant à Paris l'avait laissé seul au bord de la Loire à La Grenadière, Balzac décida d'aller rendre visite aux Margonne à Saché. En chemin, il fit deux rencontres qui le frappèrent : un pêcheur et sa femme près d'un ruisseau, puis, dans une chaumière, une vieille à qui il demanda du lait ; cette femme vivait entourée d'enfants qu'elle élevait et qui n'étaient pas les siens. Balzac fut impressionné par la simplicité, par la poésie de ces simples gens, qu'ignorait la littérature romantique alors déchaînée. D'autre part, les naïves images de plâtre, ce christianisme populaire, ces croyances, prirent parti, dans son esprit, contre la sécheresse et la vanité de la « civilisation ». Il pensa immédiatement tirer quelque chose de cette aventure inattendue : pour un keepsake que devait publier Levavasseur, il entreprit de rédiger une *Scène de village*, mais l'affaire ne se fit jamais, et le manuscrit fut rangé dans les dossiers ; des enquêtes récentes ont permis de vérifier que la rencontre n'était nullement imaginaire et que la femme Martin avait réellement existé. Repris par ses sujets « parisiens », Balzac renonça à sa *Scène de village*, mais cette « vue de Touraine » devait trouver son emploi en 1832-1833 dans *Le Médecin de campagne* où, au prix de quelques difficultés, Balzac la transposera purement et simplement en Haute-Savoie ! Elle correspond aux pages d'ouverture. Au passage toutefois, cette *Scène de village* devait, sans doute relayée par de vieux souvenirs auvergnats, nourrir tout un épisode de *La Peau de chagrin* : celui de Raphaël au Mont-Dore, dans lequel apparaissent liés les thèmes de la vie de campagne, de la chartreuse, etc.

Il semble bien que cet affleurement villageois, jusque dans un tableau de la vie parisienne, s'intègre, à partir de la seconde moitié de 1830, dans un ensemble d'authentiques préoccupations réalistes, assez curieuses chez un Balzac qui, après le relatif échec des premières *Scènes de la Vie privée*, s'est orienté vers le fantastique. Certes, ce genre va lui procurer pendant deux années de retentissants succès parisiens et faire de lui un homme célèbre. Mais rien n'empêche que, secrètement, l'écrivain qui garde en portefeuille sa nouvelle du *Rendez-vous* pour de nouvelles *Scènes de la Vie privée* ne continue à se vouloir analyste et peintre des réalités sans éclat. Dans

Les Deux Amis (fin 1830), dans *Une conversation entre onze heures et minuit* (fin 1831), apparaissent de fortes figures de villageois, ainsi qu'une problématique de la vie de campagne qui prouvent à quel point le Balzac qui fait alors du Hoffmann et tente, dans le registre de l'extraordinaire, de transcrire tout ce que la France d'après Juillet peut avoir d'électrique et d'aberrant demeure soucieux de la France réelle, des données à long terme et du quotidien. « *La vie campagnarde et paysanne attend* [...] *son historien* », écrit-il dans *Une conversation entre onze heures et minuit*, et il s'étonne de ce que personne n'observe le villageois, « nature admirable » qui, « lorsqu'il est bête, va de pair avec l'animal », mais qui, lorsqu'il a des qualités, les a « exquises ». Comment se fait-il que la France n'ait pas encore l'équivalent du *Vicaire de Wakefield* de Goldsmith ? On est ici à la croisée de plusieurs chemins. Peindre les habitants des campagnes, abandonnés par Paris et soumis aux nouveaux pouvoirs (l'argent, la police, l'armée), Balzac l'a déjà fait dans *Le Dernier Chouan*, d'une manière puissamment neuve. Mais on peut penser aussi que le grand roman des *Paysans*, qui prend forme en 1830 et qui ne paraîtra qu'en 1844, fait ici l'une de ses premières apparitions.

Ce souci de réalisme, inséparable d'un souci de vérité morale et de la recherche et définition de nouvelles valeurs, ne pouvait que se trouver renforcé par tout ce que Balzac pouvait lire, en 1830-1831, dans une Presse qui lui tient alors au cœur : la Presse catholique de gauche. Alors que la Presse libérale, comme il est de raison, ne tarit pas d'éloges et de témoignages de satisfaction, avant comme après la Révolution, au sujet de la « France nouvelle » commerçante et industrielle, le *Mémorial catholique*, *L'Avenir*, *Le Correspondant* posent à nouveau, et en termes vigoureux, le problème du paupérisme, et singulièrement celui du paupérisme agricole. La France nouvelle se désintéresse de ses campagnes : sur un budget d'un milliard, l'agriculture ne reçoit que 70 000 francs ! Les « *aristo-*

crates du nouveau régime », écrit le *Mémorial catholique, avant* la révolution de Juillet (31 mars 1830), laissent à la religion et à la propriété, déjà si épuisée, et sans grands moyens, le soin de la terre et des habitants des campagnes. Et pourtant, vingt-cinq millions de Français vivent de la terre ! Et, à nouveau, reparaît la proposition de fonder des colonies agricoles, seul moyen de tirer de la nuit des pans immenses du pays. Balzac connaissait Buchez ; il était en relation avec Montalembert et *L'Avenir*. Il avait pris fermement position contre les libéraux, bénéficiaires de la révolution de Juillet. Il songeait à peindre les campagnes et à suggérer des moyens d'action, à magnifier, aussi, le grand homme, l'organisateur, l'une de ses figures-repères qui lui viennent aussi bien de l'héritage paternel que de son propre prométhéisme. Si l'on ajoute que ses ambitions électorales, que l'intense travail de réflexion politique auquel il se livre depuis la Révolution de Juillet l'orientent volontiers vers une œuvre d'un type nouveau, théorique, didactique, pouvant aider ou doubler des circulaires ; si l'on ajoute son admiration pour Napoléon (qui éclate dans les *Contes bruns* et qui lui donne l'idée d'écrire un grand roman militaire, *La Bataille*, qui ne verra jamais le jour mais dont il parle beaucoup à sa mère et à ses éditeurs en cette année 1831-1832), on voit tout ce qui conduit au *Médecin de campagne* et qui se retrouvera dans le roman.

*

Au mois de juin 1832, Balzac part pour Saché. Il est physiquement épuisé, malade ; en plus, il vient d'avoir un accident de voiture. Moralement, il ne sait plus très bien où il en est. Près de deux années de vie parisienne ardente et folle l'ont mis au bord de la rupture ; on a même fait courir le bruit de sa folie. Malgré ses succès il est sans argent et il ne doit qu'à un prêt de

10 000 francs de sa vieille amie Mme Delannoy de pouvoir surnager. Politiquement, sa conversion au légitimisme (plus politique que mystique), ses efforts pour se faire admettre, les difficultés qu'il éprouve à s'intégrer dans un monde et dans un parti pour lesquels il est mal fait, tout ce qui continue à vibrer en lui du libertaire, tout ce qui aspire à l'ordre et au positif du constructeur, tout ceci fait de lui un homme mal à l'aise, en porte-à-faux constant. Visiblement, Balzac est alors à la recherche d'un deuxième souffle et d'une authenticité. À Saché il va écrire le premier *Louis Lambert*, qui sera l'œuvre du retour aux sources, en même temps que l'œuvre d'une affirmation de soi renouvelée. Le manuscrit est remis à Gosselin le 7 juillet. Mais Balzac n'a pas retrouvé le calme et la paix pour autant. Il est lié par des contrats, des promesses, des projets. Saché n'aura été qu'un entracte dans cette vie épuisante. Dans la seconde quinzaine de juillet, il quitte Saché pour la poudrerie d'Angoulême où résident ses amis Carraud. C'est là, sans doute, qu'il entend parler de « l'histoire du fermier de Mme Carraud », comme en porte trace son carnet. Mais un incident plus important et plus meurtrissant sans doute se produit alors. D'une manière un peu folle, Balzac tente de forcer son amie Zulma Carraud à accepter d'être sa maîtresse. Zulma, qui n'était pas belle, se refuse, outragée, quoique semblant avoir eu à vaincre un penchant assez fort pour cet homme qu'elle admire, qui vient de Paris, de la vie là-bas, comme Félix de Vandenesse, si différent de son mari, usé, vieilli, acariâtre et sans doute impuissant. Mais aussi la républicaine Zulma savait qu'Honoré, alors même qu'il tentait de la prendre, pensait à une autre femme : à cette marquise de Castries qui l'attendait, là-bas, en Savoie. On imagine aisément le drame et, pour Balzac, ce sentiment d'avoir commis une maladresse grave. *Une faute*. Il ne lui restait plus qu'à partir, malcontent, à la poursuite de ses illusions savoyardes. Le 21 août, il quitte les Carraud pour

rejoindre à Aix sa marquise, avec qui il doit faire le
voyage d'Italie, en compagnie du groupe Fitz-James.
Aux premiers jours de septembre, au cercle d'Aix-les-
Bains, on le présente au baron de Rothschild. Quelle
revanche pour Raphaël, jadis expulsé, dans *La Peau de
chagrin*, et sans qu'il y eût jamais mis les pieds, du
même cercle ! Et c'est le début de la célèbre et lamentable aventure. Mme de Castries se prête au jeu. On
joue à Elvire et Lamartine sur les eaux du lac. On fait
ensemble de longues excursions. Le 19 septembre, on
visite la Grande-Chartreuse. Balzac note sur le mur
d'une cellule une inscription qui le frappe et qu'il ne
laissera pas perdre : *Fuge, Late, Tace* [1]. Quel contraste
entre cette vie de retraite ainsi résumée, et la folle
course qui l'entraîne alors à la poursuite de l'inaccessible Fœdora ! Quelle tentation se fit jour alors dans
son âme ? *La Confession du médecin de campagne* gardera les traces de ce moment.

C'est ensuite le dénouement bien connu : Mme de
Castries, pour des raisons non pas nécessairement
déshonorantes et qui la regardent (elle restait marquée
par un premier amour avec le fils de Metternich et, d'un
accident de cheval, elle gardait les reins brisés), s'étant
refusée, mais non, semble-t-il, sans quelque cruauté et
non sans faire sentir la distance qui séparait encore la
grande dame du ribaud parvenu, Balzac, cherchant sa
mère, s'enfuit auprès de Mme de Berny à La Bouleaunière. Mais, entre-temps, comme il avait besoin d'argent
pour faire le voyage d'Italie, il avait annoncé à Mame
l'arrivée d'un manuscrit complet inédit, en échange
duquel il demandait qu'on lui fît tenir la somme, considérable, de mille francs. Ce manuscrit était celui du
Médecin de campagne, alors présenté comme un petit
ouvrage en un seul volume in-18°. C'est le 23 septembre
que, dans deux lettres adressées à Zulma Carraud et à
Mme Balzac, apparaît l'acte de naissance du roman.

---

1. Voir p. 296 et la note 1.

Zulma Carraud,
par Édouard Viénot, 1827.

Mame, qui sans doute comptait sur une bonne affaire, envoya les mille francs demandés. M. de Balzac, l'homme du jour, lui promettait un ouvrage à succès et à fort tirage, pour lequel il escomptait de plus le prix Montyon ! Malgré ses affirmations, toutefois, il semble assuré que, au moment où il sollicite son éditeur, le romancier n'avait pratiquement pas écrit une seule ligne de son roman. Le 18 octobre, de Genève, il affirme : « Maintenant, parlons du *Médecin*. Il est fait. » Mame le crut, et, n'ayant rien reçu, se rendit le 11 novembre à La Bouleaunière. Par une lettre du 7 novembre, Balzac lui avait à nouveau promis qu'il emporterait le manuscrit. En fait, Mame ne trouva que des sommaires de chapitres et un plan. C'est que, comme toujours, Balzac avait bien d'autres projets en train, d'autres promesses à tenir. Il lui fallait s'occuper de *Louis Lambert*, de corriger et rééditer des *Contes drolatiques, La Peau de chagrin*, etc. D'autre part, il se mettait à écrire l'*Histoire des Treize* pour la *Revue de Paris* et pour l'*Écho de la Jeune France*. *Ferragus* parut du 17 au 31 mars ; le début de la future *Duchesse de Langeais* parut en avril. Mais c'est aussi que l'œuvre projetée éclatait et débordait son cadre primitif. Dès novembre 1832, il avait annoncé à Mame que l'in-18° devenait un in-8° : il ajoutait au simple récit d'abord prévu d'importants développements politiques. Ce lent, cet authentique travail d'enrichissement interne, toutefois, Mame pouvait-il le comprendre et même le soupçonner ? Ce qu'il voyait, par contre, c'est que Balzac le faisait languir, lui avait menti et travaillait pour d'autres. Comment l'éditeur ne se serait-il pas énervé devant tant de mauvaise foi, voire de malhonnêteté ? Des documents récemment publiés prouvent que Balzac en cette affaire est allé, pour qui voit les choses du dehors, à l'extrême bord de l'escroquerie. Mais il est vrai aussi que le sujet prenait une ampleur toute nouvelle, que le petit livre populaire tournait à la Somme balzacienne, en un puis en deux volumes in-8°, et faisait ainsi beaucoup plus que quadrupler. Dans les lettres à Zulma

Carraud, redevenue la confidente après l'assaut manqué de l'été 1832, on sent monter l'enthousiasme pour une œuvre qui prend des dimensions nouvelles en avançant. L'impression de ce qui était écrit est du commencement de février (la déclaration de l'imprimeur à la police est du 23 janvier). Mais, avant de remettre ce qu'il avait de manuscrit à la composition, Balzac écartelait déjà sa première rédaction, interpolant, entre son chapitre II *(Une vie de soldat comme il y en a peu)* et son chapitre III *(Le Bourg)*, un chapitre qu'il intitule *Un renseignement...* qui n'est autre que le texte revu et adapté de la fameuse *Scène de village* qui n'avait jamais trouvé preneur. Il corrige bien la pagination (le nouveau chapitre III est folioté 6 *bis, ter, quater,* et *quinque*), mais il néglige de corriger sa numérotation de chapitres, et ainsi le manuscrit comporte deux chapitres III, ce qui sera corrigé sur épreuves. Puis, lorsque la copie revient de l'imprimerie, Balzac repart, se lance dans la rédaction de ces pages aussi extraordinaires qu'inattendues qui constituent le centre même du roman, et, lorsque, à nouveau, il reçoit de la copie, il éventre ses placards, refait ou intercale des passages entiers, double presque la matière de son premier manuscrit. L'épisode de Butifer, celui de la Fosseuse, celui de la discussion à table (pour lequel il utilise et presque recopie un grand article politique dont n'avait pas voulu *Le Rénovateur,* revue néo-carliste pour laquelle il travaillait depuis sa conversion : *Du gouvernement moderne),* puis surtout le récit dans la grange, qui était déjà d'extraordinaire novation par rapport au projet primitif et au premier manuscrit, se voient enrichis, chargés, de manière presque folle. La grandeur intervient, avec l'insolite et avec l'inquiétant dans ce qui ne devait être qu'intimiste et touchant. Dans un double mouvement le roman s'allonge et s'élargit puis explose. Comment Mame aurait-il touché sa copie aussi vite qu'il l'espérait ? Mais ni lui ni Balzac n'étaient au bout de leurs peines.

Une difficulté nouvelle en effet surgit alors : Balzac renonce à une première confession de Benassis, qui transposait de manière par trop directe la mésaventure avec Mme de Castries, et qui conduisait assez mal, il faut le dire, à l'œuvre de rénovation d'un village. Ce premier Benassis était trop le Balzac qui venait de vivre une dure histoire d'amour et d'orgueil, pas assez l'homme à passions et le père qui devait tenter de se retrouver dans le façonnement d'une communauté rurale. D'autre part, le thème de Fœdora, que la réalité, avec Mme de Castries, venait de tendre comme un miroir à la fiction de *La Peau de chagrin*, Balzac devait le traiter, de la manière nouvelle, plus forte, moins accessoire et qui convenait, dans *La Duchesse de Langeais*. Fin janvier 1833, il écrit à Mme Hanska : « J'ai rencontré une Fœdora, mais celle-là je ne la peindrai pas », ce qui peut être considéré comme la première preuve d'une intention de renoncer à la première confession rédigée à chaud fin 1832. L'idée, toutefois, ne fait que bien lentement son chemin. Le 24 janvier, Balzac écrit encore à Mme Hanska à propos du *Médecin* : « C'est l'histoire d'un homme fidèle à un amour méconnu, à une femme qui ne l'aime pas, qui l'a brisé par une coquetterie. » La décision alors n'est donc pas encore prise, mais la première lettre citée prouve que Balzac songeait déjà à censurer dans son roman cet affleurement par trop direct et, pour les amis de Paris, sans doute par trop lisible. Quand, exactement, intervint la décision ? On ne saurait l'affirmer avec exactitude. Mais il semble bien probable que la première confession devenait d'aussi peu de sens et de portée que d'utilité, après que l'*Écho de la Jeune France* eut publié, en avril 1833, le premier chapitre de *Ne touchez pas la hache, La sœur Thérèse*. Deux autres, du moins on l'annonçait, devaient suivre : *L'amour dans la paroisse Saint-Thomas-d'Aquin* et *La Femme vraie*. C'était là le début de la future *Duchesse de Langeais*, qui ne devait être achevée qu'à la fin de 1833 et au début de 1834, après que la conquête de Mme Hanska eut vengé Balzac des cruautés de Mme de Castries.

À la fin de l'hiver de 1833 donc, Balzac doit, mais à froid, refaire tout cet important retour en arrière qu'est la *Confession* et qui est censée donner la clef de l'ouvrage. Adéquation au roman à faire, raisons de double emploi, tout imposait la rédaction d'une nouvelle autobiographie, mais à partir de quoi, et selon quel élan ? Benassis n'y serait plus tant l'amoureux que le jeune provincial étudiant à Paris, découvrant le monde moderne, et faisant son éducation. Pour ce faire, il fallait à Balzac témoignages et documents. Selon une méthode étonnante de modernisme il demanda à son ami et camarade Thomassy, jadis venu de son Languedoc à Paris comme le médecin de campagne, des renseignements. Mieux même : il lui soumit son texte pour approbation. Balzac ne manquait certes pas de nombreux souvenirs personnels, susceptibles de nourrir une troisième autobiographie imaginaire (les deux premières étant celle de Raphaël dans *La Peau de chagrin* et celle de *Louis Lambert*) : l'arrivée à Paris, les premières découvertes. Mais il les faut aller chercher, les organiser, sans pouvoir échapper, ainsi pressé par le besoin, à quelque artifice. Bravement Balzac décide donc — ce qui est assez surprenant pour une *confession* — de *se documenter*. D'où les lettres à Thomassy, vétéran de l'époque Saint-Aubin : il lui demande ses impressions de jeune provincial découvrant la capitale, faisant l'expérience de la démoralisation par la « société » et la « civilisation ». Comment celui qui apporte avec lui « les illusions de la vie domestique, les illusions de la vie religieuse et les agréables fantômes d'un monde idéal » va-t-il se transformer au contact de la vie moderne : voilà un sujet que Balzac indiquait déjà dans *La Peau de chagrin*, mais qu'il ne commencera à traiter à fond qu'en 1836 dans *Vie et Malheurs d'Horace de Saint-Aubin* puis dans *Illusions perdues*. Ainsi, nourrie des renseignements fournis par Thomassy, *La Confession du médecin de campagne*, de purement personnelle et subjective, va se charger d'objectivité et devenir comme le premier document du futur roman de la découverte de Paris. Consciencieux technicien, Balzac soumet les épreuves de son nouveau texte à son ami, lui demande des raisons *pour* le suicide (« quant aux raisons contre je les ai »), bref l'utilise à fond et travaille sur ses données... Nul doute qu'avec un méritoire et remarquable effort il y ait là preuve d'une moindre irrigation du texte par les souvenirs personnels. Balzac peut bien appeler Évelina, du nom chéri de l'Étrangère (mais aussi, il faut le dire, d'un nom célèbre depuis la fin du XVIIIe siècle, celui de l'héroïne du roman de Mrs. Burney, *Évelina ou l'Entrée d'une jeune fille dans le monde*), celle envers qui se rendra coupable Benassis : il faut le dire, cette seconde *Confession* est loin de valoir la première. Elle se sauve surtout par quelques touches autobiographiques au début (la pension bourgeoise, les universités de 1818, etc.), mais la suite est moins « portée » et l'on doit savoir le plus grand gré à l'érudition balzacienne moderne d'avoir restitué le texte de la première *Confession*, la plus authentique, incontestablement du point de vue de l'histoire intérieure de Balzac comme de ses meilleures suites romanesques. Il est très vraisemblable que c'est la rédaction de la seconde *Confession* qui est pour beaucoup dans l'énorme retard pris par l'œuvre en mai, juin et juillet 1833 et sans que, cette fois, sa valeur d'ensemble et sa force d'impact y aient réellement gagné. On prend ici sur le vif Balzac en train de travailler, en train de *produire* un roman, l'un de ceux, il est vrai, qui appartiennent encore quelque peu à sa propre préhistoire.

Le 25 mai 1833, Balzac écrit à Zulma Carraud : « *Le Médecin de campagne* est fini. » Il n'y a plus que huit jours de corrections d'épreuves. Début juillet, on note cette précision : *le deuxième volume est à mon compte.* Mame avait donc refusé de prendre en charge l'extension de l'ouvrage non prévue par contrat. Comme au temps de Saint-Aubin, Balzac, pour être lui-même, devait publier à compte d'auteur, et ainsi ce *Médecin de campagne* qui avait été entrepris pour gagner de l'argent finissait par en coûter ! Mais rien ne s'arrangeait pour autant. Au début de juillet c'est la rupture avec Mame, qui intente un procès. Balzac entend lui retirer ses droits à la publication. Entre-temps paraissent des publications partielles, dont certaines, pures contrefaçons frauduleuses, du récit de Goguelat dans la grange. Le 2 août, Balzac est condamné et il doit laisser à Mame le droit de publier son œuvre. Le 3 septembre enfin, l'ouvrage est mis en vente, anonyme, mais portant sur la couverture une épigraphe (« Aux cœurs blessés, l'ombre et le silence ») signée *de Balzac*[1]. Sans doute faut-il voir dans cette manœuvre une

---

1. Le roman ne portait pas de nom d'auteur et se présentait donc comme un texte à lui seul signifiant et suffisant. *Louis Lambert*, à quoi Balzac tenait tant et qui fait pendant au *Médecin*, avait été publié en octobre 1832 dans les *Nouveaux Contes philosophiques* (et donc était signé), mais était passé totalement inaperçu, n'ayant bénéficié d'aucun traitement de faveur éditoriale : *Lambert* n'avait pas été *signalé*. L'opération *Médecin*, par contre, faisait l'objet de soins attentifs et calculés : l'anonymat privilégiait le texte et allumait les curiosités (opération similaire mais dans un autre registre, en 1829, pour *La Physiologie du mariage*, « par un jeune célibataire ») ; et l'épigraphe renvoyait à « de Balzac » comme à une sorte d'autorité de référence, et donc, autre moyen d'attirer l'attention et de provoquer des interrogations fécondes — et utiles. Mais ce « de Balzac » en simple signature d'épigraphe produisait un sens pour nous perdu : 1/ « Honoré » disparaissait, donnant tout son poids au *de* qui induisait non plus un nom de plume mais un nom aristocratique (clin d'œil au « parti » légitimiste) ; 2/ ce « de Balzac » signalait une mutation, le « nom Balzac », que le jeune plumitif de 1822 rêvait d'« illustrer », comme il l'écrivait alors à sa sœur Laure, était, dix ans plus tard, un nom célèbre, mais dans le registre des contes et nouvelles, des journaux et des revues, mais « de Balzac » *faisait* désormais autre chose et, à sa manière, il en avertissait les lecteurs. Stratégie médiatique donc, mais aussi annonce d'un changement de « littérature ». Les lecteurs, les journaux, comprendraient-ils ? Tout devait d'abord répondre : non. Deux ans plus tard, le livre était réédité, signé, et, en 1836, une troisième édition ajoutait la dédicace « à ma mère ». À partir de la seconde édition, l'épigraphe porte en « signature », *Confession du médecin de campagne* : l'attention est attirée ainsi sur l'aspect « vie privée » du texte, mettant à sa juste place l'aspect « social » et politique de la première édition. Les lecteurs, toutefois, ignorent quel double texte se cachait derrière ce mot de *Confession*, et Balzac avait soigneusement conservé le manuscrit de sa première version.

nécessité de librairie. Parce que Balzac avait d'autres engagements avec Gosselin, parce qu'il avait d'autres entreprises qui requéraient « le nom Balzac » (les *Contes drolatiques, La Bataille*, la réédition du *Dernier Chouan*), la première édition du *Médecin de campagne* ne pouvait être sans doute directement signée, seule l'épigraphe pouvant mettre, et non sans astuce, les lecteurs sur la piste. Mais, comme Balzac l'avait expliqué lui-même à Mame, pourquoi ne pas informer le public en sous-main par des annonces et des articles ? Décidément, même pour un roman du type moral, les vieilles habitudes de « littérature marchande » de l'époque Saint-Aubin ne se perdaient pas et pouvaient resservir. Le bon camarade Émile de Girardin, avec les cent mille abonnés *(sic !)* de son *Journal des Connaissances utiles*, ne devait-il pas pousser l'ouvrage ? Mais il convient de ne se point trop laisser aller dans cette direction. Vue de l'extérieur, l'opération *Médecin de campagne* est des moins reluisantes. Balzac y apparaît comme ce que, véritablement, le condamnaient à être son métier et la manière de vivre qu'il avait choisie et qu'il avait été conduit à choisir. Mais l'essentiel est-il là ? Balzac, en avançant, depuis son petit in-18° de la fin de l'été 1832, a brassé, organisé une matière de plus en plus riche, de plus en plus significative, mais aussi de plus en plus hétéroclite. Pour reprendre une des idées les plus fécondes de Pierre Macherey, non plus exactement *créateur*, mais « *ouvrier* de son texte, qu'il produit dans des conditions déterminées », Balzac, entreprenant d'écrire *Le Médecin de campagne*, songeait d'abord à une œuvre simple, se situant assez bien dans une tradition, celle de l'imitation ou celle du *Vicaire de Wakefield*. Il a été, par à-coups, poussé à écrire un livre totalement différent, mal bâti si l'on veut (ce n'est pas *Adolphe* !) mais d'une grande richesse, et faisant se recouper des thèmes, des préoccupations, qui, se croisant, se conditionnant les unes les autres dans la vie, faisant partie du réel le plus immédiat, ne se retrouvaient pas en littérature. *Le Médecin de campagne* est une tentative, en 1833, de roman total ; il relève encore de l'artisanat, mais qui nierait qu'il aille plus loin que tous les romans « bien faits » dont était certes parfaitement capable Balzac, mais qu'il n'aurait pu écrire sans renoncer à tout ce qu'il pouvait — ne disons pas *être* — mais *faire* ?

*

L'importante documentation constituée par le manuscrit, les placards et épreuves, l'édition originale, enfin, avec les paginations et numérotations successives de la main de Balzac, permet de reconstituer les étapes de la rédaction. Comme il a été dit plus haut, le roman, avant d'exploser sur placards au niveau de chaque épisode, s'est d'abord allongé, en plusieurs étapes, chacune (jusqu'à ce que Balzac arrive aux chapitres de conclusion, qui marquent une certaine retombée) apportant des éléments de plus en plus riches, de plus en plus ambitieux, et contribuant à faire oublier le premier projet, encore modeste, de petit récit touchant. A chaque fois, Balzac a envoyé à la composition ce qu'il avait écrit, puis, lorsqu'il a repris la plume pour aller plus loin, il a corrigé sa numérotation compte tenu de ce qu'il venait lui-même de corriger sur les placards. Ainsi, chaque moment du manuscrit prend appui sur un manuscrit antérieur déjà revu et corrigé après composition. Il n'est pas facile de dater, même approximativement, chacun des moments du manuscrit. Etant donné toutefois que ce que l'on peut appeler le « second » manuscrit n'a pu être rédigé qu'après que le « premier » eut déjà été composé, ce qui ne saurait se situer avant février 1833, on peut en conclure avec quasi-certitude que ce qui constitue l'essentiel de l'actuel *Médecin de campagne*, et qui est un apport absolument inattendu par rapport au premier

objet, a été rédigé entre février et mai 1833 : c'est le 25
de ce mois que Balzac annonce à Zulma Carraud n'avoir
plus qu'à corriger les épreuves. Pour les dates intermé-
diaires, on ne saurait donner de précisions sérieuses.
Mais on peut constater que ce roman a été rédigé en six
coulées successives :

I — Le manuscrit primitif (i à xix).

II — Interpolation du chapitre iii (constitué par la
Scène de village, que Balzac n'a que tardivement pensé
à utiliser, après que les dix-neuf premiers chapitres
eurent été écrits).

III — Les chapitres xv à xix, qui contiennent les
importantes additions de la rencontre avec Gondrin et
de la Fosseuse.

IV — Les chapitres xix, xx et xxii, avec lesquels
s'accélère et prend des proportions inattendues la transformation du récit primitif. On notera la progression :
Butifer est encore un épisode du même ordre que le
Renseignement et *la Fosseuse*, mais la discussion à
table (dans laquelle Balzac reprend, au prix de
quelques modifications, son article *Du gouvernement
moderne*, et qui fait apparaître un premier « curé de
village » aux idées menaisiennes) est déjà d'une tout
autre importance. Quant au récit dans la grange, il
débouche dans l'épique.

V — Les deux confessions, qui se répondent.

VI — Les derniers chapitres, un peu décousus, Balzac
ayant peut-être du mal à atteindre les deux volumes.

Pour ce qui est du découpage on remarque que Balzac
a resserré celui du premier manuscrit : cinq titres ont disparu. De même, dans le « second », avec deux. À partir
de là, le mouvement s'inverse. Au lieu de supprimer des
titres Balzac en ajoute. On dirait que lorsqu'il a
commencé à rédiger son œuvre, il procédait par petites
scènes, par touches complémentaires. Puis l'inspiration
le saisissant, et son sujet s'imposant avec de plus en plus
de force, il se met à composer par vastes ensembles qui
se prêtent de moins en moins bien au fractionnement,

sinon à la relecture et pour des raisons d'équilibre : de *La Veillée*, il détache *Derniers Renseignements*, de la *Confession du médecin de campagne* cinq chapitres supplémentaires, de celle de Genestas, un, et il isole *Souffrances offertes à Dieu*, qui était venu naturellement en conclusion de la double confidence. Avec les derniers chapitres, on en revient, l'essentiel étant dit, à la mosaïque.

Il y a donc eu, à partir du premier récit, comme une épopée du roman lui-même, puis — c'est un phénomène fréquent chez Balzac — une difficulté certaine à finir. Mais ces tâtonnements, puis ces coups d'ébauchoir de plus en plus puissants, puis ces dernières touches, non de fignolement, mais un peu bâclées, sont bien le signe de ce qu'on ne peut appeler autrement qu'une création passionnée. Ni Zola ni Flaubert ne composeront ainsi.

*

Le contenu du *Médecin de campagne*, en tant que roman d'un individu et que roman d'une œuvre de rénovation économique, est très révélateur des rapports qui existent chez Balzac entre les racines subjectives et la signification objective de son œuvre. Dès le début Balzac savait que la confession serait la clef du livre, et qu'il dirait à la fin pourquoi Benassis avait entrepris de changer non pas la vie mais les conditions de vie dans un village des Alpes. C'est, dans l'histoire de la rédaction, la seule chose qui ait été réellement prévue au départ et ceci permet deux constatations. D'une part, pour Balzac, il ne saurait y avoir roman d'un groupe humain, roman d'une action sociale, qui ne soit relié à une aventure personnelle ; l'histoire du village est seconde par rapport à une histoire de la vie privée, point de départ et point d'aboutissement, et, contrairement à ce qui se passe souvent dans l'évocation d'un groupe ou d'un milieu (dans le western, par exemple), l'histoire personnelle ou le roman d'amour ne sont pas *ajoutés* mais indispensables ; Balzac, écrivant *Le Médecin de campagne* comme *Traité de Civilisation pratique*, demeure l'auteur de *La Peau de chagrin* et des *Scènes de la Vie privée*. Mais, d'autre part, les problèmes et les drames de la vie privée trouvent dans *Le Médecin de campagne* sinon une solution du moins une esquisse de solution ou de dépassement. *Le Médecin de campagne*, comme plus tard *Le Curé de village*, c'est le second *Faust* de Balzac ; Benassis dans l'entreprise et dans l'action utile non seulement trouve une consolation mais redécouvre un sens aux choses. Balzac exprime bien ainsi l'une des hantises du romantisme, et l'une des siennes propres : dépasser l'individualisme, sortir de soi, trouver un point d'application pour son énergie, échapper, grâce aux autres, au désert intérieur. Le roman balzacien demeure un roman critique du *moi* mais il s'élargit aux dimensions d'un autre univers possible que celui d'un *moi* réduit à lui-même. Balzac met ainsi un terme en 1832 à une période de sa production fantastique et romantique, née des lendemains de la révolution trahie de Juillet ; ce faisant, il obéit, certes, à de profondes poussées personnelles, mais aussi aux objurgations de la Presse catholique de gauche, aux conseils de Zulma Carraud, et, dès sa première lettre (postée à Odessa le 28 février 1832), à ceux de l'Étrangère. Déjà *Louis Lambert* avait marqué le changement d'orientation ; avec Benassis, héros non plus seulement de l'aventure individuelle ou intérieure mais d'une aventure collective, Balzac achève de tourner le dos à l'ironie, au scepticisme, au négatif, d'ailleurs, à leur date, justifiés des *Romans et Contes philosophiques*.

*

L'œuvre économique de Benassis se caractérise de deux manières :

I. Elle obéit non aux impératifs de la rentabilité à tout prix mais à ceux de l'efficacité économique et sociale, les capitaux n'étant pas fins, mais simples moyens. L'argent que Benassis consacre au village est de l'argent non intéressé. La toute-puissance du romancier crée ainsi des conditions d'action libérées des hypothèques libérales, les conditions d'une liberté et d'une efficacité nouvelles.

II. Elle est une œuvre collective (construction de la route, construction du pont) qui fait renaître l'enthousiasme et l'esprit d'adhésion, vertus ignorées, perdues, dans les sociétés individualistes libérales. La signification est assez claire : l'évolution libérale avait détruit les communes « naturelles » et primitives ; attelant ses villageois à des tâches de réel intérêt commun, Benassis leur fait retrouver, par éclairs, une certaine qualité de vie, radicalement perdue dans le monde moderne.

À partir de là, le développement du village s'opère dans un sens bien précis : à la fois pour élever le niveau de vie des habitants et pour changer leur manière de sentir, de penser, pour en faire des êtres libres et responsables, Benassis entreprend de développer la capacité productionnelle du village, de mettre fin à la dépendance semi-coloniale (vente des matières premières, achat des objets fabriqués) qui le liait aux communautés voisines plus favorisées. Le travail, individuel et collectif, seule *valeur* réelle, est utilisé non pour accumuler en certaines mains fortunes et moyens d'action mais pour faire accéder une communauté tout entière à une vie plus complète. Sur ce point, Benassis se distingue radicalement d'Oberlin, d'abord mû par des soucis d'évangélisation, et qui, de plus, envoyait les jeunes gens du Ban-de-la-Roche travailler dans les grandes manufactures des villes voisines. Oberlin n'avait fait qu'insérer dans le circuit de la production et de l'échange capitalistes un village qui en était demeuré à l'écart. Benassis, lui, fait un bond hors du système, et si dans son village qui, de l'établissement des infrastructures indispensables, a su passer au développement de son agriculture, puis à un début d'industrialisation, les producteurs et distributeurs restent formellement des propriétaires, on chercherait en vain les deux éléments inséparables de tout développement capitaliste : concurrence (avec les déperditions qu'elle suppose) et monopoles (avec le malthusianisme qu'ils entraînent). Les producteurs, chez Benassis, ne s'usent pas les uns contre les autres ; chacun travaille, à sa place, comme en vertu d'une charge, et la non-dispersion des efforts n'aboutit pas pour autant à la formation de féodalités. Au travers de la description faite par Balzac de cette unité de production qu'est devenu le village, on voit nettement se profiler une grande idée, alors saint-simonienne, celle d'*organisation* en vue non du simple partage de ce qui est mais d'une production plus importante et plus apte à répondre aux besoins. C'est par là que *Le Médecin de campagne* n'est pas un roman utopiste au sens banal du terme, un roman d'évasion : c'est un roman qui annonce.

Certes, l'œuvre de Benassis demeure fragile. On peut, on doit, s'interroger sur son avenir, interne et externe. La dégénérescence libérale guette le village. Le vieil homme est loin d'être mort, et l'on voit se dessiner d'inquiétantes figures de profiteurs, voire d'accapareurs ou d'usuriers (Taboureau). D'autre part, peut-on imaginer que ceux qui profitaient, jadis, du sous-développement du village laissent infiniment mettre en cause leur suprématie ? On ne refait évidemment pas toute une société à partir d'un village, et l'œuvre, en ce sens, n'a valeur que de *signe* ; elle n'est, et ne peut être, qu'un geste ébauché, une preuve — ici littéraire — qu'autre chose est possible. Balzac, d'ailleurs, n'est pas dupe et se garde bien de tomber dans les recettes rassurantes du genre de celles qui orientaient par exemple les romans de Mme Guizot. Benassis n'est pas « guéri » de sa passion par l'action bienfaisante, et le roman n'entend en aucune manière donner une leçon de morale platement réintégratrice.

Benassis demeure un être souffrant, miné, et une lettre, à la fin du roman, suffit à effacer pour lui le village. Dans la perspective moralisatrice traditionnelle Benassis aurait été totalement réintégré et son œuvre lui aurait fait découvrir le caractère illusoire et trompeur des fameuses « passions ». Mme Guizot avait raconté l'histoire d'Oberlin à un jeune homme qu'elle entendait mettre en garde contre les entraînements du cœur et des sens, et à qui elle entendait aussi montrer qu'en « se dévouant » et en « faisant le bien », on pouvait retrouver le calme et la paix. Balzac est plus vrai, et comme psychologue (les traces d'un grand malheur ne s'effacent pas aisément, et l'être demeure marqué) et comme romancier du social (l'œuvre ayant, pour des raisons objectives, un caractère nécessairement précaire et la révolution sur quelques kilomètres carrés ne pouvant en aucune manière changer l'ensemble du monde). L'optimisme moral de Mme Guizot était en fait, *aussi*, un optimisme social, mais quant à l'avenir et à la valeur, bien entendu, non d'une société à naître, mais de la société bourgeoise ; il supposait un refus de voir les profondes fatalités structurelles de la société fondée sur l'intérêt. Comme à Clarens, chez Rousseau, la « solution » que suggère le roman de Balzac n'est qu'une suggestion tremblée ; la promenade sur le lac risque de tout remettre en cause, et la dernière lettre de Julie est celle de quelqu'un qui n'a jamais été réellement réintégré. Il en va de même pour Benassis, et pour cette étonnante figure dont il ne faut pas le séparer : la Fosseuse. Ce Louis Lambert féminin est la preuve, au village, que demeure un élément, dans l'histoire de tout être sensible et blessé, que ne récupéreront jamais tout à fait les sociétés les mieux réorganisées ; la Fosseuse est une admirable réponse romanesque aux simplifications et schématisations sociales ou socialisantes. Par là *Le Médecin de campagne* ne saurait figurer dans aucune bibliothèque rose, ni celle des moralistes traditionnels, ni celle qui commençait à se développer par exemple en milieu saint-simonien, ni celle des nouveaux professeurs de fin de l'Histoire. La courbe du roman n'en est d'ailleurs sans doute que plus saisissante et plus belle : on part — une fois le passé reconstruit — d'une catastrophe personnelle ; de là, on passe, par l'intermédiaire du désir de sortir de soi, du refus du suicide ou de la retraite à une expérience, à une entreprise qui, pour apporter quelque chose à l'être qui la vit, se doit d'être l'annonce d'un nouveau type de rapports sociaux ; puis, certaines formes ayant été esquissées à partir d'une analyse de l'immédiat et d'une anticipation sociologique, on en revient, compte tenu de la force et de la profondeur de tout ce qui marque le vieil homme ainsi que du caractère nécessairement illusoire de toute solution localement révolutionnaire au sein d'un ensemble inchangé, à cette profonde séparation des êtres qui est le caractère sans doute le plus évident des sociétés de l'individu, de la guerre sociale et de la lutte des classes. Benassis meurt seul, et le cortège des villageois n'y change rien ; cet homme à passion, cet homme puissant, ce modeleur, qui s'est occupé du village comme Vautrin voudra s'occuper de Rastignac ou de Lucien, retourne à sa solitude et à sa passion ; Balzac signifie là non scepticisme ou pessimisme, non homme éternel ou tache originelle irrémissible, mais bien, contrairement à ce que pourrait laisser croire une lecture superficielle, impossibilité de se sauver, de se retrouver, tant que les transformations amorcées au village n'auront pas remodelé l'*ensemble* social.

Dans *Le Médecin de campagne*, Balzac a tenté de répondre à des questions qu'il se posait avec ses contemporains touchant au sous-développement provincial et à ses causes ; il a tenté de répondre, aussi, à des questions portant sur l'engagement, l'action, leur nécessité, leurs limites. Roman de la nostalgie, *Le Médecin de campagne* est aussi un roman de l'appel ; roman de la solitude, il est aussi un roman de la communauté. Il demeure fidèle à tout ce que le romantisme a de valable comme critique et protestation ; il est déjà au-delà du romantisme par le refus des complaisances narcissistes, par la valorisation du travail, par le déclassement réellement opéré de la pratique et des valeurs libérales. C'est par là que cette œuvre qui se voulait didactique demeure une œuvre ouverte, et donc une œuvre vivante. *Le Médecin de campagne* est une œuvre de tensions et de contradictions : on le doit, sans doute, à ce que, pendant l'hiver de 1833, le romancier se soit peu à peu emparé d'un premier projet d'intention un peu trop démonstrative, et ce n'est pas l'aspect le moins passionnant de l'histoire de ce roman que sa transformation, à mesure qu'il s'écrivait, de *vade mecum* et de mode d'emploi en un poème du souvenir et de la solitude mais aussi de la puissance et de la responsabilité.

*

Le Médecin de campagne fut réédité en 1834 chez Werdet, en 1838 (deux fois) encore chez Werdet, en 1839 dans la Bibliothèque Charpentier, en 1846, enfin, au tome XIII de *La Comédie humaine*. La seconde édition fit l'objet d'un polissage soigneux, mais au niveau de la seule expression de détail, et il en sera pratiquement de même jusqu'en 1846. On note toutefois, dans cette dernière édition, une addition significative du mûrissement, dans l'esprit de Balzac, des problèmes économiques : « La France peut atteindre à ce but beaucoup mieux que l'Angleterre, car elle seule possède un territoire assez étendu pour maintenir les productions agricoles à des prix qui maintiennent l'abaissement du salaire industriel : là devrait tendre l'administration en France, car là est toute la question moderne. » Il s'agit là d'une question d'actualité, à laquelle réfléchit alors un inconnu, Karl Marx, dans *Misère de la Philosophie, Philosophie de la Misère* (publié en 1847).

Mais ce n'est qu'exception. Jamais Balzac n'a vraiment remanié ou refondu son œuvre, même pas pour la rattacher, par le système des personnages reparaissants, aux autres romans de son grand ensemble, ce qui est bien surprenant pour un texte aussi ancien. On ne relève qu'une seule allusion, bien tardive, à Benassis, dans *L'Envers de l'histoire contemporaine* (deuxième partie, *L'Initié*, 1848), dans la bouche de M. Alain : « Nous avons connu deux hommes parfaits, l'un, qui fut l'un de nos fondateurs, le juge Popinot [1] ; quant à l'autre, qui s'est révélé par ses œuvres, c'est un médecin de campagne qui a laissé son nom écrit dans un canton. Celui-ci, mon cher Godefroid, est un des plus grands hommes de notre temps ; il a fait passer toute une contrée de l'état sauvage à l'état prospère, de l'état irréligieux à l'état catholique, de la barbarie à la civilisation. Les noms de ces deux hommes sont gravés dans nos cœurs et nous nous les proposons comme modèles. Nous serions bien heureux si nous pouvions avoir un jour sur Paris l'influence que ce médecin de campagne a eue sur son canton. » C'est peu. Balzac n'est pas allé jusqu'à faire de Benassis, comme de Popinot, l'un des fondateurs des frères de la Consolation, cette face contraire, dans *La Comédie humaine*, de la bande des Treize ; sans doute trop de difficultés narratives s'opposaient à cette couture, et peut-être aussi et surtout le caractère de Benassis. On remarquera que M. Alain, que fait parler le Balzac de 1848, alors archiréactionnaire, retient comme surtout positif dans l'œuvre du médecin de campagne l'évangélisation du village. Ceci, à vrai dire, était moins net dans le roman de 1833, épopée, on l'a vu, essentiellement économique, et, sur le plan moral, demeurant menacée. Il ne faut sans doute pas regretter que *Le Médecin de campagne* soit demeuré ainsi à l'écart

---

1. Voir *L'Interdiction*.

de *La Comédie humaine* : cet isolement correspond aussi bien à celui du village qu'à la saisissante solitude du héros. On voit mal Benassis embrigadé, fût-ce par le système des personnages reparaissants : à sa suite, la Fosseuse, Genestas, même, ne sont jamais venus d'ailleurs que du roman qui les a fait naître et ne sont jamais allés jouer, figurer et signifier ailleurs que chez Benassis. *Le Curé de village*, par Granville, par Bianchon, sera, bien que traitant un sujet comparable, relié à l'univers de *La Comédie humaine*. C'est sans doute qu'il sera écrit alors que Balzac tient plus fermement en main son monde. En 1832-1833, *Le Médecin de campagne* a été écrit comme à l'écart d'une grande partie de ce qu'est alors Balzac : cette œuvre étrange n'a jamais, et ce par une sorte de fidélité à sa nature profonde, été réellement réintégrée ni récupérée. Ce roman, souvent formellement, explicitement et délibérément réactionnaire dans ses exposés, est en fait dominé par ces grands signes que sont Benassis et son aventure, la Fosseuse et son irréductible poésie, le curé jureur Janvier (qui se développera selon une ligne plus nettement menaisienne, plus tard, en « curé de village »), surtout l'image, fragile mais lisible, d'une nouvelle commune : c'est peut-être l'un des plus forts exemples de l'inversion par son contenu à lire de certaines des « intentions » de l'auteur lorsqu'il entreprend d'écrire sans trop savoir à quoi l'expose cet acte révélateur et producteur qu'est précisément l'écriture.

Or, le médecin, a dit Balzac (*Le Colonel Chabert*), est, avec l'homme de justice et le prêtre, l'un de ces trois « hommes en noir » qui connaissent les secrets de la Société, soit les misères et les horreurs de cette « vie privée », face cachée de la vie sociale. Leurs fonctions font d'eux des confesseurs et des dépositaires d'archives, écrites ou parlées. Ils connaissent l'*autre* Histoire mais ils sont tenus au silence, et leur habit noir les fait porteurs d'un deuil social ; mais ce sont aussi des gens qui aident, qui conseillent, qui secourent, et qui peuvent, par la grâce du romancier qui les fait parler, se faire révélateurs ou accusateurs, et finalement le romancier est lui-même à la fois médecin, homme de justice, prêtre, mais avec le privilège de la *parole*. Misère des corps, misère des « fortunes », misère des âmes, toutes trois rejointes et croisées, constituent l'envers de l'Histoire et le jamais dit d'une historicité ailleurs triomphale : marche des Lumières, Révolution, progrès en général aussi bien politique que matériel, *Libertés* pour tout dire. La Révolution a eu lieu mais il y a toujours ces choses-là. Il y *aura* toujours ? De quoi tisser un noir discours qui contredit le péan de la modernité de « notre grand dix-neuvième siècle » (Balzac, *Béatrix*). Michelet (*Le Peuple*) n'hésitera pas à reprocher à Balzac cette noirceur qui décourage l'optimisme « démocratique ». Mais du coup, le médecin, l'homme de justice, le prêtre connaissent une étonnante promotion. Le médecin a longtemps été « de Molière » (voir encore le Bartholo de Beaumarchais) ; l'homme de justice (ou le notaire) un indispensable comparse pour dénouements (marier les jeunes héros ; voir *Le Barbier de Séville*) et/ou un obscur basochien sentant l'encre ; et le prêtre avait été bien négativisé par toute une tradition « philosophique ». Or, les voilà qui deviennent des consciences et des fonctions supérieures. Non seulement le médecin est homme de science mais il est, dirait-on aujourd'hui, un « intellectuel » (voir Bianchon dans *Le Père Goriot*), moderniste, matérialiste en même temps que porte-parole d'une vérité (le corps médical fut longtemps « de gauche » au cours du siècle). Non seulement l'homme de justice est un technicien supérieur du Droit (lui aussi est un intellectuel ; voir Derville dans *Gobseck* et *Le Colonel Chabert*) mais il devient une figure sociale. Et le prêtre s'est assez bien tiré de l'aventure révolutionnaire pour accéder à toute une intériorité, et la grande révolution menaisienne (le catholicisme « de gauche ») venait lui conférer (voir *Le Curé de village*) une mission de *justice* en faveur des pauvres et des peuples (la Pologne...). De vieilles caricatures ainsi sont comme mortes, que ce soit le médecin-charlatan, le juriste chicaneur et chicaniste, ou le « curé » tout réactionnaire du discours « libéral » qui connaîtra une belle renaissance avec le futur discours républicain et « à bas la calotte ! ».

Ainsi, pour le lecteur qui cherche légitimement à s'orienter dans l'immense massif balzacien (dont il ne faut jamais oublier qu'il fut toujours pas mal bricolé par un auteur *qui n'eut pas le temps*, et dont les « raccords » et raccordements doivent souvent à l'opération de librairie que fut la *Comédie*), voici donc une sorte de trilogie dynamisante et problématisante à partir de héros-symboles : notre médecin de campagne, ici, qui s'en prend à la maladie d'une communauté mais qui, aussi, finit par nous dire pour quelles raisons intimes il s'est attelé à cette tâche, lui aussi *malade* et cherchant l'issue ; Derville, jeune étudiant pauvre et méritant dans *Gobseck* puis protecteur du colonel Chabert, et accusateur de la Société au lieu de simplement la servir et s'en servir ; l'abbé Bonnet, enfin, « curé de village » qui assiste Véronique Graslin dans son œuvre d'auto-rédemption au service aussi d'un village du « désert français ». La « vie privée » ne produit pas *que* des victimes passives mais aussi des *héros* dont se sert Balzac pour dire qu'il est d'autres voies que le « calcul glacé » dont parlera Marx. Il y a là un *signe* balzacien trop négligé, une alternative critique. Les cyniques font masse, chez Balzac, mais nos trois héros réintroduisent l'*ailleurs*, l'*autre chose* et l'*utopie* dans un univers de fatalité. J'ajoute : Benassis est *parti* ; Derville finit par partir lui aussi ; et le groupe de Montégnac (le prêtre maudit, la pécheresse, l'ingénieur Gérard), lui aussi, est *parti*. Mais comment ne pas comprendre que Balzac, *lui aussi*, était *parti*, pour écrire sa *Comédie*, autre utopie, autre entreprise utopiste ? LE MÉDECIN DE CAMPAGNE N'EST PAS UN TEXTE ISOLÉ[1], et c'est bien l'une des entrées de cette *Comédie* démiurgique.

Pierre BARBÉRIS.

---

1. Il ne l'est que par l'absence de toute connection sur le système du retour des personnages (voir les *Commentaires*).

BIBLIOGRAPHIE

C'est très délibérément que cette bibliographie est placée *avant* le texte, et non pas renvoyée à quelque annexe ou supplément. Cela permet de partir d'une distinction :

I. *Le texte lui-même.* Il a une histoire complexe, des premiers fragments et des premières ébauches, au premier manuscrit, aux jeux d'épreuves corrigées, aux corrections des éditions successivement contrôlées par Balzac. Pour cela, voir au tome IX de la nouvelle *Pléiade*, le texte établi par Rose Fortassier, avec toutes les variantes pour une éventuelle *exploitation*. Les « variantes », en effet, sont d'abord proposées comme matériau brut, mais elles n'ont d'intérêt qu'interprétées. Encore fallait-il les établir.

II. *La « naissance » du* Médecin, en tant que texte problématique très différent de son état « définitif » tel qu'on peut le lire dans les éditions courantes :

1. Bernard Guyon, *Balzac et la création littéraire. La genèse du « Médecin de campagne »,* Armand Colin, 1951 ; réimpression à l'identique en 1969, avec bibliographie mise à jour. Ouvrage fondateur. Guyon ne partait pas de rien (*La Confession inédite* avait déjà été publiée, avec des fautes, par Lovenjoul en 1914...). Mais il est allé très loin dans l'exploitation des manuscrits, de la correspondance, etc.

2. Pierre Barbéris, *Le Médecin de campagne*, Classiques Garnier, 1976 (plus complet que la présente édition, spécificité des collections oblige).

III. *La problématique politique*

1. Pierre Barbéris, *Balzac et la démocratie*, Colloque Balzac, *Europe*, 1965.

Mythes balzaciens. Le Médecin de campagne, in *La nouvelle critique*, 1964 (repris dans *Lectures du réel*, Éditions Sociales, 1973).

2. Roger Fayolle, *Notes sur la pensée politique de Balzac dans « Le Médecin de campagne » et dans « Le Curé de village »*, *ibid.* (voir ci-après).

3. Pierre Barbéris, *Balzac et le mal du siècle*, 2 vol., Gallimard, 1970 (surtout tome II, avec la relation *Médecin-Louis Lambert*).

Mythes balzaciens, Armand Colin, 1972.

4. Emmanuel Leroy-Ladurie, Préface du *Médecin de campagne*, Folio, 1974 (point de vue d'un historien-géographe spécialiste de la ruralité et du développement) (voir ci-après).

IV. *Les entours sociologiques et idéologiques*

1. Roland Chollet, *Balzac journaliste*, Klincksieck, 1983 (ouvrage capital et exhaustif sur les « médias » d'une époque ; hors Balzac, véritable histoire d'une partie de la Presse entre la fin de la Restauration et la monarchie de Juillet).

2. Gérard Gengembre, *La Contre-Révolution* (analyses capitales sur les entours idéologiques, notamment sur l'immanentisme sociologiste de Bonald qui, à la différence de de Maistre, exclut toute transcendance ; restitution de la fonction critique de « l'anti-Révolution »).

N.B. La grande faiblesse de *La Comédie inhumaine* d'André Wurmser, Gallimard, 1964, est d'être une réduction pseudo-marxiste du *Médecin* à une simple et simpliste « robinsonnade ». Et l'auteur ne tient pas compte de toute une histoire secrète de la production balzacienne ni du contexte culturel. Mais le livre reste à lire pour tout ce qu'il dit du « mouvement ascensionnel de l'argent », qu'avait négligé la critique traditionnelle.

V. *Sur l'utopie*. La bibliographie serait immense. Toutefois :

1. Articles des *Encyclopédies* Larousse et Universalis.

2. Ernst Bloch, *Le Principe Espérance*, Gallimard, 1976 (la différence entre *utopie* et *utopisme*).

3. Gilles Lapouge, *Utopies et civilisations*, Champs-Flammarion, 1978 (sur l'utopie comme évacuation du mouvement).

4. Pierre Barbéris, *Prélude à l'utopie*, P.U.F., 1991.
Pierre Barbéris, *Utopia nuova* (à paraître).
Pierre Barbéris, *Parcours utopiques* (à paraître).

Il manque encore un grand travail sur utopie et « psychanalyse » (au moins symbolique de l'utopie). Quelques approches dans Pierre Barbéris, *Chateaubriand. À la recherche d'une écriture*, Mame, 1976, et dans Pierre Glaudes, *Atala, le désir cannibale*, P.U.F., 1994.

VI. *Textes connexes* (auxquels fait penser *Le Médecin*, ou dont la connaissance est utile pour le lire et le comprendre). La liste pourrait être immense. Sont indispensables :

Fénelon, *Télémaque* (Jacques Le Brun éd., Pléiade, plus divers Poches), pour l'utopie de Salente.

Rousseau, *Julie ou La Nouvelle Héloïse* (meilleure édition, Bernard Guyon, Pléiade), pour l'utopie-mise en valeur de Clarens.

Chateaubriand, *Atala-René* pour l'utopie du Père Aubry dans *Atala*, et la disparition de toute utopie dans *René* (à l'époque coloniale ultérieure) ; l'utopie-Aubry est une utopie « chrétienne » (Édition J.-C. Berchet, Le Livre de Poche n° 6609).

Hugo, *Les Misérables*, pour l'« utopie »-Valjean à Montreuil-sur-Mer (Édition Guy Rosa, Le Livre de Poche nos 964, 966 et 968).

Fromentin, *Dominique* (roman longtemps purement « psychologique »-qualité France, mais qui est, en fait, profondément enraciné dans les réalités politiques et idéologiques-culturelles 1830-1848-1851 ; voir l'édition de Pierre Barbéris, G.-F., 1986). Pour l'« utopie » des Trembles après la retraite de Dominique.

Balzac. Voir les rapprochements dans la Préface qui précède et dans le Dossier critique. Les plus importants : *Le Curé de village* (l'« utopie » de Montégnac reprend et développe les thèmes-village de Benassis) ; *Le Lys dans la vallée* (utopie en mineur à Clochegourde, et réparatrice des malheurs de la vie privée ; on y retrouve les vendanges de *La Nouvelle Héloïse*, que reprendra aussi le *Dominique* de Fromentin) ; *La Duchesse de Langeais* (pour la « femme sans cœur » de la *Confession* abandonnée) ; *Les Employés* (pour l'utopie administrative et de la réforme de l'État) ; la saga Rastignac (par contraste avec la retraite de Benassis) ; *Les Chouans* (pour les militaires, avec prolongation dans *La Cousine Bette*) ; *Les Paysans* (pour l'antiutopie d'un domaine purement ostentatoire et de loisir) ; pour les autres médecins de la *Comédie* : Bianchon, Desplein (chirurgien), tous gens « de gauche » ; pour une certaine dégradation de la médecine, *Madame Bovary* de Flaubert ; pour la bienfaisance et la philanthropie, mais urbaines et sans utopie, *L'Envers de l'histoire contemporaine*. Et, bien entendu, *Louis Lambert*, écrit juste avant le *Médecin*, qui lui est une réponse et une « solution » (Lambert, philosophe solitaire, meurt fou de ses malheurs, mais Benassis choisit l'entreprise et l'action ; ce qui ne l'empêche pas de mourir, mais pas tout de suite).

N.B. Une bibliographie n'a d'intérêt que si elle est critique et problématique, sinon elle n'est que lignes inutiles alignées sur du papier perdu. Or, par exemple, les propositions et les analyses ici présentées et argumentées sur le sens utopique-politique-réaliste du roman de Balzac sont en contradiction avec les thèses de Roger Fayolle et d'Emmanuel Leroy-Ladurie. Pour Fayolle, le Médecin *est en grande partie logomachie technocratique et néo-libérale (?) que démentirait l'avenir « socialiste », c'est-à-dire communiste, de l'humanité en lutte ; mais ces propos, il est vrai, datent de 1965, date à laquelle je disais déjà l'essentiel de ce que j'approfondis ici. Quant à Leroy-Ladurie, il commence, avec de fort bons arguments mais un peu aveugles quand même, par minimiser, au nom de la compétence historienne-géographe, le tableau balzacien de la Savoie, qu'il complète heureusement à partir d'une approche scientifique. Mais il est plus qu'inté-ressant de noter qu'il en vient à constater que Balzac, en pauvre romancier,* dit, *notamment sur les problèmes du développement, des choses capitales et qui ajoutent aux analyses techniciennes par la perception des manques et des apories. Je renvoie donc le lecteur aux deux textes précités, les limites matérielles de la pré-sente collection ne permettant pas, ou n'ayant pas per-mis, de conduire la discussion comme il l'aurait fallu.*

LE MÉDECIN DE CAMPAGNE

Aux cœurs blessés, l'ombre et le silence.

À MA MÈRE.

CHAPITRE PREMIER

LE PAYS ET L'HOMME

En 1829, par une jolie matinée de printemps, un homme âgé d'environ cinquante ans suivait à cheval un chemin montagneux qui mène à un gros bourg situé près de la Grande-Chartreuse. Ce bourg est le chef-lieu d'un canton populeux circonscrit par une longue vallée. Un torrent à lit pierreux souvent à sec, alors rempli par la fonte des neiges, arrose cette vallée serrée entre deux montagnes parallèles, que dominent de toutes parts les pics de la Savoie et ceux du Dauphiné. Quoique les paysages compris entre la chaîne des deux Mauriennes aient un air de famille, le canton à travers lequel cheminait l'étranger présente des mouvements de terrain et des accidents [1] de lumière qu'on chercherait vainement ailleurs. Tantôt la vallée subitement élargie offre un irrégulier tapis de cette verdure que les constantes irrigations dues aux montagnes entretiennent si fraîche et si douce à l'œil pendant toutes les saisons. Tantôt un moulin [2] à scie montre ses humbles constructions pittoresquement placées, sa provision de longs sapins sans écorce, et son cours d'eau pris au torrent et conduit par de grands tuyaux de bois carrément creusés, d'où s'échappe par les fentes une nappe de filets humides. Çà et là, des chaumières entourées de jardins pleins d'arbres fruitiers couverts de fleurs réveillent les idées qu'inspire une misère laborieuse.

---

1. Changements brusques.   **2.** Machine circulaire mue par l'eau.

Plus loin, des maisons à toitures rouges, composées de tuiles plates et rondes semblables à des écailles de poisson, annoncent l'aisance due à de longs travaux. Enfin au-dessus de chaque porte se voit le panier suspendu dans lequel sèchent les fromages. Partout les haies, les enclos sont égayés par des vignes mariées, comme en Italie, à de petits ormes[1] dont le feuillage se donne aux bestiaux. Par un caprice de la nature, les collines sont si rapprochées en quelques endroits qu'il ne se trouve plus ni fabriques, ni champs, ni chaumières. Séparées seulement par le torrent qui rugit dans ses cascades, les deux hautes murailles granitiques s'élèvent tapissées de sapins à noir feuillage et de hêtres hauts de cent pieds. Tous droits, tous bizarrement colorés par des taches de mousse, tous divers de feuillage, ces arbres forment de magnifiques colonnades bordées au-dessous et au-dessus du chemin par d'informes haies d'arbousiers, de viornes, de buis, d'épine rose[2]. Les vives senteurs de ces arbustes se mêlaient alors aux sauvages parfums de la nature montagnarde, aux pénétrantes odeurs des jeunes pousses du mélèze, des peupliers et des pins gommeux[3]. Quelques nuages couraient parmi les rochers en en voilant, en en découvrant tour à tour les cimes grisâtres, souvent aussi vaporeuses que les nuées dont les moelleux flocons s'y déchiraient. À tout moment le pays changeait d'aspect et le ciel de lumière ; les montagnes changeaient de couleur, les versants de nuances, les vallons de forme : images multipliées que des oppositions inattendues, soit un rayon de soleil à travers les troncs d'arbres, soit une clairière naturelle ou quelques éboulis, rendaient délicieuses à voir au milieu du silence, dans la saison où tout est jeune, où le soleil enflamme

---

1. Culture de la vigne dite « en hautain », comme en Italie. 2. Poirier sauvage précoce ; voir *Dossier*, p. 374. Un simple mot est porteur d'immenses problèmes... 3. Dont le tronc produit de la résine.

un ciel pur. Enfin c'était un beau pays, c'était la France[1] !

Homme de haute taille, le voyageur était entièrement vêtu de drap bleu[2] aussi soigneusement brossé que devait l'être chaque matin son cheval au poil lisse, sur lequel il se tenait droit et vissé comme un vieil officier de cavalerie. Si déjà sa cravate noire et ses gants de daim, si les pistolets qui grossissaient ses fontes, et le porte-manteau bien attaché sur la croupe de son cheval, n'eussent indiqué le militaire, sa figure brune marquée de petite-vérole[3], mais régulière et empreinte d'une insouciance apparente, ses manières décidées, la sécurité de son regard, le port de sa tête, tout aurait trahi ces habitudes régimentaires qu'il est impossible au soldat de jamais dépouiller, même après être rentré dans la vie domestique. Tout autre se serait émerveillé des beautés de cette nature alpestre, si riante au lieu où elle se fond dans les grands bassins de la France ; mais l'officier, qui sans doute avait parcouru les pays où les armées françaises furent emportées par les guerres impériales, jouissait de ce paysage sans paraître surpris de ces accidents[4] multipliés. L'étonnement est une sensation que Napoléon semble avoir détruite dans l'âme de ses soldats. Aussi le calme de la figure est-il un signe certain auquel un observateur peut reconnaître les hommes jadis enrégimentés sous les aigles éphémères mais impérissables du grand empereur. Cet homme était en effet un des militaires, maintenant assez rares, que le boulet a respectés, quoiqu'ils aient labouré tous les champs de bataille où commanda Napoléon. Sa vie n'avait rien d'extraordinaire. Il s'était bien battu en simple et loyal soldat, faisant son devoir pendant la nuit aussi bien que pendant le jour, loin comme près du maître, ne donnant pas un coup de

---

1. Cocorico dont on voit mal le sens et l'utilité ! Et le voyageur ne revient pas de l'étranger...   **2.** Couleur traditionnelle des anciens officiers ; voir aussi les Bleus et les Blancs en Vendée.   **3.** Variole.   **4.** Voir note 1 p. 57.

sabre inutile, et incapable d'en donner un de trop. S'il portait à sa boutonnière la rosette appartenant aux officiers de la Légion d'honneur, c'est qu'après la bataille de la Moskowa la voix unanime de son régiment l'avait désigné comme le plus digne de la recevoir dans cette grande journée. Du petit nombre de ces hommes froids en apparence, timides, toujours en paix avec eux-mêmes, dont la conscience est humiliée par la seule pensée d'une sollicitation à faire, de quelque nature qu'elle soit, ses grades lui furent conférés en vertu des lentes lois de l'ancienneté. Devenu sous-lieutenant en 1802, il se trouvait seulement chef d'escadron en 1829[1], malgré ses moustaches grises ; mais sa vie était si pure que nul homme de l'armée, fût-il général, ne l'abordait sans éprouver un sentiment de respect involontaire, avantage incontesté que peut-être ses supérieurs ne lui pardonnaient point. En récompense, les simples soldats lui vouaient tous un peu de ce sentiment que les enfants portent à une bonne mère ; car, pour eux, il savait être à la fois indulgent et sévère. Jadis soldat comme eux, il connaissait les joies malheureuses et les joyeuses misères, les écarts pardonnables ou punissables des soldats qu'il appelait toujours *ses enfants*, et auxquels il laissait volontiers prendre en campagne des vivres ou des fourrages chez les bourgeois. Quant à son histoire intime, elle était ensevelie dans le plus profond silence. Comme presque tous les militaires de l'époque, il n'avait vu le monde qu'à travers la fumée des canons, ou pendant les moments de paix si rares au milieu de la lutte européenne soutenue par l'empereur. S'était-il ou non soucié du mariage ? la question restait indécise. Quoique personne ne mît en doute que le commandant Genestas n'eût eu des bonnes fortunes en séjournant de ville en ville, de pays en pays, en assistant aux fêtes données et reçues par les régiments[2], cependant personne n'en

---

1. Donc barré par la Restauration. 2. Voir le libertinage du *Colonel Chabert*.

avait la moindre certitude. Sans être prude, sans refuser une partie de plaisir, sans froisser les mœurs militaires, il se taisait ou répondait en riant lorsqu'il était questionné sur ses amours. À ces mots : — Et vous, mon commandant ? adressés par un officier après boire, il répliquait : — Buvons, messieurs !

Espèce de Bayard[1] sans faste, monsieur Pierre-Joseph Genestas n'offrait donc en lui rien de poétique ni rien de romanesque, tant il paraissait vulgaire. Sa tenue était celle d'un homme cossu. Quoiqu'il n'eût que sa solde pour fortune, et que sa retraite fût tout son avenir ; néanmoins, semblable aux vieux loups du commerce auxquels les malheurs ont fait une expérience qui avoisine l'entêtement, le chef d'escadron gardait toujours devant lui deux années de solde et ne dépensait jamais ses appointements. Il était si peu joueur, qu'il regardait sa botte quand en compagnie on demandait un rentrant ou quelque supplément de pari pour l'écarté. Mais s'il ne se permettait rien d'extraordinaire, il ne manquait à aucune chose d'usage. Ses uniformes lui duraient plus longtemps qu'à tout autre officier du régiment, par suite des soins qu'inspire la médiocrité de fortune, et dont l'habitude était devenue chez lui machinale. Peut-être l'eût-on soupçonné d'avarice sans l'admirable désintéressement, sans la facilité fraternelle avec lesquels il ouvrait sa bourse à quelque jeune étourdi ruiné par un coup de carte ou par toute autre folie. Il semblait avoir perdu jadis de grosses sommes au jeu, tant il mettait de délicatesse à obliger ; il ne se croyait point le droit de contrôler les actions de son débiteur et ne lui parlait jamais de sa créance. Enfant de troupe[2], seul dans le monde, il s'était fait une patrie de l'armée, et de son régiment une famille. Aussi, rarement recherchait-on le motif de

---

1. Type du chevalier français, au XVIe siècle.   **2.** Élevé gratuitement par l'État, et donc enfant « de la patrie » selon la terminologie révolutionnaire.

sa respectable économie, on se plaisait à l'attribuer au désir assez naturel d'augmenter la somme de son bien-être pendant ses vieux jours. À la veille de devenir lieutenant-colonel de cavalerie, il était présumable que son ambition consistait à se retirer dans quelque campagne avec la retraite et les épaulettes de colonel. Après la manœuvre, si les jeunes officiers causaient de Genestas, ils le rangeaient dans la classe des hommes qui ont obtenu au collège [1] les prix d'excellence, et qui durant leur vie restent exacts, probes, sans passions, utiles et fades comme le pain blanc ; mais les gens sérieux le jugeaient bien différemment. Souvent, quelque regard, souvent une expression pleine de sens comme l'est la parole du Sauvage, échappaient à cet homme et attestaient en lui les orages de l'âme. Bien étudié, son front calme accusait le pouvoir d'imposer silence aux passions et de les refouler au fond de son cœur, pouvoir chèrement conquis par l'habitude des dangers et des malheurs imprévus de la guerre. Le fils d'un pair de France, nouveau venu au régiment, ayant dit un jour, en parlant de Genestas, qu'il eût été le plus consciencieux des prêtres ou le plus honnête des épiciers. — Ajoutez, le moins courtisan des marquis ! répondit-il en toisant le jeune fat qui ne se croyait pas entendu par son commandant. Les auditeurs éclatèrent de rire, le père du lieutenant était le flatteur de tous les pouvoirs, un homme élastique habitué à rebondir au-dessus des révolutions, et le fils tenait du père. Il s'est rencontré dans les armées françaises quelques-uns de ces caractères, tout bonnement grands dans l'occurrence, redevenant simples après l'action, insouciants de gloire, oublieux du danger ; il s'en est rencontré peut-être beaucoup plus que les défauts de notre nature ne permettraient de le supposer. Cependant l'on se tromperait étrangement en croyant que Genestas fût parfait. Défiant, enclin à de violents accès de colère, taquin

---

1. Nouvelle appellation des lycées de l'Empire depuis 1815. La « méritocratie » scolaire s'ajoute ici à la militaire.

dans les discussions et voulant surtout avoir raison quand il avait tort, il était plein de préjugés nationaux. Il avait conservé de sa vie soldatesque[1] un penchant pour le bon vin. S'il sortait d'un repas dans tout le décorum de son grade, il paraissait sérieux, méditatif, et il ne voulait alors mettre personne dans le secret de ses pensées. Enfin, s'il connaissait assez bien les mœurs du monde et les lois de la politesse, espèce de consigne qu'il observait avec la roideur militaire ; s'il avait de l'esprit naturel et acquis, s'il possédait la tactique, la manœuvre, la théorie de l'escrime à cheval et les difficultés de l'art vétérinaire, ses études furent prodigieusement négligées. Il savait, mais vaguement, que César était un consul ou un empereur romain ; Alexandre, un Grec ou un Macédonien ; il vous eût accordé l'une ou l'autre origine ou qualité sans discussion. Aussi, dans les conversations scientifiques ou historiques, devenait-il grave, en se bornant à y participer par des petits coups de tête approbatifs, comme un homme profond arrivé au pyrrhonisme. Quand Napoléon écrivit à Schœnbrunn, le 13 mai 1809, dans le bulletin adressé à la Grande Armée, maîtresse de Vienne, que, *comme Médée, les princes autrichiens avaient de leurs propres mains égorgé leurs enfants*, Genestas, nouvellement nommé capitaine, ne voulut pas compromettre la dignité de son grade en demandant ce qu'était Médée, il s'en reposa sur le génie de Napoléon, certain que l'empereur ne devait dire que des choses officielles à la Grande Armée et à la maison d'Autriche ; il pensa que Médée était une archiduchesse de conduite équivoque. Néanmoins, comme la chose pouvait concerner l'art militaire, il fut inquiet de la Médée du bulletin, jusqu'au jour où mademoiselle Raucourt fit reprendre *Médée*[2]. Après avoir lu l'affiche, le capitaine ne manqua pas de se rendre le soir au Théâtre-Français pour voir la célèbre actrice dans

---

1. Aucune nuance péjorative ici.   2. Tragédie de Corneille.

ce rôle mythologique dont il s'enquit à ses voisins. Cependant un homme qui, simple soldat, avait eu assez d'énergie pour apprendre à lire, écrire et compter, devait comprendre que, capitaine, il fallait s'instruire. Aussi, depuis cette époque, lut-il avec ardeur les romans et les livres nouveaux qui lui donnèrent des demi-connaissances desquelles il tirait un assez bon parti. Dans sa gratitude envers ses professeurs, il allait jusqu'à prendre la défense de Pigault-Lebrun[1], en disant qu'il le trouvait instructif et souvent profond.

Cet officier, à qui sa prudence acquise ne laissait faire aucune démarche inutile, venait de quitter Grenoble et se dirigeait vers la Grande-Chartreuse, après avoir obtenu la veille de son colonel un congé de huit jours. Il ne comptait pas faire une longue traite ; mais, trompé de lieue en lieue par les dires mensongers des paysans qu'il interrogeait, il crut prudent de ne pas s'engager plus loin sans se réconforter l'estomac. Quoiqu'il eût peu de chances de rencontrer une ménagère en son logis par un temps où chacun s'occupe aux champs, il s'arrêta devant quelques chaumières qui aboutissaient à un espace commun, en décrivant une place carrée assez informe, ouverte à tout venant. Le sol de ce territoire de famille était ferme et bien balayé, mais coupé par des fosses à fumier. Des rosiers, des lierres, de hautes herbes s'élevaient le long des murs lézardés. À l'entrée du carrefour se trouvait un méchant[2] groseillier sur lequel séchaient des guenilles. Le premier habitant que rencontra Genestas fut un pourceau vautré dans un tas de paille, lequel, au bruit des pas du cheval, grogna, leva la tête, et fit enfuir un gros chat noir. Une jeune paysanne, portant sur sa tête un gros paquet d'herbes, se montra tout à coup, suivie à distance par quatre marmots en haillons, mais hardis, tapageurs, aux yeux effrontés, jolis, bruns de teint, de

---

1. Auteur de romans « gais » très traditionaliste dans son écriture. Mais immense popularité tout au long du XIXe siècle.   2. Faible, rabougri.

« Cet officier... se dirigeait vers la Grande-Chartreuse. »
Le couvent de la Grande-Chartreuse.

vrais diables qui ressemblaient à des anges. Le soleil
pétillait et donnait je ne sais quoi de pur à l'air, aux
chaumières, aux fumiers, à la troupe ébouriffée. Le soldat demanda s'il était possible d'avoir une tasse de lait.
Pour toute réponse, la fille jeta un cri rauque. Une
vieille femme apparut soudain sur le seuil d'une
cabane, et la jeune paysanne passa dans une étable,
après avoir indiqué par un geste la vieille, vers laquelle
Genestas se dirigea, non sans bien tenir son cheval afin
de ne pas blesser les enfants qui déjà lui trottaient dans
les jambes. Il réitéra sa demande, que la bonne femme
se refusa nettement à satisfaire. Elle ne voulait pas,
disait-elle, enlever la crème des potées de lait destinées
à faire le beurre[1]. L'officier répondit à cette objection
en promettant de bien payer le dégât, il attacha son
cheval au montant d'une porte, et entra dans la chaumière. Les quatre enfants, qui appartenaient à cette
femme, paraissaient avoir tous le même âge, circonstance bizarre qui frappa le commandant. La vieille en
avait un cinquième presque pendu à son jupon, et qui,
faible, pâle, maladif, réclamait sans doute les plus
grands soins ; partant il était le bien-aimé, le Benjamin[2].

Genestas s'assit au coin d'une haute cheminée sans
feu, sur le manteau de laquelle se voyait une Vierge
en plâtre colorié, tenant dans ses bras l'enfant Jésus.
Enseigne sublime ! Le sol servait de plancher à la
maison. À la longue, la terre primitivement battue était
devenue raboteuse, et, quoique propre, elle offrait en
grand les callosités d'une écorce d'orange. Dans la
cheminée étaient accrochés un sabot plein de sel[3], une
poêle à frire, un chaudron. Le fond de la pièce se trouvait rempli par un lit à colonnes garni de sa pente. Puis,
çà et là, des escabelles à trois pieds, formées par des

---

1. Voir *Dossier*, p. 372, pour cet aspect de l'économie paysanne
domestique. **2.** Le plus jeune des frères de Joseph dans la
Bible. **3.** Le sel est alors précieux. Il sert à conserver les aliments.

bâtons fichés dans une simple planche de fayard[1], une huche au pain, une grosse cuiller en bois pour puiser de l'eau, un seau et des poteries pour le lait, un rouet sur la huche, quelques clayons à fromages, des murs noirs, une porte vermoulue ayant une imposte à claire-voie ; tels étaient la décoration et le mobilier. Maintenant, voici le drame auquel assista l'officier, qui s'amusait à fouetter le sol avec sa cravache sans se douter que là se déroulerait un drame. Quand la vieille femme, suivie de son Benjamin teigneux, eut disparu par une porte qui donnait dans sa laiterie, les quatre enfants, après avoir suffisamment examiné le militaire, commencèrent par se délivrer du pourceau. L'animal, avec lequel ils jouaient habituellement, était venu sur le seuil de la porte ; les marmots se ruèrent sur lui si vigoureusement et lui appliquèrent des gifles si caractéristiques, qu'il fut forcé de faire prompte retraite. L'ennemi dehors, les enfants attaquèrent une porte dont le loquet, cédant à leurs efforts, s'échappa de la gâche usée qui le retenait ; puis ils se jetèrent dans une espèce de fruitier où le commandant, que cette scène amusait, les vit bientôt occupés à ronger des pruneaux secs. La vieille au visage de parchemin et aux guenilles sales rentra dans ce moment, en tenant à la main un pot de lait pour son hôte. — Ah ! les vauriens, dit-elle. Elle alla vers les enfants, empoigna chacun d'eux par le bras, le jeta dans la chambre, mais sans lui ôter ses pruneaux, et ferma soigneusement la porte de son grenier d'abondance. — Là, là, mes mignons, soyez donc sages. — Si l'on n'y prenait garde, ils mangeraient le tas de prunes, les enragés ! dit-elle en regardant Genestas. Puis elle s'assit sur une escabelle, prit le teigneux entre ses jambes, et se mit à le peigner en lui lavant la tête avec une dextérité féminine et des attentions maternelles. Les quatre petits voleurs restaient, les uns debout, les autres accotés contre le lit ou la huche, tous

---

1. De hêtre (dialectal).

morveux et sales, bien portants d'ailleurs, grugeant leurs prunes sans rien dire, mais regardant l'étranger d'un air sournois et narquois.

— C'est vos enfants ? demanda le soldat à la vieille.

— Faites excuse, monsieur, c'est les enfants de l'hospice[1]. On me donne trois francs par mois et une livre de savon pour chacun d'eux[2].

— Mais, ma bonne femme, ils doivent vous coûter deux fois plus.

— Monsieur, voilà bien ce que nous dit monsieur Benassis ; mais si d'autres prennent les enfants au même prix, faut bien en passer par là. N'en a pas qui veut des enfants ! On a encore besoin de la croix et de la bannière pour en obtenir. Quand nous leur donnerions notre lait pour rien, il ne nous coûte guère. D'ailleurs, monsieur, trois francs, c'est une somme. Voilà quinze francs de trouvés, sans les cinq livres de savon. Dans nos cantons, combien faut-il donc s'exterminer le tempérament avant d'avoir gagné dix sous par jour.

— Vous avez donc des terres à vous ? demanda le commandant.

— Non, monsieur. J'en ai eu du temps de défunt mon homme ; mais depuis sa mort j'ai été si malheureuse que j'ai été forcée de les vendre.

— Hé ! bien, reprit Genestas, comment pouvez-vous arriver sans dettes au bout de l'année en faisant le métier de nourrir, de blanchir et d'élever des enfants à deux sous par jour ?

— Mais, reprit-elle en peignant toujours son petit teigneux, nous n'arrivons point sans dettes à la Saint-Sylvestre, mon cher monsieur. Que voulez-vous ? le bon Dieu s'y prête. J'ai deux vaches. Puis ma fille et moi nous glanons pendant la moisson, en hiver nous

---

1. Qui accueillait les orphelins. On dirait aujourd'hui « de l'Assistance publique ».   2. Cette « industrie » des enfants « de l'Assistance » était encore très répandue dans ces campagnes en 1950, par exemple dans la Nièvre. Quant au savon, c'est une denrée alors très chère.

allons au bois ; enfin, le soir nous filons. Ah ! par exemple, il ne faudrait pas toujours un hiver comme le dernier. Je dois soixante-quinze francs au meunier pour de la farine. Heureusement c'est le meunier de monsieur Benassis. Monsieur Benassis, voilà un ami du pauvre ! Il n'a jamais demandé son dû à qui que ce soit, il ne commencera point par nous. D'ailleurs notre vache a un veau, ça nous acquittera toujours un brin.

Les quatre orphelins, pour qui toutes les protections humaines se résumaient dans l'affection de cette vieille paysanne, avaient fini leurs prunes. Ils profitèrent de l'attention avec laquelle leur mère regardait l'officier en causant, et se réunirent en colonne serrée pour faire encore une fois sauter le loquet de la porte qui les séparait du bon tas de prunes. Ils y allèrent, non comme les soldats français vont à l'assaut, mais silencieux comme des Allemands, poussés qu'ils étaient par une gourmandise naïve et brutale.

— Ah ! les petits drôles[1]. Voulez-vous bien finir ?

La vieille se leva, prit le plus fort des quatre, lui appliqua légèrement une tape sur le derrière et le jeta dehors ; il ne pleura point, les autres demeurèrent tout pantois.

— Ils vous donnent bien du mal.

— Oh ! non, monsieur, mais ils sentent mes prunes, les mignons. Si je les laissais seuls pendant un moment, ils se crèveraient.

— Vous les aimez ?

À cette demande la vieille leva la tête, regarda le soldat d'un air doucement goguenard, et répondit :

— Si je les aime ! J'en ai déjà rendu trois, ajouta-t-elle en soupirant, je ne les garde que jusqu'à six ans.

— Mais où est le vôtre ?

— Je l'ai perdu.

— Quel âge avez-vous donc, demanda Genestas pour détruire l'effet de sa précédente question.

---

1. Garnements (sans rien de comique).

— Trente-huit ans, monsieur. À la Saint-Jean prochaine, il y aura deux ans que mon homme est mort.

Elle achevait d'habiller le petit souffreteux, qui semblait la remercier par un regard pâle et tendre.

— Quelle vie d'abnégation et de travail ! pensa le cavalier.

Sous ce toit, digne de l'étable où Jésus-Christ prit naissance, s'accomplissaient gaiement et sans orgueil les devoirs les plus difficiles de la maternité. Quels cœurs ensevelis dans l'oubli le plus profond ! Quelle richesse et quelle pauvreté ! Les soldats [1], mieux que les autres hommes, savent apprécier ce qu'il y a de magnifique dans le sublime en sabots, dans l'Évangile en haillons. Ailleurs se trouve le Livre, le texte historié, brodé, découpé, couvert en moire, en tabis, en satin ; mais là certes était l'esprit du Livre. Il eût été impossible de ne pas croire à quelque religieuse intention du ciel, en voyant cette femme qui s'était faite mère comme Jésus-Christ s'est fait homme, qui glanait, souffrait, s'endettait pour des enfants abandonnés, et se trompait dans ses calculs, sans vouloir reconnaître qu'elle se ruinait à être mère. À l'aspect de cette femme il fallait nécessairement admettre quelques sympathies entre les bons d'ici-bas et les intelligences d'en-haut ; aussi le commandant Genestas la regardat-il en hochant la tête.

— Monsieur Benassis est-il un bon médecin ? demanda-t-il enfin.

— Je ne sais pas, mon cher monsieur, mais il guérit les pauvres pour rien.

— Il paraît, reprit-il en se parlant à lui-même, que cet homme est décidément un homme.

— Oh ! oui, monsieur, et un brave homme ! aussi n'est-il guère de gens ici qui ne le mettent dans leurs prières du soir et du matin !

— Voilà pour vous, la mère, dit le soldat en lui don-

---

1. Les soldats *populaires* : ceux de la Révolution. Pas les soldats mercenaires des monarchies.

nant quelques pièces de monnaie. Et voici pour les enfants, reprit-il en ajoutant un écu. — Suis-je encore bien loin de chez monsieur Benassis ? demanda-t-il quand il fut à cheval.

— Oh ! non, mon cher monsieur, tout au plus une petite lieue.

Le commandant partit, convaincu qu'il lui restait deux lieues à faire. Néanmoins il aperçut bientôt à travers quelques arbres un premier groupe de maisons, puis enfin les toits du bourg ramassés autour d'un clocher qui s'élève en cône et dont les ardoises sont arrêtées sur les angles de la charpente par des lames de fer-blanc étincelant au soleil. Cette toiture, d'un effet original, annonce les frontières de la Savoie, où elle est en usage. En cet endroit la vallée est large. Plusieurs maisons agréablement situées dans la petite plaine ou le long du torrent animent ce pays bien cultivé, fortifié de tous côtés par les montagnes, et sans issue apparente. À quelques pas de ce bourg assis à mi-côte, au midi, Genestas arrêta son cheval sous une avenue d'ormes [1], devant une troupe d'enfants, et leur demanda la maison de monsieur Benassis. Les enfants commencèrent par se regarder les uns les autres, et par examiner l'étranger de l'air dont ils observent tout ce qui s'offre pour la première fois à leurs yeux : autant de physionomies, autant de curiosités, autant de pensées différentes. Puis le plus effronté, le plus rieur de la bande, un petit gars aux yeux vifs, aux pieds nus et crottés lui répéta, selon la coutume des enfants : — La maison de monsieur Benassis, monsieur ? Et il ajouta : Je vais vous y mener. Il marcha devant le cheval autant pour conquérir une sorte d'importance en accompagnant un étranger, que par une enfantine obligeance, ou pour obéir à l'impérieux besoin de mouvement qui gouverne à cet âge l'esprit et le corps. L'officier suivit dans sa longueur la principale rue du bourg, rue cail-

---

1. Depuis Sully on plante des ormes le long des routes parce qu'ils poussent vite.

louteuse, à sinuosités, bordée de maisons construites au gré des propriétaires[1]. Là un four s'avance au milieu de la voie publique, ici un pignon s'y présente de profil et la barre en partie, puis un ruisseau venu de la montagne la traverse par ses rigoles. Genestas aperçut plusieurs couvertures en bardeau[2] noir, plus encore en chaume, quelques-unes en tuiles, sept ou huit en ardoises, sans doute celles du curé, du juge de paix et des bourgeois du lieu. C'était toute la négligence d'un village au-delà duquel il n'y aurait plus eu de terre, qui semblait n'aboutir et ne tenir à rien ; ses habitants paraissaient former une même famille en dehors du mouvement social, et ne s'y rattacher que par le collecteur d'impôts ou par d'imperceptibles ramifications. Quand Genestas eut fait quelques pas de plus, il vit en haut de la montagne une large rue qui domine ce village. Il existait sans doute un vieux et un nouveau bourg. En effet, par une échappée de vue, et dans un endroit où le commandant modéra le pas de son cheval, il put facilement examiner des maisons bien bâties dont les toits neufs égaient l'ancien village. Dans ces habitations nouvelles que couronne une avenue de jeunes arbres, il entendit les chants particuliers aux ouvriers occupés, le murmure de quelques ateliers, un grognement de limes, le bruit des marteaux, les cris confus de plusieurs industries[3]. Il remarqua la maigre fumée des cheminées ménagères et celle plus abondante des forges du charron, du serrurier, du maréchal. Enfin, à l'extrémité du village vers laquelle son guide le dirigeait, Genestas aperçut des fermes éparses, des champs bien cultivés, des plantations parfaitement entendues, et comme un petit coin de la Brie[4] perdu dans un vaste pli du terrain dont, à la première vue, il n'eût pas soup-

---

1. Absence de tout urbanisme. Le problème de *l'alignement* dans les agglomérations est récurrent (voir Verrières dans *Le Rouge et le Noir*).   **2.** Tuiles de bois.   **3.** Nouvelles, on l'apprendra plus tard. On est sorti de la seule économie domestique.   **4.** Cultures de plaine (blé).

çonné l'existence entre le bourg et les montagnes qui terminent le pays.

Bientôt l'enfant s'arrêta. — Voilà la porte de *sa* maison, dit-il.

L'officier descendit de cheval, en passa la bride dans son bras ; puis, pensant que toute peine mérite salaire, il tira quelques sous de son gousset et les offrit à l'enfant qui les prit d'un air étonné, ouvrit de grands yeux, ne remercia pas, et resta là pour voir.

— En cet endroit la civilisation est peu avancée, les religions du travail y sont en pleine vigueur, et la mendicité n'y a pas encore pénétré [1], pensa Genestas.

Plus curieux qu'intéressé, le guide du militaire s'accota sur un mur à hauteur d'appui qui sert à clore la cour de la maison, et dans lequel est fixée une grille en bois noirci, de chaque côté des pilastres de la porte. Cette porte, pleine dans sa partie inférieure et jadis peinte en gris, est terminée par des barreaux jaunes taillés en fer de lance. Ces ornements, dont la couleur a passé, décrivent un croissant dans le haut de chaque vantail, et se réunissent en formant une grosse pomme de pin figurée par le haut des montants quand la porte est fermée. Ce portail, rongé par les vers, tacheté par le velours des mousses, est presque détruit par l'action alternative du soleil et de la pluie. Surmontés de quelques aloès et de pariétaires venues au hasard, les pilastres cachent les tiges de deux acacias *inermis* [2] plantés dans la cour, et dont les touffes vertes s'élèvent en forme de houppes à poudrer. L'état de ce portail trahissait chez le propriétaire une insouciance qui parut déplaire à l'officier, il fronça les sourcils en homme contraint de renoncer à quelque illusion. Nous sommes habitués à juger les autres d'après nous, et si nous les absolvons complaisamment de nos défauts, nous les condamnons sévèrement de ne pas avoir nos qualités. Si le commandant voulait que monsieur Benassis fût

---

1. Mendicité égale « civilisation ». Mais, on va le voir, on est en *utopie*.   2. Sans épines (terme de botanique).

un homme soigneux ou méthodique, certes, la porte de sa maison annonçait une complète indifférence en matière de propriété. Un soldat amoureux de l'économie domestique autant que l'était Genestas devait donc conclure promptement du portail à la vie et au caractère de l'inconnu ; ce à quoi, malgré sa circonspection, il ne manqua point. La porte était entrebâillée, autre insouciance ! Sur la foi de cette confiance rustique, l'officier s'introduisit sans façon dans la cour, attacha son cheval aux barreaux de la grille, et pendant qu'il y nouait la bride, un hennissement partit d'une écurie vers laquelle le cheval et le cavalier tournèrent involontairement les yeux ; un vieux domestique en ouvrit la porte, montra sa tête coiffée du bonnet de laine rouge en usage dans le pays, et qui ressemble parfaitement au bonnet phrygien dont on affuble la Liberté. Comme il y avait place pour plusieurs chevaux, le bonhomme, après avoir demandé à Genestas s'il venait voir monsieur Benassis, lui offrit pour son cheval l'hospitalité de l'écurie, en regardant avec une expression de tendresse et d'admiration l'animal qui était fort beau. Le commandant suivit son cheval, pour voir comment il allait se trouver. L'écurie était propre, la litière y abondait, et les deux chevaux de Benassis avaient cet air heureux qui fait reconnaître entre tous les chevaux un cheval de curé. Une servante, arrivée de l'intérieur de la maison sur le perron, semblait attendre officiellement les interrogations de l'étranger, à qui déjà le valet d'écurie avait appris que monsieur Benassis était sorti.

— Notre maître est allé au moulin à blé, dit-il. Si vous voulez l'y rejoindre, vous n'avez qu'à suivre le sentier qui mène à la prairie, le moulin est au bout.

Genestas aima mieux voir le pays que d'attendre indéfiniment le retour de Benassis, et s'engagea dans le chemin du moulin à blé. Quand il eut dépassé la ligne inégale que trace le bourg sur le flanc de la montagne, il aperçut la vallée, le moulin, et l'un des plus délicieux paysages qu'il eût encore vus.

Arrêtée par la base des montagnes, la rivière forme un petit lac au-dessus duquel les pics s'élèvent d'étage en étage, en laissant deviner leurs nombreuses vallées par les différentes teintes de la lumière ou par la pureté plus ou moins vive de leurs arêtes chargées toutes de sapins noirs. Le moulin, construit récemment à la chute du torrent dans le petit lac, a le charme d'une maison isolée qui se cache au milieu des eaux, entre les têtes de plusieurs arbres aquatiques. De l'autre côté de la rivière, au bas d'une montagne alors faiblement éclairée à son sommet par les rayons rouges du soleil couchant, Genestas entrevit une douzaine de chaumières abandonnées, sans fenêtres ni portes ; leurs toitures dégradées laissaient voir d'assez fortes trouées, les terres d'alentour formaient des champs parfaitement labourés et semés ; leurs anciens jardins convertis en prairies étaient arrosés par des irrigations disposées avec autant d'art que dans le Limousin. Le commandant s'arrêta machinalement pour contempler les débris de ce village.

Pourquoi les hommes ne regardent-ils point sans une émotion profonde toutes les ruines, même les plus humbles ? sans doute elles sont pour eux une image du malheur dont le poids est senti par eux si diversement. Les cimetières font penser à la mort, un village abandonné fait songer aux peines de la vie ; la mort est un malheur prévu, les peines de la vie sont infinies. L'infini n'est-il pas le secret des grandes mélancolies ? L'officier avait atteint la chaussée pierreuse du moulin sans avoir pu s'expliquer l'abandon de ce village, il demanda Benassis à un garçon meunier assis sur des sacs de blé à la porte de la maison.

— Monsieur Benassis est allé là, dit le meunier en montrant une des chaumières ruinées.

— Ce village a donc été brûlé ? dit le commandant.

— Non, monsieur.

— Pourquoi donc alors est-il ainsi ? demanda Genestas.

— Ah ! pourquoi ? répondit le meunier en levant les épaules et rentrant chez lui, monsieur Benassis vous le dira.

L'officier passa sur une espèce de pont fait avec de grosses pierres entre lesquelles coule le torrent, et arriva bientôt à la maison désignée. Le chaume de cette habitation était encore entier, couvert de mousse, mais sans trous, et les fermetures semblaient être en bon état. En y entrant, Genestas vit du feu dans la cheminée au coin de laquelle se tenaient une vieille femme agenouillée devant un malade assis sur une chaise, et un homme debout, le visage tourné vers le foyer. L'intérieur de cette maison formait une seule chambre éclairée par un mauvais châssis garni de toile. Le sol était en terre battue. La chaise, une table et un grabat composaient tout le mobilier. Jamais le commandant n'avait rien vu de si simple ni de si nu, même en Russie où les cabanes des Mougiks ressemblent à des tanières. Là, rien n'attestait les choses de la vie, il ne s'y trouvait même pas le moindre ustensile nécessaire à la préparation des aliments les plus grossiers. Vous eussiez dit la niche d'un chien sans son écuelle. N'était le grabat, une souquenille pendue à un clou et des sabots garnis de paille, seuls vêtements du malade, cette chaumière eût paru déserte comme les autres. La femme agenouillée, paysanne fort vieille, s'efforçait de maintenir les pieds du malade dans un baquet plein d'une eau brune. En distinguant un pas que le bruit des éperons rendait insolite pour des oreilles accoutumées au marcher monotone des gens de la campagne, l'homme se tourna vers Genestas en manifestant une sorte de surprise, partagée par la vieille.

— Je n'ai pas besoin, dit le militaire, de demander si vous êtes monsieur Benassis. Étranger, impatient de vous voir, vous m'excuserez, monsieur, d'être venu vous chercher sur votre champ de bataille [1] au lieu de

---

1. 1/ Langage de militaire ; 2/ équivalence de la bataille civile avec la militaire.

vous avoir attendu chez vous. Ne vous dérangez pas, faites vos affaires. Quand vous aurez fini, je vous dirai l'objet de ma visite.

Genestas s'assit à demi sur le bord de la table et garda le silence. Le feu répandait dans la chaumière une clarté plus vive que celle du soleil dont les rayons, brisés par le sommet des montagnes, ne peuvent jamais arriver dans cette partie de la vallée. À la lueur de ce feu, fait avec quelques branches de sapin résineux qui entretenaient une flamme brillante, le militaire aperçut la figure de l'homme qu'un secret intérêt le contraignait à chercher, à étudier, à parfaitement connaître. Monsieur Benassis, le médecin du canton, resta les bras croisés, écouta froidement Genestas, lui rendit son salut, et se retourna vers le malade sans se croire l'objet d'un examen aussi sérieux que le fut celui du militaire.

Benassis était un homme de taille ordinaire, mais large des épaules et large de poitrine. Une ample redingote verte, boutonnée jusqu'au cou, empêcha l'officier de saisir les détails si caractéristiques de ce personnage ou de son maintien ; mais l'ombre et l'immobilité dans laquelle resta le corps servirent à faire ressortir la figure, alors fortement éclairée par un reflet des flammes. Cet homme avait un visage semblable à celui d'un satyre : même front légèrement cambré, mais plein de proéminences toutes plus ou moins significatives ; même nez retroussé, spirituellement fendu dans le bout ; mêmes pommettes saillantes. La bouche était sinueuse, les lèvres étaient épaisses et rouges. Le menton se relevait brusquement. Les yeux bruns et animés par un regard vif auquel la couleur nacrée du blanc de l'œil donnait un grand éclat, exprimaient des passions amorties. Les cheveux jadis noirs et maintenant gris, les rides profondes de son visage et ses gros sourcils déjà blanchis, son nez devenu bulbeux et veiné, son teint jaune et marbré par des taches rouges, tout annonçait en lui l'âge de cinquante ans et les rudes travaux de sa profession. L'officier ne put que présumer la capacité de la tête, alors couverte d'une casquette ; mais quoique cachée par cette coiffure, elle lui parut être une de ces têtes proverbialement nommées *têtes carrées*. Habitué, par les rapports qu'il avait eus avec les hommes d'énergie que rechercha Napoléon, à distinguer les traits des personnes destinées aux grandes choses, Genestas devina quelque mystère [1] dans cette vie obscure, et se dit en voyant ce visage extraordinaire : — Par quel hasard est-il resté médecin de campagne ? Après avoir sérieusement observé cette physionomie qui, malgré ses analogies avec les autres figures humaines, trahissait une secrète existence en désaccord avec ses apparentes vulgarités, il partagea nécessairement l'attention que le médecin donnait au malade, et la vue de ce malade changea complètement le cours de ses réflexions.

Malgré les innombrables spectacles de sa vie militaire, le vieux cavalier ressentit un mouvement de surprise accompagné d'horreur en apercevant une face humaine où la pensée ne devait jamais avoir brillé, face livide où la souffrance apparaissait naïve et silencieuse, comme sur le visage d'un enfant qui ne sait pas encore parler et qui ne peut plus crier, enfin la face tout animale d'un vieux crétin [2] mourant. Le crétin était la seule variété de l'espèce humaine que le chef d'escadron n'eût pas encore vue. À l'aspect d'un front dont la peau formait un gros pli rond, de deux yeux semblables à ceux d'un poisson cuit, d'une tête couverte de petits cheveux rabougris auxquels la nourriture manquait, tête toute déprimée et dénuée d'organes sensitifs, qui n'eût pas éprouvé, comme Genestas, un sentiment de dégoût involontaire pour une créature qui n'avait ni les grâces de l'animal ni les privilèges de l'homme, qui n'avait jamais eu ni raison ni instinct, et

---

1. Annonce de *La Confession*. Voir p. 255.   **2.** Crétinisme : ici arriération physiologique dont l'un des risques, outre le quasi-nanisme, est un visage couleur de *craie* (Littré).

n'avait jamais entendu ni parlé aucune espèce de langage. En voyant arriver ce pauvre être au terme d'une carrière qui n'était point la vie, il semblait difficile de lui accorder un regret ; cependant la vieille femme le contemplait avec une touchante inquiétude, et passait ses mains sur la partie des jambes que l'eau brûlante n'avait pas baignée, avec autant d'affection que si c'eût été son mari. Benassis lui-même, après avoir étudié cette face morte et ces yeux sans lumière, vint prendre doucement la main du crétin et lui tâta le pouls.

— Le bain n'agit pas, dit-il en hochant la tête, recouchons-le.

Il prit lui-même cette masse de chair, la transporta sur le grabat d'où il venait sans doute de la tirer, l'y étendit soigneusement en allongeant les jambes déjà presque froides, en plaçant la main et la tête avec les attentions que pourrait avoir une mère pour son enfant.

— Tout est dit, il va mourir, ajouta Benassis qui resta debout au bord du lit.

La vieille femme, les mains sur ses hanches, regarda le mourant en laissant échapper quelques larmes. Genestas lui-même demeura silencieux, sans pouvoir s'expliquer comment la mort d'un être si peu intéressant lui causait déjà tant d'impression. Il partageait instinctivement déjà la pitié sans bornes que ces malheureuses créatures inspirent dans les vallées privées de soleil où la nature les a jetées. Ce sentiment, dégénéré en superstition religieuse chez les familles auxquelles les crétins appartiennent, ne dérive-t-il pas de la plus belle des vertus chrétiennes, la charité, et de la foi le plus fermement utile à l'ordre social, l'idée des récompenses futures, la seule qui nous fasse accepter nos misères. L'espoir de mériter les félicités éternelles aide les parents de ces pauvres êtres et ceux qui les entourent à exercer en grand les soins de la maternité dans sa sublime protection incessamment donnée à une créature inerte qui d'abord ne la comprend pas, et qui plus tard l'oublie. Admirable religion ! elle a

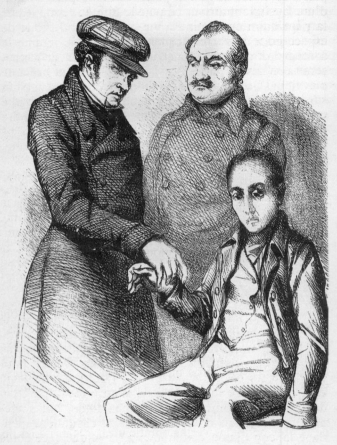

« *Benassis lui-même, après avoir étudié cette face morte
et ces yeux sans lumière, vint prendre doucement
la main du crétin et lui tâta le pouls.* »

placé les secours d'une bienfaisance aveugle près d'une aveugle infortune. Là où se trouvent des crétins, la population croit que la présence d'un être de cette espèce porte bonheur à la famille. Cette croyance sert à rendre douce une vie qui, dans le sein des villes, serait condamnée aux rigueurs d'une fausse philanthropie et à la discipline d'un hospice[1]. Dans la vallée supérieure de l'Isère, où ils abondent, les crétins vivent en plein air avec les troupeaux qu'ils sont dressés à garder. Au moins sont-ils libres et respectés comme doit l'être le malheur.

Depuis un moment la cloche du village tintait des coups éloignés par intervalles égaux, pour apprendre aux fidèles la mort de l'un d'eux. En voyageant dans l'espace, cette pensée religieuse arrivait affaiblie à la chaumière, où elle répandait une double mélancolie. Des pas nombreux retentirent dans le chemin et annoncèrent une foule, mais une foule silencieuse. Puis les chants de l'Église détonnèrent tout à coup en réveillant les idées confuses qui saisissent les âmes les plus incrédules, forcées de céder aux touchantes harmonies de la voix humaine. L'Église venait au secours de cette créature qui ne la connaissait point. Le curé parut, précédé de la croix tenue par un enfant de chœur, suivi du sacristain portant le bénitier, et d'une cinquantaine de femmes, de vieillards, d'enfants, tous venus pour joindre leurs prières à celles de l'Église. Le médecin et le militaire se regardèrent en silence et se retirèrent dans un coin pour faire place à la foule, qui s'agenouilla au dedans et au dehors de la chaumière. Pendant la consolante cérémonie du viatique[2], célébrée pour cet être qui n'avait jamais péché, mais à qui le monde chrétien disait adieu, la plupart de ces visages grossiers furent sincèrement attendris. Quelques larmes coulèrent sur de rudes joues crevassées par le soleil et brunies par les travaux en plein air. Ce sentiment de

1. C'est-à-dire à l'enfermement. L'hospice est véritablement un *mouroir*. 2. Communion donnée au mourant.

parenté volontaire était tout simple. Il n'y avait personne dans la Commune qui n'eût plaint ce pauvre être, qui ne lui eût donné son pain quotidien ; n'avait-il pas rencontré un père en chaque enfant, une mère chez la plus rieuse petite fille ?

— Il est mort, dit le curé.

Ce mot excita la consternation la plus vraie. Les cierges furent allumés. Plusieurs personnes voulurent passer la nuit auprès du corps. Benassis et le militaire sortirent. À la porte quelques paysans arrêtèrent le médecin pour lui dire : — Ah ! monsieur le maire, si vous ne l'avez pas sauvé, Dieu voulait sans doute le rappeler à lui.

— J'ai fait de mon mieux, mes enfants, répondit le docteur. Vous ne sauriez croire, monsieur, dit-il à Genestas quand ils furent à quelques pas du village abandonné dont le dernier habitant venait de mourir, combien de consolations vraies la parole de ces paysans renferme pour moi. Il y a dix ans, j'ai failli être lapidé dans ce village aujourd'hui désert, mais alors habité par trente familles.

Genestas mit une interrogation si visible dans l'air de sa physionomie et dans son geste, que le médecin lui raconta, tout en marchant, l'histoire annoncée par ce début.

— Monsieur, quand je vins m'établir ici, je trouvai dans cette partie du canton une douzaine de crétins, dit le médecin en se retournant pour montrer à l'officier les maisons ruinées. La situation de ce hameau dans un fond sans courant d'air, près du torrent dont l'eau provient des neiges fondues, privé des bienfaits du soleil, qui n'éclaire que le sommet de la montagne, tout y favorise la propagation de cette affreuse maladie. Les lois ne défendent pas l'accouplement de ces malheureux, protégés ici par une superstition dont la puissance m'était inconnue, que j'ai d'abord condamnée, puis admirée. Le crétinisme [1] se serait donc étendu depuis

—————————————

1. Le mot n'entrera au Dictionnaire de l'Académie qu'en 1835.

cet endroit jusqu'à la vallée. N'était-ce pas rendre un grand service au pays que d'arrêter cette contagion physique et intellectuelle[1] ? Malgré son urgence, ce bienfait pouvait coûter la vie à celui qui entreprendrait de l'opérer. Ici, comme dans les autres sphères sociales, pour accomplir le bien, il fallait froisser, non pas des intérêts, mais, chose plus dangereuse à manier, des idées religieuses converties en superstition, la forme la plus indestructible des idées humaines. Je ne m'effrayai de rien. Je sollicitai d'abord la place de maire du canton, et l'obtins[2] ; puis, après avoir reçu l'approbation verbale du préfet, je fis nuitamment transporter à prix d'argent quelques-unes de ces malheureuses créatures du côté d'Aiguebelle, en Savoie, où il s'en trouve beaucoup et où elles devaient être très-bien traitées. Aussitôt que cet acte d'humanité fut connu, je devins en horreur à toute la population. Le curé prêcha contre moi. Malgré mes efforts pour expliquer aux meilleures têtes du bourg combien était importante l'expulsion de ces crétins, malgré les soins gratuits que je rendais aux malades du pays, on me tira un coup de fusil au coin d'un bois. J'allai voir l'évêque de Grenoble et lui demandai le changement du curé. Monseigneur fut assez bon pour me permettre de choisir un prêtre qui pût s'associer à mes œuvres, et j'eus le bonheur de rencontrer un de ces êtres qui semblent tombés du ciel. Je poursuivis mon entreprise. Après avoir travaillé les esprits, je déportai nuitamment six autres crétins. À cette seconde tentative, j'eus pour défenseurs quelques-uns de mes obligés et les membres du conseil de la Commune de qui j'intéressai l'avarice en leur prouvant combien l'entretien de ces pauvres êtres était coûteux, combien il serait profitable pour le bourg de convertir les terres possédées sans titre par eux en communaux[3] qui manquaient au bourg. J'eus pour moi les riches ; mais les pauvres, les vieilles

---

1. Psychologique. Rien à voir avec le sens d'aujourd'hui. **2.** Le maire, alors, n'est pas *élu*. **3.** Propriété collective.

femmes, les enfants et quelques entêtés me demeurèrent hostiles. Par malheur, mon dernier enlèvement se
fit incomplètement. Le crétin que vous venez de voir
n'était pas rentré chez lui, n'avait point été pris, et se
retrouva le lendemain, seul de son espèce, dans le village où habitaient encore quelques familles dont les
individus, presque imbéciles, étaient encore exempts
de crétinisme. Je voulus achever mon ouvrage et vins
de jour, en costume, pour arracher ce malheureux de
sa maison. Mon intention fut connue aussitôt que je
sortis de chez moi, les amis du crétin me devancèrent,
et je trouvai devant sa chaumière un rassemblement de
femmes, d'enfants, de vieillards qui tous me saluèrent
par des injures accompagnées d'une grêle de pierres.
Dans ce tumulte, au milieu duquel j'allais peut-être
périr victime de l'enivrement réel qui saisit une foule
exaltée par les cris et l'agitation de sentiments
exprimés en commun, je fus sauvé par le crétin ! Ce
pauvre être sorti de sa cabane, fit entendre son glous-
sement, et apparut comme le chef suprême de ces fana-
tiques. À cette apparition, les cris cessèrent. J'eus
l'idée de proposer une transaction, et je pus l'expliquer
à la faveur du calme si heureusement survenu. Mes
approbateurs n'oseraient sans doute pas me soutenir
dans cette circonstance, leur secours devait être purement passif, ces gens superstitieux allaient veiller avec
la plus grande activité à la conservation de leur dernière idole, il me parut impossible de la leur ôter. Je
promis donc de laisser le crétin en paix dans sa maison,
à la condition que personne n'en approcherait, que les
familles de ce village passeraient l'eau et viendraient
loger au bourg dans des maisons neuves que je me
chargeai de construire en y joignant des terres dont le
prix plus tard devait m'être remboursé par la
Commune. Eh ! bien, mon cher monsieur, il me fallut
six mois pour vaincre les résistances que rencontra
l'exécution de ce marché, quelque avantageux qu'il fût
aux familles de ce village. L'affection des gens de la

campagne pour leurs masures est un fait inexplicable. Quelque insalubre que puisse être sa chaumière, un paysan s'y attache beaucoup plus qu'un banquier ne tient à son hôtel. Pourquoi ? je ne sais. Peut-être la force des sentiments est-elle en raison de leur rareté. Peut-être l'homme qui vit peu par la pensée vit-il beaucoup par les choses ? et moins il en possède, plus sans doute il les aime. Peut-être en est-il du paysan comme du prisonnier ?... il n'éparpille point les forces de son âme, il les concentre sur une seule idée, et arrive alors à une grande énergie de sentiment. Pardonnez ces réflexions à un homme qui échange rarement ses pensées. D'ailleurs ne croyez pas, monsieur, que je me sois beaucoup occupé d'idées creuses. Ici, tout doit être pratique et action. Hélas ! moins ces pauvres gens ont d'idées, plus il est difficile de leur faire entendre leurs véritables intérêts. Aussi me suis-je résigné à toutes les minuties de mon entreprise. Chacun d'eux me disait la même chose, une de ces choses pleines de bon sens et qui ne souffrent pas de réponse : — Ah ! monsieur, vos maisons ne sont point encore bâties ! — Eh ! bien, leur disais-je, promettez-moi de venir les habiter aussitôt qu'elles seront achevées. Heureusement, monsieur, je fis décider que notre bourg était propriétaire de toute la montagne au pied de laquelle se trouve le village maintenant abandonné. La valeur des bois situés sur les hauteurs put suffire à payer le prix des terres et celui des maisons promises qui se construisirent. Quand un seul de mes ménages récalcitrants y fut logé, les autres ne tardèrent pas à le suivre. Le bien-être qui résulta de ce changement fut trop sensible pour ne pas être apprécié par ceux qui tenaient le plus superstitieusement à leur village sans soleil, autant dire sans âme. La conclusion de cette affaire, la conquête des biens communaux dont la possession nous fut confirmée par le Conseil-d'État[1], me firent acquérir une grande

---

1. On n'est pas dans un utopisme-miracle mais dans la France réelle (préfet, maire, évêque, curé, Conseil d'État).

importance dans le canton. Mais, monsieur, combien de soins ! dit le médecin en s'arrêtant et en levant une main qu'il laissa retomber par un mouvement plein d'éloquence. Moi seul connais la distance du bourg à la Préfecture d'où rien ne sort, et de la Préfecture au Conseil-d'État où rien n'entre. Enfin, reprit-il, paix aux puissances de la terre, elles ont cédé à mes importunités, c'est beaucoup. Si vous saviez le bien produit par une signature insouciamment donnée ?... Monsieur, deux ans après avoir tenté de si grandes petites choses et les avoir mises à fin, tous les pauvres ménages de ma commune possédaient au moins deux vaches, et les envoyaient pâturer dans la montagne où, sans attendre l'autorisation du Conseil-d'État, j'avais pratiqué des irrigations transversales[1] semblables à celles de la Suisse, de l'Auvergne et du Limousin. À leur grande surprise, les gens du bourg y virent poindre d'excellentes prairies, et obtinrent une plus grande quantité de lait, grâce à la meilleure qualité des pâturages. Les résultats de cette conquête furent immenses. Chacun imita mes irrigations. Les prairies, les bestiaux, toutes les productions se multiplièrent. Dès lors je pus sans crainte entreprendre d'améliorer ce coin de terre encore inculte et de civiliser ses habitants jusqu'alors dépourvus d'intelligence. Enfin, monsieur, nous autres solitaires nous sommes très-causeurs ; si l'on nous fait une question, l'on ne sait jamais où s'arrêtera la réponse ; lorsque j'arrivai dans cette vallée, la population était de sept cents âmes ; maintenant on en compte deux mille. L'affaire du dernier crétin m'a obtenu l'estime de tout le monde. Après avoir montré constamment à mes administrés de la mansuétude et de la fermeté tout à la fois, je devins l'oracle du canton. Je fis tout pour mériter la confiance sans la solliciter ni sans paraître la désirer ; seulement, je tâchai d'inspirer à tous le plus grand respect pour ma personne par la religion avec

---

1. Qui utilisent l'eau *descendant* de la montagne, évitant ainsi la perte de l'eau par ruissellement vertical.

laquelle je sus remplir tous mes engagements, même les plus frivoles. Après avoir promis de prendre soin du pauvre être que vous venez de voir mourir, je veillai sur lui mieux que ses précédents protecteurs ne l'avaient fait. Il a été nourri, soigné comme l'enfant adoptif de la Commune. Plus tard, les habitants ont fini par comprendre le service que je leur avais rendu malgré eux. Néanmoins ils conservent encore un reste de leur ancienne superstition ; je suis loin de les en blâmer, leur culte envers le crétin ne m'a-t-il pas souvent servi de texte pour engager ceux qui avaient de l'intelligence à aider les malheureux. Mais nous sommes arrivés, reprit après une pause Benassis en apercevant le toit de sa maison.

Loin d'attendre de celui qui l'écoutait la moindre phrase d'éloge ou de remerciement, en racontant cet épisode de sa vie administrative, il semblait avoir cédé à ce naïf besoin d'expansion auquel obéissent les gens retirés du monde.

— Monsieur, lui dit le commandant, j'ai pris la liberté de mettre mon cheval dans votre écurie, et vous aurez la bonté de m'excuser quand je vous aurai appris le but de mon voyage.

— Ah ! quel est-il ? lui demanda Benassis en ayant l'air de quitter une préoccupation et de se souvenir que son compagnon était un étranger.

Par suite de son caractère franc et communicatif, il avait accueilli Genestas comme un homme de connaissance.

— Monsieur, répondit le militaire, j'ai entendu parler de la guérison presque miraculeuse de monsieur Gravier de Grenoble, que vous avez pris chez vous. Je viens dans l'espoir d'obtenir les mêmes soins, sans avoir les mêmes titres à votre bienveillance ; cependant, peut-être la mérité-je ! Je suis un vieux militaire auquel d'anciennes blessures ne laissent pas de repos. Il vous faudra bien au moins huit jours pour examiner

l'état dans lequel je suis, car mes douleurs ne se réveillent que de temps à autre, et...

— Eh ! bien, monsieur, dit Benassis en l'interrompant, la chambre de monsieur Gravier est toujours
prête, venez... Ils entrèrent dans la maison, dont la
porte fut alors poussée par le médecin avec une vivacité que Genestas attribua au plaisir d'avoir un pensionnaire. — Jacquotte, cria Benassis, monsieur va
dîner ici.

— Mais, monsieur, reprit le soldat, ne serait-il pas
convenable de nous arranger pour le prix...

— Le prix de quoi ? dit le médecin.

— D'une pension. Vous ne pouvez pas me nourrir,
moi et mon cheval, sans...

— Si vous êtes riche, répondit Benassis, vous paie-
rez bien ; sinon, je ne veux rien.

— Rien, dit Genestas, me semble trop cher. Mais
riche ou pauvre, dix francs par jour, sans compter le
prix de vos soins, vous seront-ils agréables ?

— Rien ne m'est plus désagréable que de recevoir
un prix quelconque pour le plaisir d'exercer l'hospitalité, reprit le médecin en fronçant les sourcils. Quant à
mes soins, vous ne les aurez que si vous me plaisez.
Les riches ne sauraient acheter mon temps, il appartient
aux gens de cette vallée. Je ne veux ni gloire ni fortune,
je ne demande à mes malades ni louanges ni reconnaissance. L'argent que vous me remettrez ira chez les
pharmaciens de Grenoble pour payer les médicaments
indispensables aux pauvres du canton.

Qui eût entendu ces paroles, jetées brusquement
mais sans amertume, se serait intérieurement dit,
comme Genestas : — Voilà une bonne pâte d'homme.

— Monsieur, répondit le militaire avec sa ténacité
accoutumée, je vous donnerai donc dix francs par
jour [1], et vous en ferez ce que vous voudrez. Cela posé,
nous nous entendrons mieux, ajouta-t-il en prenant la

---

1. Somme considérable. À Paris, une couturière à domicile gagne
un demi-franc par jour. (Voir Michelet, dans *La Femme*.)

main du médecin et la lui serrant avec une cordialité
pénétrante. Malgré mes dix francs, vous verrez bien
que je ne suis pas un Arabe.

Après ce combat, dans lequel il n'y eut pas chez
Benassis le moindre désir de paraître ni généreux ni
philanthrope, le prétendu malade entra dans la maison
de son médecin où tout se trouva conforme au délabre-
ment de la porte et aux vêtements du possesseur. Les
moindres choses y attestaient l'insouciance la plus profonde pour ce qui n'était pas d'une essentielle utilité.
Benassis fit passer Genestas par la cuisine, le chemin
le plus court pour aller à la salle à manger. Si cette
cuisine, enfumée comme celle d'une auberge, était garnie d'ustensiles en nombre suffisant, ce luxe était
l'œuvre de Jacquotte, ancienne servante de curé, qui
disait *nous*, et régnait en souveraine sur le ménage du
médecin. S'il y avait en travers du manteau de la cheminée une bassinoire bien claire, probablement Jacquotte aimait à se coucher chaudement en hiver, et par
ricochet bassinait les draps de son maître, qui, disait-
elle, ne songeait à rien ; mais Benassis l'avait prise à
cause de ce qui eût été pour tout autre un intolérable
défaut. Jacquotte voulait dominer au logis, et le médecin avait désiré rencontrer une femme qui dominât
chez lui. Jacquotte achetait, vendait, accommodait,
changeait, plaçait et déplaçait, arrangeait et dérangeait
tout selon son bon plaisir ; jamais son maître ne lui
avait fait une seule observation. Aussi Jacquotte admi-
nistrait-elle sans contrôle la cour, l'écurie, le valet, la
cuisine, la maison, le jardin et le maître. De sa propre
autorité se changeait le linge, se faisait la lessive et
s'emmagasinaient les provisions. Elle décidait de l'entrée au logis et de la mort des cochons, grondait le
jardinier, arrêtait le menu du déjeuner et du dîner, allait
de la cave au grenier, du grenier dans la cave, en y
balayant tout à sa fantaisie sans rien trouver qui lui
résistât. Benassis n'avait voulu que deux choses : dîner
à six heures, et ne dépenser qu'une certaine somme par

mois. Une femme à laquelle tout obéit chante toujours ;
aussi Jacquotte riait-elle, rossignolait-elle par les esca-
liers, toujours fredonnant quand elle ne chantait point,
et chantant quand elle ne fredonnait pas. Naturellement
propre, elle tenait la maison proprement. Si son goût
eût été différent, monsieur Benassis eût été bien malheureux, disait-elle, car le pauvre homme était si peu
regardant qu'on pouvait lui faire manger des choux
pour des perdrix ; sans elle, il eût gardé bien souvent
la même chemise pendant huit jours. Mais Jacquotte
était une infatigable plieuse de linge, par caractère frot-
teuse de meubles, amoureuse d'une propreté tout ecclésiastique, la plus minutieuse, la plus reluisante, la plus
douce des propretés. Ennemie de la poussière, elle
époussetait, lavait, blanchissait sans cesse. L'état de la
porte extérieure lui causait une vive peine. Depuis dix
ans elle tirait de son maître, tous les premiers du mois,
la promesse de faire mettre cette porte à neuf, de
rechampir les murs de la maison, et de tout arranger
gentiment, et monsieur n'avait pas encore tenu sa
parole. Aussi, quand elle venait à déplorer la profonde
insouciance de Benassis, manquait-elle rarement à pro-
noncer cette phrase sacramentale par laquelle se termi-
naient tous les éloges de son maître : — « On ne peut
pas dire qu'il soit bête, puisqu'il fait quasiment des
miracles dans l'endroit ; mais il est quelquefois bête
tout de même, mais bête qu'il faut tout lui mettre dans
la main comme à un enfant ! » Jacquotte aimait la maison comme une chose à elle. D'ailleurs, après y avoir
demeuré pendant vingt-deux ans, peut-être avait-elle le
droit de se faire illusion ? En venant dans le pays,
Benassis, ayant trouvé cette maison en vente par suite
de la mort du curé, avait tout acheté, murs et terrain,
meubles, vaisselle, vin, poules, le vieux cartel[1] à
figures, le cheval et la servante. Jacquotte, le modèle
du genre cuisinière, montrait un corsage épais, invaria-

---

1. Horloge.

blement enveloppé d'une indienne brune semée de pois rouges, ficelé, serré de manière à faire croire que l'étoffe allait craquer au moindre mouvement. Elle portait un bonnet rond plissé, sous lequel sa figure un peu blafarde et à double menton paraissait encore plus blanche qu'elle ne l'était. Petite, agile, la main leste et potelée, Jacquotte parlait haut et continuellement. Si elle se taisait un instant, et prenait le coin de son tablier pour le relever triangulairement, ce geste annonçait quelque longue remontrance adressée au maître ou au valet. De toutes les cuisinières du royaume, Jacquotte était certes la plus heureuse. Pour rendre son bonheur aussi complet qu'un bonheur peut l'être ici-bas, sa vanité se trouvait sans cesse satisfaite, le bourg l'acceptait comme une autorité mixte placée entre le maire et le garde champêtre. En entrant dans la cuisine, le maître n'y trouva personne.

— Où diable sont-ils donc allés ? dit-il. — Pardonnez-moi, reprit-il en se tournant vers Genestas, de vous introduire ici. L'entrée d'honneur est par le jardin, mais je suis si peu habitué à recevoir du monde, que... Jacquotte !

À ce nom, proféré presque impérieusement, une voix de femme répondit dans l'intérieur de la maison. Un moment après, Jacquotte prit l'offensive en appelant à son tour Benassis, qui vint promptement dans la salle à manger.

— Vous voilà bien, monsieur ! dit-elle, vous n'en faites jamais d'autres. Vous invitez toujours du monde à dîner sans m'en prévenir, et vous croyez que tout est troussé quand vous avez crié : Jacquotte ! Allez-vous pas recevoir ce monsieur dans la cuisine ? Ne fallait-il pas ouvrir le salon, y allumer du feu ? Nicolle y est et va tout arranger. Maintenant promenez votre monsieur pendant un moment dans le jardin ; ça l'amusera, cet homme, s'il aime les jolies choses, montrez-lui la charmille de défunt monsieur, j'aurai le temps de tout apprêter, le dîner, le couvert et le salon.

« *Ce geste annonçait quelque longue remontrance
adressée au maître ou au valet.* »

— Oui. Mais, Jacquotte, reprit Benassis, ce monsieur va rester ici. N'oublie pas de donner un coup
d'œil à la chambre de monsieur Gravier, de voir aux
draps et à tout, de...

— N'allez-vous pas vous mêler des draps, à présent ? répliqua Jacquotte. S'il couche ici, je sais bien
ce qu'il faudra lui faire. Vous n'êtes seulement pas
entré dans la chambre de monsieur Gravier depuis dix
mois. Il n'y a rien à y voir, elle est propre comme mon
œil. Il va donc demeurer ici, ce monsieur ? ajouta-t-elle
d'un ton radouci.

— Oui.

— Pour longtemps ?

— Ma foi, je ne sais pas. Mais qu'est-ce que cela
te fait ?

— Ah ! qu'est-ce que cela me fait, monsieur ? Ah !
bien, qu'est-ce que cela me fait ? En voilà bien d'une
autre[1] ! Et les provisions, et tout, et...

Sans achever le flux de paroles par lequel, en toute
autre occasion, elle eût assailli son maître pour lui
reprocher son manque de confiance, elle le suivit dans
la cuisine. En devinant qu'il s'agissait d'un pensionnaire, elle fut impatiente de voir Genestas, à qui elle
fit une révérence obséquieuse en l'examinant de la tête
aux pieds. La physionomie du militaire avait alors une
expression triste et songeuse qui lui donnait un air
rude, le colloque de la servante et du maître lui semblait révéler en ce dernier une nullité qui lui faisait
rabattre, quoique à regret, de la haute opinion qu'il
avait prise en admirant sa persistance à sauver ce petit
pays des malheurs du crétinisme.

— Il ne me revient pas du tout ce particulier, dit
Jacquotte.

— Si vous n'êtes pas fatigué, monsieur, dit le médecin à son prétendu malade, nous ferons un tour de jardin avant le dîner.

---

1. Expression paysanne encore en usage (*une autre* : une autre histoire).

— Volontiers, répondit le commandant.

Ils traversèrent la salle à manger, et entrèrent dans le jardin par une espèce d'antichambre ménagée au bas de l'escalier, et qui séparait la salle à manger du salon. Cette pièce, fermée par une grande porte-fenêtre, était contiguë au perron de pierre, ornement de la façade sur le jardin. Divisé en quatre grands carrés égaux par des allées bordées de buis qui dessinaient une croix, ce jardin était terminé par une épaisse charmille [1], bonheur du précédent propriétaire. Le militaire s'assit sur un banc de bois vermoulu, sans voir ni les treilles, ni les espaliers, ni les légumes desquels Jacquotte prenait grand soin par suite des traditions du gourmand ecclésiastique auquel était dû ce jardin précieux, assez indifférent à Benassis.

Quittant la conversation banale qu'il avait engagée, le commandant dit au médecin : — Comment avez-vous fait, monsieur, pour tripler en dix ans la population de cette vallée où vous aviez trouvé sept cents âmes, et qui, dites-vous, en compte aujourd'hui plus de deux mille ?

— Vous êtes la première personne qui m'ait fait cette question, répondit le médecin. Si j'ai eu pour but de mettre en plein rapport ce petit coin de terre, l'entraînement de ma vie occupée ne m'a pas laissé le loisir de songer à la manière dont j'ai fait en grand, comme le frère quêteur, une espèce de *soupe au caillou* [2]. Monsieur Gravier lui-même, un de nos bienfaiteurs et à qui j'ai pu rendre le service de le guérir, n'a pas pensé à la théorie en courant avec moi à travers nos montagnes pour y voir le résultat de la pratique.

Il y eut un moment de silence, pendant lequel Benassis se mit à réfléchir sans prendre garde au regard perçant par lequel son hôte essayait de le pénétrer.

— Comment cela s'est fait, mon cher monsieur ?

---

1. Rideau d'arbres décoratif.   **2.** Farce classique : un caillou suffit pour faire une soupe, mais on peut y rajouter légumes, poule, etc. Moi, j'ai déjà le caillou.

reprit-il, mais naturellement et en vertu d'une loi sociale d'attraction[1] entre les nécessités que nous nous créons et les moyens de les satisfaire. Tout est là. Les peuples sans besoins sont pauvres. Quand je vins m'établir dans ce bourg, on y comptait cent trente familles de paysans, et, dans la vallée, deux cents feux environ. Les autorités du pays, en harmonie avec la misère publique, se composaient d'un maire qui ne savait pas écrire, et d'un adjoint, métayer domicilié loin de la Commune ; d'un juge de paix, pauvre diable vivant de ses appointements, et laissant tenir par force les actes de l'État Civil à son greffier, autre malheureux à peine en état de comprendre son métier. L'ancien curé mort à l'âge de soixante-dix ans, son vicaire, homme sans instruction, venait de lui succéder. Ces gens résumaient l'intelligence du pays et le régissaient. Au milieu de cette belle nature, les habitants croupissaient dans la fange et vivaient de pommes de terre[2] et de laitage ; les fromages que la plupart d'entre eux portaient sur de petits paniers à Grenoble ou aux environs constituaient les seuls produits desquels ils tirassent quelque argent. Les plus riches ou les moins paresseux semaient du sarrasin pour la consommation du bourg, quelquefois de l'orge ou de l'avoine, mais point de blé. Le seul industriel du pays était le maire qui possédait une scierie et achetait à bas prix les coupes de bois pour les débiter. Faute de chemins, il transportait ses arbres un à un dans la belle saison en les traînant à grand'peine au moyen d'une chaîne attachée au licou de ses chevaux, et terminée par un crampon de fer enfoncé dans le bois. Pour aller à Grenoble, soit à cheval, soit à pied, il fallait passer par un large sentier situé en haut de la montagne, la vallée était impraticable. D'ici au premier village que vous avez

---

1. Assimilation aux sciences physiques de la science sociale. C'est un schéma hérité des lumières du XVIIIe siècle. **2.** Longtemps interdites par l'Église : les « pommes du diable » poussaient trop vite... et donc sans le *travail* qui sanctifie tout.

vu en arrivant dans le canton, la jolie route, par laquelle vous êtes sans doute venu, ne formait en tout temps qu'un bourbier. Aucun événement politique, aucune révolution n'était arrivée dans ce pays inaccessible, et complètement en dehors du mouvement social. Napoléon seul y avait jeté son nom, il y est une religion, grâce à deux ou trois vieux soldats du pays revenus dans leurs foyers, et qui, pendant les veillées, racontent fabuleusement à ces gens simples les aventures de cet homme et de ses armées. Ce retour est d'ailleurs un phénomène inexplicable. Avant mon arrivée, les jeunes gens partis à l'armée y restaient tous. Ce fait accuse assez la misère du pays pour me dispenser de vous la peindre. Voilà, monsieur, dans quel état j'ai pris ce canton duquel dépendent, au-delà des montagnes, plusieurs Communes bien cultivées, assez heureuses et presques riches. Je ne vous parle pas des chaumières du bourg, véritables écuries où bêtes et gens s'entassaient alors pêle-mêle. Je passai par ici en revenant de la Grande-Chartreuse. N'y trouvant pas d'auberge, je fus forcé de coucher chez le vicaire, qui habitait provisoirement cette maison, alors en vente. De questions en questions, j'obtins une connaissance superficielle de la déplorable situation de ce pays, dont la belle température, le sol excellent et les productions naturelles m'avaient émerveillé. Monsieur, je cherchais alors à me faire une vie autre que celle dont les peines m'avaient lassé. Il me vint au cœur une de ces pensées que Dieu nous envoie pour nous faire accepter nos malheurs. Je résolus d'élever ce pays comme un précepteur élève un enfant[1]. Ne me sachez pas gré de ma bienfaisance, j'y étais trop intéressé par le besoin de distraction que j'éprouvais. Je tâchais alors d'user le reste de mes jours dans quelque entreprise ardue. Les changements à introduire dans ce canton, que la nature faisait si riche et que l'homme rendait si pauvre,

---

1. L'instituteur est alors peu connu. Il faudra attendre la loi Guizot de 1832.

devaient occuper toute une vie : ils me tentèrent par la difficulté même de les opérer. Dès que je fus certain d'avoir la maison curiale et beaucoup de terres vaines et vagues à bon marché, je me vouai religieusement à l'état de chirurgien[1] de campagne, le dernier de tous ceux qu'un homme pense à prendre dans son pays. Je voulus devenir l'ami des pauvres sans attendre d'eux la moindre récompense. Oh ! je ne me suis abandonné à aucune illusion, ni sur le caractère des gens de la campagne, ni sur les obstacles que l'on rencontre en essayant d'améliorer les hommes ou les choses. Je n'ai point fait des idylles sur mes gens, je les ai acceptés pour ce qu'ils sont, de pauvres paysans, ni entièrement bons ni entièrement méchants, auxquels un travail constant ne permet point de se livrer aux sentiments, mais qui parfois peuvent sentir vivement. Enfin, j'ai surtout compris que je n'agirais sur eux que par des calculs d'intérêt et de bien-être immédiats. Tous les paysans sont fils de saint Thomas, l'apôtre incrédule, ils veulent toujours des faits à l'appui des paroles.

— Vous allez peut-être rire de mon début, monsieur, reprit le médecin après une pause. J'ai commencé cette œuvre difficile par une fabrique de paniers. Ces pauvres gens achetaient à Grenoble leurs clayons[2] à fromages et les vanneries indispensables à leur misérable commerce. Je donnai l'idée à un jeune homme intelligent de prendre à ferme, le long du torrent, une grande portion de terrain que les alluvions enrichissent annuellement, et où l'osier devait très-bien venir. Après avoir supputé la quantité de vanneries consommées par le canton, j'allai dénicher à Grenoble quelque jeune ouvrier sans ressource pécuniaire, habile travailleur. Quand je l'eus trouvé, je le décidai facilement à s'établir ici en lui promettant de lui avancer le prix de l'osier nécessaire à ses fabrications jusqu'à ce

---

1. Le chirurgien (ou barbier) n'était pas médecin, mais il assurait une médecine élémentaire.   2. De *claie*, osier. Sert à faire égoutter les fromages.

que mon planteur d'oseraies pût lui en fournir. Je lui persuadai de vendre ses paniers au-dessous des prix de Grenoble, tout en les fabriquant mieux. Il me comprit. L'oseraie et la vannerie constituaient une spéculation [1] dont les résultats ne seraient appréciés qu'après quatre années. Vous le savez sans doute, l'osier n'est bon à couper qu'à trois ans. Pendant sa première campagne, mon vannier vécut et trouva ses provisions en bénéfice. Il épousa bientôt une femme de Saint-Laurent-du-Pont qui avait quelque argent. Il se fit alors bâtir une maison saine, bien aérée dont l'emplacement fut choisi, dont les distributions se firent d'après mes conseils. Quel triomphe, monsieur ! J'avais créé dans ce bourg une industrie, j'y avais amené un producteur [2] et quelques travailleurs. Vous traiterez ma joie d'enfantillage ?... Pendant les premiers jours de l'établissement de mon vannier, je ne passais point devant sa boutique sans que les battements de mon cœur ne s'accélérassent. Lorsque dans cette maison neuve, à volets peints en vert, et à la porte de laquelle étaient un banc, une vigne et des bottes d'osier, je vis une femme propre, bien vêtue, allaitant un gros enfant rose et blanc au milieu d'ouvriers tous gais, chantant, façonnant avec activité leurs vanneries, et commandés par un homme qui, naguère pauvre et hâve, respirait alors le bonheur ; je vous l'avoue, monsieur, je ne pouvais résister au plaisir de me faire vannier pendant un moment en entrant dans la boutique pour m'informer de leurs affaires, et je m'y laissais aller à un contentement que je ne saurais peindre. J'étais joyeux de la joie de ces gens et de la mienne. La maison de cet homme, le premier qui crût fermement en moi, devenait toute mon espérance. N'était-ce pas l'avenir de ce pauvre pays, monsieur, que déjà je portais en mon cœur, comme la femme du vannier portait dans le sien son premier nourrisson ?...

---

1. Mot alors non péjoratif : tout simplement entreprise impliquant le calcul et l'invention.   **2.** Mot saint-simonien. S'oppose à la simple cueillette.

J'avais à mener bien des choses de front, je heurtais bien des idées. Je rencontrai une violente opposition fomentée par le maire ignorant, à qui j'avais pris sa place, dont l'influence s'évanouissait devant la mienne ; je voulus en faire mon adjoint et le complice de ma bienfaisance. Oui, monsieur, ce fut dans cette tête, la plus dure de toutes, que je tentai de répandre les premières lumières. Je pris mon homme et par l'amour-propre et par son intérêt. Pendant six mois nous dînâmes ensemble, et je le mis de moitié dans mes plans d'amélioration. Beaucoup de gens verraient dans cette amitié nécessaire les plus cruels ennuis de ma tâche ; mais cet homme n'était-il pas un instrument, et le plus précieux de tous ? Malheur à qui méprise sa cognée ou la jette même avec insouciance ! N'aurais-je pas été d'ailleurs fort inconséquent si, voulant améliorer le pays, j'eusse reculé devant l'idée d'améliorer un homme ? Le plus urgent moyen de fortune était une route. Si nous obtenions du conseil municipal l'autorisation de construire un bon chemin d'ici à la route de Grenoble, mon adjoint était le premier à en profiter ; car, au lieu de traîner coûteusement ses arbres à travers de mauvais sentiers, il pourrait, au moyen d'une bonne route cantonale [1], les transporter facilement, entreprendre un gros commerce de bois de toute nature, et gagner, non plus six cents malheureux francs par an, mais de belles sommes qui lui donneraient un jour une certaine fortune. Enfin convaincu, cet homme devint mon prosélyte. Pendant tout un hiver, mon ancien maire alla trinquer au cabaret avec ses amis, et sut démontrer à nos administrés qu'un bon chemin de voiture serait une source de fortune pour le pays en permettant à chacun de commercer avec Grenoble. Lorsque le conseil municipal eut voté le chemin, j'obtins du préfet quelque argent sur les fonds de charité du Département, afin de payer les transports que la

---

1. Donc financée par de l'argent public (comme une route nationale).

Commune était hors d'état d'entreprendre, faute de charrettes. Enfin, pour terminer plus promptement ce grand ouvrage et en faire apprécier immédiatement les résultats aux ignorants qui murmuraient contre moi en disant que je voulais rétablir les corvées [1], j'ai, pendant tous les dimanches [2] de la première année de mon administration, constamment entraîné, de gré ou de force, la population du bourg, les femmes, les enfants, et même les vieillards, en haut de la montagne où j'avais tracé moi-même sur un excellent fonds le grand chemin qui mène de notre village à la route de Grenoble. Des matériaux abondants bordaient fort heureusement l'emplacement du chemin. Cette longue entreprise me demanda beaucoup de patience. Tantôt les uns, ignorant les lois, se refusaient à la prestation en nature ; tantôt les autres, qui manquaient de pain, ne pouvaient réellement pas perdre une journée ; il fallait donc distribuer du blé à ceux-ci, puis aller calmer ceux-là par des paroles amicales. Néanmoins, quand nous eûmes achevé les deux tiers de ce chemin, qui a deux lieues de pays environ, les habitants en avaient si bien reconnu les avantages, que le dernier tiers s'acheva avec une ardeur qui me surprit. J'enrichis l'avenir [3] de la Commune en plantant une double rangée de peupliers le long de chaque fossé latéral. Aujourd'hui ces arbres sont déjà presque une fortune, et donnent l'aspect d'une route royale [4] à notre chemin, toujours sec par la nature de sa situation, et si bien confectionné d'ailleurs, qu'il coûte à peine deux cents francs d'entretien par an ; je vous le montrerai, car vous n'avez pu le voir : pour venir, vous avez sans doute pris le joli chemin du bas, une autre route que les habitants ont voulu faire eux-mêmes, il y a trois ans, afin d'ouvrir des communications aux établisse-

---

1. Abolies depuis la Révolution de 1789 (travail gratuit dû au seigneur).   2. Contrairement aux lois de l'Église.   3. Le bois des peupliers se vend bien.   4. Équivalent de « nationale » (financée par l'État) ; on est sous une royauté.

ments qui se formaient alors dans la vallée. Ainsi, monsieur, il y a trois ans, le bon sens public de ce bourg, naguère sans intelligence, avait acquis les idées que cinq ans auparavant un voyageur aurait peut-être désespéré de pouvoir lui inculquer. Poursuivons. L'établissement de mon vannier était un exemple donné fructueusement à cette pauvre population. Si le chemin devait être la cause la plus directe de la prospérité future du bourg, il fallait exciter toutes les industries premières afin de féconder ces deux germes de bien-être. Tout en aidant le planteur d'oseraies et le faiseur de paniers, tout en construisant ma route, je continuais insensiblement mon œuvre. J'eus deux chevaux, le marchand de bois, mon adjoint, en avait trois, il ne pouvait les faire ferrer qu'à Grenoble quand il y allait, j'engageai donc un maréchal-ferrant, qui connaissait un peu l'art vétérinaire, à venir ici en lui promettant beaucoup d'ouvrage. Je rencontrai le même jour un vieux soldat assez embarrassé de son sort qui possédait pour tout bien cent francs de retraite, qui savait lire et écrire ; je lui donnai la place de secrétaire de la mairie ; par un heureux hasard, je lui trouvai une femme, et ses rêves de bonheur furent accomplis. Monsieur, il fallut des maisons à ces deux nouveaux ménages, à celui de mon vannier et aux vingt-deux familles qui abandonnèrent le village des crétins. Douze autres ménages dont les chefs étaient travailleurs, producteurs et consommateurs vinrent donc s'établir ici : maçons, charpentiers, couvreurs, menuisiers, serruriers, vitriers qui eurent de la besogne pour longtemps ; ne devaient-ils pas se construire leurs maisons après avoir bâti celles des autres ? n'amenaient-ils pas des ouvriers avec eux ? Pendant la seconde année de mon administration, soixante-dix maisons s'élevèrent dans la Commune. Une production en exigeait une autre. En peuplant le bourg, j'y créais des nécessités nouvelles, inconnues jusqu'alors à ces pauvres gens. Le besoin engendrait l'industrie, l'industrie le commerce, le commerce un

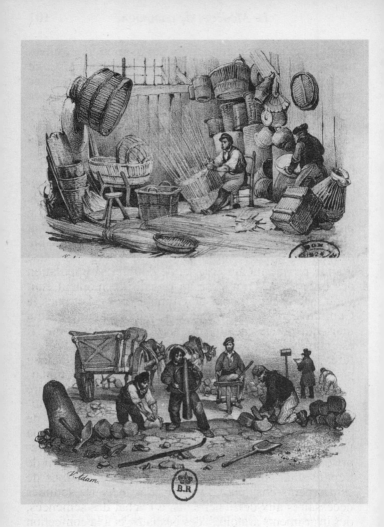

« *Tout en aidant le planteur d'oseraies*
et le faiseur de paniers, tout en construisant ma route,
je continuais insensiblement mon œuvre. »

gain, le gain un bien-être, et le bien-être des idées utiles. Ces différents ouvriers voulurent du pain tout cuit, nous eûmes un boulanger. Mais le sarrasin ne pouvait plus être la nourriture de cette population tirée de sa dégradante inertie et devenue essentiellement active ; je l'avais trouvée mangeant du blé noir, je désirais la faire passer d'abord au régime du seigle ou du méteil, puis voir un jour aux plus pauvres gens un morceau de pain blanc [1]. Pour moi les progrès intellectuels [2] étaient tout entiers dans les progrès sanitaires. Un boucher annonce dans un pays autant d'intelligence que de richesses. Qui travaille mange, et qui mange pense. En prévoyant le jour où la production du froment serait nécessaire, j'avais soigneusement examiné la qualité des terres ; j'étais sûr de lancer le bourg dans une grande prospérité agricole, et de doubler sa population dès qu'elle se serait mise au travail. Le moment était venu. Monsieur Gravier de Grenoble possédait dans la Commune des terres dont il ne tirait aucun revenu, mais qui pouvaient être converties en terres à blé. Il est, comme vous le savez, Chef de division à la Préfecture. Autant par attachement pour son pays que vaincu par mes importunités, il s'était déjà prêté fort complaisamment à mes exigences ; je réussis à lui faire comprendre qu'il avait à son insu travaillé pour lui-même. Après plusieurs jours de sollicitations, de conférences, de devis débattus ; après avoir engagé ma fortune pour le garantir contre les risques d'une entreprise de laquelle sa femme, cervelle étroite, essayait de l'épouvanter, il consentit à bâtir ici quatre fermes de cent arpents chacune, et promit d'avancer les sommes nécessaires aux défrichements, à l'achat des semences, des instruments aratoires, des bestiaux, et à la confection des chemins d'exploitation. De mon côté, je construisis deux fermes, autant pour mettre en culture mes terres vaines et vagues que pour enseigner par l'exemple les

---

1. Voir la même révolution nécessaire en Bretagne dans *Les Chouans*. **2.** Moraux.

utiles méthodes de l'agriculture moderne. En six
semaines, le bourg s'accrut de trois cents habitants. Six
fermes où devaient se loger plusieurs ménages, des
défrichements énormes à opérer, des labours à faire,
appelaient des ouvriers. Les charrons, les terrassiers,
les compagnons, les manouvriers affluaient. Le chemin
de Grenoble était couvert de charrettes, d'allants et
venants. Ce fut un mouvement général dans le pays.
La circulation de l'argent faisait naître chez tout le
monde le désir d'en gagner, l'apathie avait cessé, le
bourg s'était réveillé. Je finis en deux mots l'histoire
de monsieur Gravier, l'un des bienfaiteurs de ce canton. Malgré la défiance assez naturelle à un citadin de
province, à un homme de bureau, il a, sur la foi de mes
promesses, avancé plus de quarante mille francs sans
savoir s'il les recouvrerait. Chacune de ses fermes est
louée aujourd'hui mille francs [1], ses fermiers ont si bien
fait leurs affaires [2] que chacun d'eux possède au moins
cent arpents de terre, trois cents moutons, vingt vaches,
dix bœufs, cinq chevaux, et emploie plus de vingt personnes. Je reprends. Dans le cours de la quatrième
année nos fermes furent achevées. Nous eûmes une
récolte en blé qui parut miraculeuse aux gens du pays,
abondante comme elle devait l'être dans un terrain
vierge. J'ai bien souvent tremblé pour mon œuvre pendant cette année ! La pluie ou la sécheresse pouvait
ruiner mon ouvrage en amoindrissant la confiance que
j'inspirais déjà. La culture du blé nécessita le moulin
que vous avez vu, et qui me rapporte environ cinq
cents francs par an. Aussi les paysans disent-ils dans
leur langage que *j'ai la chance*, et croient-ils en moi
comme en leurs reliques. Ces constructions nouvelles,
les fermes, le moulin, les plantations, les chemins ont
donné de l'ouvrage à tous les gens de métier que
j'avais attirés ici. Quoique nos bâtiments représentent
bien les soixante mille francs que nous avons jetés dans

---

1. Par an.   **2.** On reste dans un système de propriété privée.

le pays, cet argent nous fut amplement rendu par les revenus que créent les consommateurs [1]. Mes efforts ne cessaient d'animer cette naissante industrie. Par mon avis un jardinier pépiniériste vint s'établir dans le bourg, où je prêchais aux plus pauvres de cultiver les arbres fruitiers afin de pouvoir un jour conquérir à Grenoble le monopole de la vente des fruits. — « Vous y portez des fromages, leur disais-je, pourquoi ne pas y porter des volailles, des œufs, des légumes, du gibier, du foin, de la paille, etc. ? » Chacun de mes conseils était la source d'une fortune, ce fut à qui les suivrait. Il se forma donc une multitude de petits établissements dont les progrès, lents d'abord, ont été de jour en jour plus rapides. Tous les lundis il part maintenant du bourg pour Grenoble plus de soixante charrettes pleines de nos divers produits, et il se récolte plus de sarrasin pour nourrir les volailles qu'il ne s'en semait autrefois pour nourrir les hommes. Devenu trop considérable, le commerce des bois s'est subdivisé. Dès la quatrième année de notre ère industrielle [2], nous avons eu des marchands de bois de chauffage, de bois carrés, de planches, d'écorces, puis des charbonniers. Enfin il s'est établi quatre nouvelles scieries de planches et de madriers. En acquérant quelques idées commerciales, l'ancien maire a éprouvé le besoin de savoir lire et écrire. Il a comparé le prix des bois dans les diverses localités, il a remarqué de telles différences à l'avantage de son exploitation, qu'il s'est procuré de place en place de nouvelles pratiques, et il fournit aujourd'hui le tiers du Département. Nos transports ont si subitement augmenté que nous occupons trois charrons, deux bourreliers, et chacun d'eux n'a pas moins de trois garçons. Enfin nous consommons tant de fer [3], qu'un taillandier s'est transporté dans le bourg et s'en est très-

---

1. L'utopie n'est pas contraire au *vrai* libéralisme (besoins, moyens, consommation, profits, salaires, investissements).   **2.** On serait tenté, aujourd'hui, de mettre des guillemets.   **3.** Provenant des petites mines locales.

bien trouvé. Le désir du gain développe une ambition
qui dès lors a poussé mes industriels à réagir du bourg
sur le Canton et du Canton sur le Département, afin
d'augmenter leurs profits en augmentant leur vente. Je
n'eus qu'un mot à dire pour leur indiquer des
débouchés nouveaux, leur bon sens faisait le reste.
Quatre années avaient suffi pour changer la face de ce
bourg. Quand j'y étais passé, je n'y avais pas entendu
le moindre cri ; mais au commencement de la cinquième année, tout y était vivant et animé. Les chants
joyeux, le bruit des ateliers, et les cris sourds ou aigus
des outils retentissaient agréablement à mes oreilles [1].
Je voyais aller et venir une active population, agglomé-
rée dans un bourg nouveau, propre, assaini, bien planté
d'arbres. Chaque habitant avait la conscience de son
bien-être, et toutes les figures respiraient le contentement que donne une vie utilement occupée.

— Ces cinq années forment à mes yeux le premier
âge de la vie prospère de notre bourg, reprit le médecin
après une pause. Pendant ce temps j'avais tout
défriché, tout mis en germe dans les têtes et dans les
terres. Le mouvement progressif de la population et
des industries ne pouvait plus s'arrêter désormais. Un
second âge se préparait. Bientôt ce petit monde désira
se mieux habiller. Il nous vint un mercier, avec lui le
cordonnier, le tailleur et le chapelier. Ce commencement de luxe nous valut un boucher, un épicier ; puis
une sage-femme, qui me devenait bien nécessaire, je
perdais un temps considérable aux accouchements. Les
défrichis [2] donnèrent d'excellentes récoltes. Puis la
qualité supérieure de nos produits agricoles fut maintenue par les engrais et par les fumiers dus à l'accroisse-
ment de la population. Mon entreprise put alors se
développer dans toutes ses conséquences. Après avoir
assaini les maisons et graduellement amené les habitants à se mieux nourrir, à se mieux vêtir, je voulus

---

1. Envers de l'enfer industriel-manufacturier.   2. Succédant aux
abattis.

que les animaux se ressentissent de ce commencement de civilisation. Des soins accordés aux bestiaux dépend la beauté des races et des individus, partant celle des produits ; je prêchai donc l'assainissement des étables. Par la comparaison du profit que rend une bête bien logée, bien pansée, avec le maigre rapport d'un bétail mal soigné, je fis insensiblement changer le régime des bestiaux de la Commune : pas une bête ne souffrit. Les vaches et les bœufs furent pansés comme ils le sont en Suisse et en Auvergne. Les bergeries, les écuries, les vacheries, les laiteries, les granges se rebâtirent sur le modèle de mes constructions et de celles de monsieur Gravier qui sont vastes, bien aérées, par conséquent salubres. Nos fermiers étaient mes apôtres, ils convertissaient promptement les incrédules en leur démontrant la bonté de mes préceptes par de prompts résultats. Quant aux gens qui manquaient d'argent, je leur en prêtais en favorisant surtout les pauvres industrieux ; ils servaient d'exemple. D'après mes conseils, les bêtes défectueuses, malingres ou médiocres furent promptement vendues et remplacées par de beaux sujets. Ainsi nos produits, en un temps donné, l'emportèrent dans les marchés sur ceux des autres Communes. Nous eûmes de magnifiques troupeaux, et partant de bons cuirs. Ce progrès était d'une haute importance. Voici comment. Rien n'est futile en économie rurale. Autrefois nos écorces se vendaient à vil prix et nos cuirs n'avaient pas une grande valeur ; mais nos écorces et nos cuirs une fois bonifiés, la rivière nous permit de construire des moulins à tan, il nous vint des tanneurs dont le commerce s'accrut rapidement. Le vin, jadis inconnu dans le bourg, où l'on ne buvait que des piquettes[1], y devint naturellement un besoin : des cabarets se sont établis. Puis le plus ancien des cabarets s'est agrandi, s'est changé en auberge et fournit des mulets aux voyageurs qui commencent à prendre notre

---

1. Vin de mauvaise qualité qui ne se conserve pas.

chemin pour aller à la Grande-Chartreuse. Depuis deux ans nous avons un mouvement commercial assez important pour faire vivre deux aubergistes. Au commencement du second âge de notre prospérité, le juge de paix mourut. Fort heureusement pour nous, son successeur fut un ancien notaire de Grenoble ruiné par une fausse spéculation, mais auquel il restait encore assez d'argent pour être riche au village ; monsieur Gravier sut le déterminer à venir ici ; il a bâti une jolie maison, il a secondé mes efforts en y joignant les siens ; il a construit une ferme et défriché des bruyères, il possède aujourd'hui trois chalets dans la montagne. Sa famille est nombreuse. Il a renvoyé l'ancien greffier, l'ancien huissier, et les a remplacés par des hommes beaucoup plus instruits et surtout plus industrieux que leurs prédécesseurs. Ces deux nouveaux ménages ont créé une distillerie de pommes de terre et un lavoir de laines, deux établissements fort utiles que les chefs de ces deux familles conduisent tout en exerçant leurs professions. Après avoir constitué des revenus à la Commune, je les employai sans opposition à bâtir une Mairie dans laquelle je mis une école gratuite [1] et le logement d'un instituteur primaire. J'ai choisi pour remplir cette importante fonction un pauvre prêtre assermenté [2] rejeté par tout le Département, et qui a trouvé parmi nous un asile pour ses vieux jours. La maîtresse d'école est une digne femme ruinée qui ne savait où donner de la tête, et à laquelle nous avons arrangé une petite fortune ; elle vient de fonder un pensionnat de jeunes personnes où les riches fermiers des environs commencent à envoyer leurs filles. Monsieur, si j'ai eu le droit de vous raconter jusqu'ici l'histoire de ce petit coin de terre en mon nom, il est un moment où monsieur Janvier, le nouveau curé, vrai Fénelon réduit aux proportions d'une Cure, a été pour moitié

---

1. Anticipation sur la loi Guizot de 1832.   **2.** Qui avait accepté le serment constitutionnel de 1790 ; c'est ici une alliance objective avec un héritage de la Révolution française.

dans cette œuvre de régénération : il a su donner aux mœurs du bourg un esprit doux et fraternel qui semble faire de la population une seule famille. Monsieur Dufau, le juge de paix, quoique venu plus tard, mérite également la reconnaissance des habitants. Pour vous résumer notre situation par des chiffres plus significatifs que mes discours, la Commune possède aujourd'hui deux cents arpents de bois et cent soixante arpents de prairies. Sans recourir à des centimes additionnels, elle donne cent écus de traitement supplémentaire au curé[1], deux cents francs au garde champêtre, autant au maître et à la maîtresse d'école ; elle a cinq cents francs pour ses chemins, autant pour les réparations de la mairie, du presbytère, de l'église, et pour quelques autres frais. Dans quinze ans d'ici, elle aura pour cent mille francs de bois à abattre, et pourra payer ses contributions sans qu'il en coûte un denier aux habitants ; elle sera certes l'une des plus riches Communes de France. Mais, monsieur, je vous ennuie peut-être, dit Benassis à Genestas en surprenant son auditeur dans une attitude si pensive qu'elle devait être prise pour celle d'un homme inattentif.

— Oh ! non, dit le commandant.

— Monsieur, reprit le médecin, le commerce, l'industrie, l'agriculture et notre consommation n'étaient que locales. À un certain degré, notre prospérité se fût arrêtée. Je demandai bien un bureau de poste, un débit de tabac, de poudre et de cartes ; je forçai bien, par les agréments du séjour et de notre nouvelle société, le percepteur des contributions à quitter la Commune de laquelle il avait jusqu'alors préféré l'habitation à celle du Chef-lieu de canton ; j'appelai bien, en temps et lieu, chaque production quand j'avais éveillé le besoin ; je fis bien venir des ménages et des gens industrieux, je leur donnai bien à tous le sentiment de la propriété ; ainsi, à mesure qu'ils avaient de l'argent,

1. Annuellement, comme ce qui suit. Rastignac aura 1 500 francs par an de pension à Paris (*Le Père Goriot*).

les terres se défrichaient ; la petite culture, les petits propriétaires, envahissaient et mettaient graduellement en valeur la montagne. Les malheureux que j'avais trouvés ici portant à pied quelques fromages à Grenoble y allaient bien en charrette, menant des fruits, des œufs, des poulets, des dindons. Tous avaient insensiblement grandi. Le plus mal partagé était celui qui n'avait que son jardin, ses légumes, ses fruits, ses primeurs à cultiver. Enfin, signe de prospérité, personne ne cuisait plus son pain, afin de ne point perdre de temps, et les enfants gardaient les troupeaux. Mais, monsieur, il fallait faire durer ce foyer industriel en y jetant sans cesse des aliments nouveaux. Le bourg n'avait pas encore une renaissante industrie qui pût entretenir cette production commerciale et nécessiter de grandes transactions, un entrepôt, un marché. Il ne suffit pas à un pays de ne rien perdre sur la masse d'argent qu'il possède et qui forme son capital, vous n'augmenterez point son bien-être en faisant passer avec plus ou moins d'habileté, par le jeu de la production et de la consommation, cette somme dans le plus grand nombre possible de mains. Là n'est pas le problème. Quand un pays est en plein rapport, et que ses produits sont en équilibre avec sa consommation, il faut, pour créer de nouvelles fortunes et accroître la richesse publique, faire à l'extérieur des échanges qui puissent amener un constant actif dans sa balance commerciale. Cette pensée a toujours déterminé les États sans base territoriale[1], comme Tyr, Carthage, Venise, la Hollande et l'Angleterre, à s'emparer du commerce de transport. Je cherchai pour notre petite sphère une pensée analogue, afin d'y créer un troisième âge commercial. Notre prospérité, sensible à peine aux yeux d'un passant, car notre Chef-lieu de canton ressemble à tous les autres, fut étonnante pour moi seul. Les habitants, agglomérés insensiblement, n'ont pu

---

1. Sans agriculture, du moins comme celle de la France.

juger de l'ensemble en participant au mouvement. Au bout de sept ans, je rencontrai deux étrangers, les vrais bienfaiteurs de ce bourg, qu'ils métamorphoseront peut-être en une ville. L'un est un Tyrolien d'une adresse incroyable, et qui confectionne les souliers pour les gens de la campagne, les bottes pour les élégants de Grenoble, comme aucun ouvrier de Paris ne les fabriquerait. Pauvre musicien ambulant, un de ces Allemands industrieux qui font et l'œuvre et l'outil, la musique et l'instrument, il s'arrêta dans le bourg en venant de l'Italie qu'il avait traversée en chantant et travaillant. Il demanda si quelqu'un n'avait pas besoin de souliers, on l'envoya chez moi, je lui commandai deux paires de bottes dont les formes furent façonnées par lui. Surpris de l'adresse de cet étranger, je le questionnai, je le trouvai précis dans ses réponses ; ses manières, sa figure, tout me confirma dans la bonne opinion que j'avais prise de lui ; je lui proposai de se fixer dans le bourg en lui promettant de favoriser son industrie de tous mes moyens, et je mis en effet à sa disposition une assez forte somme d'argent. Il accepta. J'avais mes idées. Nos cuirs s'étaient améliorés, nous pouvions dans un certain temps les consommer nous-mêmes en fabriquant des chaussures à des prix modérés. J'allais recommencer sur une plus grande échelle l'affaire des paniers. Le hasard m'offrait un homme éminemment habile et industrieux que je devais embaucher pour donner au bourg un commerce productif et stable. La chaussure est une de ces consommations qui ne s'arrêtent jamais, une fabrication dont le moindre avantage est promptement apprécié par le consommateur. J'ai eu le bonheur de ne pas me tromper, monsieur. Aujourd'hui nous avons cinq tanneries, elles emploient tous les cuirs du Département, elles en vont chercher quelquefois jusqu'en Provence, et chacune possède son moulin à tan. Eh ! bien, monsieur, ces tanneries ne suffisent pas à fournir le cuir nécessaire au Tyrolien, qui n'a pas moins de quarante ouvriers [1] !...

---

1. Du simple atelier on est presque passé à l'usine ; du moins à la P.M.E.

L'autre homme, dont l'aventure n'est pas moins
curieuse, mais qui serait peut-être pour vous fastidieuse
à entendre, est un simple paysan qui a trouvé les
moyens de fabriquer à meilleur marché que partout ailleurs les chapeaux à grands bords en usage dans le
pays ; il les exporte dans tous les départements voisins,
jusqu'en Suisse et en Savoie. Ces deux industries,
sources intarissables de prospérité, si le canton peut
maintenir la qualité des produits et leur bas prix, m'ont
suggéré l'idée de fonder ici trois foires par an ; le préfet, étonné des progrès industriels de ce canton, m'a
secondé pour obtenir l'ordonnance royale qui les a ins-
tituées. L'année dernière nos trois foires ont eu lieu ;
elles sont déjà connues jusque dans la Savoie sous le
nom de la foire aux souliers et aux chapeaux. En apprenant ces changements, le principal clerc d'un notaire
de Grenoble, jeune homme pauvre mais instruit, grand
travailleur, et auquel mademoiselle Gravier est promise, est allé solliciter à Paris l'établissement d'un
office de notaire ; sa demande lui fut accordée. Sa
charge ne lui coûtant rien[1], il a pu se faire bâtir une
maison en face de celle du juge de paix, sur la place
du nouveau bourg. Nous avons maintenant un marché
par semaine, il s'y conclut des affaires assez considé-
rables en bestiaux et en blé. L'année prochaine il nous
viendra sans doute un pharmacien, puis un horloger,
un marchand de meubles et un libraire, enfin les super-
fluités nécessaires à la vie. Peut-être finirons-nous par
prendre tournure de petite ville et par avoir des maisons bourgeoises. L'instruction a tellement gagné, que
je n'ai pas rencontré dans le conseil municipal la plus
légère opposition quand j'ai proposé de réparer, d'or-
ner l'église, de bâtir un presbytère, de tracer un beau
champ de foire, d'y planter des arbres, et de déterminer
un alignement pour obtenir plus tard des rues saines,
aérées et bien percées[2]. Voilà, monsieur, comment

---

1. Normalement, on *rachète* une charge de notaire.   **2.** Et non au
hasard des maisons.

nous sommes arrivés à avoir dix-neuf cents feux au lieu de cent trente-sept, trois mille bêtes à cornes au lieu de huit cents, et, au lieu de sept cents âmes, deux mille personnes dans le bourg, trois mille en comptant les habitants de la vallée. Il existe dans la Commune douze maisons riches, cent familles aisées, deux cents qui prospèrent. Le reste travaille. Tout le monde sait lire et écrire. Enfin nous avons dix-sept abonnements à différents journaux[1]. Vous rencontrerez bien encore des malheureux dans notre canton, j'en vois certes beaucoup trop ; mais personne n'y mendie, il s'y trouve de l'ouvrage pour tout le monde. Je lasse maintenant deux chevaux par jour à courir pour soigner les malades ; je puis me promener sans danger à toute heure dans un rayon de cinq lieues, et qui voudrait me tirer un coup de fusil ne resterait pas dix minutes en vie. L'affection tacite des habitants est tout ce que j'ai personnellement gagné à ces changements, outre le plaisir de m'entendre dire par tout le monde d'un air joyeux, quand je passe : Bonjour, monsieur Benassis ! Vous comprenez bien que la fortune involontairement acquise dans mes fermes modèles est, entre mes mains, un moyen et non un résultat.

— Si dans toutes les localités chacun vous imitait, monsieur, la France serait grande et pourrait se moquer de l'Europe[2], s'écria Genestas exalté.

— Mais il y a une demi-heure que je vous tiens là, dit Benassis, il est presque nuit, allons nous mettre à table.

Du côté du jardin, la maison du médecin présente une façade de cinq fenêtres à chaque étage. Elle est composée d'un rez-de-chaussée surmonté d'un premier étage, et couverte d'un toit en tuiles percé de mansardes saillantes. Les volets peints en vert tranchent sur le ton grisâtre de la muraille, où pour ornement une

---

1. On aimerait savoir lesquels. Les journaux, alors, ne se vendaient pas au numéro ; un abonnement coûtait 50 F par an. 2. Par des moyens *civils*, et non pas militaires.

vigne règne entre les deux étages, d'un bout à l'autre, en forme de frise. Au bas, le long du mur, quelques rosiers du Bengale végètent tristement, à demi noyés par l'eau du toit, qui n'a pas de gouttières. En entrant par le grand palier qui forme antichambre, il se trouve à droite un salon à quatre fenêtres donnant les unes sur la cour, les autres sur le jardin. Ce salon, sans doute l'objet de bien des économies et de bien des espérances pour le pauvre défunt, est planchéié, boisé par en bas, et garni de tapisseries de l'avant-dernier siècle. Les grands et larges fauteuils couverts en lampas[1] à fleurs, les vieilles girandoles dorées qui ornent la cheminée et les rideaux à gros glands, annonçaient l'opulence dont avait joui le curé. Benassis avait complété cet ameublement, qui ne manquait pas de caractère, par deux consoles de bois à guirlandes sculptées, placées en face l'une de l'autre dans l'entre-deux des fenêtres, et par un cartel d'écaille incrustée de cuivre qui décorait la cheminée. Le médecin habitait rarement cette pièce, qui exhale l'odeur humide des salles toujours fermées. L'on y respirait encore le défunt curé, la senteur particulière de son tabac semblait même sortir du coin de la cheminée où il avait l'habitude de s'asseoir. Les deux grandes bergères étaient symétriquement posées de chaque côté du foyer, où il n'y avait pas eu de feu depuis le séjour de monsieur Gravier, mais où brillaient alors les flammes claires du sapin.

— Il fait encore froid le soir, dit Benassis, le feu se voit avec plaisir.

Genestas, devenu pensif, commençait à s'expliquer l'insouciance du médecin pour les choses ordinaires de la vie.

— Monsieur, lui dit-il, vous avez une âme vraiment citoyenne[2], et je m'étonne qu'après avoir accompli tant de choses, vous n'ayez pas tenté d'éclairer le gouvernement.

---

1. Soie à grands dessins d'une couleur différente de celle du fond. **2.** Souvenir de l'Antiquité, mais *via* la Révolution française.

Benassis se mit à rire, mais doucement et d'un air triste.

— Écrire quelque mémoire sur les moyens de civiliser la France, n'est-ce pas ? Avant vous, monsieur Gravier me l'avait dit, monsieur. Hélas ! on n'éclaire pas un gouvernement, et, de tous les gouvernements, le moins susceptible d'être éclairé, c'est celui qui croit répandre des lumières. Sans doute ce que nous avons fait pour ce Canton, tous les maires devraient le faire pour le leur, le magistrat municipal pour sa ville, le Sous-préfet pour l'Arrondissement, le Préfet pour le Département, le Ministre pour la France, chacun dans la sphère d'intérêt où il agit. Là où j'ai persuadé de construire un chemin de deux lieues, l'un achèverait une route, l'autre un canal ; là où j'ai encouragé la fabrication des chapeaux de paysan, le ministre soustrairait la France au joug industriel de l'étranger, en encourageant quelques manufactures d'horlogerie, en aidant à perfectionner nos fers, nos aciers, nos limes ou nos creusets, à cultiver la soie ou le pastel. En fait de commerce, encouragement ne signifie pas protection[1]. La vraie politique d'un pays doit tendre à l'affranchir de tout tribut envers l'étranger, mais sans le secours honteux des douanes et des prohibitions. L'industrie ne peut être sauvée que par elle-même, la concurrence est sa vie. Protégée, elle s'endort ; elle meurt par le monopole comme sous le tarif. Le pays qui rendra tous les autres ses tributaires sera celui qui proclamera la liberté commerciale, il se sentira la puissance manufacturière de tenir ses produits à des prix inférieurs à ceux de ses concurrents. La France peut atteindre à ce but beaucoup mieux que l'Angleterre, car elle seule possède un territoire assez étendu pour maintenir les productions agricoles à des prix qui maintiennent l'abaissement du salaire industriel : là devrait tendre l'administration en France, car là est

---

1. Mais libre-échange gagé par une production importante et de bas prix de revient. C'est de l'anti-Colbert.

toute la question moderne. Mon cher monsieur, cette étude n'a pas été le but de ma vie, la tâche que je me suis tardivement donnée est accidentelle. Puis de telles choses sont trop simples pour qu'on en compose une science, elles n'ont rien d'éclatant ni de théorique, elles ont le malheur d'être tout bonnement utiles. Enfin l'on ne va pas vite en besogne. Pour obtenir un succès en ce genre, il faut trouver tous les matins en soi la même dose du courage le plus rare et en apparence le plus aisé, le courage du professeur répétant sans cesse les mêmes choses, courage peu récompensé. Si nous saluons avec respect l'homme qui, comme vous, a versé son sang sur un champ de bataille, nous nous moquons de celui qui use lentement le feu de sa vie à dire les mêmes paroles à des enfants du même âge. Le bien obscurément fait ne tente personne. Nous manquons essentiellement de la vertu civique avec laquelle les grands hommes des anciens jours rendaient service à la patrie, en se mettant au dernier rang quand ils ne commandaient pas. La maladie de notre temps est la supériorité. Il y a plus de saints que de niches. Voici pourquoi. Avec la monarchie nous avons perdu *l'honneur*, avec la religion de nos pères *la vertu chrétienne*, avec nos infructueux essais de gouvernement *le patriotisme*[1]. Ces principes n'existent plus que partiellement, au lieu d'animer les masses, car les idées ne périssent jamais. Maintenant, pour étayer la société, nous n'avons d'autre soutien que *l'égoïsme*. Les individus croient en eux. L'avenir, c'est l'homme social ; nous ne voyons plus rien au-delà. Le grand homme qui nous sauvera du naufrage vers lequel nous courons se servira sans doute de l'individualisme pour refaire la nation ; mais en attendant cette régénération, nous sommes dans le siècle des intérêts matériels et du positif. Ce dernier mot est celui de tout le monde. Nous sommes tous chiffrés, non d'après ce que nous valons,

---

1. Mot de la Révolution française, alors que *civique* renvoyait plutôt à l'Antiquité gréco-romaine.

mais d'après ce que nous pesons. S'il est en veste, l'homme d'énergie obtient à peine un regard. Ce sentiment a passé dans le gouvernement. Le ministre envoie une chétive médaille au marin qui sauve au péril de ses jours une douzaine d'hommes, il donne la croix d'honneur au député qui lui vend sa voix. Malheur au pays ainsi constitué ! Les nations, de même que les individus, ne doivent leur énergie qu'à de grands sentiments. Les sentiments d'un peuple sont ses croyances. Au lieu d'avoir des croyances, nous avons des intérêts [1]. Si chacun ne pense qu'à soi et n'a de foi qu'en lui-même, comment voulez-vous rencontrer beaucoup de courage civil, quand la condition de cette vertu consiste dans le renoncement à soi-même ? Le courage civil et le courage militaire procèdent du même principe. Vous êtes appelés à donner votre vie d'un seul coup, la nôtre s'en va goutte à goutte. De chaque côté, mêmes combats sous d'autres formes. Il ne suffit pas d'être homme de bien pour civiliser le plus humble coin de terre, il faut encore être instruit ; puis l'instruction, la probité, le patriotisme, ne sont rien sans la volonté ferme avec laquelle un homme doit se détacher de tout intérêt personnel pour se vouer à une pensée sociale. Certes, la France renferme plus d'un homme instruit, plus d'un patriote par Commune ; mais je suis certain qu'il n'existe pas dans chaque Canton un homme qui, à ces précieuses qualités, joigne le vouloir continu, la pertinacité du maréchal battant son fer. L'homme qui détruit et l'homme qui construit sont deux phénomènes de volonté : l'un prépare, l'autre achève l'œuvre ; le premier apparaît comme le génie du mal, et le second semble être le génie du bien ; à l'un la gloire, à l'autre l'oubli. Le mal possède une voix éclatante qui réveille les âmes vulgaires et les remplit d'admiration, tandis que le bien est longtemps muet. L'amour-propre humain a bientôt choisi le rôle

---

1. Antiéconomiques ! On est sorti du « libéralisme » sauvage.

le plus brillant. Une œuvre de paix, accomplie sans
arrière-pensée individuelle, ne sera donc jamais qu'un
accident, jusqu'à ce que l'éducation ait changé les
mœurs de la France. Quand ces mœurs seront chan-
gées, quand nous serons tous de grands citoyens, ne
deviendrons-nous pas, malgré les aises d'une vie tri-
viale, le peuple le plus ennuyeux, le plus ennuyé, le
moins artiste, le plus malheureux qu'il y aura sur la
terre ? Ces grandes questions, il ne m'appartient pas
de les décider, je ne suis pas à la tête du pays. À
part ces considérations, d'autres difficultés s'opposent
encore à ce que l'Administration ait des principes
exacts. En fait de civilisation, monsieur, rien n'est
absolu. Les idées qui conviennent à une contrée sont
mortelles dans une autre, et il en est des intelligences
comme des terrains. Si nous avons tant de mauvais
administrateurs, c'est que l'administration, comme le
goût, procède d'un sentiment très-élevé, très-pur. En
ceci le génie vient d'une tendance de l'âme et non
d'une science. Personne ne peut apprécier ni les actes
ni les pensées d'un administrateur, ses véritables
juges sont loin de lui, les résultats plus éloignés
encore. Chacun peut donc se dire sans péril administrateur. En France, l'espèce de séduction qu'exerce
l'esprit nous inspire une grande estime pour les gens
à idées ; mais les idées sont peu de chose là où il
ne faut qu'une volonté. Enfin l'Administration ne
consiste pas à imposer aux masses des idées ou des
méthodes plus ou moins justes, mais à imprimer aux
idées mauvaises ou bonnes de ces masses une direction utile qui les fasse concorder au bien général. Si
les préjugés et les routines d'une contrée aboutissent
à une mauvaise voie, les habitants abandonnent
d'eux-mêmes leurs erreurs. Toute erreur en économie
rurale, politique ou domestique, ne constitue-t-elle
pas des pertes que l'intérêt rectifie à la longue ? Ici
j'ai rencontré fort heureusement table rase. Par mes
conseils, la terre s'y est bien cultivée ; mais il n'y

avait aucun errement en agriculture, et les terres y
étaient bonnes : il m'a donc été facile d'introduire
la culture en cinq assolements, les prairies artifi-
cielles et la pomme de terre. Mon système agrono-
mique ne heurtait aucun préjugé. L'on ne s'y servait
pas déjà de mauvais coutres, comme en certaines
parties de la France, et la houe suffisait au peu de
labours qui s'y faisaient. Le charron était intéressé à
vanter mes charrues à roues pour débiter son charron-
nage, j'avais en lui un compère. Mais là, comme
ailleurs, j'ai toujours tâché de faire converger les
intérêts des uns vers ceux des autres[1]. Puis je suis
allé des productions qui intéressaient directement ces
pauvres gens, à celles qui augmentaient leur bien-
être. Je n'ai rien amené du dehors au dedans, j'ai
seulement secondé les exportations qui devaient les
enrichir, et dont les bénéfices se comprenaient directement. Ces gens-là étaient mes apôtres par leurs
œuvres et sans s'en douter. Autre considération !
Nous ne sommes ici qu'à cinq lieues de Grenoble,
et près d'une grande ville se trouvent bien des
débouchés pour les productions. Toutes les
communes ne sont pas à la porte des grandes villes.
En chaque affaire de ce genre, il faut consulter l'esprit du pays, sa situation, ses ressources, étudier le
terrain, les hommes et les choses, et ne pas vouloir
planter des vignes en Normandie. Ainsi donc, rien
n'est plus variable que l'administration, elle a peu
de principes généraux. La loi est uniforme, les
mœurs, les terres, les intelligences ne le sont pas ;
or, l'administration est l'art d'appliquer les lois sans
blesser les intérêts, tout y est donc local. De l'autre
côté de la montagne au pied de laquelle gît notre
village abandonné, il est impossible de labourer avec

---

1. On retrouve bien, en un sens, la « main invisible » du libéralisme
économique d'Adam Smith, mais non obérée par la course sauvage au
profit. Seule l'utopie permet de restaurer l'essentiel et le valable du
libéralisme, avec l'équilibre des *intérêts* et des *besoins*.

des charrues à roues, les terres n'ont pas assez de fond ; eh ! bien, si le maire de cette Commune voulait imiter notre allure, il ruinerait ses administrés, je lui ai conseillé de faire des vignobles ; et l'année dernière, ce petit pays a eu des récoltes excellentes, il échange son vin contre notre blé. Enfin j'avais quelque crédit sur les gens que je prêchais, nous étions sans cesse en rapport. Je guérissais mes paysans de leurs maladies, si faciles à guérir, il ne s'agit jamais en effet que de leur rendre des forces par une nourriture substantielle. Soit économie, soit misère, les gens de la campagne se nourrissent si mal, que leurs maladies ne viennent que de leur indigence, et généralement ils se portent assez bien. Quand je me décidai religieusement à cette vie d'obscure résignation, j'ai longtemps hésité à me faire curé, médecin de campagne ou juge de paix. Ce n'est pas sans raison, mon cher monsieur, que l'on assemble proverbialement les trois robes noires[1], le prêtre, l'homme de loi, le médecin : l'un panse les plaies de l'âme, l'autre celles de la bourse, le dernier celles du corps ; ils représentent la société dans ses trois principaux termes d'existence : la conscience, le domaine, la santé. Jadis le premier, puis le second, furent tout l'État. Ceux qui nous ont précédés sur la terre pensaient, avec raison peut-être, que le prêtre, disposant des idées, devait être tout le gouvernement : il fut alors roi, pontife et juge ; mais alors tout était croyance et conscience. Aujourd'hui tout est changé, prenons notre époque telle qu'elle est. Eh ! bien, je crois que le progrès de la civilisation et le bien-être des masses dépendent de ces trois hommes, ils sont les trois pouvoirs qui font immédiatement sentir au peuple l'action des Faits, des Intérêts et des Principes, les trois grands résultats produits chez une nation par les Événements, par les Propriétés et par les Idées. Le temps

---

1. Pour une trilogie comparable, voir Préface, p. 44-46.

marche et amène des changements, les propriétés augmentent ou diminuent, il faut tout régulariser suivant ces diverses mutations : de là des principes d'ordre. Pour civiliser, pour créer des productions, il faut faire comprendre aux masses en quoi l'intérêt particulier s'accorde avec les intérêts nationaux, qui se résolvent par les faits, les intérêts et les principes. Ces trois professions, en touchant nécessairement à ces résultats humains, m'ont donc semblé devoir être aujourd'hui les plus grands leviers de la civilisation ; elles peuvent seules offrir constamment à un homme de bien les moyens efficaces d'améliorer le sort des classes pauvres, avec lesquelles ils ont des rapports perpétuels. Mais le paysan écoute plus volontiers l'homme qui lui prescrit une ordonnance pour lui sauver le corps, que le prêtre qui discourt sur le salut de l'âme : l'un peut lui parler de la terre qu'il cultive, l'autre est obligé de l'entretenir du ciel, dont il se soucie aujourd'hui malheureusement fort peu ; je dis malheureusement, car le dogme de la vie à venir est non-seulement une consolation, mais encore un instrument propre à gouverner. La religion n'est-elle pas la seule puissance qui sanctionne les lois sociales ? Nous avons récemment justifié Dieu. En l'absence de la religion, le gouvernement fut forcé d'inventer LA TERREUR pour rendre ses lois exécutoires ; mais c'était une terreur humaine, elle a passé. Hé ! bien, monsieur, quand un paysan est malade, cloué sur un grabat ou convalescent, il est forcé d'écouter des raisonnements suivis, et il les comprend bien quand ils lui sont clairement présentés. Cette pensée m'a fait médecin. Je calculais avec mes paysans, pour eux ; je ne leur donnais que des conseils d'un effet certain qui les contraignaient à reconnaître la justesse de mes vues. Avec le peuple, il faut toujours être infaillible. L'infaillibilité a fait Napoléon, elle en eût fait un Dieu, si l'univers ne l'avait entendu tomber à Waterloo. Si Mahomet a créé une religion après avoir conquis un tiers du globe, c'est en dérobant au monde le spectacle de sa mort. Au maire de village et au conquérant, mêmes principes : la Nation et la Commune sont un même troupeau. Partout la masse est la même [1]. Enfin, je me suis montré rigoureux avec ceux que j'obligeais de ma bourse [2]. Sans cette fermeté, tous se seraient moqués de moi. Les paysans, aussi bien que les gens du monde, finissent par mésestimer l'homme qu'ils trompent. Être dupé, n'est-ce pas avoir fait un acte de faiblesse ? la force seule gouverne. Je n'ai jamais demandé un denier à personne pour mes soins, excepté à ceux qui sont visiblement riches ; mais je n'ai point laissé ignorer le prix de mes peines. Je ne fais point grâce des médicaments, à moins d'indigence chez le malade. Si mes paysans ne me paient pas, ils connaissent leurs dettes ; parfois ils apaisent leur conscience en m'apportant de l'avoine pour mes chevaux, du blé quand il n'est pas cher. Mais le meunier ne m'offrirait-il que des anguilles pour le prix de mes soins, je lui dirais encore qu'il est trop généreux pour si peu de chose ; ma politesse porte ses fruits : à l'hiver, j'obtiendrai de lui quelques sacs de farine pour les pauvres. Tenez, monsieur, ces gens-là ont du cœur quand on ne le leur flétrit pas. Aujourd'hui je pense plus de bien et moins de mal d'eux que par le passé.

— Vous vous êtes donné bien du mal ? dit Genestas.

— Moi, point, reprit Benassis. Il ne m'en coûtait pas plus de dire quelque chose d'utile que de dire des balivernes. En passant, en causant, en riant, je leur parlais d'eux-mêmes. D'abord ces gens ne m'écoutèrent pas, j'eus beaucoup de répugnances à combattre en eux : j'étais un bourgeois, et pour eux un bourgeois est un ennemi. Cette lutte m'amusa. Entre faire le mal ou faire le bien, il n'existe d'autre différence que la paix de la conscience ou son trouble, la peine est la même.

---

1. On est loin de tout *populisme* : l'utopie suppose un créateur et un chef *capable*.   2. Ne pas l'oublier : Benassis est riche ; mais l'argent est pour lui un *outil*, non un *but*.

Si les coquins voulaient se bien conduire, ils seraient millionnaires au lieu d'être pendus, voilà tout.

— Monsieur, cria Jacquotte en entrant, le dîner se refroidit.

— Monsieur, dit Genestas en arrêtant le médecin par le bras, je n'ai qu'une observation à vous présenter sur ce que je viens d'entendre. Je ne connais aucune relation des guerres de Mahomet, en sorte que je ne puis juger de ses talents militaires ; mais si vous aviez vu l'empereur manœuvrant pendant la campagne de France, vous l'auriez facilement pris pour un dieu ; et s'il a été vaincu à Waterloo, c'est qu'il était plus qu'un homme, il pesait trop sur la terre, et la terre a bondi sous lui, voilà. Je suis d'ailleurs parfaitement de votre avis en toute autre chose, et, tonnerre de Dieu ! la femme qui vous a pondu n'a pas perdu son temps [1].

— Allons, s'écria Benassis en souriant, allons nous mettre à table.

La salle à manger était entièrement boisée et peinte en gris. Le mobilier consistait alors en quelques chaises de paille, un buffet, des armoires, un poêle, et la fameuse pendule du feu curé, puis des rideaux blancs aux fenêtres. La table, garnie de linge blanc, n'avait rien qui sentît le luxe. La vaisselle était en terre de pipe. La soupe se composait, suivant la mode du feu curé, du bouillon le plus substantiel que jamais cuisinière ait fait mijoter et réduire. À peine le médecin et son hôte avaient-ils mangé leur potage qu'un homme entra brusquement dans la cuisine, et fit, malgré Jacquotte, une soudaine irruption dans la salle à manger.

— Hé ! bien, qu'y a-t-il ? demanda le médecin.

— Il y a, monsieur, que notre bourgeoise, madame Vigneau, est devenue toute blanche, blanche que ça nous effraie tous.

— Allons, s'écria gaiement Benassis, il faut quitter la table.

---

1. La vigueur de ce langage militaire contraste avec le calme de Benassis.

Il se leva. Malgré les instances de son hôte, Genestas jura militairement, en jetant sa serviette, qu'il ne resterait pas à table sans son hôte, et revint en effet se chauffer au salon en pensant aux misères qui se rencontraient inévitablement dans tous les états auxquels l'homme est ici-bas assujetti.

Benassis fut bientôt de retour, et les deux futurs amis se remirent à table.

— Taboureau est venu tout à l'heure pour vous parler, dit Jacquotte à son maître en apportant les plats qu'elle avait entretenus chauds.

— Qui donc est malade chez lui ? demanda-t-il.

— Personne, monsieur, il veut vous consulter pour lui, à ce qu'il dit, et va revenir.

— C'est bien. Ce Taboureau, reprit Benassis en s'adressant à Genestas, est pour moi tout un traité de philosophie ; examinez-le bien attentivement quand il sera là, certes il vous amusera. C'était un journalier, brave homme, économe, mangeant peu, travaillant beaucoup. Aussitôt que le drôle a eu quelques écus à lui [1], son intelligence s'est développée ; il a suivi le mouvement que j'imprimais à ce pauvre canton, en cherchant à en profiter pour s'enrichir. En huit ans, il a fait une grande fortune, grande pour ce canton-ci. Peut-être possède-t-il maintenant une quarantaine de mille francs. Mais je vous donnerais à deviner en mille par quel moyen il a pu acquérir cette somme, que vous ne le trouveriez pas. Il est usurier [2], si profondément usurier, et usurier par une combinaison si bien fondée sur l'intérêt de tous les habitants du canton, que je perdrais mon temps si j'entreprenais de les désabuser sur les avantages qu'ils croient retirer de leur commerce avec Taboureau. Quand ce diable d'homme a vu chacun cultivant les terres, il a couru aux environs acheter des grains pour fournir aux pauvres gens les semences

---

1. L'argent en pièces est rare. D'où l'importance de l'usure.
2. Faille dans l'utopie : pas de développement sans *crédit*, donc sans commerce d'argent.

qui devaient leur être nécessaires. Ici, comme partout, les paysans, et même quelques fermiers, ne possédaient pas assez d'argent pour payer leurs semences. Aux uns, maître Taboureau prêtait un sac d'orge pour lequel ils lui rendaient un sac de seigle après la moisson ; aux autres, un setier de blé pour un sac de farine [1]. Aujourd'hui mon homme a étendu ce singulier genre de commerce dans tout le Département. Si rien ne l'arrête en chemin, il gagnera peut-être un million. Eh ! bien, mon cher monsieur, le journalier Taboureau, brave garçon, obligeant, commode, donnait un coup de main à qui le lui demandait ; mais, au prorata de ses gains, monsieur Taboureau est devenu processif, chicaneur, dédaigneux. Plus il s'est enrichi, plus il s'est vicié. Dès que le paysan passe de sa vie purement laborieuse à la vie aisée ou à la possession territoriale, il devient insupportable. Il existe une classe à demi vertueuse, à demi vicieuse, à demi savante, ignorante à demi, qui sera toujours le désespoir des gouvernements. Vous allez voir un peu l'esprit de cette classe dans Taboureau, homme simple en apparence, ignare même, mais certainement profond dès qu'il s'agit de ses intérêts.

Le bruit d'un pas pesant annonça l'arrivée du prêteur de grains.

— Entrez, Taboureau ! cria Benassis.

Ainsi prévenu par le médecin, le commandant examina le paysan et vit dans Taboureau un homme maigre, à demi voûté, au front bombé, très-ridé. Cette figure creuse semblait percée par de petits yeux gris tachetés de noir. L'usurier avait une bouche serrée, et son menton effilé tendait à rejoindre un nez ironiquement crochu. Ses pommettes saillantes offraient ces rayures étoilées qui dénotent la vie voyageuse et la ruse des maquignons. Enfin, ses cheveux grisonnaient déjà. Il portait une veste bleue assez propre dont les poches carrées rebondissaient sur ses hanches, et dont les

---

1. Ainsi prospéraient déjà les usuriers de l'Ancien Régime (La Fontaine, « La mort et le bûcheron »). Le Crédit agricole a changé cela.

basques ouvertes laissaient voir un gilet blanc à fleurs.
Il resta planté sur ses jambes en s'appuyant sur un
bâton à gros bout. Malgré Jacquotte, un petit chien épa-
gneul suivit le marchand de grains et se coucha près
de lui.

— Hé ! bien, qu'y a-t-il ? lui demanda Benassis.

Taboureau regarda d'un air méfiant le personnage
inconnu qui se trouvait à table avec le médecin, et dit :
— Ce n'est point un cas de maladie, monsieur le maire ; mais vous savez aussi bien panser les douleurs de
la bourse que celles du corps, et je viens vous consulter
pour une petite difficulté que nous avons avec un
homme de Saint-Laurent.

— Pourquoi ne vas-tu pas voir monsieur le juge de
paix ou son greffier ?

— Eh ! c'est que monsieur est bien plus habile, et
je serais plus sûr de mon affaire si je pouvais avoir son
approbation.

— Mon cher Taboureau, je donne volontiers gratis
aux pauvres mes consultations médicales, mais je ne
puis examiner pour rien les procès d'un homme aussi
riche que tu l'es. La science coûte cher à ramasser.

Taboureau se mit à tortiller son chapeau.

— Si tu veux mon avis, comme il t'épargnera des
gros sous que tu serais forcé de compter aux gens de
justice à Grenoble, tu enverras une poche [1] de seigle à
la femme Martin, celle qui élève les enfants de
l'hospice.

— Dam, monsieur, je le ferai de bon cœur si cela
vous paraît nécessaire. Puis-je dire mon affaire sans
ennuyer monsieur ? ajouta-t-il en montrant Genestas.

— Pour lors, monsieur, reprit-il à un signe de tête du
médecin, un homme de Saint-Laurent, y a de ça deux
mois, est donc venu me trouver : — « Taboureau, qu'il
me dit, pourriez-vous me vendre cent trente-sept setiers
d'orge ? — Pourquoi pas ? que je lui dis, c'est mon

---

1. Un petit sac.

métier. Les faut-il tout de suite ? — Non, qu'il me dit, au commencement du printemps, pour les mars. — Bien ! » Voilà que nous disputons le prix, et, le vin bu, nous convenons qu'il me les paiera sur le prix des orges au dernier marché de Grenoble, et que je les lui livrerai en mars, sauf les déchets du magasin, bien entendu. Mais, mon cher monsieur, les orges montent, montent ; enfin voilà mes orges qui s'emportent comme une soupe au lait. Moi, pressé d'argent, je vends mes orges. C'était bien naturel, pas vrai, monsieur ?

— Non, dit Benassis, tes orges ne t'appartenaient plus, tu n'en étais que le dépositaire. Et si les orges avaient baissé n'aurais-tu pas contraint ton acheteur à les prendre au prix convenu ?

— Mais, monsieur, il ne m'aurait peut-être point payé cet homme. À la guerre comme à la guerre ! Le marchand doit profiter du gain quand il vient. Après tout, une marchandise n'est à vous que quand vous l'avez payée, pas vrai, monsieur l'officier ? car on voit que monsieur a servi dans les armées.

— Taboureau, dit gravement Benassis, il t'arrivera malheur. Dieu punit tôt ou tard les mauvaises actions. Comment un homme aussi capable, aussi instruit que tu l'es, un homme qui fait honorablement ses affaires, peut-il donner dans ce canton des exemples d'improbité ? Si tu soutiens de semblables procès, comment veux-tu que les malheureux restent honnêtes gens et ne te volent pas [1] ? Tes ouvriers te déroberont une partie du temps qu'ils te doivent, et chacun ici se démoralisera. Tu as tort. Ton orge était censée livrée. Si elle avait été emportée par l'homme de Saint-Laurent, tu ne l'aurais pas reprise chez lui : tu as donc disposé d'une chose qui ne t'appartenait plus, ton orge s'était déjà convertie en argent réalisable suivant vos conventions. Mais continue.

---

1. Autre aspect du « libéralisme ».

Genestas jeta sur le médecin un coup d'œil d'intelligence pour lui faire remarquer l'immobilité de Taboureau. Pas une fibre du visage de l'usurier n'avait remué pendant cette semonce, son front n'avait pas rougi, ses petits yeux restaient calmes.

— Eh ! bien, monsieur, je suis assigné à fournir l'orge au prix de cet hiver, mais moi, je crois que je ne la dois point.

— Écoute, Taboureau, livre bien vite ton orge, ou ne compte plus sur l'estime de personne. Même en gagnant de semblables procès, tu passerais pour un homme sans foi ni loi, sans parole, sans honneur...

— Allez, n'ayez point peur, dites-moi que je suis un fripon, un gueux, un voleur. En affaire, ça se dit, monsieur le maire, sans offenser personne. En affaire, voyez-vous, chacun pour soi [1].

— Eh ! bien, pourquoi te mets-tu volontairement dans le cas de mériter de pareils termes ?

— Mais, monsieur, si la loi est pour moi...

— Mais la loi ne sera point pour toi.

— Êtes-vous bien sûr de cela, monsieur, là, sûr, sûr ? car, voyez-vous, l'affaire est importante.

— Certes j'en suis sûr. Si je n'étais pas à table, je te ferais lire le Code. Mais si le procès a lieu, tu le perdras, et tu ne remettras jamais les pieds chez moi, je ne veux point recevoir des gens que je n'estime pas. Entends-tu ? tu perdras ton procès.

— Ah ! nenni, monsieur, je ne le perdrai point, dit Taboureau. Voyez-vous, monsieur le maire, c'est l'homme de Saint-Laurent qui me doit l'orge ; c'est moi qui la lui ai achetée, et c'est lui qui me refuse de la livrer. Je voulions être bien certain que je gagnerions avant d'aller chez l'huissier m'engager dans des frais.

Genestas et le médecin se regardèrent en dissimulant la surprise que leur causait l'ingénieuse combinaison

---

1. Voir l'« autre » Balzac, celui de la Banque et de l'argent.

cherchée par cet homme pour savoir la vérité sur ce cas judiciaire.

— Eh ! bien, Taboureau, ton homme est de mauvaise foi, et il ne faut point faire de marchés avec de telles gens.

— Ah ! monsieur, ces gens-là entendent les affaires.

— Adieu, Taboureau.

— Votre serviteur, monsieur le maire et la compagnie.

— Eh ! bien, dit Benassis quand l'usurier fut parti, croyez-vous qu'à Paris cet homme-là ne serait pas bientôt millionnaire ?

Le dîner fini, le médecin et son pensionnaire rentrèrent au salon, où ils parlèrent pendant le reste de la soirée de guerre et de politique, en attendant l'heure du coucher, conversation pendant laquelle Genestas manifesta la plus violente antipathie contre les Anglais.

— Monsieur, dit le médecin, puis-je savoir qui j'ai l'honneur d'avoir pour hôte ?

— Je me nomme Pierre Bluteau, répondit Genestas, et je suis capitaine à Grenoble.

— Bien, monsieur. Voulez-vous suivre le régime de monsieur Gravier ? Dès le matin, après le déjeuner, il se plaisait à m'accompagner dans mes courses aux environs. Il n'est pas bien certain que vous preniez plaisir aux choses dont je m'occupe, tant elles sont vulgaires. Après tout, vous n'êtes ni propriétaire ni maire de village, et vous ne verrez dans le canton rien que vous n'ayez vu ailleurs, toutes les chaumières se ressemblent ; mais enfin vous prendrez l'air et vous donnerez un but à votre promenade.

— Rien ne me cause plus de plaisir que cette proposition, et je n'osais vous la faire de peur de vous être importun.

Le commandant Genestas, auquel ce nom sera conservé malgré sa pseudonymie calculée, fut conduit par son hôte à une chambre située au premier étage au-dessus du salon.

— Bon, dit Benassis, Jacquotte vous a fait du feu. Si quelque chose vous manque, il se trouve un cordon de sonnette à votre chevet.

— Je ne crois pas qu'il puisse me manquer la moindre chose, s'écria Genestas. Voici même un tire-bottes. Il faut être un vieux troupier pour connaître la valeur de ce meuble-là ! À la guerre, monsieur, il se rencontre plus d'un moment où l'on brûlerait une maison pour avoir un coquin de tire-bottes. Après plusieurs marches, et surtout après une affaire [1], il arrive des cas où le pied gonflé dans un cuir mouillé ne cède à aucun effort ; aussi ai-je couché plus d'une fois avec mes bottes. Quand on est seul, le malheur est encore supportable [2].

Le commandant cligna des yeux pour donner à ces derniers mots une sorte de profondeur matoise ; puis il se mit à regarder, non sans surprise, une chambre où tout était commode, propre et presque riche.

— Quel luxe ! dit-il. Vous devez être logé à merveille.

— Venez voir, dit le médecin, je suis votre voisin, nous ne sommes séparés que par l'escalier.

Genestas fut assez étonné d'apercevoir en entrant chez le médecin une chambre nue dont les murs avaient pour tout ornement un vieux papier jaunâtre à rosaces brunes, et décoloré par places. Le lit, en fer grossièrement verni, surmonté d'une flèche de bois d'où tombaient deux rideaux de calicot gris, et aux pieds duquel était un méchant tapis étroit qui montrait la corde, ressemblait à un lit d'hôpital. Au chevet se trouvait une de ces tables de nuit à quatre pieds dont le devant se roule et se déroule en faisant un bruit de castagnettes. Trois chaises, deux fauteuils de paille, une commode en noyer sur laquelle étaient une cuvette et un pot à eau fort antique dont le couvercle tenait au

---

1. Un combat.   **2.** Contraste absolu avec la chasteté de Benassis — dont la bonne ne saurait être soupçonnée... Quasi-réflexe de vieux dragueur.

vase par un enchâssement de plomb, complétaient cet
ameublement. Le foyer de la cheminée était froid, et
toutes les choses nécessaires pour se faire la barbe traî-
naient sur la pierre peinte du chambranle, devant un
vieux miroir accroché par un bout de corde. Le carreau
proprement balayé, se trouvait en plusieurs endroits
usé, cassé, creusé. Des rideaux de calicot gris bordés
de franges vertes ornaient les deux fenêtres. Tout, jusqu'à la table ronde sur laquelle erraient quelques
papiers, une écritoire et des plumes, tout, dans ce
tableau simple auquel l'extrême propreté maintenue
par Jacquotte imprimait une sorte de correction, donnait l'idée d'une vie quasi monacale, indifférente aux
choses et pleine de sentiments. Une porte ouverte laissa
voir au commandant un cabinet où le médecin se tenait
sans doute fort rarement. Cette pièce était dans un état
à peu près semblable à celui de la chambre. Quelques
livres poudreux y gisaient épars sur des planches pou-
dreuses, et des rayons chargés de bouteilles étiquetées
faisaient deviner que la Pharmacie y occupait plus de
place que la Science.

— Vous allez me demander pourquoi cette différence entre votre chambre et la mienne, reprit Benassis.
Écoutez, j'ai toujours eu honte pour ceux qui logent
leurs hôtes sous des toits, en leur donnant de ces
miroirs qui défigurent à tel point qu'en s'y regardant
on peut se croire ou plus petit ou plus grand que nature,
ou malade, ou frappé d'apoplexie. Ne doit-on pas s'ef-
forcer de faire trouver à ses amis leur appartement pas-
sager le plus agréable possible ? L'hospitalité me
semble tout à la fois une vertu, un bonheur et un luxe ;
mais, sous quelque aspect que vous la considériez, sans
excepter le cas où elle est une spéculation, ne faut-il
pas déployer pour son hôte et pour son ami toutes les
chatteries, toutes les câlineries de la vie ? Chez vous
donc, les beaux meubles, le chaud tapis, les draperies,
la pendule, les flambeaux et la veilleuse ; à vous la
bougie, à vous les soins de Jacquotte, qui vous a sans

doute apporté des pantoufles neuves, du lait et sa bassinoire. J'espère que vous n'aurez jamais été mieux assis
que dans le moelleux fauteuil dont la découverte a été
faite par le défunt curé, je ne sais où ; mais il est vrai
qu'en toute chose, pour rencontrer les modèles du bon,
du beau, du commode, il faut avoir recours à l'Église.
Enfin, j'espère que dans votre chambre, tout vous
plaira. Vous y trouverez de bons rasoirs, du savon
excellent, et tous les petits accessoires qui rendent le
chez-soi chose si douce. Mais, mon cher monsieur Bluteau, quand même mon opinion sur l'hospitalité n'ex-
pliquerait pas déjà la différence qui existe entre nos
appartements, vous comprendrez peut-être à merveille
la nudité de ma chambre et le désordre de mon cabinet,
lorsque demain vous serez témoin des allées et venues
qui ont lieu chez moi. D'abord ma vie n'est pas une
vie casanière, je suis toujours dehors. Si je reste au
logis, à tout moment les paysans viennent m'y parler,
je leur appartiens corps, âme et chambre. Puis-je me
donner les soucis de l'étiquette et ceux causés par les
dégâts inévitables que me feraient involontairement ces
bonnes gens ? Le luxe ne va qu'aux hôtels, aux châ-
teaux, aux boudoirs[1], et aux chambres d'amis. Enfin,
je ne me tiens guère ici que pour dormir, que m'impor-
tent donc les chiffons de la richesse ? D'ailleurs vous
ne savez pas combien tout ici-bas m'est indifférent[2].

Ils se dirent un bonsoir amical en se serrant cordiale-
ment les mains, et ils se couchèrent. Le commandant
ne s'endormit pas sans faire plus d'une réflexion sur
cet homme qui, d'heure en heure, grandissait dans son
esprit.

---

1. Petite pièce où les dames se retiraient. Clair renvoi à l'« autre »
monde de Balzac, le monde « mondain ». **2.** Le JE de Benassis pointe ; voir *La Confession*, p. 255.

CHAPITRE II

À TRAVERS CHAMPS

L'amitié que tout cavalier porte à sa monture attira dès le matin Genestas à l'écurie, et il fut satisfait du pansement fait à son cheval par Nicolle.

— Déjà levé, commandant Bluteau ? s'écria Benassis qui vint à la rencontre de son hôte. Vous êtes vraiment militaire, vous entendez la diane partout, même au village.

— Cela va-t-il bien ? lui répondit Genestas en lui tendant la main par un mouvement d'ami.

— Je ne vais jamais positivement bien, répondit Benassis d'un ton moitié triste et moitié gai.

— Monsieur a-t-il bien dormi ? dit Jacquotte à Genestas.

— Parbleu ! la belle, vous aviez fait le lit comme pour une mariée [1].

Jacquotte suivit en souriant son maître et le militaire. Après les avoir vus attablés : — Il est bon enfant tout de même, monsieur l'officier, dit-elle à Nicolle.

— Je crois bien ! il m'a déjà donné quarante sous !

— Nous commencerons par aller visiter deux morts, dit Benassis à son hôte en sortant de la salle à manger. Quoique les médecins veuillent rarement se trouver face à face avec leurs prétendues victimes [2], je vous conduirai dans deux maisons où vous pourrez faire une

---

1. Voir n. 2, p. 130. **2.** Plaisanterie traditionnelle, voir Figaro et Bartholo dans *Le Barbier de Séville*.

observation assez curieuse sur la nature humaine. Vous
y verrez deux tableaux qui vous prouveront combien
les montagnards diffèrent des habitants de la plaine
dans l'expression de leurs sentiments. La partie de
notre canton située sur les pics conserve des coutumes
empreintes d'une couleur antique, et qui rappellent
vaguement les scènes de la Bible. Il existe, sur la
chaîne de nos montagnes, une ligne tracée par la
nature, à partir de laquelle tout change d'aspect : en
haut la force, en bas l'adresse ; en haut des sentiments
larges, en bas une perpétuelle entente des intérêts de la
vie matérielle. À l'exception du val d'Ajou dont la côte
septentrionale est peuplée d'imbéciles, et la méridio-
nale de gens intelligents, deux populations qui, séparées seulement par un ruisseau, sont dissemblables en
tout point, stature, démarche, physionomie, mœurs,
occupations, je n'ai vu nulle part cette différence plus
sensible qu'elle ne l'est ici. Ce fait obligerait les administrateurs d'un pays à de grandes études locales relati-
vement à l'application des lois aux masses. Mais les
chevaux sont prêts, allons !

Les deux cavaliers arrivèrent en peu de temps à une
habitation située dans la partie du bourg qui regardait
les montagnes de la Grande-Chartreuse. À la porte de
cette maison, dont la tenue était assez propre, ils aperçurent un cercueil couvert d'un drap noir, posé sur
deux chaises au milieu de quatre cierges, puis sur une
escabelle un plateau de cuivre où trempait un rameau
de buis dans de l'eau bénite. Chaque passant entrait
dans la cour, venait s'agenouiller devant le corps, disait
un *Pater*, et jetait quelques gouttes d'eau bénite sur la
bière. Au-dessus du drap noir s'élevaient les touffes
vertes d'un jasmin planté le long de la porte, et en haut
de l'imposte courait le sarment tortueux d'une vigne
déjà feuillée. Une jeune fille achevait de balayer le
devant de la maison pour obéir à ce vague besoin de
parure que commandent les cérémonies, et même la
plus triste de toutes. Le fils aîné du mort, jeune paysan

de vingt-deux ans, était debout, immobile, appuyé sur
le montant de la porte. Il avait dans les yeux des pleurs
qui roulaient sans tomber, ou que peut-être il allait par
moments essuyer à l'écart. À l'instant où Benassis et
Genestas entraient dans la cour après avoir attaché
leurs chevaux à l'un des peupliers placés le long d'un
petit mur à hauteur d'appui, par-dessus lequel ils
avaient examiné cette scène, la veuve sortait de son
étable, accompagnée d'une femme qui portait un pot
plein de lait.

— Ayez du courage, ma pauvre Pelletier, disait
celle-ci.

— Ah ! ma chère femme, quand on est resté vingt-
cinq ans avec un homme, il est bien dur de se quitter !
Et ses yeux se mouillèrent de larmes. Payez-vous les
deux sous ? ajouta-t-elle après une pause en tendant la
main à sa voisine.

— Ah ! tiens, j'oubliais, fit l'autre femme en lui
tendant sa pièce. Allons, consolez-vous, ma voisine.
Ah ! voilà monsieur Benassis.

— Hé ! bien, ma pauvre mère, allez-vous mieux ?
demanda le médecin.

— Dam, mon cher monsieur, dit-elle en pleurant,
faut bien aller tout de même. Je me dis que mon
homme ne souffrira plus. Il a tant souffert ! Mais entrez
donc, messieurs. Jacques ! donne donc des chaises à
ces messieurs. Allons, remue-toi. Pardi ! va, tu ne rani-
meras pas ton pauvre père, quand tu resterais là pendant cent ans ! Et maintenant, il te faut travailler pour
deux.

— Non, non, bonne [1] femme, laissez votre fils tranquille, nous ne nous assiérons pas. Vous avez là un
garçon qui aura soin de vous, et bien capable de remplacer son père.

— Va donc t'habiller, Jacques, cria la veuve, ils
vont venir le quérir.

---

1. Vieille.

— Allons, adieu la mère, dit Benassis.

— Messieurs, je suis votre servante.

— Vous le voyez, reprit le médecin, ici la mort est prise comme un accident prévu qui n'arrête pas le cours de la vie des familles, et le deuil n'y sera même point porté. Dans les villages, personne ne veut faire cette dépense, soit misère, soit économie. Dans les campagnes le deuil n'existe donc pas. Or, monsieur, le deuil n'est ni un usage ni une loi ; c'est bien mieux, c'est une institution qui tient à toutes les lois dont l'observation dépend d'un même principe, la morale. Eh ! bien, malgré nos efforts, ni moi ni monsieur Janvier nous n'avons pu réussir à faire comprendre à nos paysans de quelle importance sont les démonstrations publiques pour le maintien de l'ordre social[1]. Ces braves gens, émancipés d'hier, ne sont pas aptes encore à saisir les rapports nouveaux qui doivent les attacher à ces pensées générales ; ils n'en sont maintenant qu'aux idées qui engendrent l'ordre et le bien-être physique ; plus tard, si quelqu'un continue mon œuvre, ils arriveront aux principes qui servent à conserver les droits publics. Il ne suffit pas en effet d'être honnête homme, il faut le paraître. La société ne vit pas seulement par des idées morales ; pour subsister, elle a besoin d'actions en harmonie avec ces idées. Dans la plupart des communes rurales, sur une centaine de familles que la mort a privées de leur chef, quelques individus seulement, doués d'une sensibilité vive, garderont de cette mort un long souvenir ; mais tous les autres l'auront complètement oubliée dans l'année. Cet oubli n'est-il pas une grande plaie ? Une religion est le cœur d'un peuple, elle exprime ses sentiments et les agrandit en leur donnant une fin ; mais sans un Dieu visiblement honoré, la religion n'existe pas, et partant, les lois humaines n'ont aucune vigueur. Si la conscience appartient à Dieu seul, le corps tombe sous la loi socia-

---

1. Pas au sens « réactionnaire » mais organique et organiciste.

le ; or, n'est-ce pas un commencement d'athéisme que d'effacer ainsi les signes d'une douleur religieuse, de ne pas indiquer fortement aux enfants qui ne réfléchissent pas encore, et à tous les gens qui ont besoin d'exemples, la nécessité d'obéir aux lois par une résignation patente aux ordres de la Providence qui frappe et console, qui donne et ôte les biens de ce monde ? J'avoue qu'après avoir passé par des jours d'incrédulité moqueuse, j'ai compris ici la valeur des cérémonies religieuses, celle des solennités de famille, l'importance des usages et des fêtes du foyer domestique. La base des sociétés humaines sera toujours la famille. Là commence l'action du pouvoir et de la loi, là du moins doit s'apprendre l'obéissance. Vus dans toutes leurs conséquences, l'esprit de famille et le pouvoir paternel sont deux principes encore trop peu développés dans notre nouveau système législatif. La Famille, la Commune, le Département, tout notre pays est pourtant là. Les lois devraient donc être basées sur ces trois grandes divisions. À mon avis, le mariage des époux, la naissance des enfants, la mort des pères ne sauraient être environnés de trop d'appareil. Ce qui a fait la force du catholicisme, ce qui l'a si profondément enraciné dans les mœurs, c'est précisément l'éclat avec lequel il apparaît dans les circonstances graves de la vie pour les environner de pompes si naïvement touchantes, si grandes, lorsque le prêtre se met à la hauteur de sa mission et qu'il sait accorder son office avec la sublimité de la morale chrétienne. Autrefois je considérais la religion catholique comme un amas de préjugés et de superstitions habilement exploités desquels une civilisation intelligente devait faire justice [1] ; ici, j'en ai reconnu la nécessité politique et l'utilité morale ; ici, j'en ai compris la puissance par la valeur même du mot qui l'exprime. Religion veut dire LIEN [2], et certes le culte, ou autrement

---

1. Benassis fils des Lumières. **2.** Étymologie contestée : *religere* (recueillir) ou *religare* (relier). *Religere* aurait conduit à « recueil de pratiques religieuses » (Littré).

dit la religion exprimée, constitue la seule force qui puisse relier les Espèces sociales et leur donner une forme durable. Enfin ici j'ai respiré le baume que la religion jette sur les plaies de la vie ; sans la discuter, j'ai senti qu'elle s'accorde admirablement avec les mœurs passionnées des nations méridionales.

— Prenez le chemin qui monte, dit le médecin en s'interrompant, il faut que nous gagnions le plateau. De là nous dominerons les deux vallées, et vous y jouirez d'un beau spectacle. Élevés à trois mille pieds environ au-dessus de la Méditerranée, nous verrons la Savoie et le Dauphiné, les montagnes du Lyonnais et le Rhône. Nous serons sur une autre commune, une commune montagnarde, où vous trouverez dans une ferme de monsieur Gravier le spectacle dont je vous ai parlé, cette pompe naturelle qui réalise mes idées sur les grands événements de la vie. Dans cette commune, le deuil se porte religieusement. Les pauvres quêtent pour pouvoir s'acheter leurs vêtements noirs. Dans cette circonstance, personne ne leur refuse de secours. Il se passe peu de jours sans qu'une veuve parle de sa perte, toujours en pleurant ; et dix ans après son malheur, comme le lendemain, ses sentiments sont également profonds. Là, les mœurs sont patriarcales : l'autorité du père est illimitée, sa parole est souveraine ; il mange seul assis au haut bout de la table, sa femme et ses enfants le servent, ceux qui l'entourent ne lui parlent point sans employer certaines formules respectueuses, devant lui chacun se tient debout et découvert. Élevés ainsi, les hommes ont l'instinct de leur grandeur. Ces usages constituent, à mon sens, une noble éducation. Aussi dans cette commune sont-ils généralement justes, économes et laborieux. Chaque père de famille a coutume de partager également ses biens entre ses enfants quand l'âge lui a interdit le travail ; ses enfants le nourrissent. Dans le dernier siècle, un vieillard de quatre-vingt-dix ans, après avoir fait ses partages entre ses quatre enfants, venait vivre trois mois de l'année chez chacun d'eux. Quand il quitta l'aîné pour aller chez le cadet, un de ses amis lui demanda : — Hé ! bien, es-tu content ? — Ma foi oui, lui dit le vieillard, ils m'ont traité comme leur enfant. Ce mot, monsieur, a paru si remarquable à un officier nommé Vauvenargues, célèbre moraliste, alors en garnison à Grenoble [1], qu'il en parla dans plusieurs salons de Paris où cette belle parole fut recueillie par un écrivain nommé Champfort. Eh ! bien, il se dit souvent chez nous des mots encore plus saillants que ne l'est celui-ci, mais il leur manque des historiens dignes de les entendre.

— J'ai vu des frères Moraves, des Lollards en Bohême et en Hongrie, dit Genestas, c'est des chrétiens qui ressemblent assez à vos montagnards. Ces braves gens souffrent les maux de la guerre avec une patience d'anges.

— Monsieur, répondit le médecin, les mœurs simples doivent être à peu près semblables dans tous les pays. Le vrai n'a qu'une forme. À la vérité, la vie de la campagne tue beaucoup d'idées, mais elle affaiblit les vices et développe les vertus. En effet, moins il se trouve d'hommes agglomérés sur un point, moins il s'y rencontre de crimes, de délits, de mauvais sentiments. La pureté de l'air entre pour beaucoup dans l'innocence des mœurs.

Les deux cavaliers, qui montaient au pas un chemin pierreux, arrivèrent alors en haut du plateau dont avait parlé Benassis. Ce territoire tourne autour d'un pic très-élevé, mais complètement nu, qui le domine, et où il n'existe aucun principe de végétation ; la cime en est grise, fendue de toutes parts, abrupte, inabordable ; le fertile terroir, contenu par des rochers, s'étend au-dessous de ce pic, et le borde inégalement dans une largeur d'une centaine d'arpents environ. Au midi, l'œil embrasse, par une immense coupure, la Mau-

---

1. Benassis sait que Genestas ne sait pas qui est Vauvenargues.

rienne française, le Dauphiné, les rochers de la Savoie et les lointaines montagnes du Lyonnais. Au moment où Genestas contemplait ce point de vue, alors largement éclairé par le soleil du printemps, des cris lamentables se firent entendre.

— Venez, lui dit Benassis, le Chant est commencé. Le Chant est le nom que l'on donne à cette partie des cérémonies funèbres.

Le militaire aperçut alors, sur le revers occidental du pic, les bâtiments d'une ferme considérable qui forment un carré parfait. Le portail cintré, tout en granit, a un caractère de grandeur que rehaussent encore la vétusté de cette construction, l'antiquité des arbres qui l'accompagnent, et les plantes qui croissent sur ses arêtes. Le corps de logis est au fond de la cour, de chaque côté de laquelle se trouvent les granges, les bergeries, les écuries, les étables, les remises, et au milieu la grande mare où pourrissent les fumiers. Cette cour, dont l'aspect est ordinairement si animé dans les fermes riches et populeuses, était en ce moment silencieuse et morne. La porte de la basse-cour étant close, les animaux restaient dans leur enceinte, d'où leurs cris s'entendaient à peine. Les étables, les écuries, tout était soigneusement fermé. Le chemin qui menait à l'habitation avait été nettoyé. Cet ordre parfait là où régnait habituellement le désordre, ce manque de mouvement et ce silence dans un endroit si bruyant, le calme de la montagne, l'ombre projetée par la cime du pic, tout contribuait à frapper l'âme. Quelque habitué que fût Genestas aux impressions fortes, il ne put s'empêcher de tressaillir en voyant une douzaine d'hommes et de femmes en pleurs, rangés en dehors de la porte de la grande salle, et qui tous s'écrièrent : LE MAÎTRE EST MORT ! avec une effrayante unanimité d'intonation et à deux reprises différentes, pendant le temps qu'il mit à venir du portail au logement du fermier. Ce cri fini, des gémissements partirent de l'intérieur, et la voix d'une femme se fit entendre par les croisées.

— Je n'ose pas aller me mêler à cette douleur, dit Genestas à Benassis.

— Je viens toujours, répondit le médecin, visiter les familles affligées par la mort, soit pour voir s'il n'est pas arrivé quelque accident causé par la douleur, soit pour vérifier le décès ; vous pouvez m'accompagner sans scrupule ; d'ailleurs la scène est si imposante, et nous allons trouver tant de monde, que vous ne serez pas remarqué.

En suivant le médecin, Genestas vit en effet la première pièce pleine de parents. Tous deux traversèrent cette assemblée, et se placèrent près de la porte d'une chambre à coucher attenant à la grande salle qui servait de cuisine et de lieu de réunion à toute la famille, il faudrait dire la colonie, car la longueur de la table indiquait le séjour habituel d'une quarantaine de personnes. L'arrivée de Benassis interrompit les discours d'une femme de grande taille, vêtue simplement, dont les cheveux étaient épars, et qui gardait dans sa main la main du mort par un geste éloquent. Celui-ci, vêtu de ses meilleurs habillements, était étendu roide sur son lit, dont les rideaux avaient été relevés. Cette figure calme, qui respirait le ciel, et surtout les cheveux blancs, produisaient un effet théâtral. De chaque côté du lit se tenaient les enfants et les plus proches parents des époux, chaque ligne gardant son côté, les parents de la femme à gauche, ceux du défunt à droite. Hommes et femmes étaient agenouillés et priaient, la plupart pleuraient. Des cierges environnaient le lit. Le curé de la paroisse et son clergé avaient leur place au milieu de la chambre, autour de la bière ouverte. C'était un tragique spectacle, que de voir le chef de cette famille en présence d'un cercueil prêt à l'engloutir pour toujours.

— Ah ! mon cher seigneur, dit la veuve en montrant le médecin, si la science du meilleur des hommes n'a pu te sauver, il était donc écrit là-haut que tu me précéderais dans la fosse ! Oui, la voilà froide cette main

qui me pressait avec tant d'amitié[1] ! J'ai perdu pour
toujours ma chère compagnie, et notre maison a perdu
son précieux chef, car tu étais vraiment notre guide.
Hélas ! tous ceux qui te pleurent avec moi ont bien
connu la lumière de ton cœur et toute la valeur de ta
personne, mais moi seule savais combien tu étais doux
et patient ! Ah ! mon époux, mon homme, faut donc te
dire adieu, à toi notre soutien, à toi mon bon maître !
Et nous tes enfants, car tu chérissais chacun de nous
également, nous avons tous perdu notre père !

La veuve se jeta sur le corps, l'étreignit, le couvrit
de larmes, l'échauffa de baisers, et pendant cette pause,
les serviteurs crièrent : — Le maître est mort !

— Oui, reprit la veuve, il est mort, ce cher homme
bien-aimé qui nous donnait notre pain, qui plantait,
récoltait pour nous, et veillait à notre bonheur en nous
conduisant dans la vie avec un commandement plein
de douceur ; je puis le dire maintenant à sa louange, il
ne m'a jamais donné le plus léger chagrin, il était bon,
fort, patient ; et, quand nous le torturions pour lui rendre sa précieuse santé : « Laissez-moi, mes enfants,
tout est inutile ! » nous disait ce cher agneau de la
même voix dont il nous disait quelques jours auparavant : « Tout va bien, mes amis ! » Oui, grand Dieu !
quelques jours ont suffi pour nous ôter la joie de cette
maison et obscurcir notre vie en fermant les yeux au
meilleur des hommes, au plus probe, au plus vénéré, à
un homme qui n'avait pas son pareil pour mener la
charrue, qui courait sans peur nuit et jour par nos montagnes, et qui au retour souriait toujours à sa femme et
à ses enfants. Ah ! il était bien notre amour à tous !
Quand il s'absentait, le foyer devenait triste, nous ne
mangions pas de bon appétit. Hé ! maintenant que sera-
ce donc lorsque notre ange gardien sera mis sous terre
et que nous ne le verrons plus jamais ! Jamais, mes
amis ! jamais, mes bons parents ! jamais, mes enfants !

---

1. D'amour, d'affection.

*« La veuve se jeta sur le corps, l'étreignit,
le couvrit de larmes. »*

Oui, mes enfants ont perdu leur bon père, nos parents ont perdu leur bon parent, mes amis ont perdu un bon ami, et moi j'ai perdu tout, comme la maison a perdu son maître !

Elle prit la main du mort, s'agenouilla pour y mieux coller son visage et la baisa. Les serviteurs crièrent trois fois : — Le maître est mort ! En ce moment le fils aîné vint près de sa mère et lui dit :

— Ma mère, voilà ceux de Saint-Laurent qui viennent, il leur faudra du vin.

— Mon fils, répondit-elle à voix basse en quittant le ton solennel et lamentable dans lequel elle exprimait ses sentiments, prenez les clefs, vous êtes le maître céans ; voyez à ce qu'ils puissent trouver ici l'accueil que leur faisait votre père, et que pour eux rien n'y paraisse changé.

— Que je te voie donc encore une fois à mon aise, mon digne homme ! reprit-elle. Mais, hélas ! tu ne me sens plus, je ne puis plus te réchauffer ! Ah ! tout ce que je voudrais, ce serait de te consoler encore en te faisant savoir que tant que je vivrai tu demeureras dans le cœur que tu as réjoui, que je serai heureuse par le souvenir de mon bonheur, et que ta chère pensée subsistera dans cette chambre. Oui, elle sera toujours pleine de toi tant que Dieu m'y laissera. Entends-moi, mon cher homme ! Je jure de maintenir ta couche telle que la voici. Je n'y suis jamais entrée sans toi, qu'elle reste donc vide et froide. En te perdant, j'aurai réellement perdu tout ce qui fait la femme : maître, époux, père, ami, compagnon, homme, enfin tout !

— Le maître est mort ! crièrent les serviteurs.

Pendant le cri qui devint général, la veuve prit des ciseaux pendus à sa ceinture, et coupa ses cheveux qu'elle mit dans la main de son mari. Il se fit un grand silence.

— Cet acte signifie qu'elle ne se remariera pas, dit Benassis. Beaucoup de parents attendaient sa résolution.

— Prends, mon cher seigneur, dit-elle avec une effusion de voix et de cœur qui émut tout le monde, garde dans la tombe la foi que je t'ai jurée. Nous serons par ainsi toujours unis, et je resterai parmi tes enfants par amour pour cette lignée qui te rajeunissait l'âme. Puisses-tu m'entendre, mon homme, mon seul trésor, et apprendre que tu me feras encore vivre, toi mort, pour obéir à tes volontés sacrées et pour honorer ta mémoire !

Benassis pressa la main de Genestas pour l'inviter à le suivre, et ils sortirent. La première salle était pleine de gens venus d'une autre commune également située dans les montagnes ; tous demeuraient silencieux et recueillis, comme si la douleur et le deuil qui planaient sur cette maison les eussent déjà saisis. Lorsque Benassis et le commandant passèrent le seuil, ils entendirent ces mots dits par un des survenants au fils du défunt :
— Quand donc est-il mort ?

— Ah ! s'écria l'aîné, qui était un homme de vingt-cinq ans, je ne l'ai pas vu mourir ! Il m'avait appelé, et je ne me trouvais pas là ! Les sanglots l'interrompirent, mais il continua : — La veille il m'avait dit : « Garçon, tu iras au bourg payer nos impositions, les cérémonies de mon enterrement empêcheraient d'y songer, et nous serions en retard, ce qui n'est jamais arrivé. » Il paraissait mieux ; moi, j'y suis allé. Pendant mon absence, il est mort sans que j'aie reçu ses derniers embrassements ! À sa dernière heure, il ne m'a pas vu près de lui comme j'y étais toujours !

— Le maître est mort ! criait-on.

— Hélas ! il est mort, et je n'ai reçu ni ses derniers regards ni son dernier soupir. Et comment penser aux impositions ? Ne valait-il pas mieux perdre tout notre argent que de quitter le logis ? Notre fortune pouvait-elle payer son dernier adieu ? Non. Mon Dieu ! si ton père est malade, ne le quitte pas, Jean, tu te donnerais des remords pour toute ta vie.

— Mon ami, lui dit Genestas, j'ai vu mourir des

milliers d'hommes sur les champs de bataille, et la mort n'attendait pas que leurs enfants vinssent leur dire adieu ; ainsi consolez-vous, vous n'êtes pas le seul.

— Un père, mon cher monsieur, dit-il en fondant en larmes, un père qui était un si bon homme !

— Cette oraison funèbre, dit Benassis en dirigeant Genestas vers les communs de la ferme, va durer jusqu'au moment où le corps sera mis dans le cercueil, et pendant tout le temps le discours de cette femme éplorée croîtra en violence et en images. Mais pour parler ainsi devant cette imposante assemblée, il faut qu'une femme en ait acquis le droit par une vie sans tache. Si la veuve avait la moindre faute à se reprocher, elle n'oserait pas dire un seul mot ; autrement, ce serait se condamner elle-même, être à la fois l'accusateur et le juge. Cette coutume qui sert à juger le mort et le vivant n'est-elle pas sublime ? Le deuil ne sera pris que huit jours après, en assemblée générale. Pendant cette semaine la famille restera près des enfants et de la veuve pour les aider à arranger leurs affaires et pour les consoler. Cette assemblée exerce une grande influence sur les esprits, elle réprime les passions mauvaises par ce respect humain qui saisit les hommes quand ils sont en présence les uns des autres. Enfin le jour de la prise du deuil, il se fait un repas solennel où tous les parents se disent adieu. Tout cela est grave, et celui qui manquerait aux devoirs qu'impose la mort d'un chef de famille n'aurait personne à son Chant.

En ce moment le médecin, se trouvant près de l'étable, en ouvrit la porte et y fit entrer le commandant pour la lui montrer. — Voyez-vous, capitaine, toutes nos étables ont été rebâties sur ce modèle. N'est-ce pas superbe ?

Genestas ne put s'empêcher d'admirer ce vaste local, où les vaches et les bœufs étaient rangés sur deux lignes, la queue tournée vers les murs latéraux et la tête vers le milieu de l'étable, dans laquelle ils entraient par une ruelle assez large pratiquée entre eux et la muraille ;

leurs crèches à jour laissaient voir leurs têtes encornées et leurs yeux brillants. Le maître pouvait ainsi facilement passer son bétail en revue. Le fourrage placé dans la charpente où l'on avait ménagé une espèce de plancher, tombait dans les râteliers, sans effort ni perte. Entre les deux lignes de crèches se trouvait un grand espace pavé, propre et aéré par des courants d'air.

— Pendant l'hiver, dit Benassis en se promenant avec Genestas dans le milieu de l'étable, la veillée et les travaux se font en commun ici. L'on dresse des tables, et tout le monde se chauffe ainsi à bon marché. Les bergeries sont également bâties d'après ce système. Vous ne sauriez croire combien les bêtes s'accoutument facilement à l'ordre, je les ai souvent admirées quand elles rentrent. Chacune d'elles connaît son rang et laisse entrer celle qui doit passer la première. Voyez ? il existe assez de place entre la bête et le mur pour qu'on puisse la traire ou la panser ; puis le sol est en pente, de manière à procurer aux eaux un facile écoulement.

— Cette étable fait juger de tout le reste, dit Genestas. Sans vouloir vous flatter, voilà de beaux résultats !

— Ils n'ont pas été obtenus sans peine, répondit Benassis ; mais aussi quels bestiaux !

— Certes ils sont magnifiques, et vous aviez raison de me les vanter, répondit Genestas.

— Maintenant, reprit le médecin quand il fut à cheval et qu'il eut passé le portail, nous allons traverser nos nouveaux *défrichis* [1] et les terres à blé, le petit coin de ma commune que j'ai nommé la Beauce.

Pendant environ une heure, les deux cavaliers marchèrent à travers des champs sur la belle culture desquels le militaire complimenta le médecin ; puis ils regagnèrent le territoire du bourg en suivant la montagne, tantôt parlant, tantôt silencieux, selon que le pas

---

1. Déjà vu p. 106. Le défrichement, notamment dans les forêts (clairières), est le degré zéro de l'agriculture (monastères du Moyen Âge).

des chevaux leur permettait de parler ou les obligeait à se taire.

— Je vous ai promis hier, dit Benassis à Genestas en arrivant dans une petite gorge par laquelle les deux cavaliers débouchèrent dans la grande vallée, de vous montrer un des deux soldats qui sont revenus de l'armée après la chute de Napoléon. Si je ne me trompe, nous allons le trouver à quelques pas d'ici recreusant une espèce de réservoir naturel où s'amassent les eaux de la montagne, et que les atterrissements ont comblé. Mais pour vous rendre cet homme intéressant, il faut vous raconter sa vie. Il a nom Gondrin, reprit-il, il a été pris par la grande réquisition de 1792, à l'âge de dix-huit ans, et incorporé dans l'artillerie. Simple soldat, il a fait les campagnes d'Italie sous Napoléon, l'a suivi en Égypte, est revenu d'Orient à la paix d'Amiens ; puis, enrégimenté sous l'Empire dans les pontonniers de la Garde, il a constamment servi en Allemagne. En dernier lieu, le pauvre ouvrier est allé en Russie.

— Nous sommes un peu frères, dit Genestas, j'ai fait les mêmes campagnes. Il a fallu des corps de métal pour résister aux fantaisies de tant de climats différents. Le bon Dieu a, par ma foi, donné quelque brevet d'invention pour vivre à ceux qui sont encore sur leurs quilles après avoir traversé l'Italie, l'Égypte, l'Allemagne, le Portugal et la Russie.

— Aussi allez-vous voir un bon tronçon d'homme, reprit Benassis. Vous connaissez la déroute, inutile de vous en parler. Mon homme est un des pontonniers de la Bérézina, il a contribué à construire le pont sur lequel a passé l'armée ; et pour en assujettir les premiers chevalets, il s'est mis dans l'eau jusqu'à mi-corps. Le général Eblé, sous les ordres duquel étaient les pontonniers, n'en a pu trouver que quarante-deux assez poilus [1], comme dit Gondrin [2], pour entreprendre cet ouvrage. Encore le général s'est-il mis à l'eau lui-

---

1. Expression employée par Vautrin à propos d'un homme courageux.   2. Benassis souligne le mot populaire : qui est un vrai homme.

« Le premier homme qui est entré dans la Bérézina
a eu la jambe emportée par un gros glaçon... »

même en les encourageant, les consolant, et leur promettant à chacun mille francs de pension et la croix de
légionnaire. Le premier homme qui est entré dans la
Bérézina a eu la jambe emportée par un gros glaçon,
et l'homme a suivi sa jambe. Mais vous comprendrez
mieux les difficultés de l'entreprise par les résultats :
des quarante-deux pontonniers, il ne reste aujourd'hui
que Gondrin. Trente-neuf d'entre eux ont péri au passage de la Bérézina, et les deux autres ont fini miséra-
blement dans les hôpitaux de la Pologne. Ce pauvre
soldat n'est revenu de Wilna qu'en 1814, après la rentrée des Bourbons. Le général Eblé, de qui Gondrin ne
parle jamais sans avoir les larmes aux yeux, était mort.
Le pontonnier devenu sourd, infirme, et qui ne savait
ni lire ni écrire, n'a donc plus trouvé ni soutien, ni
défenseur. Arrivé à Paris en mendiant son pain, il y a
fait des démarches dans les bureaux du ministère de la

guerre pour obtenir, non les mille francs de pension promis, non la croix de légionnaire, mais la simple retraite à laquelle il avait droit après vingt-deux ans de service et je ne sais combien de campagne ; mais il n'a eu ni solde arriérée, ni frais de route, ni pension. Après un an de sollicitations inutiles, pendant lequel il a tendu la main à tous ceux qu'il avait sauvés, le pontonnier est revenu ici désolé, mais résigné. Ce héros inconnu creuse des fossés à dix sous la toise. Habitué à travailler dans les marécages, il a, comme il le dit, l'entreprise des ouvrages dont ne se soucie aucun ouvrier. En curant les mares, en faisant les tranchées dans les prés inondés, il peut gagner environ trois francs par jour. Sa surdité lui donne l'air triste, il est peu causeur de son naturel, mais il est plein d'âme. Nous sommes bons amis. Il dîne avec moi les jours de la bataille d'Austerlitz, de la fête de l'Empereur, du désastre de Waterloo, et je lui présente au dessert un napoléon pour lui payer son vin de chaque trimestre. Le sentiment de respect que j'ai pour cet homme est d'ailleurs partagé par toute la Commune, qui ne demanderait pas mieux que de le nourrir. S'il travaille, c'est par fierté. Dans toutes les maisons où il entre, chacun l'honore à mon exemple et l'invite à dîner. Je n'ai pu lui faire accepter ma pièce de vingt francs que comme portrait de l'Empereur. L'injustice commise envers lui l'a profondément affligé, mais il regrette encore plus la croix qu'il ne désire sa pension. Une seule chose le console. Quand le général Eblé présenta les pontonniers valides à l'Empereur, après la construction des ponts, Napoléon a embrassé notre pauvre Gondrin, qui sans cette accolade serait peut-être déjà mort ; il ne vit que par ce souvenir et par l'espérance du retour de Napoléon ; rien ne peut le convaincre de sa mort, et persuadé que sa captivité est due aux Anglais, je crois qu'il tuerait sur le plus léger prétexte le meilleur des Aldermen voyageant pour son plaisir [1].

---

1. Nette distance prise par rapport aux naïvetés du mythe napoléonien.

— Allons ! allons ! s'écria Genestas en se réveillant de la profonde attention avec laquelle il écoutait le médecin, allons vivement, je veux voir cet homme !

Et les deux cavaliers mirent leurs chevaux au grand trot.

— L'autre soldat, reprit Benassis, est encore un de ces hommes de fer qui ont roulé dans les armées. Il a vécu comme vivent tous les soldats français, de balles, de coups, de victoires ; il a beaucoup souffert et n'a jamais porté que des épaulettes de laine [1]. Son caractère est jovial, il aime avec fanatisme Napoléon, qui lui a donné la croix sur le champ de bataille à Valoutina. Vrai Dauphinois, il a toujours eu soin de se mettre en règle ; aussi a-t-il sa pension de retraite et son traitement de légionnaire. C'est un soldat d'infanterie, nommé Goguelat, qui a passé dans la Garde [2] en 1812. Il est en quelque sorte la femme de ménage de Gondrin. Tous deux demeurent ensemble chez la veuve d'un colporteur à laquelle ils remettent leur argent ; la bonne femme les loge, les nourrit, les habille, les soigne comme s'ils étaient ses enfants. Goguelat est ici *piéton* de la poste [3]. En cette qualité, il est le diseur de nouvelles du canton, et l'habitude de les raconter en a fait l'orateur des veillées, le conteur en titre ; aussi Gondrin le regarde-t-il comme un bel esprit, comme un *malin*. Quand Goguelat parle de Napoléon, le pontonnier semble deviner ses paroles au seul mouvement des lèvres. S'ils vont ce soir à la veillée qui a lieu dans une de mes granges, et que nous puissions les voir sans être vus, je vous donnerai le spectacle de cette scène. Mais nous voici près de la fosse, et je n'aperçois pas mon ami le pontonnier.

Le médecin et le commandant regardèrent attentivement autour d'eux, ils ne virent que la pelle, la pioche, la brouette, la veste militaire de Gondrin auprès d'un tas de boue noire ; mais nul vestige de l'homme dans

---

1. Sans grade. 2. Importante promotion, avec solde bien supérieure. 3. Facteur.

les différents chemins pierreux par lesquels venaient les eaux, espèces de trous capricieux presque tous ombragés par de petits arbustes.

— Il ne peut être bien loin. Ohé ! Gondrin ! cria Benassis.

Genestas aperçut alors la fumée d'une pipe entre les feuillages d'un éboulis, et la montra du doigt au médecin qui répéta son cri. Bientôt le vieux pontonnier avança la tête, reconnut le maire et descendit par un petit sentier.

— Hé ! bien, mon vieux, lui cria Benassis en faisant une espèce de cornet acoustique avec la paume de sa main, voici un camarade, un Égyptien[1] qui t'a voulu voir.

Gondrin leva promptement la tête vers Genestas, et lui jeta ce coup d'œil profond et investigateur que les vieux soldats ont su se donner à force de mesurer promptement leurs dangers. Après avoir vu le ruban rouge du commandant, il porta silencieusement le revers de sa main à son front.

— Si le petit tondu vivait encore, lui cria l'officier, tu aurais la croix et une belle retraite, car tu as sauvé la vie à tous ceux qui portent des épaulettes et qui se sont trouvés de l'autre côté de la rivière le 1er décembre 1812 ; mais, mon ami, ajouta le commandant en mettant pied à terre et lui prenant la main avec une soudaine effusion de cœur, je ne suis pas ministre de la guerre.

En entendant ces paroles, le vieux pontonnier se dressa sur ses jambes après avoir soigneusement secoué les cendres de sa pipe et l'avoir serrée, puis il dit en penchant la tête : — Je n'ai fait que mon devoir, mon officier, mais les autres n'ont pas fait le leur à mon égard. Ils m'ont demandé mes papiers ! Mes papiers ?... leur ai-je dit, mais c'est le vingt-neuvième bulletin.

---

1. Voir *Le Colonel Chabert* (ancien de l'expédition d'Égypte).

— Il faut réclamer de nouveau, mon camarade. Avec des protections il est impossible aujourd'hui [1] que tu n'obtiennes pas justice.

— Justice ! cria le vieux pontonnier d'un ton qui fit tressaillir le médecin et le commandant.

Il y eut un moment de silence, pendant lequel les deux cavaliers regardèrent ce débris des soldats de bronze que Napoléon avait triés dans trois générations. Gondrin était certes un bel échantillon de cette masse indestructible qui se brisa sans rompre. Ce vieil homme avait à peine cinq pieds, son buste et ses épaules s'étaient prodigieusement élargis, sa figure, tannée, sillonnée de rides, creusée, mais musculeuse, conservait encore quelques vestiges de martialité. Tout en lui avait un caractère de rudesse : son front semblait être un quartier de pierre, ses cheveux rares et gris retombaient faibles comme si déjà la vie manquait à sa tête fatiguée ; ses bras, couverts de poils aussi bien que sa poitrine, dont une partie se voyait par l'ouverture de sa chemise grossière, annonçaient une force extraordinaire. Enfin il était campé sur ses jambes presque torses comme sur une base inébranlable.

— Justice ! répéta-t-il, il n'y en aura jamais pour nous autres ! Nous n'avons point de porteurs de contraintes [2] pour demander notre dû. Et comme il faut se remplir le bocal, dit-il en se frappant l'estomac, nous n'avons pas le temps d'attendre. Or, vu que les paroles des gens qui passent leur vie à se chauffer dans les bureaux n'ont pas la vertu des légumes, je suis revenu prendre ma solde sur le fonds commun, dit-il en frappant la boue avec sa pelle [3].

— Mon vieux camarade, cela ne peut pas aller comme ça ! dit Genestas. Je te dois la vie, et je serais ingrat si je ne te donnais un coup de main ! Moi, je me

---

1. Sous la Restauration. **2.** Terme juridique et de procédure : pièce qui contraint l'adversaire à s'exécuter. Les « porteurs » de ces pièces sont des avoués, des hommes de loi. **3.** Écho des fossoyeurs d'*Hamlet* ? Creuser, c'est aussi creuser une tombe.

souviens d'avoir passé sur les ponts de la Bérézina, je connais de bons lapins qui en ont aussi la mémoire toujours fraîche, et ils me seconderont pour te faire récompenser par la patrie comme tu le mérites.

— Ils vous appelleront bonapartiste ! Ne vous mêlez pas de cela, mon officier. D'ailleurs, j'ai filé sur les derrières, et j'ai fait ici mon trou comme un boulet mort. Seulement je ne m'attendais pas, après avoir voyagé sur les chameaux du désert et avoir bu un verre de vin au coin du feu de Moscou, à mourir sous les arbres que mon père a plantés, dit-il en se remettant à l'ouvrage.

— Pauvre vieux, dit Genestas. À sa place je ferais comme lui, nous n'avons plus notre père. Monsieur, dit-il à Benassis, la résignation de cet homme me cause une tristesse noire, il ne sait pas combien il m'intéresse, et va croire que je suis un de ces gueux dorés insensibles aux misères du soldat. Il revint brusquement, saisit le pontonnier par la main, et lui cria dans l'oreille : — Par la croix que je porte, et qui signifiait autrefois honneur, je jure de faire tout ce qui sera humainement possible d'entreprendre pour t'obtenir une pension, quand je devrais avaler dix refus de ministre, solliciter le roi, le dauphin[1] et toute la boutique !

En entendant ces paroles, le vieux Gondrin tressaillit, regarda Genestas et lui dit : — Vous avez donc été simple soldat ?

Le commandant inclina la tête. À ce signe le pontonnier s'essuya la main, prit celle de Genestas, la lui serra par un mouvement plein d'âme, et lui dit : — Mon général, quand je me suis mis à l'eau là-bas, j'avais fait à l'armée l'aumône de ma vie, donc il y a eu du gain, puisque je suis encore sur mes ergots. Tenez, voulez-vous voir le fond du sac ? Eh ! bien, depuis que

---

1. Le duc d'Angoulême, fils de Charles X et le militaire de la famille.

l'autre[1] a été dégommé, je n'ai plus goût à rien. Enfin ils m'ont assigné ici, ajouta-t-il gaiement en montrant la terre, vingt mille francs à prendre, et je m'en paie en détail, comme dit c't'autre !

— Allons, mon camarade, dit Genestas ému par la sublimité de ce pardon, tu auras du moins ici la seule chose que tu ne puisses pas m'empêcher de te donner.

Le commandant se frappa le cœur, regarda le pontonnier pendant un moment, remonta sur son cheval, et continua de marcher à côté de Benassis.

— De semblables cruautés administratives fomentent la guerre des pauvres contre les riches, dit le médecin. Les gens auxquels le pouvoir est momentanément confié n'ont jamais pensé sérieusement aux développements nécessaires d'une injustice commise envers un homme du peuple. Un pauvre, obligé de gagner son pain quotidien, ne lutte pas longtemps, il est vrai ; mais il parle, et trouve des échos dans tous les cœurs souffrants. Une seule iniquité se multiplie par le nombre de ceux qui se sentent frappés en elle. Ce levain fermente. Ce n'est rien encore. Il en résulte un plus grand mal. Ces injustices entretiennent chez le peuple une sourde haine envers les supériorités sociales. Le bourgeois devient et reste l'ennemi du pauvre, qui le met hors la loi, le trompe et le vole. Pour le pauvre, le vol n'est plus ni un délit, ni un crime, mais une vengeance. Si, quand il s'agit de rendre justice aux petits, un administrateur les maltraite et filoute leurs droits acquis, comment pouvons-nous exiger de malheureux sans pain résignation à leurs peines et respect aux propriétés ?... Je frémis en pensant qu'un garçon de bureau, de qui le service consiste à épousseter des papiers, a eu les mille francs de pension promis à Gondrin. Puis certaines gens, qui n'ont jamais mesuré l'excès des souffrances, accusent d'excès les vengeances populai-

---

1. Appellation courante de Napoléon sous la Restauration : on n'osait le nommer. Voir *Le Rouge et le Noir* (épisode des maçons, I, XXIX).

res ! Mais le jour où le gouvernement a causé plus de malheurs individuels que de prospérités, son renversement ne tient qu'à un hasard ; en le renversant, le peuple solde ses comptes à sa manière. Un homme d'État devrait toujours se peindre les pauvres aux pieds de la Justice, elle n'a été inventée que pour eux.

En arrivant sur le territoire du bourg, Benassis avisa dans le chemin deux personnes en marche, et dit au commandant, qui depuis quelque temps allait tout pensif : — Vous avez vu la misère résignée d'un vétéran de l'armée, maintenant vous allez voir celle d'un vieux agriculteur. Voilà un homme qui, pendant toute sa vie, a pioché, labouré, semé, recueilli pour les autres.

Genestas aperçut alors un pauvre vieillard qui cheminait de compagnie avec une vieille femme. L'homme paraissait souffrir de quelque sciatique, et marchait péniblement, les pieds dans de mauvais sabots. Il portait sur son épaule un bissac, dans la poche duquel ballottaient quelques instruments dont les manches, noircis par un long usage et par la sueur, produisaient un léger bruit ; la poche de derrière contenait son pain, quelques oignons crus et des noix. Ses jambes semblaient déjetées. Son dos, voûté par les habitudes du travail, le forçait à marcher tout ployé ; aussi, pour conserver son équilibre, s'appuyait-il sur un long bâton. Ses cheveux, blancs comme la neige, flottaient sous un mauvais chapeau rougi par les intempéries des saisons et recousu avec du fil blanc. Ses vêtements de grosse toile, rapetassés en cent endroits, offraient des contrastes de couleurs. C'était une sorte de ruine humaine à laquelle ne manquait aucun des caractères qui rendent les ruines si touchantes. Sa femme, un peu plus droite qu'il ne l'était, mais également couverte de haillons, coiffée d'un bonnet grossier, portait sur son dos un vase de grès rond et aplati, tenu par une courroie passée dans les anses. Ils levèrent la tête en entendant le pas des chevaux, reconnurent Benassis et s'arrêtèrent. Ces deux vieillards, l'un perclus à force de travail, l'autre, sa compagne fidèle, également détruite, montrant tous deux des figures dont les traits étaient effacés par les rides, la peau noircie par le soleil et endurcie par les intempéries de l'air, faisaient peine à voir. L'histoire de leur vie n'eût pas été gravée sur leurs physionomies, leur attitude l'aurait fait deviner. Tous deux ils avaient travaillé sans cesse, et sans cesse souffert ensemble, ayant beaucoup de maux et peu de joies à partager ; ils paraissaient s'être accoutumés à leur mauvaise fortune comme le prisonnier s'habitue à sa geôle ; en eux tout était simplesse. Leurs visages ne manquaient pas d'une sorte de gaie franchise. En les examinant bien, leur vie monotone, le lot de tant de pauvres êtres, semblait presque enviable. Il y avait bien chez eux trace de douleur, mais absence de chagrins.

— Eh ! bien, mon brave père Moreau, vous voulez donc absolument toujours travailler ?

— Oui, monsieur Benassis. Je vous défricherai encore une bruyère ou deux avant de crever, répondit gaiement le vieillard dont les petits yeux noirs s'animèrent.

— Est-ce du vin que porte là votre femme ? Si vous ne voulez pas vous reposer, au moins faut-il boire du vin.

— Me reposer ! ça m'ennuie. Quand je suis au soleil, occupé à défricher, le soleil et l'air me raniment. Quant au vin, oui, monsieur, ceci est du vin, et je sais bien que c'est vous qui nous l'avez fait avoir pour presque rien chez monsieur le maire de Courteil. Ah ! vous avez beau être malicieux, on vous reconnaît tout de même.

— Allons, adieu, la mère. Vous allez sans doute à la pièce du Champferlu aujourd'hui ?

— Oui, monsieur, elle a été commencée hier soir.

— Bon courage ! dit Benassis. Vous devez quelquefois être bien contents en voyant cette montagne que vous avez presque toute défrichée à vous seuls.

— Dam, oui, monsieur, répondit la vieille, c'est notre ouvrage ! Nous avons bien gagné le droit de manger du pain.

— Vous voyez, dit Benassis à Genestas, le travail, la terre à cultiver, voilà le Grand-Livre des Pauvres. Ce bonhomme se croirait déshonoré s'il allait à l'hôpital ou s'il mendiait ; il veut mourir la pioche en main, en plein champ, sous le soleil. Ma foi, il a un fier courage ! À force de travailler, le travail est devenu sa vie ; mais aussi, ne craint-il pas la mort ! il est profondément philosophe sans s'en douter. Ce vieux père Moreau m'a donné l'idée de fonder dans ce canton un hospice pour les laboureurs, pour les ouvriers, enfin pour les gens de la campagne qui, après avoir travaillé pendant toute leur vie, arrivent à une vieillesse honorable et pauvre. Monsieur, je ne comptais point sur la fortune que j'ai faite, et qui m'est personnellement inutile. Il faut peu de chose à l'homme tombé du faîte de ses espérances. La vie des oisifs est la seule qui coûte cher, peut-être même est-ce un vol social que de consommer sans rien produire. En apprenant les discussions qui s'élevèrent lors de sa chute au sujet de sa pension, Napoléon disait n'avoir besoin que d'un cheval et d'un écu par jour. En venant ici, j'avais renoncé à l'argent. Depuis, j'ai reconnu que l'argent représente des facultés et devient nécessaire pour faire le bien. J'ai donc par mon testament donné ma maison pour fonder un hospice où les malheureux vieillards sans asile, et qui seront moins fiers que ne l'est Moreau, puissent passer leurs vieux jours. Puis une certaine partie des neuf mille francs de rentes que me rapportent mes terres et mon moulin sera destinée à donner, dans les hivers trop rudes, des secours à domicile aux individus réellement nécessiteux. Cet établissement sera sous la surveillance du conseil municipal, auquel s'adjoindra le curé comme président. De cette manière, la fortune que le hasard m'a fait trouver dans ce canton y demeurera. Les règlements de cette institution sont tous tracés dans mon testament ; il serait fastidieux de vous les rapporter, il suffit de vous dire que j'y ai tout prévu. J'ai même créé un fonds de réserve qui doit permettre un jour à la Commune de payer plusieurs bourses à des enfants qui donneraient de l'espérance pour les arts ou pour les sciences. Ainsi, même après ma mort, mon œuvre de civilisation se continuera. Voyez-vous, capitaine Bluteau, lorsqu'on a commencé une tâche, il est quelque chose en nous qui nous pousse à ne pas la laisser imparfaite. Ce besoin d'ordre et de perfection est un des signes les plus évidents d'une destinée à venir. Maintenant allons vite, il faut que j'achève ma ronde, et j'ai encore cinq ou six malades à voir.

Après avoir trotté pendant quelque temps en silence, Benassis dit en riant à son compagnon : — Ah ! çà, capitaine Bluteau, vous me faites babiller comme un geai, et vous ne me dites rien de votre vie, qui doit être curieuse. Un soldat de votre âge a vu trop de choses pour ne pas avoir plus d'une aventure à raconter.

— Mais, répondit Genestas, ma vie est la vie de l'armée. Toutes les figures militaires se ressemblent. N'ayant jamais commandé, étant toujours resté dans le rang à recevoir ou à donner des coups de sabre, j'ai fait comme les autres. Je suis allé là où Napoléon nous a conduits, et me suis trouvé en ligne à toutes les batailles où a frappé la Garde impériale. C'est des événements bien connus. Avoir soin de ses chevaux, souffrir quelquefois la faim et la soif, se battre quand il faut, voilà toute la vie du soldat. N'est-ce pas simple comme bonjour. Il y a des batailles qui pour nous autres sont tout entières dans un cheval déferré qui nous laisse dans l'embarras. En somme, j'ai vu tant de pays, que je me suis accoutumé à en voir, et j'ai vu tant de morts que j'ai fini par compter ma propre vie pour rien.

— Mais cependant vous avez dû être personnellement en péril pendant certains moments, et ces dangers particuliers seraient curieux racontés par vous.

— Peut-être, répondit le commandant.

— Eh ! bien, dites-moi ce qui vous a le plus ému. N'ayez pas peur, allez ! je ne croirai pas que vous manquiez de modestie quand même vous me diriez quelque trait d'héroïsme. Lorsqu'un homme est bien sûr d'être compris par ceux auxquels il se confie, ne doit-il pas éprouver une sorte de plaisir à dire : J'ai fait cela.

— Eh ! bien, je vais vous raconter une particularité qui me cause quelquefois des remords. Pendant les quinze années que nous nous sommes battus, il ne m'est pas arrivé une seule fois de tuer un homme hors le cas de légitime défense. Nous sommes en ligne, nous chargeons ; si nous ne renversons pas ceux qui sont devant nous, ils ne nous demandent pas permission pour nous saigner ; donc il faut tuer pour ne pas être démoli, la conscience est tranquille. Mais, mon cher monsieur, il m'est arrivé de casser les reins à un camarade dans une circonstance particulière. Par réflexion, la chose m'a fait de la peine, et la grimace de cet homme me revient quelquefois. Vous allez en juger ?... C'était pendant la retraite de Moscou. Nous avions plus l'air d'être un troupeau de bœufs harassés que d'être la Grande Armée. Adieu la discipline et les drapeaux ! chacun était son maître, et l'Empereur, on peut le dire, a su là où finissait son pouvoir. En arrivant à Studzianka, petit village au-dessus de la Bérézina, nous trouvâmes des granges, des cabanes à démolir, des pommes de terre enterrées et quelques betteraves. Depuis quelque temps nous n'avions rencontré ni maisons ni mangeaille, l'armée a fait bombance. Les premiers venus, comme vous pensez, ont tout mangé. Je suis arrivé un des derniers. Heureusement pour moi je n'avais faim que de sommeil. J'avise une grange, j'y entre, j'y vois une vingtaine de généraux, des officiers supérieurs, tous hommes, sans les flatter, de grand mérite : Junot, Narbonne, l'aide de camp de l'Empereur, enfin les grosses têtes de l'armée. Il y avait aussi de simples soldats qui n'auraient pas donné leur lit de paille à un maréchal de France. Les uns dormaient debout, appuyés contre le mur faute de place, les autres étaient étendus à terre, et tous si bien pressés les uns contre les autres afin de se tenir chaud, que je cherche vainement un coin pour m'y mettre. Me voilà marchant sur ce plancher d'hommes : les uns grognaient, les autres ne disaient rien, mais personne ne se dérangeait. On ne se serait pas dérangé pour éviter un boulet de canon ; mais on n'était pas obligé là de suivre les maximes de la civilité puérile et honnête. Enfin j'aperçois au fond de la grange une espèce de toit intérieur sur lequel personne n'avait eu l'idée ou la force peut-être de grimper, j'y monte, je m'y arrange, et quand je suis étalé tout de mon long, je regarde ces hommes étendus comme des veaux. Ce triste spectacle me fit presque rire. Les uns rongeaient des carottes glacées en exprimant une sorte de plaisir animal, et des généraux enveloppés de mauvais châles ronflaient comme des tonnerres. Une branche de sapin allumée éclairait la grange, elle y aurait mis le feu, personne ne se serait levé pour l'éteindre. Je me couche sur le dos, et avant de m'endormir je lève naturellement les yeux en l'air, je vois alors la maîtresse poutre sur laquelle reposait le toit et qui supportait les solives, faire un léger mouvement d'orient en occident. Cette sacrée poutre dansait très-joliment. « Messieurs, leur dis-je, il se trouve dehors un camarade qui veut se chauffer à nos dépens. » La poutre allait bientôt tomber. « Messieurs, messieurs, nous allons périr, voyez la poutre ! » criai-je encore assez fort pour réveiller mes camarades de lit. Monsieur, ils ont bien regardé la poutre ; mais ceux qui dormaient se sont remis à dormir, et ceux qui mangeaient ne m'ont même pas répondu. Voyant cela, il me fallut quitter ma place, au risque de la voir prendre, car il s'agissait de sauver ce tas de gloires. Je sors donc, je tourne la grange, et j'avise un grand diable de Wurtembergeois qui tirait la poutre avec un certain enthousiasme. « — Aho ! aho ! lui dis-je en lui faisant comprendre qu'il fallait cesser son travail. — *Geh, mir aus dem gesicht, oder ich schlag dich todt !* cria-t-il. — Ah bien oui ? *Qué mire aous dem guesit*, lui répondis-je, il ne s'agit pas de cela ! » Je prends son fusil qu'il avait laissé par terre, je lui casse les reins, je rentre et je dors. Voilà l'affaire.

— Mais c'était un cas de légitime défense appliquée contre un homme au profit de plusieurs, vous n'avez donc rien à vous reprocher, dit Benassis.

— Les autres, reprit Genestas, ont cru que j'avais eu quelque lubie ; mais, lubie ou non, beaucoup de ces gens-là vivent à leur aise aujourd'hui dans de beaux hôtels sans avoir le cœur oppressé par la reconnaissance.

— N'auriez-vous donc fait le bien que pour en percevoir cet exorbitant intérêt appelé reconnaissance ? dit en riant Benassis. Ce serait faire l'usure.

— Ah ! je sais bien, répondit Genestas, que le mérite d'une bonne action s'envole au moindre profit qu'on en retire ; la raconter, c'est s'en constituer une rente d'amour-propre qui vaut bien la reconnaissance. Cependant si l'honnête homme se taisait toujours, l'obligé ne parlerait guère du bienfait. Dans votre système, le peuple a besoin d'exemples ; or, par ce silence général, où donc en trouverait-il ? Encore autre chose ! si notre pauvre pontonnier qui a sauvé l'armée française, et qui ne s'est jamais trouvé en position d'en jaser avec fruit, n'avait pas conservé l'exercice de ses bras, sa conscience lui donnerait-elle du pain ?... répondez à cela, philosophe ?

— Peut-être n'y a-t-il rien d'absolu en morale, répondit Benassis ; mais cette idée est dangereuse, elle laisse l'égoïsme interpréter les cas de conscience au profit de l'intérêt personnel. Écoutez, capitaine : l'homme qui obéit strictement aux principes de la morale n'est-il pas plus grand que celui qui s'en écarte, même par nécessité ? Notre pontonnier, tout à fait perclus et mourant de faim, ne serait-il pas sublime au même chef que l'est Homère ! La vie humaine est sans doute une dernière épreuve pour la vertu comme pour le génie également réclamés par un monde meilleur. La vertu, le génie, me semblent les deux plus belles formes de ce complet et constant dévouement que Jésus-Christ est venu apprendre aux hommes. Le génie reste pauvre en éclairant le monde, la vertu garde le silence en se sacrifiant pour le bien général.

— D'accord, monsieur, dit Genestas, mais la terre est habitée par des hommes et non par des anges, nous ne sommes pas parfaits.

— Vous avez raison, reprit Benassis. Pour mon compte, j'ai rudement abusé de la faculté de commettre des fautes. Mais ne devons-nous pas tendre à la perfection ? La vertu n'est-elle pas pour l'âme un beau idéal qu'il faut contempler sans cesse comme un céleste modèle ?

— *Amen*, dit le militaire. On vous le passe, l'homme vertueux est une belle chose ; mais convenez aussi que la Vertu est une divinité qui peut se permettre un petit bout de conversation, en tout bien tout honneur.

— Ah ! monsieur, dit le médecin en souriant avec une sorte de mélancolie amère[1], vous avez l'indulgence de ceux qui vivent en paix avec eux-mêmes ; tandis que je suis sévère comme un homme qui voit bien des taches à effacer dans sa vie.

Les deux cavaliers étaient arrivés à une chaumière située sur le bord du torrent. Le médecin y entra. Genestas demeura sur le seuil de la porte, regardant tour à tour le spectacle offert par ce frais paysage, et l'intérieur de la chaumière où se trouvait un homme couché. Après avoir examiné son malade, Benassis s'écria tout à coup : — Je n'ai pas besoin de venir ici, ma bonne femme, si vous ne faites pas ce que j'ordonne. Vous avez donné du pain à votre mari, vous

---

1. Autre annonce de *La Confession*.

voulez donc le tuer ? Sac à papier ! si vous lui faites prendre maintenant autre chose que son eau de chiendent, je ne remets pas les pieds ici, et vous irez chercher un médecin où vous voudrez.

— Mais, mon cher monsieur Benassis, le pauvre vieux criait la faim, et quand un homme n'a rien mis dans son estomac depuis quinze jours...

— Ah ! çà, voulez-vous m'écouter ? Si vous laissez manger une seule bouchée de pain à votre homme avant que je lui permette de se nourrir, vous le tuerez, entendez-vous ?

— On le privera de tout, mon cher monsieur. Vat-il mieux ? dit-elle en suivant le médecin.

— Mais non, vous avez empiré son état en lui donnant à manger. Je ne puis donc pas vous persuader, mauvaise tête que vous êtes, de ne pas nourrir les gens qui doivent faire diète ? Les paysans sont incorrigibles ! ajouta Benassis en se tournant vers l'officier. Quand un malade n'a rien pris depuis quelques jours, ils le croient mort, et le bourrent de soupe ou de vin. Voilà une malheureuse femme qui a failli tuer son mari.

— Tuer mon homme pour une pauvre petite trempette au vin !

— Certainement, ma bonne femme. Je suis étonné de le trouver encore en vie après la trempette que vous lui avez apprêtée. N'oubliez pas de faire bien exactement ce que je vous ai dit.

— Oh ! mon cher monsieur, j'aimerais mieux mourir moi-même que d'y manquer.

— Allons, je verrai bien cela. Demain soir je reviendrai le saigner.

— Suivons à pied le torrent, dit Benassis à Genestas, d'ici à la maison où je dois me rendre il n'existe point de chemin pour les chevaux. Le petit garçon de cet homme nous gardera nos bêtes. — Admirez un peu notre jolie vallée, reprit-il, n'est-ce pas un jardin anglais[1] ? Nous allons maintenant chez un ouvrier inconsolable de la mort d'un de ses enfants. Son aîné, jeune encore, a voulu pendant la dernière moisson travailler comme un homme, le pauvre enfant a excédé ses forces, il est mort de langueur à la fin de l'automne. Voici la première fois que je rencontre le sentiment paternel si développé. Ordinairement les paysans regrettent dans leurs enfants morts la perte d'une chose utile qui fait partie de leur fortune, les regrets sont en raison de l'âge. Une fois adulte, un enfant devient un capital pour son père. Mais ce pauvre homme aimait son fils véritablement. « — Rien ne me console de cette perte ! » m'a-t-il dit un jour que je le vis dans un pré, debout, immobile, oubliant son ouvrage, appuyé sur sa faux, tenant à la main sa pierre à repasser qu'il avait prise pour s'en servir et dont il ne se servait pas. Il ne m'a plus reparlé de son chagrin ; mais il est devenu taciturne et souffrant. Aujourd'hui, l'une de ses petites filles est malade...

Tout en causant, Benassis et son hôte étaient arrivés à une maisonnette située sur la chaussée d'un moulin à tan. Là, sous un saule, ils aperçurent un homme d'environ quarante ans qui restait debout en mangeant du pain frotté d'ail.

— Eh ! bien, Gasnier, la petite va-t-elle mieux ?

— Je ne sais pas, monsieur, dit-il d'un air sombre, vous allez la voir, ma femme est auprès d'elle. Malgré vos soins, j'ai bien peur que la mort ne soit entrée chez moi pour tout m'emporter.

— La mort ne se loge chez personne, Gasnier, elle n'a pas le temps. Ne perdez pas courage.

Benassis entra dans la maison suivi du père. Une demi-heure après, il sortit accompagné de la mère, à laquelle il dit : — Soyez sans inquiétude, faites ce que je vous ai recommandé de faire, elle est sauvée.

— Si tout cela vous ennuyait, dit ensuite le médecin

---

1. Soit : naturel et sauvage, par différence avec le jardin « à la française ».

au militaire en remontant à cheval, je pourrais vous mettre dans le chemin du bourg, et vous y retourneriez.

— Non, par ma foi, je ne m'ennuie pas.

— Mais vous verrez partout des chaumières qui se ressemblent, rien n'est en apparence plus monotone que la campagne.

— Marchons, dit le militaire.

Pendant quelques heures ils coururent ainsi dans le pays, traversèrent le canton dans sa largeur, et, vers le soir, ils revinrent dans la partie qui avoisinait le bourg.

— Il faut que j'aille maintenant là-bas, dit le médecin à Genestas en lui montrant un endroit où s'élevaient des ormes. Ces arbres ont peut-être deux cents ans, ajouta-t-il. Là demeure cette femme pour laquelle un garçon est venu me chercher hier au moment de dîner, en me disant qu'elle était devenue blanche.

— Était-ce dangereux ?

— Non, dit Benassis, effet de grossesse. Cette femme est à son dernier mois. Souvent dans cette période quelques femmes éprouvent des spasmes. Mais il faut toujours, par précaution, que j'aille voir s'il n'est rien survenu d'alarmant ; j'accoucherai moi-même cette femme. D'ailleurs je vous montrerai là l'une de nos industries nouvelles, une briqueterie. Le chemin est beau, voulez-vous galoper ?

— Votre bête me suivra-t-elle, dit Genestas en criant à son cheval : Haut, Neptune !

En un clin d'œil l'officier fut emporté à cent pas, et disparut dans un tourbillon de poussière ; mais malgré la vitesse de son cheval, il entendit toujours le médecin à ses côtés. Benassis dit un mot à sa monture, et devança le commandant qui ne le rejoignit qu'à la briqueterie, au moment où le médecin attachait tranquillement son cheval au pivot d'un échalier.

— Que le diable vous emporte ! s'écria Genestas en regardant le cheval qui ne suait ni ne soufflait. Quelle bête avez-vous donc là ?

— Ha ! répondit en riant le médecin, vous l'avez

prise pour une rosse. Pour le moment, l'histoire de ce
bel animal nous prendrait trop de temps, qu'il vous
suffise de savoir que Roustan[1] est un vrai barbe[2] venu
de l'Atlas. Un cheval barbe vaut un cheval arabe. Le
mien gravit les montagnes au grand galop sans mouil-
ler son poil, et trotte d'un pied sûr le long des précipices. C'est un cadeau bien gagné, d'ailleurs. Un père
a cru me payer ainsi la vie de sa fille, une des plus
riches héritières de l'Europe, que j'aie trouvée mourant
sur la route de Savoie. Si je vous disais comment j'ai
guéri cette jeune personne, vous me prendriez pour un
charlatan. Eh ! eh ! j'entends des grelots de chevaux et
le bruit d'une charrette dans le sentier, voyons si par
hasard ce serait Vigneau lui-même, et regardez bien
cet homme.

Bientôt l'officier aperçut quatre énormes chevaux
harnachés comme ceux que possèdent les cultivateurs
les plus aisés de la Brie. Les bouffettes de laine, les
grelots, les cuirs avaient une sorte de propreté cossue.
Dans cette vaste charrette, peinte en bleu, se trouvait
un gros garçon joufflu bruni par le soleil, et qui sifflait
en tenant son fouet comme un fusil au port d'armes.

— Non, ce n'est que le charretier, dit Benassis.
Admirez un peu comme le bien-être industriel du
maître se reflète sur tout, même sur l'équipage de ce
voiturier ! N'est-ce pas l'indice d'une intelligence
commerciale assez rare au fond des campagnes ?

— Oui, oui, tout cela paraît très-bien ficelé, reprit
le militaire.

— Eh ! bien, Vigneau possède deux équipages semblables. En outre, il a le petit bidet d'allure sur lequel
il va faire ses affaires, car son commerce s'étend maintenant fort loin, et quatre ans auparavant cet homme ne
possédait rien ; je me trompe, il avait des dettes. Mais
entrons ?

---

1. C'était le nom du fidèle Mameluk de Napoléon.   2. Barba-
resque.

— Mon garçon, dit Benassis au charretier, madame Vigneau doit être chez elle ?

— Monsieur, elle est dans le jardin, je viens de l'y voir par-dessus la haie, je vais la prévenir de votre arrivée.

Genestas suivit Benassis qui lui fit parcourir un vaste terrain fermé par des haies. Dans un coin étaient amoncelées les terres blanches et l'argile nécessaires à la fabrication des tuiles et des carreaux ; d'un autre côté, s'élevaient en tas les fagots de bruyères et le bois pour chauffer le four ; plus loin, sur une aire enceinte par des claies, plusieurs ouvriers concassaient des pierres blanches ou manipulaient les terres à brique ; en face de l'entrée, sous les grands ormes, était la fabrique de tuiles rondes et carrées, grande salle de verdure terminée par les toits de la sécherie, près de laquelle se voyait le four et sa gueule profonde, ses longues pelles, son chemin creux et noir. Il se trouvait, parallèlement à ces constructions, un bâtiment d'aspect assez misérable qui servait d'habitation à la famille et où les remises, les écuries, les étables, la grange, avaient été pratiquées. Des volailles et des cochons vaguaient dans le grand terrain. La propreté qui régnait dans ces différents établissements et leur bon état de réparation attestaient la vigilance du maître.

— Le prédécesseur de Vigneau, dit Benassis, était un malheureux, un fainéant qui n'aimait qu'à boire. Jadis ouvrier, il savait chauffer son four et payer ses façons, voilà tout ; il n'avait d'ailleurs ni activité ni esprit commercial. Si l'on ne venait pas chercher ses marchandises, elles restaient là, se détérioraient et se perdaient. Aussi mourait-il de faim. Sa femme, qu'il avait rendue presque imbécile par ses mauvais traitements, croupissait dans la misère. Cette paresse, cette incurable stupidité me faisaient tellement souffrir, et l'aspect de cette fabrique m'était si désagréable, que j'évitais de passer par ici. Heureusement cet homme et sa femme étaient vieux l'un et l'autre. Un beau jour le tuilier eut une attaque de paralysie, et je le fis aussitôt placer à l'hospice de Grenoble. Le propriétaire de la tuilerie consentit à la reprendre sans discussion dans l'état où elle se trouvait, et je cherchai de nouveaux locataires qui pussent participer aux améliorations que je voulais introduire dans toutes les industries du canton. Le mari d'une femme de chambre de madame Gravier, pauvre ouvrier gagnant fort peu d'argent chez un potier où il travaillait, et qui ne pouvait soutenir sa famille, écouta mes avis. Cet homme eut assez de courage pour prendre notre tuilerie à bail sans avoir un denier vaillant. Il vint s'y installer, apprit à sa femme, à la vieille mère de sa femme et à la sienne à façonner des tuiles, il en fit ses ouvriers. Je ne sais pas, foi d'honnête homme ! comment ils s'arrangèrent. Probablement Vigneau emprunta du bois pour chauffer son four, il alla sans doute chercher ses matériaux la nuit par hottées et les manipula pendant le jour ; enfin il déploya secrètement une énergie sans bornes, et les deux vieilles mères en haillons travaillèrent comme des nègres. Vigneau put ainsi cuire quelques fournées, et passa sa première année en mangeant du pain chèrement payé par les sueurs de son ménage ; mais il se soutint. Son courage, sa patience, ses qualités le rendirent intéressant à beaucoup de personnes, et il se fit connaître. Infatigable, il courait le matin à Grenoble, y vendait ses tuiles et ses briques ; puis il revenait chez lui vers le milieu de la journée, retournait à la ville pendant la nuit ; il paraissait se multiplier. Vers la fin de la première année, il prit deux petits gars pour l'aider. Voyant cela, je lui prêtai quelque argent. Eh ! bien, monsieur, d'année en année, le sort de cette famille s'améliora. Dès la seconde année, les deux vieilles mères ne façonnèrent plus de briques, ne broyèrent plus de pierres ; elles cultivèrent les petits jardins, firent la soupe, raccommodèrent les habits, filèrent pendant la soirée et allèrent au bois pendant le jour. La jeune femme, qui sait lire et écrire, tint les comptes.

Vigneau eut un petit cheval pour courir dans les environs, y chercher des pratiques ; puis, il étudia l'art du briquetier, trouva le moyen de fabriquer de beaux carreaux blancs et les vendit au-dessous du cours. La troisième année il eut une charrette et deux chevaux. Quand il monta son premier équipage sa femme devint presque élégante. Tout s'accorda dans son ménage avec ses gains, et toujours il y maintint l'ordre, l'économie, la propreté, principes générateurs de sa petite fortune. Il put enfin avoir six ouvriers et les paya bien ; il eut un charretier et mit tout chez lui sur un très-bon pied ; bref, petit à petit, en s'ingéniant, en étendant ses travaux et son commerce, il s'est trouvé dans l'aisance. L'année dernière, il a acheté la tuilerie ; l'année prochaine, il rebâtira sa maison. Maintenant toutes ces bonnes gens sont bien portants et bien vêtus. La femme maigre et pâle, qui d'abord partageait les soucis et les inquiétudes du maître, est redevenue grasse, fraîche et jolie. Les deux vieilles mères sont très-heureuses et vaquent aux menus détails de la maison et du commerce. Le travail a produit l'argent, et l'argent, en donnant la tranquillité, a rendu la santé, l'abondance et la joie. Vraiment ce ménage est pour moi la vivante histoire de ma Commune et celle des jeunes États commerçants. Cette tuilerie, que je voyais jadis morne, vide, malpropre, improductive, est maintenant en plein rapport, bien habitée, animée, riche et approvisionnée. Voici pour une bonne somme de bois, et tous les matériaux nécessaires aux travaux de la saison ; car vous savez que l'on ne fabrique la tuile que pendant un certain temps de l'année, entre juin et septembre. Cette activité ne fait-elle pas plaisir ? Mon tuilier a coopéré à toutes les constructions du bourg. Toujours éveillé, toujours allant et venant, toujours actif, il est nommé *le dévorant*[1] par les gens du Canton.

À peine Benassis avait-il achevé ces paroles qu'une

---

1. Homme exceptionnel, un peu loup-garou. Voir *Ferragus*.

jeune femme bien vêtue, ayant un joli bonnet, des bas blancs, un tablier de soie, une robe rose, mise qui rappelait un peu son ancien état de femme de chambre, ouvrit la porte à claire-voie qui menait au jardin, et s'avança aussi vite que pouvait le permettre son état ; mais les deux cavaliers allèrent à sa rencontre. Madame Vigneau était en effet une jolie femme assez grasse, au teint basané, mais de qui la peau devait être blanche. Quoique son front gardât quelques rides, vestiges de son ancienne misère, elle avait une physionomie heureuse et avenante.

— Monsieur Benassis, dit-elle d'un accent câlin en le voyant s'arrêter, ne me ferez-vous pas l'honneur de vous reposer un moment chez moi ?

— Si bien, répondit-il. Passez, capitaine.

— Ces messieurs doivent avoir bien chaud ! Voulez-vous un peu de lait ou de vin ? Monsieur Benassis, goûtez donc au vin que mon mari a eu la complaisance de se procurer pour mes couches ? vous me direz s'il est bon.

— Vous avez un brave homme pour mari.

— Oui, monsieur, dit-elle avec calme en se retournant, j'ai été bien richement partagée.

— Nous ne prendrons rien, madame Vigneau, je venais voir seulement s'il ne vous était rien arrivé de fâcheux.

— Rien, dit-elle. Vous voyez, j'étais au jardin occupée à biner pour faire quelque chose.

En ce moment, les deux mères arrivèrent pour voir Benassis, et le charretier resta immobile au milieu de la cour dans une direction qui lui permettait de regarder le médecin.

— Voyons, donnez-moi votre main, dit Benassis à madame Vigneau.

Il tâta le pouls de la jeune femme avec une attention scrupuleuse, en se recueillant et demeurant silencieux. Pendant ce temps, les trois femmes examinaient le commandant avec cette curiosité naïve que les gens de la campagne n'ont aucune honte à exprimer.

— Au mieux, s'écria gaiement le médecin.

— Accouchera-t-elle bientôt ? s'écrièrent les deux mères.

— Mais, cette semaine sans doute. Vigneau est en route ? demanda-t-il après une pause.

— Oui, monsieur, répondit la jeune femme, il se hâte de faire ses affaires pour pouvoir rester au logis pendant mes couches, le cher homme !

— Allons, mes enfants, prospérez ! Continuez à faire fortune [1] et à faire le monde.

Genestas était plein d'admiration pour la propreté qui régnait dans l'intérieur de cette maison presque ruinée. En voyant l'étonnement de l'officier, Benassis lui dit : — Il n'y a que madame Vigneau pour savoir approprier ainsi un ménage ! Je voudrais que plusieurs gens du bourg vinssent prendre des leçons ici.

La femme du tuilier détourna la tête en rougissant ; mais les deux mères laissèrent éclater sur leurs physionomies tout le plaisir que leur causaient les éloges du médecin, et toutes trois l'accompagnèrent jusqu'à l'endroit où étaient les chevaux.

— Eh ! bien, dit Benassis en s'adressant aux deux vieilles, vous voilà bien heureuses ! Ne vouliez-vous pas être grand'mères ?

— Ah ! ne m'en parlez pas, dit la jeune femme, ils me font enrager. Mes deux mères veulent un garçon, mon mari désire une petite fille, je crois qu'il me sera bien difficile de les contenter tous.

— Mais vous, que voulez-vous ? dit en riant Benassis.

— Ah ! moi, monsieur, je veux un enfant.

— Voyez, elle est déjà mère, dit le médecin à l'officier en prenant son cheval par la bride.

— Adieu, monsieur Benassis, dit la jeune femme.

---

1. Attention ! À sortir de la misère.

Mon mari sera bien désolé de ne pas avoir été ici, quand il saura que vous y êtes venu.

— Il n'a pas oublié de m'envoyer mon millier de tuiles à la Grange-aux-Belles ?

— Vous savez bien qu'il laisserait toutes les commandes du Canton pour vous servir. Allez, son plus grand regret est de prendre votre argent ; mais je lui dis que vos écus portent bonheur, et c'est vrai.

— Au revoir, dit Benassis.

Les trois femmes, le charretier et les deux ouvriers sortis des ateliers pour voir le médecin restèrent groupés autour de l'échalier qui servait de porte à la tuilerie, afin de jouir de sa présence jusqu'au dernier moment, ainsi que chacun le fait pour les personnes chères. Les inspirations du cœur ne doivent-elles pas être partout uniformes ? aussi les douces coutumes de l'amitié sont-elles naturellement suivies en tout pays.

Après avoir examiné la situation du soleil, Benassis dit à son compagnon : — Nous avons encore deux heures de jour, et si vous n'êtes pas trop affamé, nous irons voir une charmante créature à qui je donne presque toujours le temps qui me reste entre l'heure de mon dîner et celle où mes visites sont terminées. On la nomme *ma bonne amie* dans le Canton ; mais ne croyez pas que ce surnom, en usage ici pour désigner une future épouse, puisse couvrir ou autoriser la moindre médisance. Quoique mes soins pour cette pauvre enfant la rendent l'objet d'une jalousie assez concevable, l'opinion que chacun a prise de mon caractère interdit tout méchant propos. Si personne ne s'explique la fantaisie à laquelle je parais céder en faisant à la Fosseuse une rente pour qu'elle vive sans être obligée de travailler, tout le monde croit[1] à sa vertu[2] ; tout le monde sait que si mon affection dépassait une fois les bornes d'une amicale protection, je n'hésiterais pas un instant à l'épouser. Mais, ajouta le médecin en s'ef-

---

1. Est convaincu, à juste titre.   **2.** Mascottes, devineresses, etc. sont toujours vierges.

forçant de sourire, il n'existe de femme pour moi ni
dans ce Canton ni ailleurs[1]. Un homme très-expansif,
mon cher monsieur, éprouve un invincible besoin de
s'attacher particulièrement à une chose ou à un être
entre tous les êtres et les choses dont il est entouré,
surtout quand pour lui la vie est déserte. Aussi croyez-
moi, monsieur, jugez toujours favorablement un
homme qui aime son chien ou son cheval ! Parmi le
troupeau souffrant que le hasard m'a confié, cette
pauvre petite malade est pour moi ce qu'est dans mon
pays de soleil, dans le Languedoc, la brebis chérie à
laquelle les bergères mettent des rubans fanés, à qui
elles parlent, qu'elles laissent pâturer le long des blés,
et de qui jamais le chien ne hâte la marche indolente.

En disant ces paroles Benassis restait debout, tenant
les crins de son cheval, prêt à le monter, mais ne le
montant pas, comme si le sentiment dont il était agité
ne pouvait s'accorder avec de brusques mouvements.

— Allons, s'écria-t-il, venez la voir ! Vous mener
chez elle, n'est-ce pas vous dire que je la traite comme
une sœur ?

Quand les deux cavaliers furent à cheval, Genestas
dit au médecin : — Serais-je indiscret en vous demandant quelques renseignements sur votre Fosseuse ?
Parmi toutes les existences que vous m'avez fait
connaître, elle ne doit pas être la moins curieuse.

— Monsieur, répondit Benassis en arrêtant son cheval, peut-être ne partagerez-vous pas tout l'intérêt que
m'inspire la Fosseuse. Sa destinée ressemble à la mienne[2] : notre vocation a été trompée ; le sentiment que
je lui porte et les émotions que j'éprouve en la voyant
viennent de la parité de nos situations. Une fois entré
dans la carrière des armes, vous avez suivi votre penchant, ou vous avez pris goût à ce métier ; sans quoi
vous ne seriez pas resté jusqu'à votre âge sous le
pesant harnais de la discipline militaire ; vous ne devez

---

1. À nouveau, annonce de *La Confession*.   2. *Idem.*

donc comprendre ni les malheurs d'une âme dont les désirs renaissent toujours et sont toujours trahis ni les chagrins constants d'une créature forcée de vivre ailleurs que dans sa sphère. De telles souffrances restent un secret entre ces créatures et Dieu qui leur envoie ces afflictions, car elles seules connaissent la force des impressions que leur causent les événements de la vie. Cependant vous-même, témoin blasé de tant d'infortunes produites par le cours d'une longue guerre, n'avez-vous pas surpris dans votre cœur quelque tristesse en rencontrant un arbre dont les feuilles étaient jaunes au milieu du printemps, un arbre languissant et mourant faute d'avoir été planté dans le terrain où se trouvaient les principes nécessaires à son entier développement ? Dès l'âge de vingt ans, la passive mélancolie d'une plante rabougrie me faisait mal à voir ; aujourd'hui, je détourne toujours la tête à cet aspect. Ma douleur d'enfant était le vague pressentiment de mes douleurs d'homme, une sorte de sympathie entre mon présent et un avenir que j'apercevais instinctivement dans cette vie végétale courbée avant le temps vers le terme où vont les arbres et les hommes.

— Je pensais en vous voyant si bon que vous aviez souffert !

— Vous le voyez, monsieur, reprit le médecin sans répondre à ce mot de Genestas, parler de la Fosseuse, c'est parler de moi [1]. La Fosseuse est une plante dépaysée, mais une plante humaine, incessamment dévorée par des pensées tristes ou profondes qui se multiplient les unes par les autres. Cette pauvre fille est toujours souffrante. Chez elle, l'âme tue le corps [2]. Pouvais-je voir avec froideur une faible créature en proie au malheur le plus grand et le moins apprécié qu'il y ait dans notre monde égoïste ; quand moi, homme et fort contre les souffrances, je suis tenté de me refuser tous les soirs à porter le fardeau d'un semblable malheur ?

---

1. *Idem.* 2. Voir *Louis Lambert*. La Fosseuse n'est pas guérissable par l'utopie.

Peut-être m'y refuserais-je même, sans une pensée religieuse qui émousse mes chagrins et répand dans mon cœur de douces illusions. Nous ne serions pas tous les enfants d'un même Dieu, la Fosseuse serait encore ma sœur en souffrance.

Benassis pressa les flancs de son cheval, et entraîna le commandant Genestas comme s'il eût craint de continuer sur ce ton la conversation commencée.

— Monsieur, reprit-il lorsque les chevaux trottèrent de compagnie, la nature a pour ainsi dire créé cette pauvre fille pour la douleur, comme elle a créé d'autres femmes pour le plaisir. En voyant de telles prédestinations, il est impossible de ne pas croire à une autre vie. Tout agit sur la Fosseuse : si le temps est gris et sombre, elle est triste et *pleure avec le ciel* ; cette expression lui appartient. Elle chante avec les oiseaux, se calme et se rassérène avec les cieux, enfin elle devient belle dans un beau jour, un parfum délicat est pour elle un plaisir presque inépuisable ; je l'ai vue jouissant pendant toute une journée de l'odeur exhalée par des résédas[1] après une de ces matinées pluvieuses qui développent l'âme des fleurs et donnent au jour je ne sais quoi de frais et de brillant, elle s'était épanouie avec la nature, avec toutes les plantes. Si l'atmosphère est lourde, électrisante, la Fosseuse a des vapeurs que rien ne peut calmer, elle se couche et se plaint de mille maux différents sans savoir ce qu'elle a ; si je la questionne, elle me répond que ses os s'amollissent, que sa chair se fond en eau. Pendant ces heures inanimées, elle ne sent la vie que par la souffrance ; son cœur est en *dehors d'elle*, pour vous dire encore un de ses mots. Quelquefois j'ai surpris la pauvre fille pleurant à l'aspect de certains tableaux qui se dessinent dans nos montagnes au coucher du soleil, quand de nombreux et magnifiques nuages se rassemblent au-

---

1. Fleur traditionnelle de la jeune fille et symbole de virginité.

dessus de nos cimes d'or : « — Pourquoi pleurez-vous, ma petite ? lui disais-je. — Je ne sais pas, monsieur, me répondait-elle, je suis là comme une hébétée à regarder là-haut, et j'ignore où je suis, à force de voir. — Mais que voyez-vous donc ? — Monsieur, je ne puis vous le dire. » Vous auriez beau la questionner alors pendant toute la soirée, vous n'en obtiendriez pas une seule parole ; mais elle vous lancerait des regards pleins de pensées, ou resterait les yeux humides, à demi silencieuse, visiblement recueillie. Son recueillement est si profond qu'il se communique ; du moins elle agit alors sur moi comme un nuage trop chargé d'électricité. Un jour je l'ai pressée de questions, je voulais à toute force la faire causer et je lui dis quelques mots un peu trop vifs ; eh ! bien, monsieur, elle s'est mise à fondre en larmes. En d'autres moments, la Fosseuse est gaie, avenante, rieuse, agissante, spirituelle ; elle cause avec plaisir, exprime des idées neuves, originales. Incapable d'ailleurs de se livrer à aucune espèce de travail suivi : quand elle allait aux champs elle demeurait pendant des heures entières occupée à regarder une fleur, à voir couler l'eau, à examiner les pittoresques merveilles qui se trouvent sous les ruisseaux clairs et tranquilles, ces jolies mosaïques composées de cailloux, de terre, de sable, de plantes aquatiques, de mousse, de sédiments bruns dont les couleurs sont si douces, dont les tons offrent de si curieux contrastes. Lorsque je suis venu dans ce pays, la pauvre fille mourait de faim ; humiliée d'accepter le pain d'autrui, elle n'avait recours à la charité publique qu'au moment où elle y était contrainte par une extrême souffrance. Souvent sa honte lui donnait de l'énergie, pendant quelques jours elle travaillait à la terre ; mais bientôt épuisée, une maladie la forçait d'abandonner son ouvrage commencé. À peine rétablie, elle entrait dans quelque ferme aux environs en demandant à y prendre soin des bestiaux ; mais après s'y être acquittée de ses fonctions avec intelligence, elle en sortait sans dire pourquoi[1]. Son labeur journalier était sans doute un joug trop pesant pour elle, qui est toute indépendance et tout caprice. Elle se mettait alors à chercher des truffes ou des champignons, et les allait vendre à Grenoble[2]. En ville, tentée par des babioles, elle oubliait sa misère en se trouvant riche de quelques menues pièces de monnaie, et s'achetait des rubans, des colifichets, sans penser à son pain du lendemain. Puis si quelque fille du bourg désirait sa croix de cuivre, son cœur à la Jeannette ou son cordon de velours, elle les lui donnait, heureuse de lui faire plaisir, car elle vit par le cœur. Aussi la Fosseuse était-elle tour à tour aimée, plainte, méprisée. La pauvre fille souffrait de tout, de sa paresse, de sa bonté, de sa coquetterie ; car elle est coquette, friande, curieuse ; enfin elle est femme, elle se laisse aller à ses impressions et à ses goûts avec une naïveté d'enfant : racontez-lui quelque belle action, elle tressaille et rougit, son sein palpite, elle pleure de joie ; si vous lui dites une histoire de voleurs, elle pâlira d'effroi. C'est la nature la plus vraie, le cœur le plus franc et la probité la plus délicate qui se puissent rencontrer ; si vous lui confiez cent pièces d'or, elle vous les enterrera dans un coin et continuera de mendier son pain.

La voix de Benassis s'altéra quand il dit ces paroles.

— J'ai voulu l'éprouver, monsieur, reprit-il, et je m'en suis repenti. Une épreuve, n'est-ce pas de l'espionnage, de la défiance tout au moins ?

Ici le médecin s'arrêta comme s'il faisait une réflexion secrète, et ne remarqua point l'embarras dans lequel ses paroles avaient mis son compagnon, qui, pour ne pas laisser voir sa confusion, s'occupait à démêler les rênes de son cheval. Benassis reprit bientôt la parole.

---

1. Irrécupérable pour une société du *travail*. C'est l'une des limites de l'utopie. **2.** Cueillette et non pas travail.

— Je voudrais marier ma Fosseuse, je donnerais volontiers une de mes fermes [1] à quelque brave garçon qui la rendrait heureuse, et elle le serait. Oui, la pauvre fille aimerait ses enfants à en perdre la tête, et tous les sentiments qui surabondent chez elle s'épancheraient dans celui qui les comprend tous pour la femme, dans *la maternité* ; mais aucun homme n'a su lui plaire. Elle est cependant d'une sensibilité dangereuse pour elle ; elle le sait, et m'a fait l'aveu de sa prédisposition nerveuse [2] quand elle a vu que je m'en apercevais. Elle est du petit nombre de femmes sur lesquelles le moindre contact produit un frémissement dangereux ; aussi faut-il lui savoir gré de sa sagesse, de sa fierté de femme. Elle est fauve comme une hirondelle. Ah ! quelle riche nature, monsieur ! Elle était faite pour être une femme opulente, aimée ; elle eût été bienfaisante et constante. À vingt-deux ans, elle s'affaisse déjà sous le poids de son âme, et dépérit victime de ses fibres trop vibrantes, de son organisation trop forte ou trop délicate. Une vive passion trahie la rendrait folle, ma pauvre Fosseuse. Après avoir étudié son tempérament, après avoir reconnu la réalité de ses longues attaques de nerfs et de ses aspirations électriques [3], après l'avoir trouvée en harmonie flagrante avec les vicissitudes de l'atmosphère, avec les variations de la lune, fait que j'ai soigneusement vérifié, j'en pris soin, monsieur, comme d'une créature en dehors des autres, et de qui la maladive existence ne pouvait être comprise que par moi. C'est, comme je vous l'ai dit, la brebis aux rubans. Mais vous allez la voir, voici sa maisonnette.

En ce moment, ils étaient arrivés au tiers environ de la montagne par des rampes bordées de buissons, qu'ils gravissaient au pas. En atteignant au tournant d'une de ces rampes, Genestas aperçut la maison de la Fosseuse. Cette habitation était située sur une des principales

---

1. Nouvel indice de la richesse de Benassis.   2. Névrose caractérisée.   3. Tout cela : matérialisme médical.

bosses de la montagne. Là, une jolie pelouse en pente d'environ trois arpents, plantée d'arbres et d'où jaillissaient plusieurs cascades, était entourée d'un petit mur assez haut pour servir de clôture, pas assez pour dérober la vue du pays. La maison, bâtie en briques et couverte d'un toit plat qui débordait de quelques pieds, faisait dans le paysage un effet charmant à voir. Elle était composée d'un rez-de-chaussée et d'un premier étage à porte et contrevents peints en vert. Exposée au midi, elle n'avait ni assez de largeur ni assez de profondeur pour avoir d'autres ouvertures que celles de la façade, dont l'élégance rustique consistait en une excessive propreté. Suivant la mode allemande, la saillie des auvents était doublée de planches peintes en blanc. Quelques acacias en fleur et d'autres arbres odoriférants, des épines roses[1], des plantes grimpantes, un gros noyer que l'on avait respecté[2], puis quelques saules pleureurs plantés dans les ruisseaux s'élevaient autour de cette maison. Derrière se trouvait un gros massif de hêtres et de sapins, large fond noir sur lequel cette jolie bâtisse se détachait vivement. En ce moment du jour l'air était embaumé par les différentes senteurs de la montagne et du jardin de la Fosseuse. Le ciel, pur et tranquille, était nuageux à l'horizon. Dans le lointain, les cimes commençaient à prendre les teintes de rose vif que leur donne souvent le coucher du soleil. À cette hauteur la vallée se voyait tout entière, depuis Grenoble jusqu'à l'enceinte circulaire des rochers, au bas desquels est le petit lac que Genestas avait traversé la veille. Au-dessus de la maison et à une assez grande distance, apparaissait la ligne de peupliers qui indiquait le grand chemin du bourg à Grenoble. Enfin le bourg, obliquement traversé par les lueurs du soleil, étincelait comme un diamant en réfléchissant par toutes ses vitres de rouges lumières qui semblaient ruisseler.

À cet aspect, Genestas arrêta son cheval, montra les

---

1. Voir n. 2, p. 58.   2. Le noyer empêche par son ombre que quoi que ce soit pousse à proximité.

fabriques de la vallée, le nouveau bourg et la maison de la Fosseuse.

— Après la victoire de Wagram et le retour de Napoléon aux Tuileries en 1815, dit-il, voilà ce qui m'a donné le plus d'émotions. Je vous dois ce plaisir, monsieur, car vous m'avez appris à connaître les beautés qu'un homme peut trouver à la vue d'un pays.

— Oui, dit le médecin en souriant, il vaut mieux bâtir des villes que de les prendre[1].

— Oh ! monsieur, la prise de Moscou et la reddition de Mantoue ! Mais vous ne savez donc pas ce que c'est ! N'est-ce pas notre gloire à tous ? Vous êtes un brave homme, mais Napoléon aussi était un bon homme ; sans l'Angleterre, vous vous seriez entendus tous deux, et il ne serait pas tombé, notre empereur ; je peux bien avouer que je l'aime, maintenant il est mort ! Et, dit l'officier en regardant autour de lui, il n'y a pas d'espions ici. Quel souverain ! Il devinait tout le monde ! il vous aurait placé dans son Conseil-d'État, parce qu'il était administrateur, et grand administrateur, jusqu'à savoir ce qu'il y avait de cartouches dans les gibernes après une affaire. Pauvre homme ! Pendant que vous me parliez de votre Fosseuse, je pensais qu'il était mort à Sainte-Hélène[2], lui. Hein ! était-ce le climat et l'habitation qui pouvaient satisfaire un homme habitué à vivre les pieds dans les étriers et le derrière sur un trône ? On dit qu'il y jardinait. Diantre ! il n'était pas fait pour planter des choux ! Maintenant il nous faut servir les Bourbons, et loyalement, monsieur, car, après tout, la France est la France, comme vous le disiez hier.

En prononçant ces derniers mots, Genestas descendit de cheval, et imita machinalement Benassis qui attachait le sien par la bride à un arbre.

— Est-ce qu'elle n'y serait pas ? dit le médecin en ne voyant point la Fosseuse sur le seuil de la porte.

---

1. Nouvel indice du passage de la société militaire à l'industrielle.
2. En 1821.

Ils entrèrent, et ne trouvèrent personne dans la salle du rez-de-chaussée.

— Elle aura entendu le pas de deux chevaux, dit Benassis en souriant, et sera montée pour mettre un bonnet, une ceinture, quelque chiffon.

Il laissa Genestas seul et monta pour aller chercher la Fosseuse. Le commandant examina la salle. Le mur était tendu d'un papier à fond gris parsemé de roses, et le plancher couvert d'une natte de paille en guise de tapis. Les chaises, le fauteuil et la table étaient en bois encore revêtu de son écorce. Des espèces de jardinières faites avec des cerceaux et de l'osier, garnies de fleurs et de mousse, ornaient cette chambre aux fenêtres de laquelle étaient drapés des rideaux de percale blancs à franges rouges. Sur la cheminée une glace, un vase en porcelaine unie entre deux lampes ; près du fauteuil, un tabouret de sapin ; puis sur la table, de la toile taillée, quelques goussets appareillés, des chemises commencées, enfin tout l'attirail d'une lingère, son panier, ses ciseaux, du fil et des aiguilles. Tout cela était propre et frais comme une coquille jetée par la mer en un coin de grève. De l'autre côté du corridor, au bout duquel était un escalier, Genestas aperçut une cuisine. Le premier étage comme le rez-de-chaussée ne devait être composé que de deux pièces.

— N'ayez donc pas peur, disait Benassis à la Fosseuse. Allons, venez ?...

En entendant ces paroles, Genestas rentra promptement dans la salle. Une jeune fille mince et bien faite, vêtue d'une robe à guimpe de percaline rose à mille raies, se montra bientôt, rouge de pudeur et de timidité. Sa figure n'était remarquable que par un certain aplatissement dans les traits, qui la faisait ressembler à ces figures cosaques et russes que les désastres de 1814 ont rendues si malheureusement populaires en France. La Fosseuse avait en effet, comme les gens du Nord, le nez relevé du bout et très-rentré ; sa bouche était grande, son menton petit, ses mains et ses bras étaient rouges, ses pieds larges et forts comme ceux des paysannes. Quoiqu'elle éprouvât l'action du hâle, du soleil et du grand air, son teint était pâle comme l'est une herbe flétrie, mais cette couleur rendait sa physionomie intéressante dès le premier aspect ; puis elle avait dans ses yeux bleus une expression si douce, dans ses mouvements tant de grâce, dans sa voix tant d'âme, que, malgré le désaccord apparent de ses traits avec les qualités que Benassis avait vantées au commandant, celui-ci reconnut la créature capricieuse et maladive en proie aux souffrances d'une nature contrariée dans ses développements. Après avoir vivement attisé un feu de mottes et de branches sèches, la Fosseuse s'assit dans un fauteuil en reprenant une chemise commencée, et resta sous les yeux de l'officier, honteuse à demi, n'osant lever les yeux, calme en apparence ; mais les mouvements précipités de son corsage, dont la beauté frappa Genestas, décelaient sa peur.

— Hé ! bien, ma pauvre enfant, êtes-vous bien avancée ? lui dit Benassis en maniant les morceaux de toile destinés à faire des chemises.

La Fosseuse regarda le médecin d'un air timide et suppliant : — Ne me grondez pas, monsieur, répondit-elle, je n'y ai rien fait aujourd'hui, quoiqu'elles me soient commandées par vous et pour des gens qui en ont grand besoin ; mais le temps a été si beau ! je me suis promenée, je vous ai ramassé des champignons et des truffes blanches que j'ai portés à Jacquotte ; elle a été bien contente, car vous avez du monde à dîner. J'ai été toute heureuse d'avoir deviné cela. Quelque chose me disait d'aller en chercher.

Et elle se remit à tirer l'aiguille.

— Vous avez là, mademoiselle, une bien jolie maison, lui dit Genestas.

— Elle n'est point à moi, monsieur, répondit-elle en regardant l'étranger avec des yeux qui semblaient rougir, elle appartient à monsieur Benassis. Et elle reporta doucement ses regards sur le médecin.

*« Vous avez là, mademoiselle, une bien jolie maison,
dit Genestas à la Fosseuse. »*

— Vous savez bien, mon enfant, dit-il en lui prenant la main, qu'on ne vous en chassera jamais.

La Fosseuse se leva par un mouvement brusque et sortit.

— Hé ! bien, dit le médecin à l'officier, comment la trouvez-vous ?

— Mais, répondit Genestas, elle m'a singulièrement ému. Ah ! vous lui avez bien gentiment arrangé son nid !

— Bah ! du papier à quinze ou vingt sous, mais bien choisi, voilà tout. Les meubles ne sont pas grand'-chose, ils ont été fabriqués par mon vannier qui a voulu me témoigner sa reconnaissance. La Fosseuse a fait elle-même les rideaux avec quelques aunes de calicot. Son habitation, son mobilier si simple vous semblent jolis parce que vous les trouvez sur le penchant d'une montagne, dans un pays perdu où vous ne vous attendiez pas à rencontrer quelque chose de propre ; mais le secret de cette élégance est dans une sorte d'harmonie entre la maison et la nature qui a réuni là des ruisseaux, quelques arbres bien groupés, et jeté sur cette pelouse ses plus belles herbes, ses fraisiers parfumés, ses jolies violettes.

— Hé ! bien, qu'avez-vous ? dit Benassis à la Fosseuse qui revenait.

— Rien, rien, répondit-elle, j'ai cru qu'une de mes poules n'était pas rentrée.

Elle mentait ; mais le médecin fut seul à s'en apercevoir, et il lui dit à l'oreille : Vous avez pleuré.

— Pourquoi me dites-vous de ces choses-là devant quelqu'un ? lui répondit-elle.

— Mademoiselle, lui dit Genestas, vous avez grand tort de rester ici toute seule ; dans une cage aussi charmante que l'est celle-ci, il vous faudrait un mari.

— Cela est vrai, dit-elle, mais que voulez-vous, monsieur ? je suis pauvre et je suis difficile. Je ne me sens pas d'humeur à aller porter la soupe aux champs ou à mener une charrette, à sentir la misère de ceux que j'aimerais sans pouvoir la faire cesser, à tenir des enfants sur mes bras toute la journée, et à rapetasser les haillons d'un homme. Monsieur le curé me dit que ces pensées sont peu chrétiennes [1], je le sais bien, mais qu'y faire ? En certains jours, j'aime mieux manger un morceau de pain sec que de m'accommoder quelque chose pour mon dîner. Pourquoi voulez-vous que j'assomme un homme de mes défauts ? il se tuerait peut-être pour satisfaire mes fantaisies, et ce ne serait pas juste. Bah ! l'on m'a jeté quelque mauvais sort, et je dois le supporter toute seule.

— D'ailleurs elle est née fainéante, ma pauvre Fosseuse, dit Benassis, et il faut la prendre comme elle est. Mais ce qu'elle vous dit là signifie qu'elle n'a encore aimé personne, ajouta-t-il en riant.

Puis il se leva et sortit pendant un moment sur la pelouse.

— Vous devez bien aimer monsieur Benassis, lui demanda Genestas.

— Oh ! oui, monsieur ! et comme moi bien des gens dans le Canton se sentent l'envie de se mettre en pièces pour lui. Mais lui qui guérit les autres, il a quelque chose que rien ne peut guérir. Vous êtes son ami ? vous savez peut-être ce qu'il a ? qui donc a pu faire du chagrin à un homme comme lui, qui est la vraie image du bon Dieu sur terre ? J'en connais plusieurs ici qui croient que leurs blés poussent mieux quand il a passé le matin le long de leur champ.

— Et vous, que croyez-vous ?

— Moi, monsieur, quand je l'ai vu... Elle parut hésiter, puis elle ajouta : Je suis heureuse pour toute la journée. Elle baissa la tête, et tira son aiguille avec une prestesse singulière.

— Hé ! bien, le capitaine vous a-t-il conté quelque chose sur Napoléon ? dit le médecin en rentrant.

— Monsieur a vu l'Empereur ? s'écria la Fosseuse

---

1. Péché d'orgueil.

en contemplant la figure de l'officier avec une curiosité passionnée [1].

— Parbleu ! dit Genestas, plus de mille fois.

— Ah ! que je voudrais savoir quelque chose de militaire.

— Demain nous viendrons peut-être prendre une tasse de café au lait chez vous. Et l'on te contera *quelque chose de militaire*, mon enfant, dit Benassis en la prenant par le cou et la baisant au front. C'est ma fille, voyez-vous ? ajouta-t-il en se tournant vers le commandant, lorsque je ne l'ai pas baisée au front, il me manque quelque chose dans la journée.

La Fosseuse serra la main de Benassis, et lui dit à voix basse : — Oh ! vous êtes bien bon ! Ils la quittèrent ; mais elle les suivit pour les voir monter à cheval. Quand Genestas fut en selle : — Qu'est-ce donc que ce monsieur-là ? souffla-t-elle à l'oreille de Benassis.

— Ha ! ha ! répondit le médecin en mettant le pied à l'étrier, peut-être un mari pour toi [2].

Elle resta debout occupée à les voir descendant la rampe, et lorsqu'ils passèrent au bout du jardin, ils l'aperçurent déjà perchée sur un monceau de pierres pour les voir encore et leur faire un dernier signe de tête.

— Monsieur, cette fille a quelque chose d'extraordinaire, dit Genestas au médecin quand ils furent loin de la maison.

— N'est-ce pas ? répondit-il. Je me suis vingt fois dit qu'elle ferait une charmante femme ; mais je ne saurais l'aimer autrement que comme on aime sa sœur ou sa fille, mon cœur est mort.

— A-t-elle des parents ? demanda Genestas. Que faisaient son père et sa mère ?

— Oh ! c'est toute une histoire, reprit Benassis. Elle n'a plus ni père, ni mère, ni parents. Il n'est pas jusqu'à

---

1. Intéressant rapprochement entre l'image virile du grand chef légendaire et la vierge solitaire.   **2.** Écho de *La Nouvelle Héloïse* (Julie pensant marier Saint-Preux à sa cousine Claire devenue veuve) ?

son nom qui ne m'ait intéressé. La Fosseuse est née dans le bourg. Son père, journalier de Saint-Laurent-du-Pont, se nommait *le Fosseur*, abréviation sans doute de fossoyeur, car depuis un temps immémorial la charge d'enterrer les morts était restée dans sa famille. Il y a dans ce nom toutes les mélancolies du cimetière. En vertu d'une coutume romaine encore en usage ici comme dans quelques autres pays de la France, et qui consiste à donner aux femmes le nom de leurs maris, en y ajoutant une terminaison féminine, cette fille a été appelée la Fosseuse, du nom de son père. Ce journalier avait épousé par amour la femme de chambre de je ne sais quelle comtesse, dont la terre se trouve à quelques lieues du bourg. Ici, comme dans toutes les campagnes, la passion entre pour peu de chose dans les mariages. En général, les paysans veulent une femme pour avoir des enfants, pour avoir une ménagère qui leur fasse de bonne soupe et leur apporte à manger aux champs, qui leur file des chemises et raccommode leurs habits. Depuis longtemps pareille aventure n'était arrivée dans ce pays, où souvent un jeune homme quitte sa *promise* pour une jeune fille plus riche qu'elle de trois ou quatre arpents de terre. Le sort du Fosseur et de sa femme n'a pas été assez heureux pour déshabituer nos Dauphinois de leurs calculs intéressés. La Fosseuse, qui était une belle personne, est morte en accouchant de sa fille. Le mari prit tant de chagrin de cette perte, qu'il en est mort dans l'année, ne laissant rien au monde à son enfant qu'une vie chancelante et naturellement fort précaire. La petite fut charitablement recueillie par une voisine qui l'éleva jusqu'à l'âge de neuf ans. La nourriture de la Fosseuse devenant une charge trop lourde pour cette bonne femme, elle envoya sa pupille mendier son pain dans la saison où il passe des voyageurs sur les routes. Un jour l'orpheline étant allée demander du pain au château de la comtesse, y fut gardée en mémoire de sa mère. Élevée alors pour servir un jour de femme de chambre à la fille de la maison, qui se maria cinq ans après, la pauvre petite a été pendant ce temps la victime de tous les caprices des gens riches, lesquels pour la plupart n'ont rien de constant ni de suivi dans leur générosité : bienfaisants par accès ou par boutades, tantôt protecteurs, tantôt amis, tantôt maîtres, ils faussent encore la situation déjà fausse des enfants malheureux auxquels ils s'intéressent, et ils en jouent le cœur, la vie ou l'avenir avec insouciance, en les regardant comme peu de chose. La Fosseuse devint d'abord presque la compagne de la jeune héritière : on lui apprit alors à lire, à écrire, et sa future maîtresse s'amusa quelquefois à lui donner des leçons de musique. Tour à tour demoiselle de compagnie et femme de chambre, on fit d'elle un être incomplet. Elle prit là le goût du luxe, de la parure, et contracta des manières en désaccord avec sa situation réelle. Depuis, le malheur a bien rudement réformé son âme, mais il n'a pu en effacer le vague sentiment d'une destinée supérieure [1]. Enfin un jour, jour bien funeste pour cette pauvre fille, la jeune comtesse, alors mariée, surprit la Fosseuse, qui n'était plus que sa femme de chambre, parée d'une de ses robes de bal et dansant devant une glace. L'orpheline, alors âgée de seize ans, fut renvoyée sans pitié ; son indolence la fit retomber dans la misère, errer sur les routes, mendier, travailler, comme je vous l'ai dit. Souvent elle pensait à se jeter à l'eau, quelquefois aussi à se donner au premier venu ; la plupart du temps elle se couchait au soleil le long du mur, sombre, pensive, la tête dans l'herbe ; les voyageurs lui jetaient alors quelques sous, précisément parce qu'elle ne leur demandait rien. Elle est restée pendant un an à l'hôpital [2] d'Annecy, après une moisson laborieuse, à laquelle elle n'avait travaillé que dans l'espoir de mourir. Il faut lui entendre raconter à elle-même ses sentiments et ses idées durant cette période de sa vie,

---

1. Autre limite de l'utopie.   **2.** L'hospice — l'hôpital — gratuit est le point de chute des misérables. L'hôpital tel que nous le connaissons n'existe pas encore vraiment.

elle est souvent bien curieuse dans ses naïves confidences. Enfin elle est revenue au bourg vers l'époque où je résolus de m'y fixer. Je voulais connaître le moral de mes administrés, j'étudiai donc son caractère, qui me frappa ; puis, après avoir observé ses imperfections organiques, je résolus de prendre soin d'elle. Peut-être avec le temps finira-t-elle par s'accoutumer au travail de la couture, mais en tout cas j'ai assuré son sort.

— Elle est bien seule là, dit Genestas.

— Non, une de mes bergères vient coucher chez elle, répondit le médecin. Vous n'avez pas aperçu les bâtiments de ma ferme qui sont au-dessus de la maison, ils sont cachés par les sapins. Oh ! elle est en sûreté. D'ailleurs il n'y a point de mauvais sujets dans notre vallée ; si par hasard il s'en rencontre, je les envoie à l'armée, où ils font d'excellents soldats.

— Pauvre fille ! dit Genestas.

— Ah ! les gens du canton ne la plaignent point, reprit Benassis, ils la trouvent au contraire bien heureuse ; mais il existe cette différence entre elle et les autres femmes, qu'à celles-ci Dieu a donné la force, à elle la faiblesse ; et ils ne voient pas cela.

Au moment où les deux cavaliers débouchèrent sur la route de Grenoble, Benassis, qui prévoyait l'effet de ce nouveau coup d'œil sur Genestas, s'arrêta d'un air satisfait pour jouir de sa surprise. Deux pans de verdure hauts de soixante pieds meublaient à perte de vue un large chemin bombé comme une allée de jardin, et composaient un monument naturel qu'un homme pouvait s'enorgueillir d'avoir créé. Les arbres, non taillés, formaient tous l'immense palme verte qui rend le peuplier d'Italie un des plus magnifiques végétaux. Un côté du chemin atteint déjà par l'ombre représentait une vaste muraille de feuilles noires ; tandis que fortement éclairé par le soleil couchant qui donnait aux jeunes pousses des teintes d'or, l'autre offrait le contraste des jeux et des reflets que produisaient la lumière et la brise sur son mouvant rideau.

— Vous devez être bien heureux ici, s'écria Genestas. Tout y est plaisir pour vous.

— Monsieur, dit le médecin, l'amour pour la nature est le seul qui ne trompe pas les espérances humaines[1]. Ici point de déceptions. Voilà des peupliers de dix ans. En avez-vous jamais vu d'aussi bien venus que les miens ?

— Dieu est grand ! dit le militaire en s'arrêtant au milieu de ce chemin dont il n'apercevait ni la fin ni le commencement.

— Vous me faites du bien, s'écria Benassis. J'ai du plaisir à vous entendre répéter ce que je dis souvent au milieu de cette avenue. Il se trouve, certes, ici quelque chose de religieux. Nous y sommes comme deux points, et le sentiment de notre petitesse nous ramène toujours devant Dieu.

Ils allèrent alors lentement et en silence, écoutant le pas de leurs chevaux qui résonnait dans cette galerie de verdure, comme s'ils eussent été sous les voûtes d'une cathédrale.

— Combien d'émotions dont ne se doutent pas les gens de la ville, dit le médecin. Sentez-vous les parfums exhalés par la propolis des peupliers et par les sueurs[2] du mélèze ? Quelles délices !

— Écoutez, s'écria Genestas, arrêtons-nous.

Ils entendirent alors un chant dans le lointain.

— Est-ce une femme ou un homme, est-ce un oiseau ? demanda tout bas le commandant. Est-ce la voix de ce grand paysage ?

— Il y a de tout cela, répondit le médecin en descendant de son cheval et en l'attachant à une branche de peuplier.

Puis il fit signe à l'officier de l'imiter et de le suivre. Ils allèrent à pas lents le long d'un sentier bordé de deux haies d'épine blanche en fleur qui répandaient de pénétrantes odeurs dans l'humide atmosphère du soir.

---

1. Voir *La Confession*. 2. Les coulées de résine.

Les rayons du soleil entraient dans le sentier avec une sorte d'impétuosité que l'ombre projetée par le long rideau de peupliers rendait encore plus sensible, et ces vigoureux jets de lumière enveloppaient de leurs teintes rouges une chaumière située au bout de ce chemin sablonneux. Une poussière d'or semblait être jetée sur son toit de chaume, ordinairement brun comme la coque d'une châtaigne, et dont les crêtes délabrées étaient verdies par des joubarbes et de la mousse. La chaumière se voyait à peine dans ce brouillard de lumière ; mais les vieux murs, la porte, tout y était un éclat fugitif, tout en était fortuitement beau, comme l'est par moments une figure humaine, sous l'empire de quelque passion qui l'échauffe et la colore. Il se rencontre dans la vie en plein air de ces suavités champêtres et passagères qui nous arrachent le souhait de l'apôtre disant à Jésus-Christ sur la montagne : *Dressons une tente et restons ici.* Ce paysage semblait avoir en ce moment une voix pure et douce autant qu'il était pur et doux, mais une voix triste comme la lueur près de finir à l'occident ; vague image de la mort, avertissement divinement donné dans le ciel par le soleil, comme le donnent sur la terre les fleurs et les jolis insectes éphémères. À cette heure, les tons du soleil sont empreints de mélancolie, et ce chant était mélancolique ; chant populaire d'ailleurs, chant d'amour et de regret, qui jadis a servi la haine nationale de la France contre l'Angleterre, mais auquel Beaumarchais a rendu sa vraie poésie, en le traduisant sur la scène française et le mettant dans la bouche d'un page qui ouvre son cœur à sa marraine. Cet air était modulé sans paroles sur un ton plaintif par une voix qui vibrait dans l'âme et l'attendrissait.

— C'est le chant du cygne, dit Benassis. Dans l'espace d'un siècle, cette voix ne retentit pas deux fois aux oreilles des hommes. Hâtons-nous, il faut l'empêcher de chanter ! Cet enfant se tue, il y aurait de la cruauté à l'écouter encore.

— Tais-toi donc, Jacques ! Allons, tais-toi ! cria le médecin.

La musique cessa. Genestas demeura debout, immobile et stupéfait. Un nuage couvrait le soleil, le paysage et la voix s'étaient tus ensemble. L'ombre, le froid, le silence remplaçaient les douces splendeurs de la lumière, les chaudes émanations de l'atmosphère et les chants de l'enfant.

— Pourquoi, disait Benassis, me désobéis-tu ? je ne te donnerai plus ni gâteaux de riz, ni bouillons d'escargot, ni dattes fraîches, ni pain blanc. Tu veux donc mourir et désoler ta pauvre mère ?

Genestas s'avança dans une petite cour assez proprement tenue, et vit un garçon de quinze ans, faible comme une femme, blond, mais ayant peu de cheveux, et coloré comme s'il eût mis du rouge. Il se leva lentement du banc où il était assis sous un gros jasmin, sous des lilas en fleur qui poussaient à l'aventure et l'enveloppaient de leurs feuillages.

— Tu sais bien, dit le médecin, que je t'ai dit de te coucher avec le soleil, de ne pas t'exposer au froid du soir, et de ne pas parler. Comment t'avises-tu de chanter ?

— Dame, monsieur Benassis, il faisait bien chaud là, et c'est si bon d'avoir chaud ! J'ai toujours froid. En me sentant bien, sans y penser, je me suis mis à dire pour m'amuser : *Malbroug s'en va-t-en guerre*, et je me suis écouté moi-même, parce que ma voix ressemblait presque à celle du flûtiau de votre berger.

— Allons, mon pauvre Jacques, que cela ne t'arrive plus, entends-tu ? Donne-moi la main.

Le médecin lui tâta le pouls. L'enfant avait des yeux bleus habituellement empreints de douceur, mais qu'une expression fiévreuse rendait alors brillants.

— Eh ! bien, j'en étais sûr, tu es en sueur, dit Benassis. Ta mère n'est donc pas là ?

— Non, monsieur.

— Allons ! rentre et couche-toi.

Le jeune malade, suivi de Benassis et de l'officier, rentra dans la chaumière.

— Allumez donc une chandelle, capitaine Bluteau, dit le médecin qui aidait Jacques à ôter ses grossiers haillons.

Quand Genestas eut éclairé la chaumière, il fut frappé de l'extrême maigreur de cet enfant, qui n'avait plus que la peau et les os. Lorsque le petit paysan fut couché, Benassis lui frappa sur la poitrine en écoutant le bruit qu'y produisaient ses doigts [1] ; puis, après avoir étudié des sons de sinistre présage, il ramena la couverture sur Jacques, se mit à quatre pas, se croisa les bras et l'examina.

— Comment te trouves-tu, mon petit homme ?

— Bien, monsieur.

Benassis approcha du lit une table à quatre pieds tournés, chercha un verre et une fiole sur le manteau de la cheminée, et composa une boisson en mêlant à de l'eau pure quelques gouttes d'une liqueur brune contenue dans la fiole et soigneusement mesurées à la lueur de la chandelle que lui tenait Genestas.

— Ta mère est bien longtemps à revenir.

— Monsieur, elle vient, dit l'enfant, je l'entends dans le sentier.

Le médecin et l'officier attendirent en regardant autour d'eux. Aux pieds du lit était un matelas de mousse, sans draps ni couverture, sur lequel la mère couchait toute habillée sans doute. Genestas montra du doigt ce lit à Benassis, qui inclina doucement la tête comme pour exprimer que lui aussi avait admiré déjà ce dévouement maternel. Un bruit de sabots ayant retenti dans la cour, le médecin sortit.

— Il faudra veiller Jacques pendant cette nuit, mère Colas. S'il vous disait qu'il étouffe, vous lui feriez boire de ce que j'ai mis dans un verre sur la table. Ayez soin de ne lui en laisser prendre chaque fois que

---

1. L'auscultation fut inventée par Laennec en 1819. Technique de la médecine moderne, elle utilise aujourd'hui le stéthoscope.

deux ou trois gorgées. Le verre doit vous suffire pour toute la nuit. Surtout ne touchez pas à la fiole, et commencez par changer votre enfant, il est en sueur.

— Je n'ai pu laver ses chemises aujourd'hui, mon cher monsieur, il m'a fallu porter mon chanvre à Grenoble pour avoir de l'argent.

— Hé ! bien, je vous enverrai des chemises.

— Il est donc plus mal, mon pauvre gars ? dit la femme.

— Il ne faut rien attendre de bon, mère Colas, il a fait l'imprudence de chanter ; mais ne le grondez pas, ne le rudoyez point, ayez du courage. Si Jacques se plaignait trop, envoyez-moi chercher par une voisine. Adieu.

Le médecin appela son compagnon et revint vers le sentier.

— Ce petit paysan est poitrinaire ? lui dit Genestas.

— Mon Dieu ! oui, répondit Benassis. À moins d'un miracle dans la nature, la science ne peut le sauver. Nos professeurs, à l'école de médecine de Paris, nous ont souvent parlé du phénomène dont vous venez d'être témoin. Certaines maladies de ce genre produisent, dans les organes de la voix, des changements qui donnent momentanément aux malades la faculté d'émettre des chants dont la perfection ne peut être égalée par aucun virtuose. Je vous ai fait passer une triste journée, monsieur, dit le médecin quand il fut à cheval. Partout la souffrance et partout la mort, mais aussi partout la résignation. Les gens de la campagne meurent tous philosophiquement, ils souffrent, se taisent et se couchent à la manière des animaux. Mais ne parlons plus de mort, et pressons le pas de nos chevaux. Il faut arriver avant la nuit dans le bourg, pour que vous puissiez en voir le nouveau quartier.

— Hé ! voilà le feu quelque part, dit Genestas en montrant un endroit de la montagne d'où s'élevait une gerbe de flammes.

— Ce feu n'est pas dangereux. Notre chaufournier

fait sans doute une fournée de chaux. Cette industrie nouvellement venue utilise nos bruyères.

Un coup de fusil partit soudain, Benassis laissa échapper une exclamation involontaire, et dit avec un mouvement d'impatience : — Si c'est Butifer, nous verrons un peu qui de nous deux sera le plus fort.

— On a tiré là, dit Genestas en désignant un bois de hêtres situé au-dessus d'eux, dans la montagne. Oui, là-haut, croyez-en l'oreille d'un vieux soldat.

— Allons-y promptement ! cria Benassis, qui, se dirigeant en ligne droite sur le petit bois, fit voler son cheval à travers les fossés et les champs, comme s'il s'agissait d'une course au clocher, tant il désirait surprendre le tireur en flagrant délit.

— L'homme que vous cherchez se sauve, lui cria Genestas qui le suivait à peine.

Benassis fit retourner vivement son cheval, revint sur ses pas, et l'homme qu'il cherchait se montra bientôt sur une roche escarpée, à cent pieds au-dessus des deux cavaliers.

— Butifer, cria Benassis en lui voyant un long fusil, descends !

Butifer reconnut le médecin et répondit par un signe respectueusement amical qui annonçait une parfaite obéissance.

— Je conçois, dit Genestas, qu'un homme poussé par la peur ou par quelque sentiment violent ait pu monter sur cette pointe de roc ; mais comment va-t-il faire pour en descendre ?

— Je ne suis pas inquiet, répondit Benassis, les chèvres doivent être jalouses de ce gaillard-là ! Vous allez voir.

Habitué, par les événements de la guerre, à juger de la valeur intrinsèque des hommes, le commandant admira la singulière prestesse, l'élégante sécurité des mouvements de Butifer, pendant qu'il descendait le long des aspérités de la roche au sommet de laquelle il était audacieusement parvenu. Le corps svelte et vigoureux du chasseur s'équilibrait avec grâce dans toutes les positions que l'escarpement du chemin l'obligeait à prendre ; il mettait le pied sur une pointe de roc plus tranquillement que s'il l'eût posé sur un parquet, tant il semblait sûr de pouvoir s'y tenir au besoin. Il maniait son long fusil comme s'il n'avait eu qu'une canne à la main. Butifer était un homme jeune, de taille moyenne, mais sec, maigre et nerveux, de qui la beauté virile frappa Genestas quand il le vit près de lui. Il appartenait visiblement à la classe des contrebandiers qui font leur métier sans violence et n'emploient que la ruse et la patience pour frauder le fisc. Il avait une mâle figure, brûlée par le soleil. Ses yeux, d'un jaune clair, étincelaient comme ceux d'un aigle, avec le bec duquel son nez mince, légèrement courbé par le bout, avait beaucoup de ressemblance. Les pommettes de ses joues étaient couvertes de duvet. Sa bouche rouge, entr'ouverte à demi, laissait apercevoir des dents d'une étincelante blancheur. Sa barbe, ses moustaches, ses favoris roux qu'il laissait pousser et qui frisaient naturellement, rehaussaient encore la mâle et terrible expression de sa figure. En lui, tout était force. Les muscles de ses mains continuellement exercées avaient une consistance, une grosseur curieuse. Sa poitrine était large, et sur son front respirait une sauvage intelligence. Il avait l'air intrépide et résolu, mais calme d'un homme habitué à risquer sa vie, et qui a si souvent éprouvé sa puissance corporelle ou intellectuelle en des périls de tout genre, qu'il ne doute plus de lui-même. Vêtu d'une blouse déchirée par les épines, il portait à ses pieds des semelles de cuir attachées par des peaux d'anguilles [1]. Un pantalon de toile bleue rapiécé, déchiqueté laissait apercevoir ses jambes rouges, fines, sèches et nerveuses comme celles d'un cerf.

— Vous voyez l'homme qui m'a tiré jadis un coup de fusil, dit à voix basse Benassis au commandant. Si

---

1. Très banales dans les anciennes campagnes à étangs.

maintenant je témoignais le désir d'être délivré de quelqu'un, il le tuerait sans hésiter. — Butifer, reprit-il en s'adressant au braconnier, je t'ai cru vraiment homme d'honneur, et j'ai engagé ma parole parce que j'avais la tienne. Ma promesse au procureur du roi de Grenoble était fondée sur ton serment de ne plus chasser, de devenir un homme rangé, soigneux, travailleur. C'est toi qui viens de tirer ce coup de fusil, et tu te trouves sur les terres du comte de Labranchoir. Hein ! si son garde t'avait entendu, malheureux ? Heureusement pour toi, je ne dresserai pas de procès-verbal, tu serais en récidive, et tu n'as pas de port d'armes ! Je t'ai laissé ton fusil par condescendance pour ton attachement à cette arme-là.

— Elle est belle, dit le commandant en reconnaissant une canardière de Saint-Étienne.

Le contrebandier leva la tête vers Genestas comme pour le remercier de cette approbation.

— Butifer, dit en continuant Benassis, ta conscience doit te faire des reproches ! Si tu recommences ton ancien métier, tu te trouveras encore une fois dans un parc enclos de murs ; aucune protection ne pourrait alors te sauver des galères ; tu serais marqué, flétri. Tu m'apporteras ce soir même ton fusil, je te le garderai[1].

Butifer pressa le canon de son arme par un mouvement convulsif.

— Vous avez raison, monsieur le maire, dit-il. J'ai tort, j'ai rompu mon ban[2], je suis un chien. Mon fusil doit aller chez vous, mais vous aurez mon héritage en me le prenant. Le dernier coup que tirera l'enfant de ma mère atteindra ma cervelle ! Que voulez-vous ! j'ai fait ce que vous avez voulu, je me suis tenu tranquille pendant l'hiver ; mais au printemps, la sève a parti. Je ne sais point labourer, je n'ai pas le cœur de passer ma vie à engraisser des volailles ; je ne puis ni me courber

---

1. Avec Taboureau et la Fosseuse, Butifer est l'un des personnages en marge de l'utopie.   2. Être au ban : être plus ou moins interdit de séjour ou de déplacement.

pour biner des légumes, ni fouailler l'air en conduisant
une charrette, ni rester à frotter le dos d'un cheval dans
une écurie ; il faut donc crever de faim ? Je ne vis
bien que là-haut, dit-il après une pause en montrant les
montagnes. J'y suis depuis huit jours, j'avais vu un
chamois, et le chamois est là, dit-il en montrant le haut
de la roche, il est à votre service ! Mon bon monsieur
Benassis, laissez-moi mon fusil. Écoutez, foi de Butifer, je quitterai la Commune, et j'irai dans les Alpes,
où les chasseurs de chamois ne me diront rien ; bien
au contraire, ils me recevront avec plaisir, et j'y crève-
rai au fond de quelque glacier. Tenez, à parler franchement, j'aime mieux passer un an ou deux à vivre ainsi
dans les hauts, sans rencontrer ni gouvernement, ni
douanier, ni garde-champêtre, ni procureur du roi, que
de croupir cent ans dans votre marécage. Il n'y a que
vous que je regretterai, les autres me scient le dos !
Quand vous avez raison, au moins vous n'exterminez
pas les gens.

— Et Louise ? lui dit Benassis.

Butifer resta pensif.

— Hé ! mon garçon, dit Genestas, apprends à lire,
à écrire, viens à mon régiment, monte sur un cheval,
fais-toi carabinier. Si une fois le boute-selle [1] sonne
pour une guerre un peu propre [2], tu verras que le bon
Dieu t'a fait pour vivre au milieu des canons, des
balles, des batailles, et tu deviendras général.

— Oui, si Napoléon était revenu, répondit Butifer.

— Tu connais nos conventions ? lui dit le médecin.
À la seconde contravention, tu m'as promis de te faire
soldat. Je te donne six mois pour apprendre à lire et à
écrire ; puis je te trouverai quelque fils de famille à
remplacer.

---

1. Sonnerie qui donne le signal de monter à cheval.   **2.** Rêve
rémanent de cette génération. Voir Stendhal, *Armance* et *Lucien Leuwen*. « Une guerre un peu propre » signifie une guerre de revanche
contre 1815 et l'Europe (à la différence de la guerre d'Espagne des
Bourbons en 1820). Ce sont des propos « de gauche ».

Butifer regarda les montagnes.

— Oh ! tu n'iras pas dans les Alpes, s'écria Benassis. Un homme comme toi, un homme d'honneur, plein de grandes qualités, doit servir son pays, commander une brigade, et non mourir à la queue d'un chamois. La vie que tu mènes te conduira droit au bagne. Tes travaux excessifs t'obligent à de longs repos ; à la longue, tu contracterais les habitudes d'une vie oisive qui détruirait en toi toute idée d'ordre, qui t'accoutumerait à abuser de ta force, à te faire justice toi-même, et je veux, malgré toi, te mettre dans le bon chemin.

— Il me faudra donc crever de langueur et de chagrin ? J'étouffe quand je suis dans une ville. Je ne peux pas durer plus d'une journée à Grenoble quand j'y mène Louise.

— Nous avons tous des penchants qu'il faut savoir ou combattre, ou rendre utiles à nos semblables. Mais il est tard, je suis pressé, tu viendras me voir demain en m'apportant ton fusil, nous causerons de tout cela, mon enfant. Adieu. Vends ton chamois à Grenoble.

Les deux cavaliers s'en allèrent.

— Voilà ce que j'appelle un homme, dit Genestas.

— Un homme en mauvais chemin, répondit Benassis. Mais que faire ? Vous l'avez entendu. N'est-il pas déplorable de voir se perdre de si belles qualités ? Que l'ennemi envahisse la France, Butifer, à la tête de cent jeunes gens, arrêterait dans la Maurienne une division pendant un mois [1] ; mais en temps de paix, il ne peut déployer son énergie que dans des situations où les lois sont bravées. Il lui faut une force quelconque à vaincre ; quand il ne risque pas sa vie, il lutte avec la Société, il aide les contrebandiers. Ce gaillard-là passe le Rhône, seul sur une petite barque, pour porter des souliers en Savoie ; il se sauve tout chargé sur un pic inaccessible, où il peut rester deux jours en vivant avec des croûtes de pain. Enfin, il aime le danger comme

---

1. Souvenirs des partisans harcelant les Russes en Champagne (voir *Le Député d'Arcis*).

un autre aime le sommeil. À force de goûter le plaisir que donnent des sensations extrêmes, il s'est mis en dehors de la vie ordinaire. Moi je ne veux pas qu'en suivant la pente insensible d'une voie mauvaise, un pareil homme devienne un brigand et meure sur un échafaud. Mais voyez, capitaine, comment se présente notre bourg ?

Genestas aperçut de loin une grande place circulaire plantée d'arbres, au milieu de laquelle était une fontaine entourée de peupliers. L'enceinte en était marquée par des talus sur lesquels s'élevaient trois rangées d'arbres différents : d'abord des acacias, puis des vernis du Japon, et, sur le haut du couronnement, de petits ormes.

— Voilà le champ où se tient notre foire, dit Benassis. Puis la grande rue commence par les deux belles maisons dont je vous ai parlé, celle du juge de paix et celle du notaire.

Ils entrèrent alors dans une large rue assez soigneusement pavée en gros cailloux, de chaque côté de laquelle se trouvait une centaine de maisons neuves presque toutes séparées par des jardins. L'église, dont le portail formait une jolie perspective, terminait cette rue, à moitié de laquelle deux autres étaient nouvellement tracées, et où s'élevaient déjà plusieurs maisons. La Mairie, située sur la place de l'Église, faisait face au Presbytère. À mesure que Benassis avançait, les femmes, les enfants et les hommes, dont la journée était finie, arrivaient aussitôt sur leurs portes ; les uns lui ôtaient leurs bonnets, les autres lui disaient bonjour, les petits enfants criaient en sautant autour de son cheval, comme si la bonté de l'animal leur fût connue autant que celle du maître. C'était une sourde allégresse qui, semblable à tous les sentiments profonds, avait sa pudeur particulière et son attraction communicative. En voyant cet accueil fait au médecin, Genestas pensa que la veille il avait été trop modeste dans la manière dont il lui avait peint l'affection que lui portaient les habitants du Canton. C'était bien là la plus douce des royautés, celle dont les titres sont écrits dans les cœurs des sujets, royauté vraie d'ailleurs. Quelque puissants que soient les rayonnements de la gloire ou du pouvoir dont jouit un homme, son âme a bientôt fait justice des sentiments que lui procure toute action extérieure, et il s'aperçoit promptement de son néant réel, en ne trouvant rien de changé, rien de nouveau, rien de plus grand dans l'exercice de ses facultés physiques. Les rois, eussent-ils la terre à eux, sont condamnés, comme les autres hommes, à vivre dans un petit cercle dont ils subissent les lois, et leur bonheur dépend des impressions personnelles qu'ils y éprouvent. Or Benassis ne rencontrait partout dans le Canton qu'obéissance et amitié.

CHAPITRE III

LE NAPOLÉON DU PEUPLE

— Arrivez donc, monsieur, dit Jacquotte. Il y a joliment longtemps que ces messieurs vous attendent. C'est toujours comme ça. Vous me faites manquer mon dîner quand il faut qu'il soit bon. Maintenant tout est pourri de cuire.

— Eh ! bien, nous voilà, répondit Benassis en souriant.

Les deux cavaliers descendirent de cheval, se dirigèrent vers le salon, où se trouvaient les personnes invitées par le médecin.

— Messieurs, dit-il en prenant Genestas par la main, j'ai l'honneur de vous présenter monsieur Bluteau, capitaine au régiment de cavalerie en garnison à Grenoble, un vieux soldat qui m'a promis de rester quelque temps parmi nous. Puis s'adressant à Genestas, il lui montra un grand homme sec, à cheveux gris, et vêtu de noir. — Monsieur, lui dit-il, est monsieur Dufau, le juge de paix, de qui je vous ai déjà parlé, et qui a si fortement contribué à la prospérité de la Commune. — Monsieur, reprit-il en le mettant en présence d'un jeune homme maigre, pâle, de moyenne taille, également vêtu de noir, et qui portait des lunettes, monsieur est monsieur Tonnelet, le gendre de monsieur Gravier, et le premier notaire établi dans le bourg. Puis se tournant vers un gros homme, demi-paysan, demi-bourgeois, à figure grossière, bourgeonnée, mais pleine de bonhomie : — Monsieur, dit-il en continuant, est mon digne adjoint, monsieur Cambon, le marchand de bois à qui je dois la bienveillante confiance que m'accordent les habitants. Il est un des créateurs du chemin que vous avez admiré. — Je n'ai pas besoin, ajouta Benassis en montrant le curé, de vous dire quelle est la profession de monsieur. Vous voyez un homme que personne ne peut se défendre d'aimer.

La figure du prêtre absorba l'attention du militaire par l'expression d'une beauté morale dont les séductions étaient irrésistibles. Au premier aspect, le visage de monsieur Janvier pouvait paraître disgracieux, tant les lignes en étaient sévères et heurtées. Sa petite taille, sa maigreur, son attitude, annonçaient une grande faiblesse physique ; mais sa physionomie, toujours placide, attestait la profonde paix intérieure du chrétien et la force qu'engendre la chasteté de l'âme. Ses yeux, où semblait se refléter le ciel, trahissaient l'inépuisable foyer de charité qui consumait son cœur. Ses gestes, rares et naturels, étaient ceux d'un homme modeste, ses mouvements avaient la pudique simplicité de ceux des jeunes filles. Sa vue inspirait le respect et le désir vague d'entrer dans son intimité[1].

— Ah ! monsieur le maire, dit-il en s'inclinant comme pour échapper à l'éloge que faisait de lui Benassis.

Le son de sa voix remua les entrailles du commandant, qui fut jeté dans une rêverie presque religieuse par les deux mots insignifiants que prononça ce prêtre inconnu.

— Messieurs, dit Jacquotte en entrant jusqu'au milieu du salon, et y restant le poing sur la hanche, votre soupe est sur la table.

Sur l'invitation de Benassis, qui les interpella chacun à son tour pour éviter les politesses de préséance, les cinq convives du médecin passèrent dans la salle à

---

1. Ce repas de *notables* est en fait celui des lieutenants de Benassis pour l'utopie. Comparer avec les notables de *Madame Bovary*.

manger et s'y attablèrent, après avoir entendu le *Bene-dicite* que le curé prononça sans emphase à demi-voix. La table était couverte d'une nappe de cette toile damassée inventée sous Henri IV par les frères Graindorge, habiles manufacturiers qui ont donné leur nom à ces épais tissus si connus des ménagères. Ce linge étincelait de blancheur et sentait le thym mis par Jacquotte dans ses lessives. La vaisselle était en faïence blanche bordée de bleu, parfaitement conservée. Les carafes avaient cette antique forme octogone que la province seule conserve de nos jours. Les manches des couteaux, tous en corne travaillée, représentaient des figures bizarres. En examinant ces objets d'un luxe ancien et néanmoins presque neufs, chacun les trouvait en harmonie avec la bonhomie et la franchise du maître de la maison. L'attention de Genestas s'arrêta pendant un moment sur le couvercle de la soupière que couronnaient des légumes en relief très-bien coloriés, à la manière de Bernard de Palissy, célèbre artiste du xvie siècle [1]. Cette réunion ne manquait pas d'originalité. Les têtes vigoureuses de Benassis et de Genestas contrastaient admirablement avec la tête apostolique de monsieur Janvier ; de même que les visages flétris du juge de paix et de l'adjoint faisaient ressortir la jeune figure du notaire. La société semblait être représentée par ces physionomies diverses sur lesquelles se peignaient également le contentement de soi, du présent, et la foi dans l'avenir. Seulement monsieur Tonnelet et monsieur Janvier, peu avancés dans la vie, aimaient à scruter les événements futurs qu'ils sentaient leur appartenir, tandis que les autres convives devaient ramener de préférence la conversation sur le passé ; mais tous envisageaient gravement les choses humaines, et leurs opinions réfléchissaient une double teinte mélancolique : l'une avait la pâleur des crépuscules du soir, c'était le souvenir presque effacé des

---

1. Type de la balourdise pédante très courante, hélas, chez Balzac. Voir le pastiche de Proust (« *Werther* est de Goethe »).

joies qui ne devaient plus renaître ; l'autre, comme l'aurore, donnait l'espoir d'un beau jour.

— Vous devez avoir eu beaucoup de fatigue aujourd'hui, monsieur le curé, dit monsieur Cambon.

— Oui, monsieur, répondit monsieur Janvier ; l'enterrement du pauvre crétin et celui du père Pelletier se sont faits à des heures différentes.

— Nous allons maintenant pouvoir démolir les masures du vieux village, dit Benassis à son adjoint. Ce défrichis de maisons nous vaudra bien au moins un arpent de prairie ; et la Commune gagnera de plus les cent francs que nous coûtait l'entretien de Chautard le crétin.

— Nous devrions allouer pendant trois ans ces cent francs à la construction d'un ponceau[1] sur le chemin d'en bas, à l'endroit du grand ruisseau, dit monsieur Cambon. Les gens du bourg et de la vallée ont pris l'habitude de traverser la pièce de Jean-François Pastoureau, et finiront par la gâter de manière à nuire beaucoup à ce pauvre bonhomme.

— Certes, dit le juge de paix, cet argent ne saurait avoir un meilleur emploi. À mon avis, l'abus des sentiers est une des grandes plaies de la campagne. Le dixième des procès portés devant les tribunaux de paix a pour cause d'injustes servitudes[2]. L'on attente ainsi, presque impunément, au droit de propriété dans une foule de communes. Le respect des propriétés et le respect de la loi sont deux sentiments trop souvent méconnus en France, et qu'il est bien nécessaire d'y propager. Il semble déshonorant à beaucoup de gens de prêter assistance aux lois, et le : *Va te faire pendre ailleurs !* phrase proverbiale qui semble dictée par un sentiment de générosité louable, n'est au fond qu'une formule hypocrite qui sert à gazer notre égoïsme. Avouons-le ?... nous manquons de patriotisme. Le véritable

---

1. Petit pont d'une seule arche.   2. Obligation pour un propriétaire de concéder un passage sur ses terres pour cause d'utilité publique.

patriote est le citoyen assez pénétré de l'importance des lois pour les faire exécuter, même à ses risques et périls. Laisser aller en paix un malfaiteur, n'est-ce pas se rendre coupable de ses crimes futurs ?

— Tout se tient, dit Benassis. Si les maires entretenaient bien leurs chemins il n'y aurait pas tant de sentiers. Puis, si les conseillers municipaux étaient plus instruits, ils soutiendraient le propriétaire et le maire, quand ceux-ci s'opposent à l'établissement d'une injuste servitude ; tous feraient comprendre aux gens ignorants que le château, le champ, la chaumière, l'arbre, sont également sacrés, et que le DROIT ne s'augmente ni ne s'affaiblit par les différentes valeurs des propriétés. Mais de telles améliorations ne sauraient s'obtenir promptement, elles tiennent principalement au moral des populations que nous ne pouvons complètement réformer sans l'efficace intervention des curés. Ceci ne s'adresse point à vous, monsieur Janvier.

— Je ne le prends pas non plus pour moi, répondit en riant le curé. Ne m'attaché-je pas à faire coïncider les dogmes de la religion catholique avec vos vues administratives ? Ainsi j'ai souvent tâché, dans mes instructions pastorales relatives au vol, d'inculquer aux habitants de la paroisse les mêmes idées que vous venez d'émettre sur le *droit*. En effet, Dieu ne pèse pas le vol d'après la valeur de l'objet volé, il juge le voleur. Tel a été le sens des paraboles que j'ai tenté d'approprier à l'intelligence de mes paroissiens.

— Vous avez réussi, monsieur le curé, dit Cambon. Je puis juger des changements que vous avez produits dans les esprits, en comparant l'état actuel de la Commune à son état passé. Il est certes peu de cantons où les ouvriers soient aussi scrupuleux que le sont les nôtres sur le temps voulu du travail. Les bestiaux sont bien gardés et ne causent de dommages que par hasard. Les bois sont respectés. Enfin vous avez très-bien fait entendre à nos paysans que le loisir des riches est la récompense d'une vie économe et laborieuse.

— Alors, dit Genestas, vous devez être assez content de vos fantassins, monsieur le curé ?

— Monsieur le capitaine, répondit le prêtre, il ne faut s'attendre à trouver des anges nulle part, ici-bas. Partout où il y a misère, il y a souffrance. La souffrance, la misère, sont des forces vives qui ont leurs abus comme le pouvoir a les siens. Quand des paysans ont fait deux lieues pour aller à leur ouvrage et reviennent bien fatigués le soir, s'ils voient des chasseurs passant à travers les champs et les prairies pour regagner plus tôt la table, croyez-vous qu'ils se feront un scrupule de les imiter ? Parmi ceux qui se fraient ainsi le sentier dont se plaignaient ces messieurs tout à l'heure, quel sera le délinquant ? celui qui travaille ou celui qui s'amuse ? Aujourd'hui les riches et les pauvres nous donnent autant de mal les uns que les autres. La foi, comme le pouvoir, doit toujours descendre des hauteurs ou célestes ou sociales ; et certes, de nos jours, les classes élevées ont moins de foi que n'en a le peuple, auquel Dieu promet un jour le ciel en récompense de ses maux patiemment supportés. Tout en me soumettant à la discipline ecclésiastique et à la pensée de mes supérieurs, je crois que, pendant longtemps, nous devrions être moins exigeants sur les questions du culte, et tâcher de ranimer le sentiment religieux au cœur des régions moyennes, là où l'on discute le christianisme au lieu d'en pratiquer les maximes. Le philosophisme du riche a été d'un bien fatal exemple pour le pauvre, et a causé de trop longs interrègnes dans le royaume de Dieu. Ce que nous gagnons aujourd'hui sur nos ouailles dépend entièrement de notre influence personnelle, n'est-ce pas un malheur que la foi d'une Commune soit due à la considération qu'y obtient un homme ? Lorsque le christianisme aura fécondé de nouveau l'ordre social, en imprégnant toutes les classes de ses doctrines conservatrices, son culte ne sera plus alors mis en question. Le culte d'une religion est sa forme, les sociétés ne subsistent que par la forme. À vous des drapeaux, à nous la croix...

— Monsieur le curé, je voudrais bien savoir, dit Genestas, en interrompant monsieur Janvier, pourquoi vous empêchez ces pauvres gens de s'amuser à danser le dimanche [1].

— Monsieur le capitaine, répondit le curé, nous ne haïssons pas la danse en elle-même ; nous la proscrivons comme une cause de l'immoralité qui trouble la paix et corrompt les mœurs de la campagne. Purifier l'esprit de la famille, maintenir la sainteté de ses liens, n'est-ce pas couper le mal dans sa racine ?

— Je sais, dit monsieur Tonnelet, que dans chaque canton il se commet toujours quelques désordres ; mais dans le nôtre ils deviennent rares. Si plusieurs de nos paysans ne se font pas grand scrupule de prendre au voisin un sillon de terre en labourant, ou d'aller couper des osiers chez autrui quand ils en ont besoin, c'est des peccadilles en les comparant aux péchés des gens de la ville. Aussi trouvé-je les paysans de cette vallée très-religieux.

— Oh ! religieux, dit en souriant le curé, le fanatisme [2] n'est pas à craindre ici.

— Mais, monsieur le curé, reprit Cambon, si les gens du bourg allaient tous les matins à la messe, s'ils se confessaient à vous chaque semaine, il serait difficile que les champs fussent cultivés, et trois prêtres ne pourraient suffire à la besogne.

— Monsieur, reprit le curé, travailler, c'est prier. La pratique emporte la connaissance des principes religieux qui font vivre les sociétés.

— Et que faites-vous donc du patriotisme ? dit Genestas.

---

1. La guerre avait fait rage au début de la Restauration. Paul-Louis Courier s'était rendu célèbre en prenant la défense des paysans qu'on empêchait « de danser le dimanche ». Genestas prouve une fois de plus qu'il est libéral. 2. Le fanatisme, c'est-à-dire les jésuites. Le curé est un ancien « constitutionnel ».

— Le patriotisme, répondit gravement le curé, n'inspire que des sentiments passagers, la religion les rend durables. Le patriotisme est un oubli momentané de l'intérêt personnel, tandis que le christianisme est un système complet d'opposition aux tendances dépravées de l'homme.

— Cependant, monsieur, pendant les guerres de la Révolution, le patriotisme...

— Oui, pendant la Révolution nous avons fait des merveilles, dit Benassis en interrompant Genestas [1] ; mais vingt ans après, en 1814, notre patriotisme était déjà mort ; tandis que la France et l'Europe se sont jetées sur l'Asie douze fois en cent ans, poussées par une pensée religieuse.

— Peut-être, dit le juge de paix, est-il facile d'atermoyer les intérêts matériels qui engendrent les combats de peuple à peuple ; tandis que les guerres entreprises pour soutenir des dogmes, dont l'objet n'est jamais précis, sont nécessairement interminables.

— Hé ! bien, monsieur, vous ne servez pas le poisson, dit Jacquotte, qui aidée par Nicolle avait enlevé les assiettes [2].

Fidèle à ses habitudes, la cuisinière apportait chaque plat l'un après l'autre, coutume qui a l'inconvénient d'obliger les gourmands à manger considérablement, et de faire délaisser les meilleures choses par les gens sobres dont la faim s'est apaisée sur les premiers mets.

— Oh ! messieurs, dit le prêtre au juge de paix, comment pouvez-vous avancer que les guerres de religion n'avaient pas de but précis ? Autrefois la religion était un lien si puissant dans les sociétés, que les intérêts matériels ne pouvaient se séparer des questions religieuses. Aussi chaque soldat savait-il très-bien pourquoi il se battait...

---

1. Pour éviter un incident trop vif entre Genestas et le curé ; mais c'est aussi le moyen de clarifier le problème Révolution-Empire.   2. Joli effet qui coupe les « tartines » des convives. « Tout cela, c'est bien joli, mais... » Jacquotte y reste étrangère.

— Si l'on s'est tant battu pour la religion, dit Genestas, il faut donc que Dieu en ait bien imparfaitement bâti l'édifice. Une institution divine ne doit-elle pas frapper les hommes par son caractère de vérité ?

Tous les convives regardèrent le curé.

— Messieurs, dit monsieur Janvier, la religion se sent et ne se définit pas. Nous ne sommes juges ni des moyens ni de la fin du Tout-Puissant.

— Alors, selon vous, il faut croire à tous vos salamalek, dit Genestas avec la bonhomie d'un militaire qui n'avait jamais pensé à Dieu.

— Monsieur, répondit gravement le prêtre, la religion catholique finit mieux que toute autre les anxiétés humaines ; mais il n'en serait pas ainsi, je vous demanderais ce que vous risquez en croyant à ses vérités.

— Pas grand'chose, dit Genestas.

— Eh ! bien, que ne risquez-vous pas en n'y croyant point ? Mais, monsieur, parlons des intérêts terrestres qui vous touchent le plus. Voyez combien le doigt de Dieu s'est imprimé fortement dans les choses humaines en y touchant par la main de son vicaire. Les hommes ont beaucoup perdu à sortir des voies tracées par le christianisme [1]. L'Église, de laquelle peu de personnes s'avisent de lire l'histoire, et que l'on juge d'après certaines opinions erronées, répandues à dessein dans le peuple, a offert le modèle parfait du gouvernement que les hommes cherchent à établir aujourd'hui. Le principe de l'Élection en a fait longtemps une grande puissance politique. Il n'y avait pas autrefois une seule institution religieuse qui ne fût basée sur la liberté, sur l'égalité. Toutes les voies coopéraient à l'œuvre. Le principal, l'abbé, l'évêque, le général d'ordre, le pape, étaient alors choisis consciencieusement d'après les besoins de l'Église, ils en exprimaient la pensée ; aussi l'obéissance la plus aveugle leur était-elle due. Je tairai les bienfaits

---

1. Il ne s'agit pas ici de cagoterie platement réactionnaire mais d'une critique du libéralisme bourgeois égoïste.

sociaux de cette pensée qui a fait les nations modernes, inspiré tant de poèmes, de cathédrales, de statues, de tableaux et d'œuvres musicales, pour vous faire seulement observer que vos élections plébéiennes, le jury et les deux Chambres ont pris racine dans les conciles provinciaux et œcuméniques, dans l'épiscopat et le collège des cardinaux ; à cette différence près, que les idées philosophiques actuelles sur la civilisation me semblent pâlir devant la sublime et divine idée de la communion[1] catholique, image d'une communion sociale universelle, accomplie par le Verbe et par le Fait réunis dans le dogme religieux. Il sera difficile aux nouveaux systèmes politiques, quelque parfaits qu'on les suppose, de recommencer les merveilles dues aux âges où l'Église soutenait l'intelligence humaine.

— Pourquoi ? dit Genestas.

— D'abord, parce que l'élection pour être un principe demande chez les électeurs une égalité absolue[2], ils doivent être des *quantités égales*, pour me servir d'une expression géométrique, ce que n'obtiendra jamais la politique moderne. Puis, les grandes choses sociales ne se font que par la puissance des sentiments qui seule peut réunir les hommes, et le philosophisme moderne a basé les lois sur l'intérêt personnel, qui tend à les isoler. Autrefois plus qu'aujourd'hui se rencontraient, parmi les nations, des hommes généreusement animés d'un esprit maternel pour les droits méconnus, pour les souffrances de la masse. Aussi le Prêtre, enfant de la classe moyenne, s'opposait-il à la force matérielle et défendait-il les peuples contre leurs ennemis. L'Église a eu des possessions territoriales, et ses intérêts temporels, qui paraissaient devoir la consolider, ont fini par affaiblir son action. En effet, le prêtre

---

1. Communauté. Rien à voir avec le sacrement.   **2.** Cette critique de l'élection (et donc, à la limite, du suffrage universel) renvoie à toute une problématique contemporaine : le peuple, livré à lui-même, vote pour ses maîtres, non pour des idées. Ce que le plébiscite, après le coup d'État de 1851, vérifiera.

a-t-il des propriétés privilégiées, il semble oppresseur ;
l'État le paie-t-il, il est un fonctionnaire, il doit son
temps, son cœur, sa vie ; les citoyens lui font un devoir
de ses vertus, et sa bienfaisance, tarie dans le principe
du libre arbitre, se dessèche dans son cœur. Mais que
le prêtre soit pauvre, qu'il soit volontairement prêtre,
sans autre appui que Dieu, sans autre fortune que le
cœur des fidèles, il redevient le missionnaire de l'Amérique, il s'institue apôtre, il est le prince du bien. Enfin,
il ne règne que par le dénûment et il succombe par
l'opulence.

Monsieur Janvier avait subjugué l'attention. Les
convives se taisaient en méditant des paroles si nouvelles dans la bouche d'un simple curé.

— Monsieur Janvier, au milieu des vérités que vous
avez exprimées, il se rencontre une grave erreur, dit
Benassis. Je n'aime pas, vous le savez, à discuter les
intérêts généraux mis en question par les écrivains[1] et
par le pouvoir modernes. À mon avis, un homme qui
conçoit un système politique doit, s'il se sent la force
de l'appliquer, se taire, s'emparer du pouvoir et agir ;
mais s'il reste dans l'heureuse obscurité du simple
citoyen, n'est-ce pas folie que de vouloir convertir les
masses par des discussions individuelles ? Néanmoins
je vais vous combattre, mon cher pasteur, parce qu'ici
je m'adresse à des gens de bien, habitués à mettre leurs
lumières en commun pour chercher en toute chose le
vrai. Mes pensées pourront vous paraître étranges, mais
elles sont le fruit des réflexions que m'ont inspirées
les catastrophes de nos quarante dernières années. Le
suffrage universel que réclament aujourd'hui les personnes appartenant à l'Opposition dite constitution-
nelle fut un principe excellent dans l'Église, parce que,
comme vous venez de le faire observer, cher pasteur,
les individus y étaient tous instruits, disciplinés par le
sentiment religieux, imbus du même système, sachant

---

1. Publicistes.

bien ce qu'ils voulaient et où ils allaient. Mais le triomphe des idées à l'aide desquelles le libéralisme moderne fait imprudemment[1] la guerre au gouvernement prospère des Bourbons serait la perte de la France et des Libéraux eux-mêmes. Les chefs du *Côté gauche* le savent bien. Pour eux, cette lutte est une simple question de pouvoir. Si, à Dieu ne plaise, la bourgeoisie abattait, sous la bannière de l'opposition[2], les supériorités sociales contre lesquelles sa vanité regimbe, ce triomphe serait immédiatement suivi d'un combat soutenu par la bourgeoisie contre le peuple, qui, plus tard, verrait en elle une sorte de noblesse, mesquine il est vrai, mais dont les fortunes et les priviléges lui seraient d'autant plus odieux qu'il les sentirait de plus près. Dans ce combat, la société, je ne dis pas la nation, périrait de nouveau ; parce que le triomphe toujours momentané de la masse souffrante implique les plus grands désordres. Ce combat serait acharné, sans trêves, car il reposerait sur des dissidences nombreuses entre les Électeurs dont la portion la moins éclairée mais la plus nombreuse l'emporterait sur les sommités sociales dans un système où les suffrages se comptent et ne se pèsent pas. Il suit de là qu'un gouvernement n'est jamais plus fortement organisé, conséquemment plus parfait, que lorsqu'il est établi pour la défense d'un PRIVILÉGE plus restreint. Ce que je nomme en ce moment le *privilége* n'est pas un de ces droits abusivement concédés jadis à certaines personnes au détriment de tous ; non, il exprime plus particulièrement le cercle social dans lequel se renferment les évolutions du pouvoir. Le pouvoir est en quelque sorte le cœur d'un état. Or, dans toutes ses créations, la nature a resserré le principe vital, pour lui donner plus de ressort : ainsi du corps politique. Je vais expliquer ma pensée par des

---

1. Parce que cela risque de se retourner contre lui. Erreur ! Voir les premières élections au suffrage universel en 1848, qui assurèrent la majorité à la droite et aux notables.   2. On est en 1829 (date interne du texte), mais le programme est réalisé en 1832 (date de publication).

exemples. Admettons en France cent pairs, ils ne causeront que cent froissements. Abolissez la pairie, tous les gens riches deviennent des privilégiés ; au lieu de cent, vous en aurez dix mille, et vous aurez élargi la plaie des inégalités sociales. En effet, pour le peuple, le droit de vivre sans travailler constitue seul un privilége. À ses yeux, qui consomme sans produire est un spoliateur. Il veut des travaux visibles et ne tient aucun compte des productions intellectuelles qui l'enrichissent le plus. Ainsi donc, en multipliant les froissements, vous étendez le combat sur tous les points du corps social au lieu de le contenir dans un cercle étroit. Quand l'attaque et la résistance sont générales, la ruine d'un pays est imminente. Il y aura toujours moins de riches que de pauvres ; donc à ceux-ci la victoire aussitôt que la lutte devient matérielle. L'histoire se charge d'appuyer mon principe. La république romaine a dû la conquête du monde à la constitution du privilége sénatorial. Le sénat maintenait fixe la pensée du pouvoir. Mais lorsque les chevaliers et les hommes nouveaux eurent étendu l'action du gouvernement en élargissant le patriciat, la chose publique a été perdue. Malgré Sylla, et après César, Tibère en a fait l'empire romain, système où le pouvoir, s'étant concentré dans la main d'un seul homme, a donné quelques siècles de plus à cette grande domination. L'empereur n'était plus à Rome, quand la Ville éternelle tomba sous les Barbares. Lorsque notre sol fut conquis, les Francs, qui se le partagèrent, inventèrent le privilége féodal pour se garantir leurs possessions particulières. Les cent ou les mille chefs qui possédèrent le pays établirent leurs institutions dans le but de défendre les droits acquis par la conquête. Aussi, la féodalité dura-t-elle tant que le privilége fut restreint. Mais quand les *hommes de cette nation*, véritable traduction du mot gentilshommes, au lieu d'être cinq cents furent cinquante mille, il y eut révolution. Trop étendue, l'action de leur pouvoir était sans ressort ni force, et se trouvait d'ailleurs sans défense contre les manumissions de l'argent et de la pensée qu'ils n'avaient pas prévues. Donc le triomphe de la bourgeoisie sur le système monarchique ayant pour objet d'augmenter aux yeux du peuple le nombre des privilégiés, le triomphe du peuple sur la bourgeoisie serait l'effet inévitable de ce changement. Si cette perturbation arrive, elle aura pour moyen le droit de suffrage étendu sans mesure aux masses. Qui vote, discute. Les pouvoirs discutés n'existent pas. Imaginez-vous une société sans pouvoir ? Non. Eh ! bien, qui dit pouvoir dit force. La force doit reposer sur des *choses jugées*. Telles sont les raisons qui m'ont conduit à penser que le principe de l'Élection est un des plus funestes à l'existence des gouvernements modernes. Certes je crois avoir assez prouvé mon attachement à la classe pauvre et souffrante, je ne saurais être accusé de vouloir son malheur ; mais tout en l'admirant dans la voie laborieuse où elle chemine, sublime de patience et de résignation, je la déclare incapable de participer au gouvernement. Les prolétaires me semblent les mineurs d'une nation, et doivent toujours rester en tutelle. Ainsi, selon moi, messieurs, le mot *élection* est près de causer autant de dommage qu'en ont fait les mots *conscience* et *liberté*, mal compris, mal définis, et jetés aux peuples comme des symboles de révolte et des ordres de destruction. La tutelle des masses me paraît donc une chose juste et nécessaire au soutien des sociétés.

— Ce système rompt si bien en visière à toutes nos idées d'aujourd'hui que nous avons un peu le droit de vous demander vos raisons, dit Genestas en interrompant le médecin.

— Volontiers, capitaine.

— Qu'est-ce que dit donc notre maître ? s'écria Jacquotte en rentrant dans sa cuisine. Ne voilà-t-il pas ce pauvre cher homme qui leur conseille d'écraser le peuple ! et ils l'écoutent.

— Je n'aurais jamais cru cela de monsieur Benassis, répondit Nicolle.

— Si je réclame des lois vigoureuses pour contenir la masse ignorante, reprit le médecin après une légère pause, je veux que le système social ait des réseaux faibles et complaisants, pour laisser surgir de la foule quiconque a le vouloir et se sent les facultés de s'élever vers les classes supérieures. Tout pouvoir tend à sa conservation. Pour vivre, aujourd'hui comme autrefois, les gouvernements doivent s'assimiler les hommes forts, en les prenant partout où ils se trouvent, afin de s'en faire des défenseurs, et enlever aux masses les gens d'énergie qui les soulèvent. En offrant à l'ambition publique des chemins à la fois ardus et faciles, ardus aux velléités incomplètes, faciles aux volontés réelles, un État prévient les révolutions que cause la gêne du mouvement ascendant des véritables supériorités vers leur niveau. Nos quarante années de tourmente ont dû prouver à un homme de sens que les supériorités sont une conséquence de l'ordre social. Elles sont de trois sortes et incontestables : supériorité de pensée, supériorité politique, supériorité de fortune. N'est-ce pas l'art, le pouvoir et l'argent, ou autrement : le principe, le moyen et le résultat ? Or, comme, en supposant table rase, les unités sociales parfaitement égales, les naissances en même proportion, et donnant à chaque famille une même part de terre, vous retrouveriez en peu de temps les irrégularités de fortune actuellement existantes, il résulte de cette vérité flagrante que la supériorité de fortune, de pensée et de pouvoir est un fait à subir, un fait que la masse considérera toujours comme oppressif, en voyant des privilèges dans les droits le plus justement acquis. Le contrat social, partant de cette base, sera donc un pacte perpétuel entre ceux qui possèdent contre ceux qui ne possèdent pas. D'après ce principe, les lois seront faites par ceux auxquels elles profitent, car ils doivent avoir l'instinct de leur conservation, et prévoir leurs dangers. Ils sont plus intéressés à la tranquillité de la masse que ne l'est la masse elle-même. Il faut aux peuples un bonheur tout fait. En vous mettant à ce point de vue pour considérer la société, si vous l'embrassez dans son ensemble, vous allez bientôt reconnaître avec moi que le droit d'élection ne doit être exercé que par les hommes qui possèdent la fortune, le pouvoir ou l'intelligence, et vous reconnaîtrez également que leurs mandataires ne peuvent avoir que des fonctions extrêmement restreintes. Le législateur, messieurs, doit être supérieur à son siècle. Il constate la tendance des erreurs générales, et précise les points vers lesquels inclinent les idées d'une nation ; il travaille donc encore plus pour l'avenir que pour le présent, plus pour la génération qui grandit que pour celle qui s'écoule. Or, si vous appelez la masse à faire la loi, la masse peut-elle être supérieure à elle-même ? Non. Plus l'assemblée représentera fidèlement les opinions de la foule, moins elle aura l'entente du gouvernement, moins ses vues seront élevées, moins précise, plus vacillante sera sa législation, car la foule est et sera toujours ce qu'est une foule. La loi emporte un assujettissement à des règles, toute règle est en opposition aux mœurs naturelles, aux intérêts de l'individu ; la masse portera-t-elle des lois contre elle-même ? Non. Souvent la tendance des lois doit être en raison inverse de la tendance des mœurs. Mouler les lois sur les mœurs générales, ne serait-ce pas donner, en Espagne, des primes d'encouragement à l'intolérance religieuse et à la fainéantise ; en Angleterre, à l'esprit mercantile ; en Italie, à l'amour des arts destinés à exprimer la société, mais qui ne peuvent pas être toute la société ; en Allemagne, aux classifications nobiliaires ; en France, à l'esprit de légèreté, à la vogue des idées, à la facilité de nous séparer en factions qui nous ont toujours dévorés. Qu'est-il arrivé depuis plus de quarante ans que les collèges électoraux mettent la main aux lois ! nous avons quarante mille lois. Un peuple qui a quarante mille lois n'a pas de loi. Cinq cents intelligences médiocres, car un siècle n'a pas plus de cent grandes intelligences à son service, peuvent-elles avoir la force de s'élever à ces considérations ? Non. Les hommes, incessamment sortis de cinq cents localités différentes, ne comprendront jamais d'une même manière l'esprit de la loi, et la loi doit être une. Mais, je vais plus loin. Tôt ou tard une assemblée tombe sous le sceptre d'un homme, et au lieu d'avoir des dynasties de rois, vous avez les changeantes et coûteuses dynasties des premiers ministres. Au bout de toute délibération se trouvent Mirabeau, Danton, Robespierre ou Napoléon : des proconsuls ou un empereur. En effet il faut une quantité déterminée de force pour soulever un poids déterminé, cette force peut être distribuée sur un plus ou moins grand nombre de leviers ; mais, en définitif, la force doit être proportionnée au poids : ici, le poids est la masse ignorante et souffrante qui forme la première assise de toutes les sociétés. Le pouvoir, étant répressif de sa nature, a besoin d'une grande concentration pour opposer une résistance égale au mouvement populaire. C'est l'application du principe que je viens de développer en vous parlant de la restriction du privilège gouvernemental. Si vous admettez des gens à talent, ils se soumettent à cette loi naturelle et y soumettent le pays ; si vous assemblez des hommes médiocres, ils sont vaincus tôt ou tard par le génie supérieur : le député de talent sent la raison d'État, le député médiocre transige avec la force. En somme, une assemblée cède à une idée comme la Convention pendant la Terreur ; à une puissance, comme le corps législatif sous Napoléon ; à un système ou à l'argent, comme aujourd'hui. L'assemblée républicaine que rêvent quelques bons esprits est impossible ; ceux qui la veulent sont des dupes toutes faites, ou des tyrans futurs. Une assemblée délibérante qui discute les dangers d'une nation, quand il faut la faire agir, ne vous semble-t-elle donc pas ridicule ? Que le peuple ait des mandataires chargés d'accorder ou de refuser les impôts, voilà qui est juste, et qui a existé de tout temps, sous le plus cruel tyran comme sous le prince le plus débonnaire. L'argent est insaisissable, l'impôt a d'ailleurs des bornes naturelles au-delà desquelles une nation se soulève pour le refuser, ou se couche pour mourir. Que ce corps électif et changeant comme les besoins, comme les idées qu'il représente, s'oppose à concéder l'obéissance de tous à une loi mauvaise, tout est bien. Mais supposer que cinq cents hommes, venus de tous les coins d'un empire, feront une bonne loi, n'est-ce pas une mauvaise plaisanterie que les peuples expient tôt ou tard ? Ils changent alors de tyrans, voilà tout. Le pouvoir, la loi, doivent donc être l'œuvre d'un seul, qui, par la force des choses, est obligé de soumettre incessamment ses actions à une approbation générale. Mais les modifications apportées à l'exercice du pouvoir, soit d'un seul, soit de plusieurs, soit de la multitude, ne peuvent se trouver que dans les institutions religieuses d'un peuple. La religion est le seul contrepoids vraiment efficace aux abus de la suprême puissance. Si le sentiment religieux périt chez une nation, elle devient séditieuse par principe, et le prince se fait tyran par nécessité. Les Chambres qu'on interpose entre les souverains et les sujets ne sont que des palliatifs à ces deux tendances. Les assemblées, selon ce que je viens de dire, deviennent complices ou de l'insurrection ou de la tyrannie. Néanmoins le gouvernement d'un seul, vers lequel je penche, n'est pas bon d'une bonté absolue, car les résultats de la politique dépendront éternellement des mœurs et des croyances. Si une nation est vieillie, si le philosophisme et l'esprit de discussion l'ont corrompue jusqu'à la moelle des os, cette nation marche au despotisme malgré les formes de la liberté ; de même que les peuples sages savent presque toujours trouver la liberté sous les formes du despotisme. De tout ceci résulte la nécessité d'une grande restriction dans les droits électoraux, la nécessité d'un pouvoir fort, la nécessité d'une religion puissante qui rende le riche ami du pauvre, et commande au pauvre une entière résignation. Enfin il existe une véritable urgence de réduire les assemblées à la question de l'impôt et à l'enregistrement des lois, en leur en enlevant la confection directe. Il existe dans plusieurs têtes d'autres idées, je le sais. Aujourd'hui, comme autrefois, il se rencontre des esprits ardents à chercher *le mieux*, et qui voudraient ordonner les sociétés plus sagement qu'elles ne le sont. Mais les innovations qui tendent à opérer de complets déménagements sociaux ont besoin d'une sanction universelle. Aux novateurs, la patience. Quand je mesure le temps qu'a nécessité l'établissement du christianisme, révolution morale qui devait être purement pacifique, je frémis en songeant aux malheurs d'une révolution dans les intérêts matériels, et je conclus au maintien des institutions existantes. À chacun sa pensée, a dit le christianisme ; à chacun son champ, a dit la loi moderne. La loi moderne s'est mise en harmonie avec le christianisme. À chacun sa pensée, est la consécration des droits de l'intelligence ; à chacun son champ, est la consécration de la propriété due aux efforts du travail. De là notre société. La nature a basé la vie humaine sur le sentiment de la conservation individuelle, la vie sociale s'est fondée sur l'intérêt personnel. Tels sont pour moi les vrais principes politiques. En écrasant ces deux sentiments égoïstes sous la pensée d'une vie future, la religion modifie la dureté des contacts sociaux. Ainsi Dieu tempère les souffrances que produit le frottement des intérêts, par le sentiment religieux qui fait une vertu de l'oubli de soi-même, comme il a modéré par des lois inconnues les frottements dans le mécanisme de ses mondes. Le christianisme dit au pauvre de souffrir le riche, au riche de soulager les misères du pauvre ; pour moi, ce peu de mots est l'essence de toutes les lois divines et humaines [1].

---

1. Ces longues tirades dans une conversation sont invraisemblables. Mais il s'agit pour Balzac d'exposer ses idées. La couture se fait mal entre *récit* et *idéologie*.

— Moi, qui ne suis pas un homme d'État, dit le notaire, je vois dans un souverain le liquidateur d'une société qui doit demeurer en état constant de liquidation, il transmet à son successeur un actif égal à celui qu'il a reçu.

— Je ne suis pas un homme d'État, répliqua vivement Benassis en interrompant le notaire. Il ne faut que du bon sens pour améliorer le sort d'une Commune, d'un Canton ou d'un Arrondissement ; le talent est déjà nécessaire à celui qui gouverne un Département ; mais ces quatre sphères administratives offrent des horizons bornés que les vues ordinaires peuvent facilement embrasser ; leurs intérêts se rattachent au grand mouvement de l'État par des liens visibles. Dans la région supérieure tout s'agrandit, le regard de l'homme d'État doit dominer le point de vue où il est placé. Là, où pour produire beaucoup de bien dans un Département, dans un Arrondissement, dans un Canton ou dans une Commune, il n'était besoin que de prévoir un résultat à dix ans d'échéance, il faut, dès qu'il s'agit d'une nation, en pressentir les destinées, les mesurer au cours d'un siècle. Le génie des Colbert, des Sully n'est rien s'il ne s'appuie sur la volonté qui fait les Napoléon et les Cromwell. Un grand ministre, messieurs, est une grande pensée écrite sur toutes les années du siècle dont la splendeur et les prospérités ont été préparées par lui. La constance est la vertu qui lui est le plus nécessaire. Mais aussi, en toute chose humaine, la constance n'est-elle pas la plus haute expression de la force ? Nous voyons depuis quelque temps trop d'hommes n'avoir que des idées ministérielles au lieu d'avoir des idées nationales, pour ne pas admirer le véritable homme d'État comme celui qui nous offre la plus immense poésie humaine. Toujours voir au-delà du moment et devancer la destinée, être au-dessus du pouvoir et n'y rester que par le sentiment de l'utilité dont on est sans s'abuser sur ses forces, dépouiller ses passions et même toute ambition vulgaire pour demeurer maître de ses facultés, pour prévoir, vouloir et agir sans cesse ; se faire juste et absolu, maintenir l'ordre en grand, imposer silence à son cœur et n'écouter que son intelligence ; n'être ni défiant, ni confiant, ni douteur ni crédule, ni reconnaissant ni ingrat, ni en arrière avec un événement ni surpris par une pensée ; vivre enfin par le sentiment des masses, et toujours les dominer en étendant les ailes de son esprit, le volume de sa voix et la pénétration de son regard en voyant non pas les détails, mais les conséquences de toute chose, n'est-ce pas être un peu plus qu'un homme ? Aussi les noms de ces grands et nobles pères des nations devraient-ils être à jamais populaires.

Il y eut un moment de silence, pendant lequel les convives s'entre-regardèrent.

— Messieurs, vous n'avez rien dit de l'armée, s'écria Genestas. L'organisation militaire me paraît le vrai type de toute bonne société civile, l'épée est la tutrice d'un peuple.

— Capitaine, répondit en riant le juge de paix, un vieil avocat a dit que les empires commençaient par l'épée et finissaient par l'écritoire, nous en sommes à l'écritoire.

— Maintenant, messieurs, que nous avons réglé le sort du monde, parlons d'autre chose. Allons, capitaine, un verre de vin de l'Ermitage [1], s'écria le médecin en riant.

— Deux plutôt qu'un, dit Genestas en tendant son verre, et je veux les boire à votre santé comme à celle d'un homme qui fait honneur à l'espèce.

— Et que nous chérissons tous, dit le curé d'une voix pleine de douceur.

— Monsieur Janvier, voulez-vous donc me faire commettre quelque péché d'orgueil ?

— Monsieur le curé a dit bien bas ce que le Canton dit tout haut, répliqua Cambon.

---

1. Grand cru, encore aujourd'hui, de la vallée du Rhône.

— Messieurs, je vous propose de reconduire monsieur Janvier vers le presbytère, en nous promenant au clair de lune.

— Marchons, dirent les convives qui se mirent en devoir d'accompagner le curé.

— Allons à ma grange, dit le médecin en prenant Genestas par le bras après avoir dit adieu au curé et à ses hôtes. Là, capitaine Bluteau, vous entendrez parler de Napoléon. J'ai quelques compères qui doivent faire jaser Goguelat, notre piéton, sur ce dieu du peuple. Nicolle, mon valet d'écurie, nous a dressé une échelle pour monter par une lucarne en haut du foin, à une place d'où nous verrons toute la scène. Croyez-moi, venez, une veillée a son prix. Ce n'est pas la première fois que je me serai mis dans le foin pour écouter un récit de soldat ou quelque conte de paysan. Mais cachons-nous bien, si ces pauvres gens voient un étranger, ils font des façons et ne sont plus eux-mêmes.

— Eh ! mon cher hôte, dit Genestas, n'ai-je pas souvent fait semblant de dormir pour entendre mes cavaliers au bivouac ? Tenez, je n'ai jamais ri aux spectacles de Paris d'aussi bon cœur qu'au récit de la déroute de Moscou, racontée en farce par un vieux maréchal-des-logis à des conscrits qui avaient peur de la guerre. Il disait que l'armée française faisait dans ses draps, qu'on buvait tout à la glace, que les morts s'arrêtaient en chemin, qu'on avait vu la Russie blanche, qu'on étrillait les chevaux à coups de dents, que ceux qui aimaient à patiner s'étaient bien régalés, que les amateurs de gelées de viande en avaient eu leur soûl, que les femmes étaient généralement froides, et que la seule chose qui avait été sensiblement désagréable était de n'avoir pas eu d'eau chaude pour se raser. Enfin il débitait des gaudrioles si comiques, qu'un vieux fourrier qui avait eu le nez gelé, et qu'on appelait *Nezrestant*, en riait lui-même.

— Chut, dit Benassis, nous voici arrivés, je passe le premier, suivez-moi.

Tous deux montèrent à l'échelle et se blottirent dans le foin, sans avoir été entendus par les gens de la veillée, au-dessus desquels ils se trouvèrent assis de manière à les bien voir. Groupées par masses autour de trois ou quatre chandelles, quelques femmes cousaient, d'autres filaient, plusieurs restaient oisives, le cou tendu, la tête et les yeux tournés vers un vieux paysan qui racontait une histoire. La plupart des hommes se tenaient debout ou couchés sur des bottes de foin. Ces groupes profondément silencieux étaient à peine éclairés par les reflets vacillants des chandelles entourées de globes de verre pleins d'eau qui concentraient la lumière en rayons, dans la clarté desquels se tenaient les travailleuses. L'étendue de la grange, dont le haut restait sombre et noir, affaiblissait encore ces lueurs qui coloraient inégalement les têtes en produisant de pittoresques effets de clair-obscur. Ici brillait le front brun et les yeux clairs d'une petite paysanne curieuse ; là, des bandes lumineuses découpaient les rudes fronts de quelques vieux hommes, et dessinaient fantasquement leurs vêtements usés ou décolorés. Tous ces gens attentifs, et divers dans leurs poses, exprimaient sur leurs physionomies immobiles l'entier abandon qu'ils faisaient de leur intelligence au conteur. C'était un tableau curieux où éclatait la prodigieuse influence exercée sur tous les esprits par la poésie. En exigeant de son narrateur un merveilleux toujours simple ou de l'impossible presque croyable, le paysan ne se montre-t-il pas ami de la plus pure poésie ?

— Quoique cette maison eût une méchante mine, disait le paysan au moment où les deux nouveaux auditeurs se furent placés pour l'entendre, la pauvre femme bossue était si fatiguée d'avoir porté son chanvre au marché, qu'elle y entra, forcée aussi par la nuit qui était venue. Elle demanda seulement à y coucher ; car, pour toute nourriture, elle tira une croûte de son bissac et la mangea. Pour lors l'hôtesse, qui était donc la femme des brigands, ne sachant rien de ce qu'ils

« *Tous deux montèrent à l'échelle
et se blottirent dans le foin, sans avoir été entendus
par les gens de la veillée...* »

avaient convenu de faire pendant la nuit, accueillit la
bossue et la mit en haut, sans lumière. Ma bossue se
jette sur un mauvais grabat, dit ses prières, pense à son
chanvre et va pour dormir. Mais, avant qu'elle ne fût
endormie, elle entend du bruit, et voit entrer deux
hommes portant une lanterne ; chacun d'eux tenait un
couteau : la peur la prend, parce que, voyez-vous, dans
ce temps-là les seigneurs aimaient tant les pâtés de
chair humaine, qu'on en faisait pour eux. Mais comme
la vieille avait le cuir parfaitement racorni, elle se ras-
sura, en pensant qu'on la regarderait comme une mauvaise nourriture. Les deux hommes passent devant la
bossue, vont à un lit qui était dans cette grande
chambre, et où l'on avait mis le monsieur à la grosse
valise, qui passait donc pour nécromancien. Le plus
grand lève la lanterne en prenant les pieds du monsieur ; le petit, celui qui avait fait l'ivrogne, lui
empoigne la tête et lui coupe le cou, net, d'une seule
fois, croc ! Puis ils laissent là le corps et la tête, tout
dans le sang, volent la valise et descendent. Voilà notre
femme bien embarrassée. Elle pense d'abord à s'en
aller sans qu'on s'en doute, ne sachant pas encore que
la Providence l'avait amenée là pour rendre gloire à
Dieu et faire punir le crime. Elle avait peur, et quand
on a peur on ne s'inquiète de rien du tout. Mais l'hôtesse, qui avait demandé des nouvelles de la bossue
aux deux brigands, les effraie, et ils remontent doucement dans le petit escalier de bois. La pauvre bossue
se pelotonne de peur et les entend qui se disputent à
voix basse. — Je te dis de la tuer. — Faut pas la tuer.
— Tue-la ! — Non ! Ils entrent. Ma femme, qui n'était
pas bête, ferme l'œil et fait comme si elle dormait. Elle
se met à dormir, comme un enfant, la main sur son
cœur, et prend une respiration de chérubin. Celui qui
avait la lanterne, l'ouvre, boute la lumière dans l'œil
de la vieille endormie, et ma femme de ne point sour-
ciller, tant elle avait peur pour son cou. — Tu vois
bien qu'elle dort comme un sabot, que dit le grand.

— C'est si malin les vieilles, répond le petit. Je vais la tuer, nous serons plus tranquilles. D'ailleurs nous la salerons et la donnerons à manger à nos cochons. En entendant ce propos, ma vieille ne bouge pas. — Oh ! bien, elle dort, dit le petit crâne en voyant que la bossue n'avait pas bougé. Voilà comment la vieille se sauva. Et l'on peut bien dire qu'elle était courageuse. Certes, il y a bien ici des jeunes filles qui n'auraient pas eu la respiration d'un chérubin en entendant parler des cochons. Les deux brigands se mettent à enlever l'homme mort, le roulent dans ses draps et le jettent dans la petite cour, où la vieille entend les cochons accourir en grognant : *hon, hon !* pour le manger. Pour lors, le lendemain, reprit le narrateur après avoir fait une pause, la femme s'en va, donnant deux sous pour son coucher. Elle prend son bissac, fait comme si de rien n'était, demande les nouvelles du pays, sort en paix et veut courir. Point ! La peur lui coupe les jambes, bien à son heur. Voici pourquoi. Elle avait à peine fait un demi-quart de lieue, qu'elle voit venir un des brigands qui la suivait par finesse pour s'assurer qu'elle n'eût rien vu. Elle te devine ça et s'assied sur une pierre. — Qu'avez-vous, ma bonne femme ? lui dit le petit, car c'était le petit, le plus malicieux des deux, qui la guettait. — Ah ! mon bon homme, qu'elle répond, mon bissac est si lourd, et je suis si fatiguée, que j'aurais bien besoin du bras d'un honnête homme (voyez-vous c'te finaude !) pour gagner mon pauvre logis. Pour lors le brigand lui offre de l'accompagner. Elle accepte. L'homme lui prend le bras pour savoir si elle a peur. Ha ! ben, c'te femme ne tremble point et marche tranquillement. Et donc les voilà tous deux causant agriculture et de la manière de faire venir le chanvre, tout bellement jusqu'au faubourg de la ville où demeurait la bossue et où le brigand la quitta, de peur de rencontrer quelqu'un de la justice. La femme arriva chez elle à l'heure de midi et attendit son homme en réfléchissant aux événements de son voyage et de

la nuit. Le chanverrier rentra vers le soir. Il avait faim,
faut lui faire à manger. Donc, tout en graissant sa poêle
pour lui faire frire quelque chose, elle lui raconte
comment elle a vendu son chanvre, en bavardant à la
manière des femmes, mais elle ne dit rien des cochons,
ni du monsieur tué, mangé, volé. Elle fait donc flamber
sa poêle pour la nettoyer. Elle la retire, veut l'essuyer,
la trouve pleine de sang. — Qu'est-ce que tu as mis
là-dedans ? dit-elle à son homme. — Rien, qu'il
répond. Elle croit avoir une lubie de femme et remet
sa poêle au feu. Pouf ! une tête tombe par la cheminée.
— Vois-tu ? C'est précisément la tête du mort, dit la
vieille. Comme il me regarde ! Que me veut-il donc ?
— *Que tu le venges !* lui dit une voix. — Que tu es
bête, dit le chanverrier ; te voilà bien avec tes berlues
qui n'ont pas le sens commun. Il prend la tête, qui lui
mord le doigt, et la jette dans sa cour. — Fais mon
omelette, qui dit, et ne t'inquiète pas de ça. C'est un
chat. — Un chat ! qu'elle dit, il était rond comme une
boule. Elle remet sa poêle au feu. Pouf ! tombe une
jambe. Même histoire. L'homme, pas plus étonné de
voir le pied que d'avoir vu la tête, empoigne la jambe
et la jette à sa porte. Finalement, l'autre jambe, les
deux bras, le corps, tout le voyageur assassiné tombe
un à un. Point d'omelette. Le vieux marchand de
chanvre avait bien faim. — Par mon salut éternel, dit-
il, si mon omelette se fait, nous verrons à satisfaire cet
homme-là. — Tu conviens donc maintenant que c'est
un homme ? dit la bossue. Pourquoi m'as-tu dit tout à
l'heure que c'était pas une tête, grand asticoteur ? La
femme casse les œufs, fricasse l'omelette et la sert sans
plus grogner, parce qu'en voyant ce grabuge elle
commençait à être inquiète. Son homme s'assied et se
met à manger. La bossue, qui avait peur, dit qu'elle
n'a pas faim. — Toc, toc ! fait un étranger en frappant
à la porte. — Qui est là ? — L'homme mort d'hier.
— Entrez, répond le chanverrier. Donc, le voyageur
entre, se met sur l'escabelle et dit : — Souvenez-vous

de Dieu, qui donne la paix pour l'éternité aux personnes qui confessent son nom ! Femme, tu m'as vu faire mourir, et tu gardes le silence. J'ai été mangé par les cochons ! Les cochons n'entrent pas dans le paradis. Donc moi, qui suis chrétien, j'irai dans l'enfer faute par une femme de parler. Ça ne s'est jamais vu. Faut me délivrer ! et autres propos. La femme, qu'avait toujours de plus en plus peur, nettoie sa poêle, met ses habits du dimanche, va dire à la justice le crime qui fut découvert, et les voleurs joliment roués sur la place du marché. Cette bonne œuvre faite, la femme et son homme ont toujours eu le plus beau chanvre que vous ayez jamais vu. Puis, ce qui leur fut plus agréable, ils eurent ce qu'ils désiraient depuis longtemps, à savoir un enfant mâle qui devint, par suite des temps, baron du roi. Voilà l'histoire véritable de LA BOSSUE COURAGEUSE [1].

— Je n'aime point ces histoires-là, elles me font rêver, dit la Fosseuse. J'aime mieux les aventures de Napoléon.

— C'est vrai, dit le garde-champêtre. Voyons, monsieur Goguelat, racontez-nous l'Empereur.

— La veillée est trop avancée, dit le piéton, et je n'aime point à raccourcir les victoires.

— C'est égal, dites tout de même ! Nous les connaissons pour vous les avoir vu dire bien des fois ; mais ça fait toujours plaisir à entendre.

— Racontez-nous l'Empereur ! crièrent plusieurs personnes ensemble.

— Vous le voulez, répondit Goguelat. Eh ! bien, vous verrez que ça ne signifie rien quand c'est dit au pas de charge. J'aime mieux vous raconter toute une bataille. Voulez-vous Champ-Aubert, où il n'y avait plus de cartouches, et où l'on s'est astiqué tout de même à la baïonnette ?

— Non ! l'Empereur ! l'Empereur !

---

1. Début d'une série de « collages » en dialecte « populaire » : *valeur*, mais aussi *distance*.

Le fantassin se leva de dessus sa botte de foin, promena sur l'assemblée ce regard noir, tout chargé de misère, d'événements et de souffrances qui distingue les vieux soldats. Il prit sa veste par les deux basques de devant, les releva comme s'il s'agissait de recharger le sac où jadis étaient ses hardes, ses souliers, toute sa fortune ; puis il s'appuya le corps sur la jambe gauche, avança la droite et céda de bonne grâce aux vœux de l'assemblée. Après avoir repoussé ses cheveux gris d'un seul côté de son front pour le découvrir, il porta la tête vers le ciel afin de se mettre à la hauteur de la gigantesque histoire qu'il allait dire.

— Voyez-vous, mes amis, Napoléon est né en Corse, qu'est [1] une île française, chauffée par le soleil d'Italie, où tout bout comme dans une fournaise, et où l'on se tue les uns les autres, de père en fils, à propos de rien : une idée qu'ils ont. Pour vous commencer l'extraordinaire de la chose, sa mère, qui était la plus belle femme de son temps et une finaude, eut la réflexion de le vouer à Dieu, pour le faire échapper à tous les dangers de son enfance et de sa vie, parce qu'elle avait rêvé que le monde était en feu le jour de son accouchement. C'était une prophétie ! Donc elle demande que Dieu le protége, à condition que Napoléon rétablira sa sainte religion, qu'était alors par terre. Voilà qu'est convenu, et ça s'est vu.

« Maintenant, suivez-moi bien, et dites-moi si ce que vous allez entendre est naturel.

« Il est sûr et certain qu'un homme qui avait eu l'imagination de faire un pacte secret pouvait seul être susceptible de passer à travers les lignes des autres, à travers les balles, les décharges de mitraille qui nous emportaient comme des mouches, et qui avaient du respect pour sa tête. J'ai eu la preuve de cela, moi particulièrement, à Eylau. Je le vois encore, monte sur une hauteur, prend sa lorgnette, regarde sa bataille et dit :

---

1. Première marque délibérée d'oralité.

Ça va bien ! Un de mes intrigants à panaches qui l'embêtaient considérablement et le suivaient partout, même pendant qu'il mangeait, qu'on nous a dit, veut faire le malin, et prend la place de l'empereur quand il s'en va. Oh ! raflé ! plus de panache. Vous entendez bien que Napoléon s'était engagé à garder son secret pour lui seul. Voilà pourquoi tous ceux qui l'accompagnaient, même ses amis particuliers, tombaient comme des noix : Duroc, Bessières, Lannes, tous hommes forts comme des barres d'acier et qu'il fondait à son usage. Enfin, à preuve qu'il était l'enfant de Dieu, fait pour être le père du soldat, c'est qu'on ne l'a jamais vu ni lieutenant ni capitaine ! Ah ! bien oui, en chef tout de suite. Il n'avait pas l'air d'avoir plus de vingt-trois ans, qu'il était vieux général, depuis la prise de Toulon, où il a commencé par faire voir aux autres qu'ils n'entendaient rien à manœuvrer les canons. Pour lors, nous tombe tout maigrelet général en chef à l'armée d'Italie, qui manquait de pain, de munitions, de souliers, d'habits, une pauvre armée nue comme un ver. — « Mes amis, qui dit, nous voilà ensemble. Or, mettez-vous dans la boule que d'ici à quinze jours vous serez vainqueurs, habillés à neuf, que vous aurez tous des capotes, de bonnes guêtres, de fameux souliers ; mais, mes enfants, faut marcher pour les aller prendre à Milan, où il y en a. » Et l'on a marché. Le Français, écrasé, plat comme une punaise, se redresse. Nous étions trente mille va-nu-pieds contre quatre-vingt mille fendants d'Allemands, tous beaux hommes, bien garnis, que je vois encore. Alors Napoléon, qui n'était encore que Bonaparte, nous souffle je ne sais quoi dans le ventre. Et l'on marche la nuit, et l'on marche le jour, l'on te les tape à Montenotte, on court les rosser à Rivoli, Lodi, Arcole, Millesimo, et on ne te les lâche pas. Le soldat prend goût à être vainqueur. Alors Napoléon vous enveloppe ces généraux allemands qui ne savaient où se fourrer pour être à leur aise, les pelote très-bien, leur chipe quelquefois des dix mille hommes d'un seul coup en vous les entourant de quinze cents Français qu'il faisait foisonner à sa manière. Enfin, leur prend leurs canons, vivres, argent, munitions, tout ce qu'ils avaient de bon à prendre, vous les jette à l'eau, les bat sur les montagnes, les mord dans l'air, les dévore sur terre, les fouaille partout. Voilà des troupes qui se remplument ; parce que, voyez-vous, l'empereur, qu'était aussi un homme d'esprit, se fait bien venir de l'habitant, auquel il dit qu'il est arrivé pour le délivrer. Pour lors, le péquin nous loge et nous chérit, les femmes aussi, qu'étaient des femmes très-judicieuses. Fin finale, en ventôse 96, qu'était dans ce temps-là le mois de mars d'aujourd'hui, nous étions acculés dans un coin du pays des marmottes ; mais après la campagne, nous voilà maîtres de l'Italie, comme Napoléon l'avait prédit. Et au mois de mars suivant, en une seule année et deux campagnes, il nous met en vue de Vienne : tout était brossé. Nous avions mangé trois armées successivement différentes, et dégommé quatre généraux autrichiens, dont un vieux qu'avait les cheveux blancs, et qui a été cuit comme un rat dans les paillassons, à Mantoue. Les rois demandaient grâce à genoux ! La paix était conquise. Un homme aurait-il pu faire cela ? Non. Dieu l'aidait, c'est sûr. Il se subdivisionnait comme les cinq pains de l'Évangile, commandait la bataille le jour, la préparait la nuit, que les sentinelles le voyaient toujours allant et venant, et ne dormait ni ne mangeait. Pour lors, reconnaissant ces prodiges, le soldat te l'adopte pour son père. Et en avant ! Les autres, à Paris, voyant cela, se disent : « Voilà un pèlerin qui paraît prendre ses mots d'ordre dans le ciel, il est singulièrement capable de mettre la main sur la France ; faut le lâcher sur l'Asie ou sur l'Amérique, il s'en contentera peut-être ! » Ça était écrit pour lui comme pour Jésus-Christ. Le fait est qu'on lui donne ordre de faire faction en Égypte. Voilà sa ressemblance avec le fils de Dieu. Ce n'est pas tout. Il rassemble ses meilleurs lapins, ceux qu'il avait particulièrement endiablés, et leur dit comme ça : « Mes amis, pour le quart d'heure, on nous donne l'Égypte à chiquer. Mais nous l'avalerons en un temps et deux mouvements, comme nous avons fait de l'Italie. Les simples soldats seront des princes qui auront des terres à eux. En avant ! » En avant ! les enfants, disent les sergents. Et l'on arrive à Toulon, route d'Égypte. Pour lors, les Anglais avaient tous leurs vaisseaux en mer. Mais quand nous nous embarquons, Napoléon nous dit : « Ils ne nous verront pas, et il est bon que vous sachiez, dès à présent, que votre général possède une étoile dans le ciel qui nous guide et nous protège ! » Qui fut dit fut fait. En passant sur la mer, nous prenons Malte, comme une orange pour le désaltérer de sa soif de victoire, car c'était un homme qui ne pouvait pas être sans rien faire. Nous voilà en Égypte. Bon. Là, autre consigne. Les Égyptiens, voyez-vous, sont des hommes qui, depuis que le monde est monde, ont coutume d'avoir des géants pour souverains, des armées nombreuses comme des fourmis ; parce que c'est un pays de génies et de crocodiles, où l'on a bâti des pyramides grosses comme nos montagnes, sous lesquelles ils ont eu l'imagination de mettre leurs rois pour les conserver frais, chose qui leur plaît généralement. Pour lors, en débarquant, le petit caporal nous dit : « Mes enfants, les pays que vous allez conquérir tiennent à un tas de dieux qu'il faut respecter, parce que le Français doit être l'ami de tout le monde, et battre les gens sans les vexer. Mettez-vous dans la coloquinte de ne toucher à rien, d'abord ; parce que nous aurons tout après ! Et marchez ! » Voilà qui va bien. Mais tous ces gens-là, auxquels Napoléon était prédit, sous le nom de Kébir-Bonaberdis, un mot de leur patois qui veut dire : *le sultan fait feu*, en ont une peur comme du diable. Alors, le Grand-Turc, l'Asie, l'Afrique ont recours à la magie, et nous envoient un démon, nommé Mody, soupçonné d'être descendu du ciel sur un cheval blanc qui était, comme son maître, incombustible au boulet, et qui tous deux vivaient de l'air du temps. Il y en a qui l'ont vu ; mais moi je n'ai pas de raisons pour vous en faire certains. C'était les puissances de l'Arabie et les Mameluks, qui voulaient faire croire à leurs troupiers que le Mody était capable de les empêcher de mourir à la bataille, sous prétexte qu'il était un ange envoyé pour combattre Napoléon et lui reprendre le sceau de Salomon, un de leurs fourniments à eux, qu'ils prétendaient avoir été volé par notre général. Vous entendez bien qu'on leur a fait faire la grimace tout de même.

« Ha ! çà, dites-moi d'où ils avaient su le pacte de Napoléon ? Était-ce naturel ?

« Il passait pour certain dans leur esprit qu'il commandait aux génies et se transportait en un clin d'œil d'un lieu à un autre, comme un oiseau. Le fait est qu'il était partout. Enfin, qu'il venait leur enlever une reine, belle comme le jour, pour laquelle il avait offert tous ses trésors et des diamants gros comme des œufs de pigeons, marché que le Mameluk, de qui elle était la particulière, quoiqu'il en eût d'autres, avait refusé positivement. Dans ces termes-là, les affaires ne pouvaient donc s'arranger qu'avec beaucoup de combats. Et c'est ce dont on ne s'est pas fait faute, car il y a eu des coups pour tout le monde. Alors, nous nous sommes mis en ligne à Alexandrie, à Giseh et devant les Pyramides. Il a fallu marcher sous le soleil, dans le sable, où les gens sujets d'avoir la berlue voyaient des eaux desquelles on ne pouvait pas boire, et de l'ombre que ça faisait suer. Mais nous mangeons le Mameluk à l'ordinaire, et tout plie à la voix de Napoléon, qui s'empare de la haute et basse Égypte, l'Arabie, enfin jusqu'aux capitales des royaumes qui n'étaient plus, et où il y avait des milliers de statues, les cinq cents diables de la Nature, puis, chose particulière, une infinité de lézards, un tonnerre de pays où chacun pouvait prendre ses arpents de terre, pour peu que ça lui fût agréable. Pendant qu'il s'occupe de ses

affaires dans l'intérieur, où il avait idée de faire des
choses superbes, les Anglais lui brûlent sa flotte à la
bataille d'Aboukir, car ils ne savaient quoi s'inventer
pour nous contrarier. Mais Napoléon, qui avait l'estime
de l'Orient et de l'Occident, que le pape l'appelait son
fils, et le cousin de Mahomet son cher père, veut se
venger de l'Angleterre, et lui prendre les Indes, pour
se remplacer de sa flotte. Il allait nous conduire en
Asie, par la mer Rouge, dans des pays où il n'y a que
des diamants, de l'or, pour faire la paie aux soldats, et
des palais pour étapes, lorsque le Mody s'arrange avec
la peste, et nous l'envoie pour interrompre nos victoires. Halte ! Alors tout le monde défile à c'te parade,
d'où l'on ne revient pas sur ses pieds. Le soldat mourant ne peut pas te prendre Saint-Jean-d'Acre, où l'on
est entré trois fois avec un entêtement généreux et mar-
tial. Mais la peste était la plus forte ; il n'y avait pas à
dire : Mon bel ami ! Tout le monde se trouvait très-
malade. Napoléon seul était frais comme une rose, et
toute l'armée l'a vu buvant la peste sans que ça lui fît
rien du tout.

« Ha çà, mes amis, croyez-vous que c'était naturel ?

« Les Mameluks, sachant que nous étions tous dans
les ambulances, veulent nous barrer le chemin ; mais,
avec Napoléon, c'te farce-là ne pouvait pas prendre.
Donc, il dit à ses damnés, à ceux qui avaient le cuir
plus dur que les autres : « Allez me nettoyer la route. »
Junot, qu'était un sabreur au premier numéro, et son
ami véritable, ne prend que mille hommes, et vous a
décousu tout de même l'armée d'un pacha qui avait la
prétention de se mettre en travers. Pour lors, nous revenons au Caire, notre quartier général. Autre histoire.
Napoléon absent, la France s'était laissé détruire le
tempérament par les gens de Paris qui gardaient la
solde des troupes, leur masse [1], leur linge, leurs habits,
les laissaient crever de faim, et voulaient qu'elles fis-

_____

1. La caisse commune du régiment.

sent la loi à l'univers, sans s'en inquiéter autrement.
C'était des imbéciles qui s'amusaient à bavarder au
lieu de mettre la main à la pâte. Et donc, nos armées
étaient battues, les frontières de la France entamées :
L'HOMME n'était plus là. Voyez-vous, je dis *l'homme*,
parce qu'on l'a nommé comme ça, mais c'était une
bêtise, puisqu'il avait une étoile et toutes ses particula-
rités : c'était nous autres qui étions les hommes ! Il
apprend l'histoire de France après sa fameuse bataille
d'Aboukir, où, sans perdre plus de trois cents hommes,
et, avec une seule division, il a vaincu la grande armée
des Turcs forte de vingt-cinq mille hommes, et il en a
bousculé dans la mer plus d'une grande moitié, rrah !
Ce fut son dernier coup de tonnerre en Égypte. Il se
dit, voyant tout perdu là-bas : « Je suis le sauveur de
la France, je le sais, faut que j'y aille. » Mais comprenez bien que l'armée n'a pas su son départ, sans quoi
on l'aurait gardé de force, pour le faire empereur
d'Orient. Aussi nous voilà tous tristes, quand nous
sommes sans lui, parce qu'il était notre joie. Lui, laisse
son commandement à Kléber, un grand mâtin qu'a
descendu la garde, assassiné par un Égyptien qu'on a
fait mourir en lui mettant une baïonnette dans le derrière, qui est la manière de guillotiner dans ce pays-là ;
mais ça fait tant souffrir, qu'un soldat a eu pitié de
ce criminel, il lui a tendu sa gourde ; et aussitôt que
l'Égyptien a eu bu de l'eau, il a tortillé de l'œil avec
un plaisir infini. Mais ne nous amusons pas à cette
bagatelle. Napoléon met le pied sur une coquille de
noix, un petit navire de rien du tout qui s'appelait *la
Fortune*, et, en un clin d'œil, à la barbe de l'Angleterre
qui le bloquait avec des vaisseaux de ligne, frégates et
tout ce qui faisait voile, il débarque en France, car il a
toujours eu le don de passer les mers en une enjambée.
Était-ce naturel ! Bah ! aussitôt qu'il est à Fréjus,
autant dire qu'il a les pieds dans Paris. Là, tout le
monde l'adore ; mais lui, convoque le Gouvernement.
« Qu'avez-vous fait de mes enfants les soldats ? qui dit

aux avocats ; vous êtes un tas de galapiats qui vous fichez du monde, et faites vos choux gras de la France. Ça n'est pas juste, et je parle pour tout le monde qu'est pas content ! » Pour lors, ils veulent babiller et le tuer ; mais minute ! Il les enferme dans leur caserne à paroles, les fait sauter par les fenêtres, et vous les enrégimente à sa suite, où ils deviennent muets comme des poissons, souples comme des blagues à tabac. De ce coup passe consul ; et, comme ce n'était pas lui qui pouvait douter de l'Être Suprême, il remplit alors sa promesse envers le bon Dieu, qui lui tenait sérieusement parole ; lui rend ses églises, rétablit sa religion ; les cloches sonnent pour Dieu et pour lui. Voilà tout le monde content : *primo*, les prêtres qu'il empêche d'être tracassés ; *segondo*, le bourgeois qui fait son commerce, sans avoir à craindre le *rapiamus* de la loi qu'était devenue injuste ; *tertio*, les nobles qu'il défend d'être fait mourir, comme on en avait malheureusement contracté l'habitude. Mais il y avait des ennemis à balayer, et il ne s'endort pas sur la gamelle, parce que, voyez-vous, son œil vous traversait le monde comme une simple tête d'homme. Pour lors, paraît en Italie, comme s'il passait la tête par la fenêtre, et son regard suffit. Les Autrichiens sont avalés à Marengo comme des goujons par une baleine ! Haouf ! Ici, la victoire française a chanté sa gamme assez haut pour que le monde entier l'entende, et ça a suffi. « Nous n'en jouons plus, que disent les Allemands. — Assez comme ça ! » disent les autres. Total : l'Europe fait la cane, l'Angleterre met les pouces. Paix générale, où les rois et les peuples font mine de s'embrasser. C'est là que l'empereur a inventé la Légion-d'Honneur, une bien belle chose, allez ! « En France, qu'il a dit à Boulogne, devant l'armée entière, tout le monde a du courage ! Donc, la partie civile qui fera des actions d'éclat sera sœur du soldat, le soldat sera son frère, et ils seront unis sous le drapeau de l'honneur. » Nous autres, qui étions là-bas, nous revenons d'Égypte. Tout était changé ! Nous l'avions laissé général, en un rien de temps nous le retrouvons empereur. Ma foi, la France s'était donnée à lui, comme une belle fille à un lancier. Or, quand ça fut fait, à la satisfaction générale, on peut le dire, il y eut une sainte cérémonie comme il ne s'en était jamais vu sous la calotte des cieux. Le pape et les cardinaux, dans leurs habits d'or et rouges, passent les Alpes exprès pour le sacrer devant l'armée et le peuple, qui battent des mains. Il y a une chose que je serais injuste de ne pas vous dire. En Égypte, dans le désert, près de la Syrie, L'HOMME ROUGE lui apparut dans la montagne de Moïse, pour lui dire : « Ça va bien. » Puis, à Marengo, le soir de la victoire, pour la seconde fois, s'est dressé devant lui sur ses pieds, l'Homme Rouge, qui lui dit : « Tu verras le monde à tes genoux, et tu seras empereur des Français, roi d'Italie, maître de la Hollande, souverain de l'Espagne, du Portugal, provinces illyriennes, protecteur de l'Allemagne, sauveur de la Pologne, premier aigle de la Légion-d'Honneur, et tout. » Cet Homme Rouge, voyez-vous, c'était son idée, à lui ; une manière de piéton qui lui servait, à ce que disent plusieurs, pour communiquer avec son étoile. Moi, je n'ai jamais cru cela ; mais l'Homme Rouge est un fait véritable, et Napoléon en a parlé lui-même, et a dit qu'il lui venait dans les moments durs à passer, et restait au palais des Tuileries, dans les combles. Donc, au couronnement, Napoléon l'a vu le soir pour la troisième fois, et ils furent en délibération sur bien des choses. Lors, l'empereur va droit à Milan se faire couronner roi d'Italie. Là commence véritablement le triomphe du soldat. Pour lors, tout ce qui savait écrire passe officier. Voilà les pensions, les dotations de duchés qui pleuvent ; des trésors pour l'état-major qui ne coûtaient rien à la France ; et la Légion-d'Honneur fournie de rentes pour les simples soldats, sur lesquels je touche encore ma pension[1]. Enfin, voilà des armées

---

1. Cette pension n'a pas été revalorisée, si bien qu'elle est aujourd'hui toute symbolique. Alors, elle permettait de vivre.

tenues comme il ne s'en était jamais vu. Mais l'empereur, qui savait qu'il devait être l'empereur de tout le monde, pense aux bourgeois, et leur fait bâtir, suivant leurs idées, des monuments de fées, là où il n'y en avait pas plus que sur ma main ; une supposition, vous reveniez d'Espagne, pour passer à Berlin ; hé bien ! vous retrouviez des arches de triomphe avec de simples soldats mis dessus en belle sculpture, ni plus ni moins que des généraux. Napoléon, en deux ou trois ans, sans mettre d'impôts sur vous autres, remplit ses caves d'or, fait des ponts, des palais, des routes, des savants, des fêtes, des lois, des vaisseaux, des ports ; et dépense des millions de milliasses, et tant, et tant, qu'on m'a dit qu'il en aurait pu paver la France de pièces de cent sous, si ça avait été sa fantaisie. Alors, quand il se trouve à son aise sur son trône, et si bien le maître de tout, que l'Europe attendait sa permission pour faire ses besoins : comme il avait quatre frères et trois sœurs, il nous dit en manière de conversation, à l'ordre du jour : « Mes enfants, est-il juste que les parents de votre empereur tendent la main ? Non. Je veux qu'ils soient flambants, tout comme moi ! Pour lors, il est de toute nécessité de conquérir un royaume pour chacun d'eux, afin que le Français soit le maître de tout ; que les soldats de la garde fassent trembler le monde, et que la France crache où elle veut, et qu'on lui dise, comme sur ma monnaie, *Dieu vous protège !* — Convenu ! répond l'armée, on t'ira pêcher des royaumes à la baïonnette. » Ha ! c'est qu'il n'y avait pas à reculer, voyez-vous ! et s'il avait eu dans sa boule de conquérir la lune, il aurait fallu s'arranger pour ça, faire ses sacs, et grimper ; heureusement qu'il n'en a pas eu la volonté. Les rois, qu'étaient habitués aux douceurs de leur trône, se font naturellement tirer l'oreille ; et alors, en avant, nous autres. Nous marchons, nous allons, et le tremblement recommence avec une solidité générale. En a-t-il fait user, dans ce temps-là, des hommes et des souliers ! Alors on se battait à coups de nous si cruellement, que d'autres que les Français s'en seraient fatigués. Mais vous n'ignorez pas que le Français est né philosophe, et, un peu plus tôt, un peu plus tard, sait qu'il faut mourir. Aussi nous mourions tous sans rien dire, parce qu'on avait le plaisir de voir l'empereur faire ça sur les géographies. (Là, le fantassin décrivit lestement un rond avec son pied sur l'aire de la grange.) Et il disait : « Ça, ce sera un royaume ! » et c'était un royaume. Quel bon temps ! Les colonels passaient généraux, le temps de les voir ; les généraux maréchaux, les maréchaux rois. Et il y en a encore un, qui est debout pour le dire à l'Europe, quoique ce soit un Gascon, traître à la France pour garder sa couronne, qui n'a pas rougi de honte, parce que, voyez-vous, les couronnes sont en or ! Enfin, les sapeurs qui savaient lire devenaient nobles tout de même. Moi qui vous parle, j'ai vu à Paris onze rois et un peuple de princes qui entouraient Napoléon, comme les rayons du soleil ! Vous entendez bien que chaque soldat, ayant la chance de chausser un trône, pourvu qu'il en eût le mérite, un caporal de la garde était comme une curiosité qu'on l'admirait passer, parce que chacun avait son contingent dans la victoire, parfaitement connu dans le bulletin. Et y en avait-il de ces batailles ! Austerlitz, où l'armée a manœuvré comme à la parade ; Eylau, où l'on a noyé les Russes dans un lac, comme si Napoléon avait soufflé dessus ; Wagram, où l'on s'est battu trois jours sans bouder. Enfin, y en avait autant que de saints au calendrier. Aussi alors fut-il prouvé que Napoléon possédait dans son fourreau la véritable épée de Dieu. Alors le soldat avait son estime, et il en faisait son enfant, s'inquiétait si vous aviez des souliers, du linge, des capotes, du pain, des cartouches ; quoiqu'il tînt sa majesté, puisque c'était son métier à lui de régner. Mais c'est égal ! un sergent et même un soldat pouvait lui dire : « Mon empereur. » comme vous me dites à moi quelquefois « Mon bon ami. » Et il répondait aux raisons qu'on lui faisait, couchait dans la neige comme nous autres ; enfin, il avait presque l'air d'un homme naturel. Moi qui vous parle, je l'ai vu, les pieds dans la mitraille, pas plus gêné que vous êtes là, et immobile, regardant avec sa lorgnette, toujours à son affaire ; alors nous restions là, tranquilles comme Baptiste. Je ne sais pas comment il s'y prenait, mais quand il nous parlait, sa parole nous envoyait comme du feu dans l'estomac ; et, pour lui montrer qu'on était ses enfants, incapables de bouquer, on allait pas ordinaire devant des polissons de canons qui gueulaient et vomissaient des régiments de boulets, sans dire gare. Enfin, les mourants avaient la chose de se relever pour le saluer et lui crier : « Vive l'empereur ! »

« Était-ce naturel ! auriez-vous fait cela pour un simple homme ?

« Pour lors, tout son monde établi, l'impératrice Joséphine, qu'était une bonne femme tout de même, ayant la chose tournée à ne pas lui donner d'enfants, il fut obligé de la quitter quoiqu'il l'aimât considérablement. Mais il lui fallait des petits, rapport au gouvernement. Apprenant cette difficulté, tous les souverains de l'Europe se sont battus à qui lui donnerait une femme. Et il a épousé, qu'on nous a dit, une Autrichienne, qu'était la fille des Césars, un homme ancien dont on parle partout, et pas seulement dans nos pays, où vous entendez dire qu'il a tout fait, mais en Europe. Et c'est si vrai que, moi qui vous parle en ce moment, je suis allé sur le Danube où j'ai vu les morceaux d'un pont bâti par cet homme, qui paraît qu'a été, à Rome, parent de Napoléon d'où s'est autorisé l'empereur d'en prendre l'héritage pour son fils. Donc, après son mariage, qui fut une fête pour le monde entier, et où il a fait grâce au peuple de dix ans d'impositions, qu'on a payés tout de même, parce que les gabelous n'en ont pas tenu compte, sa femme a eu un petit qu'était roi de Rome ; une chose qui ne s'était pas encore vue sur terre, car jamais un enfant n'était né roi, son père vivant. Ce jour-là, un ballon est parti de Paris pour le dire à Rome, et ce ballon a fait le chemin en un jour. Ha ! çà, y a-t-il maintenant quelqu'un de vous autres qui me soutiendra que tout ça était naturel ? Non, c'était écrit là-haut ! Et la gale à qui ne dira pas qu'il a été envoyé par Dieu même pour faire triompher la France. Mais voilà l'empereur de Russie, qu'était son ami, qui se fâche de ce qu'il n'a pas épousé une Russe et qui soutient les Anglais, nos ennemis, auxquels on avait toujours empêché Napoléon d'aller dire deux mots dans leur boutique. Fallait donc en finir avec ces canards-là. Napoléon se fâche et nous dit : — « Soldats ! vous avez été maîtres dans toutes les capitales de l'Europe ; reste Moscou, qui s'est allié à l'Angleterre. Or, pour pouvoir conquérir Londres et les Indes qu'est à eux, je trouve définitif d'aller à Moscou. » Pour lors, assemble la plus grande des armées qui jamais ait traîné ses guêtres sur le globe, et si curieusement bien alignée, qu'en un jour il a passé en revue un million d'hommes. — Hourra ! disent les Russes. Et voilà la Russie tout entière, des animaux de cosaques qui s'envolent. C'était pays contre pays, un boulevari général, dont il fallait se garer. Et comme avait dit l'Homme Rouge à Napoléon : C'est l'Asie contre l'Europe ! — Suffit, qu'il dit, je vais me précautionner. Et voilà, fectivement tous les rois qui viennent lécher la main de Napoléon ! L'Autriche, la Prusse, la Bavière, la Saxe, la Pologne, l'Italie, tout est avec nous, nous flatte, et c'était beau ! Les aigles n'ont jamais tant roucoulé qu'à ces parades-là, qu'elles étaient au-dessus de tous les drapeaux de l'Europe. Les Polonais ne se tenaient pas de joie, parce que l'empereur avait idée de les relever ; de là, que la Pologne et la France ont toujours été frères. Enfin « À nous la Russie ! » crie l'armée. Nous entrons bien fournis ; nous marchons, marchons : point de Russes. Enfin nous trouvons nos mâtins campés à la Moskowa. C'est là que j'ai eu la croix, et j'ai congé de dire que ce fut une sacrée bataille ! L'empereur était inquiet, il avait vu l'Homme Rouge, qui lui dit : Mon enfant, tu vas plus vite que le pas, les hommes te manqueront, les amis te trahiront. Pour lors, proposa la paix. Mais avant de la signer : « Frottons les Russes ? » qui nous dit. « Tope ! » s'écria l'armée. « En avant ! » disent les sergents. Mes souliers étaient usés, mes habits décousus, à force d'avoir trimé dans ces chemins-là qui ne sont pas commodes du tout ! Mais c'est égal ! « Puisque c'est la fin du tremblement, que je me dis, je veux m'en donner tout mon soûl ! » Nous étions devant le grand ravin ; c'était les premières places ! Le signal se donne, sept cents pièces d'artillerie commencent une conversation à vous faire sortir le sang par les oreilles. Là, faut rendre justice à ses ennemis, mes Russes se faisaient tuer comme des Français, sans reculer, et nous n'avancions pas. « En avant, nous dit-on, voilà l'empereur ! » C'était vrai, il passe au galop en nous faisant signe qu'il s'importait beaucoup de prendre la redoute. Il nous anime, nous courons, j'arrive le premier au ravin. Ah ! mon Dieu, les lieutenants tombaient, les colonels, les soldats ! C'est égal ! Ça faisait des souliers à ceux qui n'en avaient pas et des épaulettes pour les intrigants qui savaient lire. Victoire ! c'est le cri de toute la ligne. Par exemple, ce qui ne s'était jamais vu, il y avait vingt-cinq mille Français par terre. Excusez du peu ! C'était un vrai champ de blé coupé : au lieu d'épis, mettez des hommes ! Nous étions dégrisés, nous autres. L'Homme arrive, on fait le cercle autour de lui. Pour lors, il nous câline, car il était aimable quand il le voulait, à nous faire contenter de vache enragée par une faim de deux loups. Alors mon câlin distribue soi-même les croix, salue les morts ; puis nous dit : À Moscou ! — Va pour Moscou ! dit l'armée. Nous prenons Moscou. Voilà-t-il pas que les Russes brûlent leur ville ? Ç'a été un feu de paille de deux lieues, qui a flambé pendant deux jours. Les édifices tombaient comme des ardoises ! Il y avait des

« Nous prenons Moscou.
Voilà-t-il pas que les Russes brûlent leur ville ? »

pluies de fer et de plomb fondus qui étaient naturellement horribles ; et l'on peut vous le dire, à vous, ce fut
l'éclair de nos malheurs. L'empereur dit : Assez
comme ça, tous mes soldats y resteraient ! Nous nous
amusons à nous rafraîchir un petit moment et à se
refaire le cadavre parce qu'on était réellement fatigué
beaucoup. Nous emportons une croix d'or qu'était sur
le Kremlin, et chaque soldat avait une petite fortune.
Mais, en revenant, l'hiver s'avance d'un mois, chose
que les savants qui sont des bêtes n'ont pas expliquée
suffisamment, et le froid nous pince. Plus d'armée,
entendez-vous ? plus de généraux, plus de sergents
même. Pour lors, ce fut le règne de la misère et de la
faim, règne où nous étions réellement tous égaux ! On
ne pensait qu'à revoir la France, l'on ne se baissait pas

pour ramasser son fusil ni son argent ; et chacun allait
devant lui, arme à volonté, sans se soucier de la gloire.
Enfin le temps était si mauvais que l'empereur n'a plus
vu son étoile. Il y avait quelque chose entre le ciel et
lui. Pauvre homme, qu'il était malade de voir ses aigles
à contrefil de la victoire ! Et ça lui en a donné une
sévère, allez ! Arrive la Bérézina. Ici, mes amis, l'on
peut vous affirmer par ce qu'il y a de plus sacré, sur
l'honneur, que, depuis qu'il y a des hommes, jamais,
au grand jamais, ne s'était vu pareille fricassée d'armée, de voitures, d'artillerie, dans de pareille neige,
sous un ciel pareillement ingrat. Le canon des fusils
vous brûlait la main, si vous y touchiez, tant il était
froid. C'est là que l'armée a été sauvée par les pontonniers, qui se sont trouvés solides au poste, et où s'est
parfaitement comporté Gondrin, le seul vivant des gens
assez entêtés pour se mettre à l'eau afin de bâtir les
ponts sur lesquels l'armée a passé, et se sauver des
Russes qui avaient encore du respect pour la grande
armée, rapport aux victoires. Et, dit-il en montrant
Gondrin qui le regardait avec l'attention particulière
aux sourds, Gondrin est un troupier fini, un troupier
d'honneur même, qui mérite vos plus grands égards.
J'ai vu, reprit-il, l'empereur debout près du pont,
immobile, n'ayant point froid. Était-ce encore naturel ?
Il regardait la perte de ses trésors, de ses amis, de ses
vieux Égyptiens. Bah ! tout y passait, les femmes, les
fourgons, l'artillerie, tout était consommé, mangé,
ruiné. Les plus courageux gardaient les aigles ; parce
que les aigles, voyez-vous, c'était la France, c'était tout
vous autres, c'était l'honneur du civil et du militaire
qui devait rester pur et ne pas baisser la tête à cause
du froid. On ne se réchauffait guère que près de l'empereur, puisque quand il était en danger, nous accou-
rions, gelés, nous qui ne nous arrêtions pas pour tendre
la main à des amis. On dit aussi qu'il pleurait la nuit
sur sa pauvre famille de soldats. Il n'y avait que lui et
des Français pour se tirer de là ; et l'on s'en est tiré,

mais avec des pertes et de grandes pertes que je dis ! Les alliés avaient mangé nos vivres. Tout commençait à le trahir comme lui avait dit l'Homme Rouge. Les bavards de Paris, qui se taisaient depuis l'établissement de la Garde impériale, le croient mort et trament une conspiration où l'on met dedans le préfet de police pour renverser l'empereur. Il apprend ces choses-là, ça vous le taquine, et il nous dit quand il est parti : « Adieu, mes enfants, gardez les postes, je vais revenir. » Bah ! ses généraux battent la breloque, car sans lui ce n'était plus ça. Les maréchaux se disent des sottises, font des bêtises, et c'était naturel ; Napoléon, qui était un bon homme, les avait nourris d'or, ils devenaient gras à lard qu'ils ne voulaient plus marcher. De là sont venus les malheurs, parce que plusieurs sont restés en garnison sans frotter le dos des ennemis derrière lesquels ils étaient, tandis qu'on nous poussait vers la France. Mais l'empereur nous revient avec des conscrits et de fameux conscrits, auxquels il changea le moral parfaitement et en fit des chiens finis à mordre quiconque, avec des bourgeois en garde d'honneur, une belle troupe qui a fondu comme du beurre sur un gril. Malgré notre tenue sévère, voilà que tout est contre nous ; mais l'armée fait encore des prodiges de valeur. Pour lors se donnent des batailles de montagnes, peuples contre peuples, à Dresde, Lutzen, Bautzen... Souvenez-vous de ça, vous autres, parce que c'est là que le Français a été si particulièrement héroïque, que dans ce temps-là, un bon grenadier ne durait pas plus de six mois. Nous triomphons toujours ; mais sur les derrières, ne voilà-t-il pas les Anglais qui font révolter les peuples en leur disant des bêtises. Enfin on se fait jour à travers ces meutes de nations. Partout où l'empereur paraît, nous débouchons, parce que, sur terre comme sur mer, là où il disait : « Je veux passer ! » nous passions. Fin finale, nous sommes en France, et il y a plus d'un pauvre fantassin à qui, malgré la dureté du temps, l'air du pays a remis l'âme dans un état satisfaisant. Moi, je puis dire, en mon particulier, que ça m'a rafraîchi la vie. Mais à cette heure il s'agit de défendre la France, la patrie, la belle France enfin, contre toute l'Europe qui nous en voulait d'avoir voulu faire la loi aux Russes, en les poussant dans leurs limites pour qu'ils ne nous mangeassent pas, comme c'est l'habitude du Nord, qui est friand du Midi, chose que j'ai entendu dire à plusieurs généraux. Alors l'empereur voit son propre beau-père, ses amis qu'il avait assis rois, et les canailles auxquelles il avait rendu leurs trônes, tous contre lui. Enfin, même des Français et des alliés qui se tournaient, par ordre supérieur, contre nous, dans nos rangs, comme à la bataille de Leipsick. N'est-ce pas des horreurs dont seraient peu capables de simples soldats ? Ça manquait à sa parole trois fois par jour, et ça se disait des princes ! Pour lors l'invasion se fait. Partout où notre empereur montre sa face de lion, l'ennemi recule, et il a fait dans ce temps-là plus de prodiges en défendant la France, qu'il n'en avait fait pour conquérir l'Italie, l'Orient, l'Espagne, l'Europe et la Russie. Pour lors, il veut enterrer tous les étrangers, pour leur apprendre à respecter la France, et les laisse venir sous Paris, pour les avaler d'un coup, et s'élever au dernier degré du génie par une bataille encore plus grande que toutes les autres, une mère bataille enfin ! Mais les Parisiens ont peur pour leur peau de deux liards et pour leurs boutiques de deux sous, ouvrent leurs portes ; voilà les Ragusades qui commencent et les bonheurs qui finissent, l'impératrice qu'on embête, et le drapeau blanc qui se met aux fenêtres. Enfin les généraux, qu'il avait faits ses meilleurs amis, l'abandonnent pour les Bourbons, de qui on n'avait jamais entendu parler. Alors il nous dit adieu à Fontainebleau. — « Soldats !... » Je l'entends encore, nous pleurions tous comme de vrais enfants ; les aigles, les drapeaux étaient inclinés comme pour un enterrement, car on peut vous le dire, c'étaient les funérailles de l'empire, et ses armées pimpantes n'étaient plus que des squelettes. Donc il nous dit de dessus le perron de son château : « Mes enfants, nous sommes vaincus par la trahison, mais nous nous reverrons dans le ciel, la patrie des braves. Défendez mon petit que je vous confie : vive Napoléon II ! » Il avait idée de mourir ; et pour ne pas laisser voir Napoléon vaincu, prend du poison de quoi tuer un régiment, parce que, comme Jésus-Christ avant sa passion, il se croyait abandonné de Dieu et de son talisman ; mais le poison ne lui fait rien du tout. Autre chose ! se reconnaît immortel. Sûr de son affaire et d'être toujours empereur, il va dans une île pendant quelque temps étudier le tempérament de ceux-ci, qui ne manquent pas à faire des bêtises sans fin. Pendant qu'il faisait sa faction, les Chinois et les animaux de la côte d'Afrique, barbaresques et autres qui ne sont pas commodes du tout, le tenaient si bien pour autre chose qu'un homme, qu'ils respectaient son pavillon en disant qu'y toucher, c'était se frotter à Dieu. Il régnait sur le monde entier, tandis que ceux-ci l'avaient mis à la porte de sa France. Alors s'embarque sur la même coquille de noix d'Égypte, passe à la barbe des vaisseaux anglais, met le pied sur la France, la France le reconnaît, le sacré coucou s'envole de clocher en clocher[1], toute la France crie : Vive l'empereur ! Et par ici l'enthousiasme pour cette merveille des siècles a été solide, le Dauphiné s'est très bien conduit ; et j'ai été particulièrement satisfait de savoir qu'on y pleurait de joie en revoyant sa redingote grise. Le 1er mars Napoléon débarque avec deux cents hommes pour conquérir le royaume de France et de Navarre, qui le 20 mars était redevenu l'empire français. L'Homme se trouvait ce jour-là dans Paris, ayant tout balayé, il avait repris sa chère France, et ramassé ses troupiers en ne leur disant que deux mots : « Me voilà ! » C'est le plus grand miracle qu'a fait Dieu !

---

1. Citation quasi textuelle de la proclamation de Napoléon : « L'aigle volera de clocher en clocher jusqu'aux tours de Notre-Dame. »

Avant lui, jamais un homme avait-il pris d'empire rien qu'en montrant son chapeau ? L'on croyait la France abattue ? Du tout. À la vue de l'aigle, une armée nationale se refait, et nous marchons tous à Waterloo. Pour lors, là, la garde meurt d'un seul coup. Napoléon au désespoir se jette trois fois au-devant des canons ennemis à la tête du reste, sans trouver la mort ! Nous avons vu ça, nous autres ! Voilà la bataille perdue. Le soir, l'empereur appelle ses vieux soldats, brûle dans un champ plein de notre sang ses drapeaux et ses aigles ; ces pauvres aigles, toujours victorieuses, qui criaient dans les batailles : — En avant ! et qui avaient volé sur toute l'Europe, furent sauvées de l'infamie d'être à l'ennemi. Les trésors de l'Angleterre ne pourraient pas seulement lui donner la queue d'un aigle. Plus d'aigles ! Le reste est suffisamment connu. L'Homme Rouge passe aux Bourbons comme un gredin qu'il est. La France est écrasée, le soldat n'est plus rien, on le prive de son dû, on te le renvoie chez lui pour prendre à sa place des nobles qui ne pouvaient plus marcher, que ça faisait pitié. L'on s'empare de Napoléon par trahison, les Anglais le clouent dans une île déserte de la grande mer, sur un rocher élevé de dix mille pieds au-dessus du monde. Fin finale, est obligé de rester là, jusqu'à ce que l'Homme Rouge lui rende son pouvoir pour le bonheur de la France. Ceux-ci disent qu'il est mort ! Ah ! bien oui, mort ! on voit bien qu'ils ne le connaissent pas. Ils répètent c'te bourde-là pour attraper le peuple et le faire tenir tranquille dans leur baraque de gouvernement. Écoutez. La vérité du tout est que ses amis l'ont laissé seul dans le désert, pour satisfaire à une prophétie faite sur lui, car j'ai oublié de vous apprendre que son nom de Napoléon veut dire *le lion du désert*. Et voilà ce qui est vrai comme l'Évangile. Toutes les autres choses que vous entendrez dire sur l'empereur sont des bêtises qui n'ont pas forme humaine. Parce que, voyez-vous, ce n'est pas à l'enfant d'une femme que Dieu aurait donné le droit de tracer son nom en rouge comme il a écrit le sien sur la terre, qui s'en souviendra toujours ! Vive Napoléon, le père du peuple et du soldat ! »

— Vive le général Eblé ! cria le pontonnier.

— Comment avez-vous fait pour ne pas mourir dans le ravin de la Moscowa ? dit une paysanne.

— Est-ce que je sais ? Nous y sommes entrés un régiment, nous n'y étions debout que cent fantassins, parce qu'il n'y avait que des fantassins capables de le prendre ! l'infanterie, voyez-vous, c'est tout dans une armée...

— Et la cavalerie, donc ! s'écria Genestas en se laissant couler du haut du foin et apparaissant avec une rapidité qui fit jeter un cri d'effroi aux plus courageux. Hé ! mon ancien, tu oublies les lanciers rouges de Poniatowski, les cuirassiers, les dragons, tout le tremblement ! Quand Napoléon, impatient de ne pas voir avancer sa bataille vers la conclusion de la victoire, disait à Murat : « Sire, coupe-moi ça en deux ! » Nous partions d'abord au trot, puis au galop ; *une, deux !* l'armée ennemie était fendue comme une pomme avec un couteau. Une charge de cavalerie, mon vieux, mais c'est une colonne de boulets de canon !

— Et les pontonniers ? cria le sourd.

— Ha ! çà, mes enfants ! reprit Genestas tout honteux de sa sortie en se voyant au milieu d'un cercle silencieux et stupéfait, il n'y a pas d'agents provocateurs[1] ici ! Tenez, voilà pour boire au petit caporal[2].

— Vive l'empereur ! crièrent d'une seule voix les gens de la veillée.

— Chut ! enfants, dit l'officier en s'efforçant de cacher sa profonde douleur. Chut ! *il est mort* en

---

1. Allusions très précises : les milieux bonapartistes sous la Restauration étaient infiltrés par la police, des agents provocateurs poussant à la faute pour permettre la répression. Ce fut la cause de l'échec de nombreuses conspirations, dont celle des quatre sergents de La Rochelle en 1822.   2. À Arcole, Bonaparte s'était battu « comme un petit caporal », avait-on dit. D'où ce surnom qui lui était resté.

disant : « Gloire, France et bataille. » Mes enfants, il a dû mourir, lui, mais sa mémoire !... jamais.

Goguelat fit un signe d'incrédulité, puis il dit tout bas à ses voisins : — L'officier est encore au service, et c'est leur consigne de dire au peuple que l'empereur est mort. Faut pas lui en vouloir, parce que, voyez-vous, un soldat ne connaît que sa consigne.

En sortant de la grange, Genestas entendit la Fosseuse qui disait : — Cet officier-là, voyez-vous, est un ami de l'empereur et de monsieur Benassis. Tous les gens de la veillée se précipitèrent à la porte pour revoir le commandant ; et, à la lueur de la lune, ils l'aperçurent prenant le bras du médecin.

— J'ai fait des bêtises, dit Genestas. Rentrons vite ! Ces aigles, ces canons, ces campagnes !... je ne savais plus où j'étais.

— Eh ! bien, que dites-vous de mon Goguelat ? lui demanda Benassis.

— Monsieur, avec des récits pareils, la France aura toujours dans le ventre les quatorze armées de la République, et pourra parfaitement soutenir la conversation à coups de canon avec l'Europe. Voilà mon avis.

En peu de temps ils atteignirent le logis de Benassis, et se trouvèrent bientôt tous deux pensifs de chaque côté de la cheminée du salon où le foyer mourant jetait encore quelques étincelles. Malgré les témoignages de confiance qu'il avait reçus du médecin, Genestas hésitait encore à lui faire une dernière question qui pouvait sembler indiscrète ; mais après lui avoir jeté quelques regards scrutateurs, il fut encouragé par un de ces sourires pleins d'aménité qui animent les lèvres des hommes vraiment forts, et par lequel Benassis paraissait déjà répondre favorablement. Il lui dit alors : — Monsieur, votre vie diffère tant de celle des gens ordinaires, que vous ne serez pas étonné de m'entendre vous demander les causes de votre retraite. Si ma curiosité vous semble inconvenante, vous avouerez qu'elle est bien naturelle. Écoutez ! j'ai eu des camarades que je n'ai jamais tutoyés, pas même après avoir fait plusieurs campagnes avec eux ; mais j'en ai eu d'autres auxquels je disais : Va chercher notre argent chez le payeur ! trois jours après nous être grisés ensemble, comme cela peut arriver quelquefois aux plus honnêtes gens dans les goguettes obligées. Hé ! bien, vous êtes un de ces hommes de qui je me fais l'ami sans attendre leur permission, ni même sans bien savoir pourquoi.

— Capitaine Bluteau...

Depuis quelque temps, toutes les fois que le médecin prononçait le faux nom que son hôte avait pris, celui-ci ne pouvait réprimer une légère grimace. Benassis surprit en ce moment cette expression de répugnance, et regarda fixement le militaire pour tâcher d'en découvrir la cause ; mais comme il lui eût été bien difficile de deviner la véritable, il attribua ce mouvement à quelques douleurs corporelles, et dit en continuant :

— Capitaine, je hais parler de moi. Déjà plusieurs fois depuis hier je me suis fait une sorte de violence en vous expliquant les améliorations que j'ai pu obtenir ici ; mais il s'agissait de la Commune et de ses habitants, aux intérêts desquels les miens se sont nécessairement mêlés. Maintenant, vous dire mon histoire, ce serait ne vous entretenir que de moi-même, et ma vie est peu intéressante.

— Fût-elle plus simple que celle de votre Fosseuse, répondit Genestas, je voudrais encore la connaître, pour savoir les vicissitudes qui ont pu jeter dans ce canton un homme de votre trempe.

— Capitaine, depuis douze ans je me suis tu. Maintenant que j'attends, au bord de ma fosse, le coup qui doit m'y précipiter, j'aurai la bonne foi de vous avouer que ce silence commençait à me peser. Depuis douze ans je souffre sans avoir reçu les consolations que l'amitié prodigue aux cœurs endoloris. Mes pauvres malades, mes paysans m'offrent bien l'exemple d'une parfaite résignation ; mais je les comprends, et ils s'en aperçoivent ; tandis que nul ici ne peut recueillir mes larmes secrètes, ni me donner cette poignée de main d'honnête homme, la plus belle des récompenses, qui ne manque à personne, pas même à Gondrin.

Par un mouvement subit, Genestas tendit la main à Benassis, que ce geste émut fortement.

— Peut-être la Fosseuse m'eût-elle angéliquement entendu, reprit-il d'une voix altérée ; mais elle m'aurait aimé peut-être, et c'eût été un malheur. Tenez, capitaine, un vieux soldat indulgent comme vous l'êtes, ou un jeune homme plein d'illusions, pouvait seul écouter ma confession, car elle ne saurait être comprise que par un homme auquel la vie est bien connue, ou par un enfant à qui elle est tout à fait étrangère. Faute de prêtre, les anciens capitaines mourant sur le champ de bataille se confessaient à la croix de leur épée, ils en faisaient une fidèle confidente entre eux et Dieu. Or, vous, une des meilleures lames de Napoléon, vous, dur et fort comme l'acier, peut-être m'entendrez-vous bien ? Pour s'intéresser à mon récit, il faut entrer dans certaines délicatesses de sentiment et partager des croyances naturelles aux cœurs simples, mais qui paraîtraient ridicules à beaucoup de philosophes habitués à se servir, pour leurs intérêts privés, des maximes réservées au gouvernement des États. Je vais vous parler de bonne foi, comme un homme qui ne veut justifier ni le bien ni le mal de sa vie, mais qui ne vous en cachera rien, parce qu'il est aujourd'hui loin du monde, indifférent au jugement des hommes, et plein d'espérance en Dieu.

Benassis s'arrêta, puis il se leva en disant : — Avant d'entamer mon récit, je vais commander le thé. Depuis douze ans, Jacquotte n'a jamais manqué à venir me demander si j'en prenais, elle nous interromprait certainement. En voulez-vous, capitaine ?

— Non, je vous remercie.

Benassis rentra promptement.

CHAPITRE IV

LA CONFESSION DU MÉDECIN DE CAMPAGNE [1]

« Je suis né, reprit le médecin, dans une petite ville du Languedoc [2], où mon père s'était fixé depuis longtemps, et où s'est écoulée ma première enfance. À l'âge de huit ans, je fus mis au collège de Sorrèze, et n'en sortis que pour aller achever mes études à Paris. Mon père avait eu la plus folle, la plus prodigue jeunesse ; mais son patrimoine dissipé s'était rétabli par un heureux mariage, et par les lentes économies qui se font en province, où l'on tire vanité de la fortune et non de la dépense, où l'ambition naturelle à l'homme s'éteint et tourne en avarice, faute d'aliments généreux. Devenu riche, n'ayant qu'un fils, il voulut lui transmettre la froide expérience qu'il avait échangée contre ses illusions évanouies : dernières et nobles erreurs des vieillards qui tentent vainement de léguer leurs vertus et leurs prudents calculs à des enfants enchantés de la vie et pressés de jouir. Cette prévoyance dicta pour mon éducation un plan dont je fus victime. Mon père me cacha soigneusement l'étendue de ses biens, et me condamna dans mon intérêt à subir, pendant mes plus belles années, les privations et les sollicitudes d'un jeune homme jaloux de conquérir son indépendance ; il désirait m'inspirer les vertus de la pauvreté : la

---

1. À comparer avec la première version abandonnée (voir p. 335). 2. Voir note 1, p. 270, Préface et Dossier.

patience, la soif de l'instruction et l'amour du travail.
En me faisant connaître ainsi tout le prix de la fortune,
il espérait m'apprendre à conserver mon héritage ;
aussi, dès que je fus en état d'entendre ses conseils,
me pressa-t-il d'adopter et de suivre une carrière. Mes
goûts me portèrent à l'étude de la médecine [1]. De Sorrèze, où j'étais resté pendant dix ans sous la discipline
à demi conventuelle des Oratoriens [2], et plongé dans la
solitude d'un collège de province, je fus, sans aucune
transition, transporté dans la capitale. Mon père m'y
accompagna pour me recommander à l'un de ses amis.
Les deux vieillards prirent, à mon insu, de minutieuses
précautions contre l'effervescence [3] de ma jeunesse,
alors très-innocente. Ma pension fut sévèrement calculée d'après les besoins réels de la vie, et je ne dus en
toucher les quartiers que sur la présentation des quit-
tances de mes inscriptions à l'École de Médecine.
Cette défiance assez injurieuse fut déguisée sous des
raisons d'ordre et de comptabilité. Mon père se montra
d'ailleurs libéral pour tous les frais nécessités par mon
éducation, et pour les plaisirs de la vie parisienne. Son
vieil ami, heureux d'avoir un jeune homme à conduire
dans le dédale où j'entrais, appartenait à cette nature
d'hommes qui classent leurs sentiments aussi soigneusement qu'ils rangent leurs papiers. En consultant son
agenda de l'année passée, il pouvait toujours savoir ce
qu'il avait fait au mois, au jour et à l'heure où il se
trouvait dans l'année courante. La vie était pour lui
comme une entreprise de laquelle il tenait commercia-
lement les comptes. Homme de mérite d'ailleurs, mais
fin, méticuleux, défiant, il ne manqua jamais de raisons
spécieuses pour pallier les précautions qu'il prenait à
mon égard ; il achetait mes livres, il payait mes leçons ;
si je voulais apprendre à monter à cheval, le bonhomme s'enquérait lui-même du meilleur manège, m'y

---

1. À Montpellier, évidemment. 　2. Comme Louis Lambert, et
Balzac à Vendôme. Les Oratoriens étaient plus « modernes » que les
Jésuites. 　3. Sexuelle.

conduisait et prévenait mes désirs en mettant un cheval à ma disposition pour les jours de fête. Malgré ces ruses de vieillard, que je sus déjouer du moment où j'eus quelque intérêt à lutter avec lui, cet excellent homme fut un second père pour moi. — « Mon ami, me dit-il, au moment où il devina que je briserais ma laisse s'il ne l'allongeait pas, les jeunes gens font souvent des folies auxquelles les entraîne la fougue de l'âge, et il pourrait vous arriver d'avoir besoin d'argent, venez alors à moi ? Jadis votre père m'a galamment obligé, j'aurai toujours quelques écus à votre service ; mais ne me mentez jamais, n'ayez pas honte de m'avouer vos fautes, j'ai été jeune, nous nous entendrons toujours comme deux bons camarades. » Mon père m'installa dans une pension bourgeoise du quartier latin [1], chez des gens respectables [2], où j'eus une chambre assez bien meublée. Cette première indépendance, la bonté de mon père, le sacrifice qu'il paraissait faire pour moi, me causèrent cependant peu de joie. Peut-être faut-il avoir joui de la liberté pour en sentir tout le prix. Or les souvenirs de ma libre enfance s'étaient presque abolis sous le poids des ennuis du collège, que mon esprit n'avait pas encore secoués ; puis les recommandations de mon père me montraient de nouvelles tâches à remplir ; enfin Paris était pour moi comme une énigme, on ne s'y amuse pas sans en avoir étudié les plaisirs. Je ne voyais donc rien de changé dans ma position, si ce n'est que mon nouveau lycée était plus vaste et se nommait l'École de Médecine. Néanmoins j'étudiai d'abord courageusement, je suivis les Cours avec assiduité ; je me jetai dans le travail à corps perdu, sans prendre de divertissement, tant les trésors de science dont abonde la capitale émerveillèrent mon imagination. Mais bientôt des liaisons

---

1. Pour nous, curieux écho du *Père Goriot* (la Pension Vauquer où réside Rastignac).   2. Bien différente sera Mme Vauquer, ancienne fille, et dont l'entourage est douteux (belle occasion de réflexion pour Rastignac).

imprudentes, dont les dangers étaient voilés par cette amitié follement confiante qui séduit tous les jeunes gens, me firent insensiblement tomber dans la dissipation de Paris. Les théâtres, leurs acteurs pour lesquels je me passionnai, commencèrent l'œuvre de ma démoralisation. Les spectacles d'une capitale sont bien funestes aux jeunes gens, qui n'en sortent jamais sans de vives émotions contre lesquelles ils luttent presque toujours infructueusement ; aussi la société, les lois me semblent-elles complices des désordres qu'ils commettent alors. Notre législation a pour ainsi dire fermé les yeux sur les passions qui tourmentent le jeune homme[1] entre vingt et vingt-cinq ans ; à Paris tout l'assaille, ses appétits y sont incessamment sollicités, la religion lui prêche le bien, les lois le lui commandent ; tandis que les choses et les mœurs l'invitent au mal : le plus honnête homme ou la plus pieuse femme ne s'y moquent-ils pas de la continence ? Enfin cette grande ville paraît avoir pris à tâche de n'encourager que les vices, car les obstacles qui défendent l'abord des états dans lesquels un jeune homme pourrait honorablement faire fortune, sont plus nombreux encore que les pièges incessamment tendus à ses passions pour lui dérober son argent. J'allai donc pendant longtemps, tous les soirs, à quelque théâtre, et contractai peu à peu des habitudes de paresse. Je transigeais en moi-même avec mes devoirs, souvent je remettais au lendemain mes plus pressantes occupations ; bientôt, au lieu de chercher à m'instruire, je ne fis plus que les travaux strictement nécessaires pour arriver aux grades par lesquels il faut passer avant d'être docteur. Aux Cours publics, je n'écoutais plus les professeurs, qui, selon moi, radotaient[2]. Je brisais déjà mes idoles, je devenais Parisien. Bref, je menai la vie incertaine d'un jeune homme de province qui, jeté dans la capitale, garde encore

---

1. Les besoins amoureux. Les étudiants vivaient souvent avec des grisettes (ouvrières). **2.** Voir des remarques semblables dans *Louis Lambert*.

quelques sentiments vrais, croit encore à certaines règles de morale, mais qui se corrompt par les mauvais exemples, tout en voulant s'en défendre. Je me défendis mal, j'avais des complices en moi-même. Oui, monsieur, ma physionomie n'est pas trompeuse, j'ai eu toutes les passions dont les empreintes me sont restées. Je conservai cependant au fond de mon cœur un sentiment de perfection morale qui me poursuivit au milieu de mes désordres, et qui devait ramener un jour à Dieu, par la lassitude et par le remords, l'homme dont la jeunesse s'était désaltérée dans les eaux pures de la Religion. Celui qui sent vivement les voluptés de la terre n'est-il pas tôt ou tard attiré par le goût des fruits du ciel ? J'eus d'abord les mille félicités et les mille désespérances qui se rencontrent plus ou moins actives dans toutes les jeunesses : tantôt je prenais le sentiment de ma force pour une volonté ferme, et m'abusais sur l'étendue de mes facultés ; tantôt, à l'aperçu du plus faible écueil contre lequel j'allais me heurter, je tombais beaucoup plus bas que je ne devais naturellement descendre ; je concevais les plus vastes plans, je rêvais la gloire, je me disposais au travail ; mais une partie de plaisir emportait ces nobles velléités. Le vague souvenir de mes grandes conceptions avortées me laissait de trompeuses lueurs qui m'habituaient à croire en moi, sans me donner l'énergie de produire. Cette paresse pleine de suffisance me menait à n'être qu'un sot. Le sot n'est-il pas celui qui ne justifie pas la bonne opinion qu'il prend de lui-même ? J'avais une activité sans but, je voulais les fleurs de la vie, sans le travail qui les fait éclore. Ignorant les obstacles, je croyais tout facile, j'attribuais à d'heureux hasards et les succès de science et les succès de fortune. Pour moi, le génie était du charlatanisme. Je m'imaginais être savant parce que je pouvais le devenir ; et sans songer ni à la patience qui engendre les grandes œuvres, ni au *faire* qui en révèle les difficultés, je m'escomptais toutes les gloires. Mes plaisirs furent promptement épuisés, le théâtre n'amuse pas longtemps. Paris fut donc bientôt vide et désert pour un pauvre étudiant dont la société se composait d'un vieillard qui ne savait plus rien du monde, et d'une famille où ne se rencontraient que des gens ennuyeux. Aussi, comme tous les jeunes gens dégoûtés de la carrière qu'ils suivent, sans avoir aucune idée fixe, ni aucun système arrêté dans la pensée, ai-je vaqué pendant des journées entières à travers les rues, sur les quais, dans les musées et dans les jardins publics. Lorsque la vie est inoccupée, elle pèse plus à cet âge qu'à un autre, car elle est alors pleine de sève perdue et de mouvement sans résultat. Je méconnaissais la puissance qu'une ferme volonté met dans les mains de l'homme jeune, quand il sait concevoir ; et quand, pour exécuter, il dispose de toutes les forces vitales, augmentées encore par les intrépides croyances de la jeunesse. Enfants, nous sommes naïfs, nous ignorons les dangers de la vie ; adolescents, nous apercevons ses difficultés et son immense étendue ; à cet aspect, le courage parfois s'affaisse ; encore neufs au métier de la vie sociale, nous restons en proie à une sorte de niaiserie, à un sentiment de stupeur, comme si nous étions sans secours dans un pays étranger. À tout âge, les choses inconnues causent des terreurs involontaires. Le jeune homme est comme le soldat qui marche contre des canons et recule devant des fantômes. Il hésite entre les maximes du monde ; il ne sait ni donner ni accepter, ni se défendre ni attaquer, il aime les femmes et les respecte comme s'il en avait peur ; ses qualités le desservent, il est tout générosité, tout pudeur, et pur des calculs intéressés de l'avarice ; s'il ment, c'est pour son plaisir et non pour sa fortune ; au milieu de voies douteuses, sa conscience, avec laquelle il n'a pas encore transigé, lui indique le bon chemin, et il tarde à le suivre. Les hommes destinés à vivre par les inspirations du cœur, au lieu d'écouter les combinaisons qui émanent de la tête, restent longtemps dans cette situation. Ce fut mon histoire. Je devins le jouet de deux causes contraires. Je fus à la fois poussé par les désirs du jeune homme et toujours retenu par sa niaiserie sentimentale. Les émotions de Paris sont cruelles pour les âmes douées d'une vive sensibilité : les avantages dont y jouissent les gens supérieurs ou les gens riches irritent les passions ; dans ce monde de grandeur et de petitesse, la jalousie sert plus souvent de poignard que d'aiguillon[1] ; au milieu de la lutte constante des ambitions, des désirs et des haines, il est impossible de ne pas être ou la victime ou le complice de ce mouvement général ; insensiblement, le tableau continuel du vice heureux et de la vertu persiflée fait chanceler un jeune homme ; la vie parisienne lui enlève bientôt le *velouté* de la conscience ; alors commence et se consomme l'œuvre infernale de sa démoralisation. Le premier des plaisirs, celui qui comprend d'abord tous les autres, est environné de tels périls, qu'il est impossible de ne pas réfléchir aux moindres actions qu'il provoque, et de ne pas en calculer toutes les conséquences. Ces calculs mènent à l'égoïsme. Si quelque pauvre étudiant entraîné par l'impétuosité de ses passions est disposé à s'oublier, ceux qui l'entourent lui montrent et lui inspirent tant de méfiance, qu'il lui est bien difficile de ne pas la partager, de ne pas se mettre en garde contre ses idées généreuses. Ce combat dessèche, rétrécit le cœur, pousse la vie au cerveau, et produit cette insensibilité parisienne, ces mœurs où, sous la frivolité la plus gracieuse, sous des engouements qui jouent l'exaltation, se cachent la politique ou l'argent. Là, l'ivresse du bonheur n'empêche pas la femme la plus naïve de toujours garder sa raison. Cette atmosphère dut influer sur ma conduite et sur mes sentiments. Les fautes qui empoisonnèrent mes jours eussent été d'un léger poids sur le cœur de beaucoup de gens ; mais les méridionaux ont une foi religieuse qui

---

1. En clair : elle risque de générer une « ambition » à la fois paralysante et compromettante, au lieu de pousser aux grandes pensées. Aveu de Balzac : tout ce qu'il a *risqué*...

les fait croire aux vérités catholiques et à une autre vie. Ces croyances donnent à leurs passions une grande profondeur, à leurs remords de la persistance. À l'époque où j'étudiais la médecine, les militaires étaient partout les maîtres ; pour plaire aux femmes, il fallait alors être au moins colonel[1]. Qu'était dans le monde un pauvre étudiant[2] ? rien. Vivement stimulé par la vigueur de mes passions, et ne leur trouvant pas d'issue ; arrêté par le manque d'argent[3] à chaque pas, à chaque désir ; regardant l'étude et la gloire comme une voie trop tardive pour procurer les plaisirs qui me tentaient ; flottant entre mes pudeurs secrètes et les mauvais exemples ; rencontrant toute facilité pour des désordres en bas lieu, ne voyant que difficulté pour arriver à la bonne compagnie, je passai de tristes jours, en proie au vague des passions, au désœuvrement qui tue, à des découragements mêlés de soudaines exaltations. Enfin cette crise se termina par un dénouement assez vulgaire chez les jeunes gens. J'ai toujours eu la plus grande répugnance à troubler le bonheur d'un ménage ; puis, la franchise involontaire de mes sentiments m'empêche de les dissimuler ; il m'eût donc été physiquement impossible de vivre dans un état de mensonge flagrant. Les plaisirs pris en hâte ne me séduisent guère, j'aime à savourer le bonheur. N'étant pas franchement vicieux, je me trouvais sans force contre mon isolement, après tant d'efforts infructueusement tentés pour pénétrer dans le grand monde, où j'eusse pu rencontrer une femme qui se fût dévouée à m'expliquer les écueils de chaque route, à me donner d'excellentes manières, à me conseiller sans révolter mon orgueil, et à m'introduire partout où j'eusse trouvé des relations utiles à mon avenir. Dans mon désespoir, la

---

1. Ne pas oublier que le destinataire est Genestas ! De plus, indication chronologique : on est sous l'Empire. 2. Le statut social de l'étudiant (civil) changera sous la Restauration. On aura besoin, notamment, de juristes. Voir Rastignac, Derville, etc. 3. Encore *Louis Lambert* : à Paris, « il faut de l'argent pour se passer d'argent ».

plus dangereuse des bonnes fortunes m'eût séduit peut-être ; mais tout me manquait, même le péril ! et l'inexpérience me ramenait dans ma solitude, où je restais face à face avec mes passions trompées. Enfin, monsieur, je formai des liaisons, d'abord secrètes, avec une jeune fille [1] à laquelle je m'attaquai, bon gré mal gré, jusqu'à ce qu'elle eût épousé mon sort. Cette jeune personne, qui appartenait à une famille honnête, mais peu fortunée, quitta bientôt pour moi sa vie modeste, et me confia sans crainte un avenir que la vertu lui avait fait beau. La médiocrité de ma situation lui parut sans doute la meilleure des garanties. Dès cet instant, les orages qui me troublaient le cœur, mes désirs extravagants, mon ambition, tout s'apaisa dans le bonheur, le bonheur d'un jeune homme qui ne connaît encore ni les mœurs du monde, ni ses maximes d'ordre, ni la force des préjugés ; mais bonheur complet, comme l'est celui d'un enfant. Le premier amour n'est-il pas une seconde enfance jetée à travers nos jours de peine et de labeur ? Il se rencontre des hommes qui apprennent la vie tout à coup, la jugent ce qu'elle est, voient les erreurs du monde pour en profiter, les préceptes sociaux pour les tourner à leur avantage, et qui savent calculer la portée de tout. Ces hommes froids sont sages selon les lois humaines. Puis il existe de pauvres poètes, gens nerveux qui sentent vivement, et qui font des fautes ; j'étais de ces derniers. Mon premier attachement ne fut pas d'abord une passion vraie, je suivis mon instinct et non mon cœur. Je sacrifiai une pauvre fille à moi-même, et ne manquai pas d'excellentes raisons pour me persuader que je ne faisais rien de mal. Quant à elle, c'était le dévouement même, un cœur d'or, un esprit juste, une belle âme. Elle ne m'a jamais donné que d'excellents conseils. D'abord, son amour réchauffa mon courage ; puis elle me contraignit doucement à reprendre mes études, en croyant à moi, me

---

1. Précaution ! Il faut, 1 : effacer la marquise de Castries ; 2 : masquer la récente présence de Mme Hanska.

prédisant des succès, la gloire, la fortune. Aujourd'hui la science médicale touche à toutes les sciences, et s'y distinguer est une gloire difficile, mais bien récompensée. La gloire est toujours une fortune à Paris. Cette bonne jeune fille s'oublia pour moi, partagea ma vie dans tous ses caprices, et son économie nous fit trouver du luxe dans ma médiocrité. J'eus plus d'argent pour mes fantaisies quand nous fûmes deux que lorsque j'étais seul. Ce fut, monsieur, mon plus beau temps. Je travaillais avec ardeur, j'avais un but, j'étais encouragé ; je rapportais mes pensées, mes actions, à une personne qui savait se faire aimer, et mieux encore m'inspirer une profonde estime par la sagesse qu'elle déployait dans une situation où la sagesse semble impossible. Mais tous mes jours se ressemblaient, monsieur. Cette monotonie du bonheur, l'état le plus délicieux qu'il y ait au monde, et dont le prix n'est apprécié qu'après toutes les tempêtes du cœur, ce doux état où la fatigue de vivre n'existe plus, où les plus secrètes pensées s'échangent, où l'on est compris ; hé ! bien, pour un homme ardent, affamé de distinctions sociales, qui se lassait de suivre la gloire parce qu'elle marche d'un pied trop lent, ce bonheur fut bientôt à charge. Mes anciens rêves revinrent m'assaillir. Je voulais impétueusement les plaisirs de la richesse, et les demandais au nom de l'amour. J'exprimais naïvement ces désirs, lorsque, le soir, j'étais interrogé par une voix amie au moment où, mélancolique et pensif, je m'absorbais dans les voluptés d'une opulence imaginaire. Je faisais sans doute gémir alors la douce créature qui s'était vouée à mon bonheur. Pour elle, le plus violent des chagrins était de me voir désirer quelque chose qu'elle ne pouvait me donner à l'instant. Oh ! monsieur, les dévouements de la femme sont sublimes !

Cette exclamation du médecin exprimait une secrète amertume, car il tomba dans une rêverie passagère que respecta Genestas.

— Eh ! bien, monsieur, reprit Benassis, un événement qui aurait dû consolider ce mariage commencé le détruisit, et fut la cause première de mes malheurs. Mon père mourut en laissant une fortune considérable [1] ; les affaires de sa succession m'appelèrent pendant quelques mois en Languedoc, et j'y allai seul. Je retrouvai donc ma liberté. Toute obligation, même la plus douce, pèse au jeune âge : il faut avoir expérimenté la vie pour reconnaître la nécessité d'un joug et celle du travail. Je sentis, avec la vivacité d'un Languedocien, le plaisir d'aller et de venir sans avoir à rendre compte de mes actions à personne, même volontairement. Si je n'oubliai pas complétement les liens que j'avais contractés, j'étais occupé d'intérêts qui m'en divertissaient, et insensiblement le souvenir s'en abolit. Je ne songeai pas sans un sentiment pénible à les reprendre à mon retour ; puis je me demandai pourquoi les reprendre. Cependant je recevais des lettres empreintes d'une tendresse vraie ; mais à vingt-deux ans, un jeune homme imagine les femmes toutes également tendres ; il ne sait pas encore distinguer entre le cœur et la passion ; il confond tout dans les sensations du plaisir qui semblent d'abord tout comprendre ; plus tard seulement, en connaissant mieux les hommes et les faits, je sus apprécier ce qu'il y avait de véritable noblesse dans ces lettres où jamais rien de personnel ne se mêlait à l'expression des sentiments, où l'on se réjouissait pour moi de ma fortune, où l'on s'en plaignait pour soi, où l'on ne supposait pas que je pusse changer, parce qu'on se sentait incapable de changement. Mais déjà je me livrais à d'ambitieux calculs, et pensais à me plonger dans les joies du riche, à devenir un personnage, à faire une belle alliance. Je me contentais de dire : Elle m'aime bien ! avec la froideur d'un fat. Déjà j'étais embarrassé de savoir comment je me dégagerais de cette liaison. Cet embarras, cette honte,

---

1. Une clé pour l'entreprise dauphinoise. Et Balzac, lui, n'a jamais hérité.

mènent à la cruauté ; pour ne point rougir devant sa victime, l'homme qui a commencé par la blesser, la tue. Les réflexions que j'ai faites sur ces jours d'erreurs m'ont dévoilé plusieurs abîmes du cœur. Oui, croyez-moi, monsieur, ceux qui ont sondé le plus avant les vices et les vertus de la nature humaine sont des gens qui l'ont étudiée en eux-mêmes avec bonne foi. Notre conscience est le point de départ. Nous allons de nous aux hommes, jamais des hommes à nous. Quand je revins à Paris, j'habitai un hôtel que j'avais fait louer sans avoir prévenu, ni de mon changement ni de mon retour, la seule personne qui y fût intéressée. Je désirais jouer un rôle au milieu des jeunes gens à la mode [1]. Après avoir goûté pendant quelques jours les premières délices de l'opulence, et lorsque j'en fus assez ivre pour ne pas faiblir, j'allai visiter la pauvre créature que je voulais délaisser. Aidée par le tact naturel aux femmes, elle devina mes sentiments secrets, et me cacha ses larmes. Elle dut me mépriser ; mais toujours douce et bonne, elle ne me témoigna jamais de mépris. Cette indulgence me tourmenta cruellement. Assassins de salon ou de grande route, nous aimons que nos victimes se défendent, le combat semble alors justifier leur mort. Je renouvelai d'abord très-affectueusement mes visites. Si je n'étais pas tendre, je faisais des efforts pour paraître aimable ; puis je devins insensiblement poli ; un jour, par une sorte d'accord tacite, elle me laissa la traiter comme une étrangère, et je crus avoir agi très-convenablement. Néanmoins je me livrai presque avec furie au monde, pour étouffer dans ses fêtes le peu de remords qui me restaient encore. Qui se mésestime ne saurait vivre seul, je menai donc la vie dissipée que mènent à Paris les jeunes gens qui ont de la fortune. Possédant de l'instruction et beaucoup de mémoire, je parus avoir plus d'esprit que je n'en avais réellement, et crus alors valoir mieux que les

---

1. Clair rappel des tentations du (moins) jeune Balzac.

autres : les gens intéressés à me prouver que j'étais un homme supérieur me trouvèrent tout convaincu. Cette supériorité fut si facilement reconnue, que je ne pris même pas la peine de la justifier. De toutes les pratiques du monde, la louange est la plus habilement perfide. À Paris surtout, les politiques en tout genre savent étouffer un talent dès sa naissance, sous des couronnes profusément jetées dans son berceau. Je ne fis donc pas honneur à ma réputation, je ne profitai pas de ma vogue pour m'ouvrir une carrière, et ne contractai point de liaisons utiles. Je donnai dans mille frivolités de tout genre. J'eus de ces passions éphémères[1] qui sont la honte des salons de Paris, où chacun va cherchant un amour vrai, se blase à sa poursuite, tombe dans un libertinage de bon ton, et arrive à s'étonner d'une passion réelle autant que le monde s'étonne d'une belle action. J'imitais les autres, je blessais souvent des âmes fraîches et nobles par les mêmes coups qui me meurtrissaient secrètement. Malgré ces fausses apparences qui me faisaient mal juger, il y avait en moi une intraitable délicatesse à laquelle j'obéissais toujours. Je fus dupé dans bien des occasions où j'eusse rougi de ne pas l'être, et je me déconsidérai par cette bonne foi de laquelle je m'applaudissais intérieurement. En effet, le monde est plein de respect pour l'habileté, sous quelque forme qu'elle se montre. Pour lui, le résultat fait en tout la loi. Le monde m'attribua donc des vices, des qualités, des victoires et des revers que je n'avais pas ; il me prêtait des succès galants que j'ignorais ; il me blâmait d'actions auxquelles j'étais étranger ; par fierté, je dédaignais de démentir les calomnies, et j'acceptais par amour-propre les médisances favorables. Ma vie était heureuse en apparence, misérable en réalité. Sans les malheurs qui fondirent bientôt sur moi, j'aurais graduellement perdu mes bonnes qualités et laissé triompher les mauvaises par le jeu continuel des

---

1. Des maîtresses. Voir le *Dominique* de Fromentin.

passions, par l'abus des jouissances qui énervent le corps, et par les détestables habitudes de l'égoïsme qui usent les ressorts de l'âme. Je me ruinai. Voici comment. À Paris, quelle que soit la fortune d'un homme, il rencontre toujours une fortune supérieure de laquelle il fait son point de mire et qu'il veut surpasser. Victime de ce combat comme tant d'écervelés, je fus obligé de vendre, au bout de quatre ans, quelques propriétés, et d'hypothéquer les autres. Puis un coup terrible vint me frapper. J'étais resté près de deux ans sans avoir vu la personne que j'avais abandonnée ; mais au train dont j'allais, le malheur m'aurait sans doute ramené vers elle. Un soir, au milieu d'une joyeuse partie, je reçus un billet tracé par une main faible, et qui contenait à peu près ces mots : « *Je n'ai plus que quelques moments à vivre ; mon ami, je voudrais vous voir pour connaître le sort de mon enfant, savoir s'il sera le vôtre ; et aussi, pour adoucir les regrets que vous pourriez avoir un jour de ma mort.* » Cette lettre me glaça, elle révélait les douleurs secrètes du passé, comme elle renfermait les mystères de l'avenir. Je sortis, à pied, sans attendre ma voiture, et traversai tout Paris, poussé par mes remords, en proie à la violence d'un premier sentiment qui devint durable aussitôt que je vis ma victime. La propreté sous laquelle se cachait la misère de cette femme peignait les angoisses de sa vie ; elle m'en épargna la honte en m'en parlant avec une noble réserve, lorsque j'eus solennellement promis d'adopter notre enfant. Cette femme mourut, monsieur, malgré les soins que je lui prodiguai, malgré toutes les ressources de la science vainement invoquée. Ces soins, ce dévouement tardif, ne servirent qu'à rendre ses derniers moments moins amers. Elle avait constamment travaillé pour élever, pour nourrir son enfant. Le sentiment maternel avait pu la soutenir contre le malheur, mais non contre le plus vif de ses chagrins, mon abandon. Cent fois elle avait voulu tenter une démarche près de moi, cent fois sa fierté de femme l'avait arrêtée ; elle se contentait de pleurer sans me maudire, en pensant que, de cet or répandu à flots pour mes caprices, pas une goutte détournée par un souvenir ne tombait dans son pauvre ménage pour aider à la vie d'une mère et de son enfant. Cette grande infortune lui avait semblé la punition naturelle de sa faute. Secondée par un bon prêtre de Saint-Sulpice, dont la voix indulgente lui avait rendu le calme, elle était venue essuyer ses larmes à l'ombre des autels et y chercher des espérances. L'amertume versée à flots par moi dans son cœur s'était insensiblement adoucie. Un jour, ayant entendu son fils disant : *Mon père !* mots qu'elle ne lui avait pas appris, elle me pardonna mon crime. Mais dans les larmes et les douleurs, dans les travaux journaliers et nocturnes, sa santé s'était affaiblie. La religion lui apporta trop tard ses consolations et le courage de supporter les maux de la vie. Elle était atteinte d'une maladie au cœur, causée par ses angoisses, par l'attente perpétuelle de mon retour, espoir toujours renaissant, quoique toujours trompé. Enfin, se voyant au plus mal, elle m'avait écrit de son lit de mort ce peu de mots exempts de reproches et dictés par la religion, mais aussi par sa croyance en ma bonté. Elle me savait, disait-elle, plus aveuglé que perverti ; elle alla jusqu'à s'accuser d'avoir porté trop loin sa fierté de femme. « Si j'eusse écrit plus tôt, me dit-elle, peut-être aurions-nous eu le temps de légitimer notre enfant par un mariage. » Elle ne souhaitait ces liens que pour son fils, et ne les eût pas réclamés si elle ne les avait sentis déjà dénoués par la mort. Mais il n'était plus temps, elle n'avait alors que peu d'heures à vivre. Monsieur, près de ce lit où j'appris à connaître le prix d'un cœur dévoué, je changeai de sentiments pour toujours. J'étais dans l'âge où les yeux ont encore des larmes. Pendant les derniers jours que dura cette vie précieuse, mes paroles, mes actions et mes pleurs attestèrent le repentir d'un homme frappé dans le cœur. Je reconnaissais trop tard

l'âme d'élite que les petitesses du monde, que la futi-
lité, l'égoïsme des femmes à la mode m'avaient appris
à désirer, à chercher. Las de voir tant de masques, las
d'écouter tant de mensonges, j'avais appelé l'amour
vrai que me faisaient rêver des passions factices ; je
l'admirais là, tué par moi, sans pouvoir le retenir près
de moi, quand il était encore si bien à moi. Une expérience de quatre années m'avait révélé mon propre et
véritable caractère. Mon tempérament, la nature de
mon imagination, mes principes religieux, moins
détruits qu'endormis, mon genre d'esprit, mon cœur
méconnu, tout en moi depuis quelque temps me portait
à résoudre ma vie par les voluptés du cœur, et la passion par les délices de la famille, les plus vraies de
toutes. À force de me débattre dans le vide d'une existence agitée sans but, de presser un plaisir toujours
dénué des sentiments qui le doivent embellir, les
images de la vie intime excitaient mes plus vives émotions. Ainsi la révolution qui se fit dans mes mœurs fut
durable, quoique rapide. Mon esprit méridional, adul-
téré par le séjour de Paris [1], m'eût porté certes à ne
point m'apitoyer sur le sort d'une pauvre fille trompée,
et j'eusse ri de ses douleurs si quelque plaisant me
les avait racontées en joyeuse compagnie ; en France,
l'horreur d'un crime disparaît toujours dans la finesse
d'un bon mot ; mais, en présence de cette céleste créature à qui je ne pouvais rien reprocher, toutes les subti-
lités se taisaient : le cercueil était là, mon enfant me
souriait sans savoir que j'assassinais sa mère. Cette
femme mourut, elle mourut heureuse en s'apercevant
que je l'aimais, et que ce nouvel amour n'était dû ni à
la pitié, ni même au lien qui nous unissait forcément.
Jamais je n'oublierai les dernières heures de l'agonie
où l'amour reconquis et la maternité satisfaite firent
taire les douleurs. L'abondance, le luxe dont elle se vit

---

1. Balzac, tourangeau, n'était pas « méridional ». Mise en perspective trans-autobiographique. Le Méridional est ce prototype de l'ambitieux. Voir note 1, p. 255.

alors entourée, la joie de son enfant qui devint plus beau dans les jolis vêtements du premier âge, furent les gages d'un heureux avenir pour ce petit être en qui elle se voyait revivre. Le vicaire de Saint-Sulpice, témoin de mon désespoir, le rendit plus profond en ne me donnant pas de consolations banales, en me faisant apercevoir la gravité de mes obligations ; mais je n'avais pas besoin d'aiguillon, ma conscience me parlait assez haut. Une femme s'était fiée à moi noblement, et je lui avais menti en lui disant que je l'aimais, alors que je la trahissais ; j'avais causé toutes les douleurs d'une pauvre fille qui, après avoir accepté les humiliations du monde, devait m'être sacrée ; elle mourait en me pardonnant, en oubliant tous ses maux, parce qu'elle s'endormait sur la parole d'un homme qui déjà lui avait manqué de parole. Après m'avoir donné sa foi de jeune fille, Agathe avait encore trouvé dans son cœur la foi de la mère à me livrer. Oh ! monsieur, cet enfant ! son enfant ! Dieu seul peut savoir ce qu'il fut pour moi. Ce cher petit être était, comme sa mère, gracieux dans ses mouvements, dans sa parole, dans ses idées ; mais pour moi n'était-il pas plus qu'un enfant ? Ne fut-il pas mon pardon, mon honneur ! je le chérissais comme père, je voulais encore l'aimer comme l'eût aimé sa mère, et changer mes remords en bonheur, si je parvenais à lui faire croire qu'il n'avait pas cessé d'être sur le sein maternel ; ainsi, je tenais à lui par tous les liens humains et par toutes les espérances religieuses. J'ai donc eu dans le cœur tout ce que Dieu a mis de tendresse chez les mères. La voix de cet enfant me faisait tressaillir, je le regardais endormi pendant longtemps avec une joie toujours renaissante, et souvent une larme tombait sur son front ; je l'avais habitué à venir faire sa prière sur mon lit dès qu'il s'éveillait. Combien de douces émotions m'a données la simple et pure prière du *Pater noster* dans la bouche fraîche et pure de cet enfant ; mais aussi combien d'émotions terribles ! Un matin, après avoir dit :

« *Notre père qui êtes aux cieux...* » il s'arrêta : « Pourquoi pas *notre mère* ? » me demanda-t-il. Ce mot me terrassa. J'adorais mon fils, et j'avais déjà semé dans sa vie plusieurs causes d'infortune. Quoique les lois aient reconnu les fautes de la jeunesse et les aient presque protégées, en donnant à regret une existence légale aux enfants naturels, le monde a fortifié par d'insurmontables préjugés les répugnances de la loi. De cette époque, monsieur, datent les réflexions sérieuses que j'ai faites sur la base des sociétés, sur leur mécanisme, sur les devoirs de l'homme, sur la moralité qui doit animer les citoyens. Le Génie embrasse tout d'abord ces liens entre les sentiments de l'homme et les destinées de la société ; la Religion inspire aux bons esprits les principes nécessaires au bonheur ; mais le Repentir seul les dicte aux imaginations fougueuses : le repentir m'éclaira. Je ne vécus que pour un enfant et par cet enfant, je fus conduit à méditer sur les grandes questions sociales. Je résolus de l'armer personnellement par avance de tous les moyens de succès, afin de préparer sûrement son élévation. Ainsi, pour lui apprendre l'anglais, l'allemand, l'italien et l'espagnol, je mis successivement autour de lui des gens de ces divers pays, chargés de lui faire contracter, dès son enfance, la prononciation de leur langue. Je reconnus avec joie en lui d'excellentes dispositions dont je profitai pour l'instruire en jouant. Je ne voulus pas laisser pénétrer une seule idée fausse dans son esprit, je cherchai surtout à l'accoutumer de bonne heure aux travaux de l'intelligence, à lui donner ce coup d'œil rapide et sûr qui généralise, et cette patience qui descend jusque dans le moindre détail des spécialités ; enfin, je lui ai appris à souffrir et à se taire. Je ne permettais pas qu'un mot impur ou seulement impropre fût prononcé devant lui. Par mes soins, les hommes et les choses dont il était entouré contribuèrent à lui ennoblir, à lui élever l'âme, à lui donner l'amour du vrai, l'horreur du mensonge, à le rendre simple et naturel en paroles, en actions, en manières. La vivacité de son imagination lui faisait promptement saisir les leçons extérieures, comme l'aptitude de son intelligence lui rendait ses autres études faciles. Quelle jolie plante à cultiver ! Combien de joie ont les mères ! j'ai compris alors comment la sienne avait pu vivre et supporter son malheur. Voilà, monsieur, le plus grand événement de ma vie, et maintenant j'arrive à la catastrophe qui m'a précipité dans ce canton. Maintenant je vais donc vous dire l'histoire la plus vulgaire, la plus simple du monde, mais pour moi la plus terrible. Après avoir donné pendant quelques années tous mes soins à l'enfant de qui je voulais faire un homme, ma solitude m'effraya ; mon fils grandissait, il allait m'abandonner. L'amour était dans mon âme un principe d'existence. J'éprouvais un besoin d'affection qui, toujours trompé, renaissait plus fort et croissait avec l'âge. En moi se trouvaient alors toutes les conditions d'un attachement vrai. J'avais été éprouvé, je comprenais et les félicités de la constance et le bonheur de changer un sacrifice en plaisir, la femme aimée devait toujours être la première dans mes actions et dans mes pensées. Je me complaisais à ressentir imaginairement un amour arrivé à ce degré de certitude où les émotions pénètrent si bien deux êtres, que le bonheur a passé dans la vie, dans les regards, dans les paroles, et ne cause plus aucun choc. Cet amour est alors dans la vie comme le sentiment religieux est dans l'âme, il l'anime, la soutient et l'éclaire. Je comprenais l'amour conjugal autrement que ne le comprend la plupart des hommes, et je trouvais que sa beauté, que sa magnificence gît précisément en ces choses qui le font périr dans une foule de ménages. Je sentais vivement la grandeur morale d'une vie à deux assez intimement partagée pour que les actions les plus vulgaires n'y soient plus un obstacle à la perpétuité des sentiments. Mais où rencontrer des cœurs à battements assez parfaitement isochrones, passez-moi cette expression scientifique, pour arriver à

cette union céleste ? s'il en existe, la nature ou le
hasard les jettent à de si grandes distances, qu'ils ne
peuvent se joindre, ils se connaissent trop tard ou sont
trop tôt séparés par la mort. Cette fatalité doit avoir un
sens, mais je ne l'ai jamais cherché. Je souffre trop de
ma blessure pour l'étudier. Peut-être le bonheur parfait
est-il un monstre qui ne perpétuerait pas notre espèce.
Mon ardeur pour un mariage de ce genre était excitée
par d'autres causes. Je n'avais point d'amis. Pour moi
le monde était désert. Il est en moi quelque chose qui
s'oppose au doux phénomène de l'union des âmes.
Quelques personnes m'ont recherché, mais rien ne les
ramenait près de moi, quelques efforts que je fisse vers
elles. Pour beaucoup d'hommes, j'ai fait taire ce que
le monde appelle la supériorité ; je marchais de leur
pas, j'épousais leurs idées, je riais de leur rire, j'excusais les défauts de leur caractère ; si j'eusse obtenu la
gloire, je la leur aurais vendue pour un peu d'affection.
Ces hommes m'ont quitté sans regrets. Tout est piége
et douleur à Paris pour les âmes qui veulent y chercher
des sentiments vrais. Là où dans le monde se posaient
mes pieds, le terrain se brûlait autour de moi. Pour les
uns, ma complaisance était faiblesse, si je leur montrais
les griffes de l'homme qui se sentait de force à manier
un jour le pouvoir, j'étais méchant ; pour les autres, ce
rire délicieux qui cesse à vingt ans, et auquel plus tard
nous avons presque honte de nous livrer, était un sujet
de moquerie, je les amusais. De nos jours, le monde
s'ennuie et veut néanmoins de la gravité dans les plus
futiles discours. Horrible époque ! où l'on se courbe
devant un homme poli, médiocre et froid que l'on hait,
mais à qui l'on obéit. J'ai découvert plus tard les raisons de ces inconséquences apparentes. La médiocrité,
monsieur, suffit à toutes les heures de la vie ; elle est
le vêtement journalier de la société ; tout ce qui sort
de l'ombre douce projetée par les gens médiocres est
quelque chose de trop éclatant ; le génie, l'originalité,
sont des bijoux que l'on serre et que l'on garde pour

s'en parer à certains jours. Enfin, monsieur, solitaire au milieu de Paris, ne pouvant rien trouver dans le monde, qui ne me rendait rien quand je lui livrais tout ; n'ayant pas assez de mon enfant pour satisfaire mon cœur, parce que j'étais homme ; un jour où je sentis ma vie se refroidir, où je pliai sous le fardeau de mes misères secrètes, je rencontrai la femme qui devait me faire connaître l'amour dans sa violence, les respects pour un amour avoué, l'amour avec ses fécondes espérances de bonheur, enfin l'amour ! J'avais renoué connaissance avec le vieil ami de mon père, qui jadis prenait soin de mes intérêts ; ce fut chez lui que je vis la jeune personne pour laquelle je ressentis un amour qui devait durer autant que ma vie. Plus l'homme vieillit, monsieur, plus il reconnaît la prodigieuse influence des idées sur les événements. Des préjugés fort respectables, engendrés par de nobles idées religieuses, furent la cause de mon malheur. Cette jeune fille appartenait à une famille extrêmement pieuse dont les opinions catholiques étaient dues à l'esprit d'une secte improprement appelée janséniste, et qui causa jadis des troubles en France ; vous savez pourquoi ?

— Non, dit Genestas [1].

— Jansénius, évêque d'Ypres, fit un livre où l'on crut trouver des propositions en désaccord avec les doctrines du Saint-Siége [2]. Plus tard les propositions textuelles ne semblèrent plus offrir d'hérésie, quelques auteurs allèrent même jusqu'à nier l'existence matérielle des maximes. Ces débats insignifiants firent naître dans l'Église gallicane deux partis, celui des jansénistes, et celui des jésuites. Des deux côtés se rencontrèrent de grands hommes. Ce fut une lutte entre deux corps puissants. Les jansénistes accusèrent les jésuites de professer une morale trop relâchée, et affectèrent une excessive pureté de mœurs et de principes ; les jansénistes furent donc en France des espèces de

---

1. Autre preuve que Genestas n'est pas un « intellectuel ». 2. Bien entendu, la « culture » sommaire de Genestas ne saurait savoir cela.

puritains catholiques, si toutefois ces deux mots peuvent s'allier. Pendant la Révolution française il se forma, par suite du schisme peu important qu'y produisit le Concordat, une congrégation de catholiques purs qui ne reconnurent pas les évêques institués par le pouvoir révolutionnaire et par les transactions du pape. Ce troupeau de fidèles forma ce que l'on nomme la *petite Église* dont les ouailles professèrent, comme les jansénistes, cette exemplaire régularité de vie, qui semble être une loi nécessaire à l'existence de toutes les sectes proscrites et persécutées. Plusieurs familles jansénistes appartenaient à la petite Église. Les parents de cette jeune fille avaient embrassé ces deux puritanismes également sévères qui donnent au caractère et à la physionomie quelque chose d'imposant ; car le propre des doctrines absolues est d'agrandir les plus simples actions en les rattachant à la vie future ; de là cette magnifique et suave pureté du cœur, ce respect des autres et de soi ; de là je ne sais quel chatouilleux sentiment du juste et de l'injuste ; puis une grande charité, mais aussi l'équité stricte, et pour tout dire implacable ; enfin une profonde horreur pour les vices, surtout pour le mensonge qui les comprend tous. Je ne me souviens pas d'avoir connu de moments plus délicieux que ceux pendant lesquels j'admirai pour la première fois, chez mon vieil ami, la jeune fille vraie, timide, façonnée à toutes les obéissances, en qui éclataient toutes les vertus particulières à cette secte, sans qu'elle en témoignât néanmoins aucun orgueil. Sa taille souple et déliée donnait à ses mouvements une grâce que son rigorisme ne pouvait atténuer ; la coupe de son visage avait les distinctions, et ses traits avaient la finesse d'une jeune personne appartenant à une famille noble ; son regard était à la fois doux et fier, son front était calme ; puis sur sa tête s'élevaient des cheveux abondants, simplement nattés qui lui servaient à son insu de parure. Enfin, capitaine, elle m'offrit le type d'une perfection que nous trouvons toujours dans la femme de qui nous sommes épris ; pour l'aimer, ne faut-il pas rencontrer en elle les caractères de cette beauté rêvée qui concorde à nos idées particulières ? Quand je lui adressai la parole, elle me répondit simplement, sans empressement ni fausse honte, en ignorant le plaisir que causaient les harmonies de son organe et de ses dons extérieurs. Tous ces anges ont les mêmes signes auxquels le cœur les reconnaît : même douceur de voix, même tendresse dans le regard, même blancheur de teint, quelque chose de joli dans les gestes. Ces qualités s'harmonient, se fondent et s'accordent pour charmer sans qu'on puisse saisir en quoi consiste le charme. Une âme divine s'exhale par tous les mouvements. J'aimai passionnément. Cet amour réveilla, satisfit les sentiments qui m'agitaient : ambition, fortune, tous mes rêves, enfin ! Belle, noble, riche et bien élevée, cette jeune fille possédait les avantages que le monde exige arbitrairement d'une femme placée dans la haute position où je voulais arriver ; instruite, elle s'exprimait avec cette spirituelle éloquence à la fois rare et commune en France, où chez beaucoup de femmes, les plus jolis mots sont vides, tandis qu'en elle l'esprit était plein de sens. Enfin, elle avait surtout un sentiment profond de sa dignité qui imprimait le respect ; je ne sais rien de plus beau pour une épouse. Je m'arrête, capitaine ! on ne peint jamais que très-imparfaitement une femme aimée ; entre elle et nous il préexiste des mystères qui échappent à l'analyse. Ma confidence fut bientôt faite à mon vieil ami, qui me présenta dans la famille, où il m'appuya de sa respectable autorité. Quoique reçu d'abord avec cette froide politesse particulière aux personnes exclusives qui n'abandonnent plus les amis qu'elles ont une fois adoptés, plus tard je parvins à être accueilli familièrement. Je dus sans doute ce témoignage d'estime à la conduite que je tins en cette occurrence. Malgré ma passion, je ne fis rien qui pût me déshonorer à mes yeux, je n'eus aucune complaisance servile, je ne flattai point ceux de qui dépendait ma destinée, je me montrai tel que j'étais, et homme avant tout. Lorsque mon caractère fut bien connu, mon vieil ami, désireux autant que moi de voir finir mon triste célibat, parla de mes espérances, auxquelles on fit un favorable accueil, mais avec cette finesse dont se dépouillent rarement les gens du monde, et dans le désir de me procurer un *bon mariage*, expression qui fait d'un acte si solennel une sorte d'affaire commerciale où l'un des deux époux cherche à tromper l'autre, le vieillard garda le silence sur ce qu'il nommait une erreur de ma jeunesse. Selon lui, l'existence de mon enfant exciterait des répulsions morales en comparaison desquelles la question de fortune ne serait rien et qui détermineraient une rupture. Il avait raison. « Ce sera, me dit-il, une affaire qui s'arrangera très-bien entre vous et votre femme, de qui vous obtiendrez facilement une belle et bonne absolution. » Enfin, pour étouffer mes scrupules, il n'oublia aucun des captieux raisonnements que suggère la sagesse habituelle du monde. Je vous avouerai, monsieur, que, malgré ma promesse, mon premier sentiment me porta loyalement à tout découvrir au chef de la famille ; mais sa rigidité me fit réfléchir, et les conséquences de cet aveu m'effrayèrent ; je transigeai lâchement avec ma conscience, je résolus d'attendre, et d'obtenir de ma prétendue assez de gages d'affection pour que mon bonheur ne fût pas compromis par cette terrible confidence. Ma résolution de tout avouer dans un moment opportun légitima les sophismes du monde et ceux du prudent vieillard. Je fus donc, à l'insu des amis de la maison, admis comme un futur époux chez les parents de la jeune fille. Le caractère distinctif de ces pieuses familles est une discrétion sans bornes, et l'on s'y tait sur toutes les choses, même sur les indifférentes. Vous ne sauriez croire, monsieur, combien cette gravité douce, répandue dans les moindres actions, donne de profondeur aux sentiments. Là les occupations étaient toutes utiles ; les femmes employaient leur loisir à faire du linge pour les pauvres ; la conversation n'était jamais frivole, mais le rire n'en était pas banni, quoique les plaisanteries y fussent simples et sans mordant. Les discours de ces Orthodoxes semblaient d'abord étranges, dénués du piquant que la médisance et les histoires scandaleuses donnent aux conversations du monde ; car le père et l'oncle lisaient seuls les journaux, et jamais ma prétendue n'avait jeté les yeux sur ces feuilles, dont la plus innocente parle encore des crimes ou des vices publics ; mais plus tard l'âme éprouvait, dans cette pure atmosphère, l'impression que nos yeux reçoivent des couleurs grises, un doux repos, une suave quiétude. Cette vie était en apparence d'une monotonie effrayante. L'aspect intérieur de cette maison avait quelque chose de glacial : j'y voyais chaque jour tous les meubles, même les plus usagers, exactement placés de la même façon, et les moindres objets toujours également propres. Néanmoins cette manière de vivre attachait fortement. Après avoir vaincu la première répugnance d'un homme habitué aux plaisirs de la variété, du luxe et du mouvement parisien, je reconnus les avantages de cette existence ; elle développe les idées dans toute leur étendue, et provoque d'involontaires contemplations ; le cœur y domine, rien ne le distrait, il finit par y apercevoir je ne sais quoi d'immense autant que la mer. Là, comme dans les cloîtres, en retrouvant sans cesse les mêmes choses, la pensée se détache nécessairement des choses et se reporte sans partage vers l'infini des sentiments. Pour un homme aussi sincèrement épris que je l'étais, le silence, la simplicité de la vie, la répétition presque monastique des mêmes actes accomplis aux mêmes heures, donnèrent plus de force à l'amour. Par ce calme profond, les moindres mouvements, une parole, un geste acquéraient un intérêt prodigieux. En ne forçant rien dans l'expression des sentiments, un sourire, un regard offrent, à des cœurs qui s'entendent, d'inépuisables images pour peindre leurs délices et leurs misères. Aussi ai-je compris alors que le langage, dans la magnificence de ses phrases, n'a rien d'aussi varié, d'aussi éloquent que la correspondance des regards et l'harmonie des sourires. Combien de fois n'ai-je pas tenté de faire passer mon âme dans mes yeux ou sur mes lèvres, en me trouvant obligé de taire et de dire tout ensemble la violence de mon amour à une jeune fille qui, près de moi, restait constamment tranquille, et à laquelle le secret de ma présence au logis n'avait pas encore été révélé ; car ses parents voulaient lui laisser son libre arbitre dans l'acte le plus important de sa vie. Mais quand on éprouve une passion vraie, la présence de la personne aimée n'assouvit-elle pas nos désirs les plus violents ? quand nous sommes admis devant elle, n'est-ce pas le bonheur du chrétien devant Dieu ? Voir, n'est-ce pas adorer ? Si, pour moi, plus que tout autre, ce fut un supplice de ne pas avoir le droit d'exprimer les élans de mon cœur ; si je fus forcé d'y ensevelir ces brûlantes paroles qui trompent de plus brûlantes émotions en les exprimant ; néanmoins cette contrainte, en emprisonnant ma passion, la fit saillir plus vive dans les petites choses, et les moindres accidents contractèrent alors un prix excessif. L'admirer pendant des heures entières, attendre une réponse et savourer longtemps les modulations de sa voix pour y chercher ses plus secrètes pensées ; épier le tremblement de ses doigts quand je lui présentais quelque objet qu'elle avait cherché, imaginer des prétextes pour effleurer sa robe ou ses cheveux, pour lui prendre la main, pour la faire parler plus qu'elle ne le voulait ; tous ces riens étaient de grands événements. Pendant ces sortes d'extases, les yeux, le geste, la voix apportaient à l'âme d'inconnus témoignages d'amour. Tel fut mon langage, le seul que me permît la réserve froidement virginale de cette jeune fille ; car ses manières ne changeaient pas, elle était bien toujours avec moi comme une sœur est avec son frère ; seulement, à mesure que ma passion grandissait, le contraste entre mes paroles et les siennes, entre mes regards et les siens, devenait plus frappant, et je finis par deviner que ce timide silence était le seul moyen qui pût servir à cette jeune fille pour exprimer ses sentiments. N'était-elle pas toujours dans le salon quand j'y venais ? n'y restait-elle pas durant ma visite attendue et pressentie peut-être ! cette fidélité silencieuse n'accusait-elle pas le secret de son âme innocente ? Enfin, n'écoutait-elle pas mes discours avec un plaisir qu'elle ne savait pas cacher ? La naïveté de nos manières et la mélancolie de notre amour finirent sans doute par impatienter les parents, qui, me voyant presque aussi timide que l'était leur fille, me jugèrent favorablement, et me regardèrent comme un homme digne de leur estime. Le père et la mère se confièrent à mon vieil ami, lui dirent de moi les choses les plus flatteuses : j'étais devenu leur fils d'adoption, ils admiraient surtout la moralité de mes sentiments. Il est vrai qu'alors je m'étais retrouvé jeune. Dans ce monde religieux et pur, l'homme de trente-deux ans redevenait l'adolescent plein de croyances. L'été finissait, des occupations avaient retenu cette famille à Paris contre ses habitudes ; mais, au mois de septembre elle fut libre de partir pour une terre située en Auvergne, et le père me pria de venir habiter, pendant deux mois, un vieux château perdu dans les montagnes du Cantal. Quand cette amicale invitation me fut faite, je ne répondis pas tout d'abord. Mon hésitation me valut la plus douce, la plus délicieuse des expressions involontaires par lesquelles une modeste jeune fille puisse trahir les mystères de son cœur. Évelina [1]... — Dieu ! s'écria Benassis, qui resta pensif et silencieux.

— Pardonnez-moi, capitaine Bluteau, reprit-il après une longue pause. Voici la première fois, depuis douze ans, que je prononce un nom qui voltige toujours dans ma pensée, et qu'une voix me crie souvent pendant

---

1. Message codé pour Mme Hanska. Mais qui, alors, pouvait *lire* ? C'est le type même du *signe aveugle*.

mon sommeil. Évelina donc, puisque je l'ai nommée, leva la tête par un mouvement dont la rapidité brève contrastait avec la douceur innée de ses gestes ; elle me regarda sans fierté, mais avec une inquiétude douloureuse ; elle rougit et baissa les yeux. La lenteur avec laquelle elle déplia ses paupières me causa je ne sais quel plaisir jusqu'alors ignoré. Je ne pus répondre que d'une voix entrecoupée, en balbutiant. L'émotion de mon cœur parla vivement au sien, et elle me remercia par un regard doux, presque humide. Nous nous étions tout dit. Je suivis la famille à sa terre. Depuis le jour où nos cœurs s'étaient entendus, les choses avaient pris un nouvel aspect autour de nous ; rien ne nous fut plus indifférent. Quoique l'amour vrai soit toujours le même, il doit emprunter des formes à nos idées, et se trouver ainsi constamment semblable et dissemblable à lui-même en chaque être de qui la passion devient une œuvre unique où s'expriment ses sympathies. Aussi le philosophe, le poète, savent-ils seuls la profondeur de cette définition de l'amour devenue vulgaire : un égoïsme à deux. Nous nous aimons nous-mêmes en *l'autre*. Mais si l'expression de l'amour est tellement diverse que chaque couple d'amants n'a pas son semblable dans la succession des temps, il obéit néanmoins au même mode dans ses expansions. Ainsi les jeunes filles, même la plus religieuse, la plus chaste de toutes, emploient le même langage, et ne diffèrent que par la grâce des idées. Seulement, là où, pour une autre, l'innocente confidence de ses émotions eût été naturelle, Évelina y voyait une concession faite à des sentiments tumultueux qui l'emportaient sur le calme habituel de sa religieuse jeunesse, le plus furtif regard semblait lui être violemment arraché par l'amour. Cette lutte constante entre son cœur et ses principes donnait au moindre événement de sa vie, si tranquille à la surface et si profondément agitée, un caractère de force bien supérieur aux exagérations des jeunes filles de qui les manières sont promptement faussées par les mœurs mondaines. Pendant le voyage, Évelina trouvait à la nature des beautés dont elle parlait avec admiration. Lorsque nous ne croyons pas avoir le droit d'exprimer le bonheur causé par la présence de l'être aimé, nous déversons les sensations dont surabonde notre cœur dans les objets extérieurs que nos sentiments cachés embellissent. La poésie des sites qui passaient sous nos yeux était alors pour nous deux un truchement bien compris, et les éloges que nous leur donnions contenaient pour nos âmes les secrets de notre amour. À plusieurs reprises, la mère d'Évelina se plut à embarrasser sa fille par quelques malices de femme :

— « Vous avez passé vingt fois dans cette vallée, ma chère enfant, sans paraître l'admirer, lui dit-elle après une phrase un peu trop chaleureuse d'Évelina. — Ma mère, je n'étais sans doute pas arrivée à l'âge où l'on sait apprécier ces sortes de beautés. » Pardonnez-moi ce détail sans charme pour vous, capitaine ; mais cette réponse si simple me causa des joies inexprimables, toutes puisées dans le regard qui me fut adressé. Ainsi, tel village éclairé par le soleil levant, telle ruine couverte de lierre que nous avons contemplée ensemble, servirent à empreindre plus fortement dans nos âmes par la souvenance d'une chose matérielle de douces émotions où pour nous il allait de tout notre avenir. Nous arrivâmes au château patrimonial, où je restai pendant quarante jours environ. Ce temps, monsieur, est la seule part de bonheur complet que le ciel m'ait accordée. Je savourai des plaisirs inconnus aux habitants des villes. Ce fut tout le bonheur qu'ont deux amants à vivre sous le même toit, à s'épouser par avance, à marcher de compagnie à travers les champs, à pouvoir être seuls parfois, à s'asseoir sous un arbre au fond de quelque jolie petite vallée, à y regarder les constructions d'un vieux moulin, à s'arracher quelques confidences, vous savez, de ces petites causeries douces par lesquelles on s'avance tous les jours un peu plus dans le cœur l'un de l'autre. Ah ! monsieur, la vie en plein air, les beautés du ciel et de la terre, s'accordent si bien avec la perfection et les délices de l'âme ! Se sourire en contemplant les cieux, mêler des paroles simples aux chants des oiseaux sous la feuillée humide, revenir au logis à pas lents en écoutant les sons de la cloche qui vous rappelle trop tôt, admirer ensemble un petit détail de paysage, suivre les caprices d'un insecte, examiner une mouche d'or, une fragile création que tient une jeune fille aimante et pure, n'est-ce pas être attiré tous les jours un peu plus haut dans les cieux ? Il y eut pour moi, dans ces quarante jours de bonheur, des souvenirs à colorer toute une vie, souvenirs d'autant plus beaux et plus vastes, que jamais depuis je ne devais être compris. Aujourd'hui, des images simples en apparence, mais pleines de signifiances amères pour un cœur brisé, m'ont rappelé des amours évanouis, mais non pas oubliés. Je ne sais si vous avez remarqué l'effet du soleil couchant sur la chaumière du petit Jacques. En un moment les feux du soleil ont fait resplendir la nature, puis soudain le paysage est devenu sombre et noir. Ces deux aspects si différents me présentaient un fidèle tableau de cette période de mon histoire. Monsieur, je reçus d'elle le premier, le seul et sublime témoignage qu'il soit permis à une jeune fille innocente de donner ; et qui, plus furtif il est, plus il engage : suave promesse d'amour, souvenir du langage parlé dans un monde meilleur ! Sûr alors d'être aimé, je jurai de tout dire, de ne pas avoir un secret pour elle, j'eus honte d'avoir tant tardé à lui raconter les chagrins que je m'étais créés. Par malheur, le lendemain de cette bonne journée, une lettre du précepteur de mon fils me fit trembler pour une vie qui m'était si chère. Je partis sans dire mon secret à Évelina, sans donner à la famille d'autre motif que celui d'une affaire grave. En mon absence, les parents s'alarmèrent. Craignant que je n'eusse quelques engagements de cœur, ils écrivirent à Paris pour prendre des informations sur mon compte. Inconséquents avec leurs principes religieux, ils se défièrent de moi, sans me mettre à même de dissiper leurs soupçons ; un de leurs amis les instruisit, à mon insu, des événements de ma jeunesse, envenima mes fautes, insista sur l'existence de mon enfant, que, disait-il, j'avais à dessein cachée. Lorsque j'écrivis à mes futurs parents, je ne reçus pas de réponse ; ils revinrent à Paris, je me présentai chez eux, je ne fus pas reçu. Alarmé, j'envoyai mon vieil ami savoir la raison d'une conduite à laquelle je ne comprenais rien. Lorsqu'il en apprit la cause, le bon vieillard se dévoua noblement, il assuma sur lui la forfaiture de mon silence, voulut me justifier et ne put rien obtenir. Les raisons d'intérêt et de morale étaient trop graves pour cette famille, ses préjugés étaient trop arrêtés, pour la faire changer de résolution. Mon désespoir fut sans bornes. D'abord je tâchai de conjurer l'orage ; mais mes lettres me furent renvoyées sans avoir été ouvertes. Lorsque tous les moyens humains furent épuisés ; quand le père et la mère eurent dit au vieillard, auteur de mon infortune, qu'ils refuseraient éternellement d'unir leur fille à un homme qui avait à se reprocher la mort d'une femme et la vie d'un enfant naturel, même quand Évelina les implorerait à genoux, alors, monsieur, il ne me resta plus qu'un dernier espoir, faible comme la branche de saule à laquelle s'attache un malheureux quand il se noie. J'osai croire que l'amour d'Évelina serait plus fort que les résolutions paternelles, et qu'elle saurait vaincre l'inflexibilité de ses parents ; son père pouvait lui avoir caché les motifs du refus qui tuait notre amour, je voulus qu'elle décidât de mon sort en connaissance de cause, je lui écrivis. Hélas ! monsieur, dans les larmes et la douleur, je traçai, non sans de cruelles hésitations, la seule lettre d'amour que j'aie jamais faite. Je ne sais plus que vaguement aujourd'hui ce que me dicta le désespoir ; sans doute, je disais à mon Évelina que, si elle avait été sincère et vraie, elle ne pouvait, elle ne devait jamais aimer que moi ; sa vie n'était-elle pas manquée, n'était-elle pas condamnée à mentir à son futur époux ou à moi ? ne trahissait-elle pas les vertus de la femme, en refusant à son amant méconnu le même dévouement qu'elle aurait déployé pour lui, si le mariage accompli dans nos cœurs se fût célébré ? et quelle femme n'aimerait à se trouver plus liée par les promesses du cœur que par les chaînes de la loi ? Je justifiai mes fautes en invoquant toutes les puretés de l'innocence, sans rien oublier de ce qui pouvait attendrir une âme noble et généreuse. Mais, puisque je vous avoue tout, je vais vous aller chercher sa réponse et ma dernière lettre, dit Benassis en sortant pour monter à sa chambre !

Il revint bientôt en tenant à la main un portefeuille usé, duquel il ne tira pas sans une émotion profonde des papiers mal en ordre et qui tremblèrent dans ses mains.

— Voici la fatale lettre, dit-il. L'enfant qui traça ces caractères ne savait pas de quelle importance serait pour moi le papier qui contient ses pensées. Voici, dit-il en montrant une autre lettre, le dernier cri qui me fut arraché par mes souffrances, et vous en jugerez tout à l'heure. Mon vieil ami porta ma supplication, la remit en secret, humilia ses cheveux blancs en priant Évelina de la lire, d'y répondre, et voici ce qu'elle m'écrivit : « Monsieur... »

— Moi qui naguère étais son *aimé*, nom chaste trouvé par elle pour exprimer un chaste amour, elle m'appelait *monsieur* ! Ce seul mot disait tout. Mais écoutez la lettre. « Il est bien cruel pour une jeune fille d'apercevoir de la fausseté dans l'homme à qui sa vie doit être confiée ; néanmoins j'ai dû vous excuser, nous sommes si faibles ! Votre lettre m'a touchée, mais ne m'écrivez plus, votre écriture me cause des troubles que je ne puis supporter. Nous sommes séparés pour toujours. Les raisons que vous m'avez données m'ont séduite, elles ont étouffé le sentiment qui s'était élevé dans mon âme contre vous, j'aimais tant à vous savoir pur ! Mais vous et moi, nous nous sommes trouvés trop

faibles en présence de mon père ! Oui, monsieur, j'ai
osé parler en votre faveur. Pour supplier mes parents,
il m'a fallu surmonter les plus grandes terreurs qui
m'aient agitée, et presque mentir aux habitudes de ma
vie. Maintenant, je cède encore à vos prières, et me
rends coupable en vous répondant à l'insu de mon
père ; mais ma mère le sait ; son indulgence, en me
laissant libre d'être seule un moment avec vous, m'a
prouvé combien elle m'aimait, et m'a fortifiée dans
mon respect pour les volontés de la famille, que j'étais
bien près de méconnaître. Aussi, monsieur, vous
écrivé-je pour la première et dernière fois. Je vous par-
donne sans arrière-pensée les malheurs que vous avez
semés dans ma vie. Oui, vous avez raison, un premier
amour ne s'efface pas. Je ne suis plus une pure jeune
fille, je ne saurais être une chaste épouse. J'ignore donc
quelle sera ma destinée. Vous le voyez, monsieur, l'année que vous avez remplie aura de longs retentisse-
ments dans l'avenir ; mais je ne vous accuse point. Je
serai toujours aimée ! pourquoi me l'avoir dit ? ces
paroles calmeront-elles l'âme agitée d'une pauvre fille
solitaire ? Ne m'avez-vous pas déjà perdue dans ma vie
future, en me donnant des souvenirs qui reviendront
toujours ! Si maintenant je ne puis être qu'à Jésus,
acceptera-t-il un cœur déchiré ? Mais il ne m'a pas
envoyé vainement ces afflictions, il a ses desseins, et
voulait sans doute m'appeler à lui, lui mon seul refuge
aujourd'hui. Monsieur, il ne me reste rien sur cette
terre. Vous, pour tromper vos chagrins, vous avez
toutes les ambitions naturelles à l'homme. Ceci n'est
point un reproche, mais une sorte de consolation religieuse. Je pense que si nous portons en ce moment un
fardeau blessant, j'en ai la part la plus pesante. CELUI
en qui j'ai mis tout mon espoir, et de qui vous ne sauriez être jaloux, a noué notre vie ; il saura la dénouer
suivant ses volontés. Je me suis aperçu que vos
croyances religieuses n'étaient pas assises sur cette foi
vive et pure qui nous aide à supporter ici-bas nos

maux. Monsieur, si Dieu daigne exaucer les vœux d'une constante et fervente prière, il vous accordera les dons de sa lumière. Adieu, vous qui avez dû être mon guide, vous que j'ai pu nommer *mon aimé* sans crime, et pour qui je puis encore prier sans honte. Dieu dispose à son gré de nos jours, il pourrait vous appeler à lui le premier de nous deux ; mais si je restais seule au monde, eh ! bien, monsieur, confiez-moi cet enfant. »

— Cette lettre, pleine de sentiments généreux, trompait mes espérances, reprit Benassis. Aussi d'abord n'écoutai-je que ma douleur ; plus tard, j'ai respiré le parfum que cette jeune fille essayait de jeter sur les plaies de mon âme en s'oubliant elle-même ; mais, dans le désespoir, je lui écrivis un peu durement.

« Mademoiselle, ce seul mot vous dit que je renonce à vous et que je vous obéis ! Un homme trouve encore je ne sais quelle affreuse douceur à obéir à la personne aimée, alors même qu'elle lui ordonne de la quitter. Vous avez raison, et je me condamne moi-même. J'ai jadis méconnu le dévouement d'une jeune fille, ma passion doit être aujourd'hui méconnue. Mais je ne croyais pas que la seule femme à qui j'eusse fait don de mon âme se chargeât d'exercer cette vengeance. Je n'aurais jamais soupçonné tant de dureté, de vertu peut-être, dans un cœur qui me paraissait et si tendre et si aimant. Je viens de connaître l'étendue de mon amour, il a résisté à la plus inouïe de toutes les douleurs, au mépris que vous me témoignez en rompant sans regret les liens par lesquels nous nous étions unis. Adieu pour jamais. Je garde l'humble fierté du repentir, et vais chercher une condition où je puisse expier des fautes pour lesquelles vous, mon interprète dans les cieux, avez été sans pitié. Dieu sera peut-être moins cruel que vous ne l'êtes. Mes souffrances, souffrances pleines de vous, puniront un cœur blessé qui saignera toujours dans la solitude ; car, aux cœurs blessés, l'ombre et le silence. Aucune autre image d'amour ne s'imprimera plus dans mon cœur. Quoique je ne sois pas femme, j'ai compris comme vous qu'en disant : *Je t'aime*, je m'engageais pour toute ma vie. Oui, ces mots prononcés à l'oreille de *mon aimée* n'étaient pas un mensonge ; si je pouvais changer, elle aurait raison dans ses mépris ; vous serez donc à jamais l'idole de ma solitude. Le repentir et l'amour sont deux vertus qui doivent inspirer toutes les autres ; ainsi, malgré les abîmes qui vont nous séparer, vous serez toujours le principe de mes actions. Quoique vous ayez empli mon cœur d'amertume, il ne s'y trouvera point contre vous de pensées amères ; ne serait-ce pas mal commencer mes nouvelles œuvres que de ne pas épurer mon âme de tout levain mauvais ? Adieu donc, vous le seul cœur que j'aime en ce monde et d'où je suis chassé. Jamais adieu n'aura embrassé plus de sentiments ni plus de tendresse ; n'emporte-t-il pas une âme et une vie qu'il n'est au pouvoir de personne de ranimer ? Adieu, à vous la paix, à moi tout le malheur ! »

Ces deux lettres lues, Genestas et Benassis se regardèrent pendant un moment, en proie à de tristes pensées qu'ils ne se communiquèrent point.

— Après avoir envoyé cette dernière lettre dont le brouillon est conservé, comme vous voyez, et qui, pour moi, représente aujourd'hui toutes mes joies, mais flétries, reprit Benassis, je tombai dans un abattement inexprimable. Les liens qui peuvent ici-bas attacher un homme à l'existence se trouvaient réunis dans cette chaste espérance, désormais perdue. Il fallait dire adieu aux délices de l'amour permis, et laisser mourir les idées généreuses qui florissaient au fond de mon cœur. Les vœux d'une âme repentante qui avait soif du beau, du bon, de l'honnête étaient repoussés par des gens vraiment religieux. Monsieur, dans le premier moment, mon esprit fut agité par les résolutions les plus extravagantes, mais l'aspect de mon fils les combattit heureusement. Je sentis alors mon attachement pour lui s'accroître de tous les malheurs dont il était la cause innocente et dont je devais m'accuser seul. Il devint donc toute ma consolation. À trente-quatre ans, je pouvais encore espérer d'être noblement utile à mon pays, je résolus d'y devenir un homme célèbre afin d'effacer à force de gloire ou sous l'éclat de la puissance la faute qui entachait la naissance de mon fils. Combien de beaux sentiments je lui dois, et combien il m'a fait vivre pendant les jours où je m'occupais de son avenir ! J'étouffe, s'écria Benassis. Après onze ans, je ne puis encore penser à cette funeste année... Cet enfant, monsieur, je l'ai perdu.

Le médecin se tut et se cacha la figure dans ses mains, qu'il laissa tomber quand il eut repris un peu de calme. Genestas ne vit pas alors sans émotion les larmes qui baignaient les yeux de son hôte.

— Monsieur, ce coup de foudre me déracina d'abord, reprit Benassis. Je ne recueillis les lumières d'une saine morale qu'après m'être transplanté dans un sol autre que celui du monde social. Je ne reconnus que plus tard la main de Dieu dans mes malheurs, et plus tard je sus me résigner en écoutant sa voix. Ma résignation ne pouvait être subite, mon caractère exalté dut se réveiller ; je dépensai les dernières flammes de ma fougue dans un dernier orage, j'hésitai longtemps avant de choisir le seul parti qu'il convient à un catholique de prendre. D'abord je voulus me tuer. Tous ces événements ayant, outre mesure, développé chez moi le sentiment mélancolique, je me décidai froidement à cet acte de désespoir. Je pensai qu'il nous était permis de quitter la vie quand la vie nous quittait. Le suicide me semblait être dans la nature. Les peines doivent produire sur l'âme de l'homme les mêmes ravages que l'extrême douleur cause dans son corps ; or, cet être intelligent, souffrant par une maladie morale, a bien le droit de se tuer au même titre que la brebis qui, poussée par le *tournis*, se brise la tête contre un arbre. Les maux de l'âme sont-ils donc plus faciles à guérir que ne le sont les maux corporels ? j'en doute encore. Entre celui qui espère toujours et celui qui n'espère plus, je ne sais

« *Genestas ne vit pas alors sans émotion*
les larmes qui baignaient les yeux de son hôte. »

lequel est le plus lâche. Le suicide me parut être la dernière crise d'une maladie morale, comme la mort naturelle est celle d'une maladie physique ; mais la vie morale étant soumise aux lois particulières de la volonté humaine, sa cessation ne doit-elle pas concorder aux manifestations de l'intelligence ? Aussi est-ce une pensée qui tue, et non le pistolet. D'ailleurs le hasard qui nous foudroie au moment où la vie est toute heureuse, n'absout-il pas l'homme qui se refuse à traîner une vie malheureuse ? Mais, monsieur, les méditations que je fis en ces jours de deuil m'élevèrent à de plus hautes considérations. Pendant quelque temps je fus complice des grands sentiments de l'antiquité païenne ; mais en y cherchant des droits nouveaux pour l'homme, je crus pouvoir, à la lueur des flambeaux modernes, creuser plus avant que les Anciens les questions jadis réduites en systèmes. Épicure permettait le suicide. N'était-ce pas le complément de sa morale ? il lui fallait à tout prix la jouissance des sens ; cette condition défaillant, il était doux et loisible à l'être animé de rentrer dans le repos de la nature inanimée ; la seule fin de l'homme étant le bonheur ou l'espérance du bonheur, pour qui souffrait et souffrait sans espoir, la mort devenait un bien : se la donner volontairement était un dernier acte de bon sens. Cet acte, il ne le vantait pas ; il ne le blâmait pas ; il se contentait de dire, en faisant une libation à Bacchus : *Mourir, il n'y a pas de quoi rire, il n'y a pas de quoi pleurer*. Plus moral et plus imbu de la doctrine des devoirs que les Épicuriens, Zénon, et tout le Portique, prescrivait, en certains cas, le suicide au stoïcien. Voici comment il raisonnait : l'homme diffère de la brute en ce qu'il dispose souverainement de sa personne ; ôtez-lui ce droit de vie et de mort sur lui-même, vous le rendez esclave des hommes et des événements. Ce droit de vie et de mort bien reconnu forme le contre-poids efficace de tous les maux naturels et sociaux ; ce même droit, conféré à l'homme sur son semblable, engendre toutes les tyrannies. La puissance de l'homme n'existe donc nulle part sans une liberté indéfinie dans ses actes : faut-il échapper aux conséquences honteuses d'une faute irrémédiable ? l'homme vulgaire boit la honte et vit, le sage avale la ciguë et meurt ; faut-il disputer les restes de sa vie à la goutte qui broie les os, au cancer qui dévore la face, le sage juge de l'instant opportun, congédie les charlatans, et dit un dernier adieu à ses amis qu'il attristait de sa présence. Tombé au pouvoir du tyran que l'on a combattu les armes à la main, que faire ? l'acte de soumission est dressé, il n'y a plus qu'à signer ou à tendre le cou : l'imbécile tend le cou, le lâche signe, le sage finit par un dernier acte de liberté, il se frappe. « Hommes libres, s'écriait alors le stoïcien, sachez vous maintenir libres ! Libres de vos passions en les sacrifiant aux devoirs, libres de vos semblables en leur montrant le fer ou le poison qui vous met hors de leurs atteintes, libres de la destinée en fixant le point au-delà duquel vous ne lui laissez aucune prise sur vous, libres des préjugés en ne les confondant pas avec les devoirs, libres de toutes les appréhensions animales en sachant surmonter l'instinct grossier qui enchaîne à la vie tant de malheureux. » Après avoir dégagé cette argumentation dans le fatras philosophique des Anciens, je crus y imprimer une forme chrétienne en la corroborant par les lois du libre arbitre que Dieu nous a données afin de pouvoir nous juger un jour à son tribunal, et je me disais : « J'y plaiderai ! » Mais, monsieur, ces raisonnements me forcèrent de penser au lendemain de la mort, et je me trouvai aux prises avec mes anciennes croyances ébranlées. Tout alors devient grave dans la vie humaine quand l'éternité pèse sur la plus légère de nos détermi-nations. Lorsque cette idée agit de toute sa puissance sur l'âme d'un homme, et lui fait sentir en lui je ne sais quoi d'immense qui le met en contact avec l'infini, les choses changent étrangement. De ce point de vue, la vie est bien grande et bien petite. Le sentiment de

mes fautes ne me fit point songer au ciel tant que j'eus
des espérances sur la terre, tant que je trouvai des sou-
lagements à mes maux dans quelques occupations
sociales. Aimer, se vouer au bonheur d'une femme,
être chef d'une famille, n'était-ce pas donner de nobles
aliments à ce besoin d'expier mes fautes[1] qui me poi-
gnait ? Cette tentative ayant échoué, n'était-ce pas
encore une expiation que de se consacrer à un enfant ?
Mais quand, après ces deux efforts de mon âme, le
dédain et la mort y eurent mis un deuil éternel, quand
tous mes sentiments furent blessés à la fois, et que je
n'aperçus plus rien ici-bas, je levai les yeux vers le ciel
et j'y rencontrai Dieu. Cependant j'essayai de rendre
la religion complice de ma mort. Je relus les Évangiles,
et ne vis aucun texte où le suicide fût interdit ; mais
cette lecture me pénétra de la divine pensée du Sauveur
des hommes. Certes, il n'y dit rien de l'immortalité de
l'âme, mais il nous parle du beau royaume de son
père ; il ne nous défend aussi nulle part le parricide,
mais il condamne tout ce qui est mal. La gloire de
ses évangélistes et la preuve de leur mission est moins
d'avoir fait des lois que d'avoir répandu sur la terre
l'esprit nouveau des lois nouvelles. Le courage qu'un
homme déploie en se tuant me parut alors être sa
propre condamnation : quand il se sent la force de
mourir, il doit avoir celle de lutter ; se refuser à souffrir
n'est pas force, mais faiblesse ; d'ailleurs, quitter la vie
par découragement n'est-ce pas abjurer la foi chrétienne, à laquelle Jésus a donné pour base ces sublimes
paroles : *Heureux ceux qui souffrent !* Le suicide ne
me parut donc plus excusable dans aucune crise, même
chez l'homme qui par une fausse entente de la grandeur d'âme dispose de lui-même un instant avant que
le bourreau ne le frappe de sa hache. En se laissant
crucifier, Jésus-Christ ne nous a-t-il pas enseigné à
obéir à toutes les lois humaines, fussent-elles injuste-

---

1. D'une *Confession* à l'autre, on est passé de la revanche à l'expiation.

ment appliquées. Le mot *Résignation*, gravé sur la croix, si intelligible pour ceux qui savent lire les caractères sacrés, m'apparut alors dans sa divine clarté. Je possédais encore quatre-vingt mille francs, je voulus d'abord aller loin des hommes, user ma vie en végétant au fond de quelque campagne ; mais la misanthropie, espèce de vanité cachée sous une peau de hérisson, n'est pas une vertu catholique. Le cœur d'un misanthrope ne saigne pas, il se contracte, et le mien saignait par toutes ses veines. En pensant aux lois de l'Église, aux ressources qu'elle offre aux affligés, je parvins à comprendre la beauté de la prière dans la solitude, et j'eus pour idée fixe d'*entrer en religion*, suivant la belle expression de nos pères. Quoique mon parti fût pris avec fermeté, je me réservai néanmoins la faculté d'examiner les moyens que je devais employer pour parvenir à mon but. Après avoir réalisé les restes de ma fortune, je partis presque tranquille. *La paix dans le Seigneur* était une espérance qui ne pouvait me tromper. Séduit d'abord par la règle de saint Bruno, je vins à la Grande-Chartreuse à pied, en proie à de sérieuses pensées. Ce jour fut un jour solennel pour moi. Je ne m'attendais pas au majestueux spectacle offert par cette route, où je ne sais quel pouvoir surhumain se montre à chaque pas. Ces rochers suspendus, ces précipices, ces torrents qui font entendre une voix dans le silence, cette solitude bornée par de hautes montagnes et néanmoins sans bornes, cet asile où de l'homme il ne parvient que sa curiosité stérile, cette sauvage horreur[1] tempérée par les plus pittoresques créations de la nature, ces sapins millénaires et ces plantes d'un jour, tout cela rend grave. Il serait difficile de rire en traversant le désert de Saint-Bruno, car là triomphent les sentiments de la mélancolie[2]. Je vis la Grande-Chartreuse, je me promenai sous ses vieilles voûtes silencieuses, j'entendis sous les

---

1. Frayeur, au sens classique.   **2.** Sens classique : tristesse sombre qui pousse à rompre avec le monde.

arcades l'eau de la source tombant goutte à goutte.
J'entrai dans une cellule pour y prendre la mesure de
mon néant, je respirai la paix profonde que mon prédécesseur y avait goûtée, et je lus avec attendrissement
l'inscription qu'il avait mise sur sa porte suivant la
coutume du cloître ; tous les préceptes de la vie que je
voulais mener y étaient résumés par trois mots latins :
Fuge, late, tace[1]...

Genestas inclina la tête comme s'il comprenait.

— J'étais décidé, reprit Benassis. Cette cellule boisée en sapin, ce lit dur, cette retraite, tout allait à mon
âme. Les Chartreux étaient à la chapelle, j'allai prier
avec eux. Là, mes résolutions s'évanouirent. Monsieur,
je ne veux pas juger l'Église catholique, je suis très
orthodoxe, je crois à ses œuvres et à ses lois. Mais en
entendant ces vieillards inconnus au monde et morts
au monde chanter leurs prières, je reconnus au fond du
cloître une sorte d'égoïsme sublime[2]. Cette retraite ne
profite qu'à l'homme[3] et n'est qu'un long suicide, je
ne la condamne pas, monsieur. Si l'Église a ouvert ces
tombes, elles sont sans doute nécessaires à quelques
chrétiens tout à fait inutiles[4] au monde. Je crus mieux
agir, en rendant mon repentir profitable au monde
social. Au retour, je me plus à chercher quelles étaient
les conditions où je pourrais accomplir mes pensées de
résignation. Déjà je menais imaginairement la vie d'un
simple matelot, je me condamnais à servir la patrie en
me plaçant au dernier rang, et renonçant à toutes les
manifestations intellectuelles ; mais si c'était une vie
de travail et de dévouement, elle ne me parut pas
encore assez utile. N'était-ce pas tromper les vues de
Dieu ? s'il m'avait doué de quelque force dans l'esprit,
mon devoir n'était-il pas de l'employer au bien de mes
semblables ? Puis, s'il m'est permis de parler franche-

---

1. Va-t'en, laisse tout, fais silence.   2. La critique (très ancienne)
du monachisme va trouver ici des arguments nouveaux.   3. À l'individu.   4. Rabelais condamnait déjà « les moines otieux » (oisifs, inutiles).

ment, je sentais en moi je ne sais quel besoin d'expansion que blessaient des obligations purement mécaniques. Je ne voyais dans la vie des marins aucune pâture pour cette bonté qui résulte de mon organisation, comme de chaque fleur s'exhale un parfum particulier. Je fus, comme je vous l'ai déjà dit, obligé de coucher ici. Pendant la nuit, je crus entendre un ordre de Dieu dans la compatissante pensée que m'inspira l'état de ce pauvre pays. J'avais goûté aux cruelles délices de la maternité, je résolus de m'y livrer entièrement, d'assouvir ce sentiment dans une sphère plus étendue que celle des mères, en devenant une sœur de charité pour tout un pays, en y pansant continuellement les plaies du pauvre: Le doigt de Dieu[1] me parut donc avoir fortement tracé ma destinée, quand je songeai que la première pensée grave de ma jeunesse m'avait fait incliner vers l'état de médecin, et je résolus de le pratiquer ici. D'ailleurs, *aux cœurs blessés l'ombre et le silence*, avais-je dit dans ma lettre ; ce que je m'étais promis à moi-même de faire, je voulus l'accomplir. Je suis entré dans une voie de silence et de résignation. Le *Fuge, late, tace* du chartreux est ici ma devise, mon travail est une prière active, mon suicide moral est la vie de ce canton, sur lequel j'aime, en étendant la main, à semer le bonheur et la joie, à donner ce que je n'ai pas. L'habitude de vivre avec des paysans, mon éloignement du monde m'ont réellement transformé. Mon visage a changé d'expression, il s'est habitué au soleil qui l'a ridé, durci. J'ai pris d'un campagnard l'allure, le langage, le costume, le laissez-aller, l'incurie de tout ce qui est grimace. Mes amis de Paris, ou les petites-maîtresses dont j'étais le *sigisbé*[2], ne reconnaîtraient jamais en moi l'homme qui fut un moment à la mode, le sybarite accoutumé aux colifichets, au luxe, aux délicatesses de Paris. Aujourd'hui, tout ce qui est extérieur m'est complètement indiffé-

---

1. C'est le titre d'un chapitre de *La Femme de trente ans* (la punition de la femme adultère). 2. Chevalier servant (mot italien).

rent, comme à tous ceux qui marchent sous la conduite
d'une seule pensée. Je n'ai plus d'autre but dans la vie
que celui de la quitter, je ne veux rien faire pour en
prévenir ni pour en hâter la fin ; mais je me coucherai
sans chagrin pour mourir, le jour où la maladie viendra [1]. Voilà, monsieur, dans toute leur sincérité, les
événements de la vie antérieure à celle que je mène ici.
Je ne vous ai rien déguisé de mes fautes, elles ont été
grandes, elles me sont communes avec quelques
hommes. J'ai beaucoup souffert, je souffre tous les
jours ; mais j'ai vu dans mes souffrances la condition
d'un heureux avenir. Néanmoins, malgré ma résignation, il est des peines contre lesquelles je suis sans
force. Aujourd'hui j'ai failli succomber à des tortures
secrètes, devant vous, à votre insu...

Genestas bondit sur sa chaise.

— Oui, capitaine Bluteau, vous étiez là. Ne m'avez-
vous pas montré le lit de la mère Colas lorsque nous
avons couché Jacques ? Hé ! bien, s'il m'est impossible
de voir un enfant sans penser à l'ange que j'ai perdu,
jugez de mes douleurs en couchant un enfant condamné
à mourir ? Je ne sais pas voir froidement un enfant [2].

Genestas pâlit.

— Oui, les jolies têtes blondes, les têtes innocentes des
enfants que je rencontre me parlent toujours de mes malheurs et réveillent mes tourments. Enfin il m'est affreux
de penser que tant de gens me remercient du peu de bien
que je fais ici, quand ce bien est le fruit de mes remords.
Vous connaissez seul, capitaine, le secret de ma vie. Si
j'avais puisé mon courage dans un sentiment plus pur que
ne l'est celui de mes fautes, je serais bien heureux ! mais
aussi, n'aurais-je eu rien à vous dire de moi [3].

---

1. Il attend une mort sereine (et entourée) ; elle sera brutale.
2. Thème très rare chez Balzac. C'est le personnage qui parle ici. Bien
plus tard, il y aura le désespoir lors de la mort de Victor-Honoré, l'enfant qu'attendait Mme Hanska.   **3.** Littérairement, on aurait pu imaginer une construction inverse : a) l'histoire du jeune Benassis ; b) sa
décision de s'enfuir ; c) son œuvre au village. Mais le retour en arrière fait
vivre une seconde fois à Benassis son passé.

CHAPITRE V

ÉLÉGIES [1]

Son récit terminé, Benassis remarqua sur la figure du militaire une expression profondément soucieuse qui le frappa. Touché d'avoir été si bien compris, il se repentit presque d'avoir affligé son hôte, et lui dit : — Mais, capitaine Bluteau, mes malheurs...

— Ne m'appelez pas le capitaine Bluteau, s'écria Genestas en interrompant le médecin et se levant soudain par un mouvement impétueux qui semblait accuser une sorte de mécontentement intérieur. Il n'existe pas de capitaine Bluteau, je suis un gredin !

Benassis regarda, non sans une vive surprise, Genestas qui se promenait dans le salon comme un bourdon cherchant une issue pour sortir de la chambre où il est entré par mégarde.

— Mais, monsieur, qui donc êtes-vous ? demanda Benassis.

— Ah ! voilà ! répondit le militaire en revenant se placer devant le médecin, qu'il n'osait envisager. Je vous ai trompé ! reprit-il d'une voix altérée. Pour la première fois de ma vie, j'ai fait un mensonge, et j'en suis bien puni, car je ne peux plus vous dire l'objet ni de ma visite ni de mon maudit espionnage. Depuis que j'ai pour ainsi dire entrevu votre âme, j'aurais mieux aimé recevoir un soufflet que de vous entendre m'ap-

---

1. Normalement l'élégie est un poème sur un sujet triste. On mesure mal aujourd'hui la rupture de ces élégies *en prose* et *narratives*.

peler Bluteau ! Vous pouvez me pardonner cette imposture, vous ; mais moi, je ne me la pardonnerai jamais, moi, Pierre-Joseph Genestas, qui, pour sauver ma vie, ne mentirais pas devant un conseil de guerre.

— Vous êtes le commandant Genestas, s'écria Benassis en se levant. Il prit la main de l'officier, la serra fort affectueusement, et dit : — Monsieur, comme vous le prétendiez tout à l'heure, nous étions amis sans nous connaître. J'ai bien vivement désiré de vous voir en entendant parler de vous par monsieur Gravier. Un homme de Plutarque, me disait-il de vous.

— Je ne suis point de Plutarque, répondit Genestas, je suis indigne de vous, et je me battrais. Je devais vous avouer tout bonnement mon secret. Mais non ! J'ai bien fait de prendre un masque et de venir moi-même chercher ici des renseignements sur vous. Je sais maintenant que je dois me taire. Si j'avais agi franchement, je vous eusse fait de la peine. Dieu me préserve de vous causer le moindre chagrin !

— Mais je ne vous comprends pas, commandant.

— Restons-en là. Je ne suis pas malade, j'ai passé une bonne journée, et je m'en irai demain. Quand vous viendrez à Grenoble, vous y trouverez un ami de plus, et ce n'est pas un ami pour rire. La bourse, le sabre, le sang, tout est à vous chez Pierre-Joseph Genestas. Après tout, vous avez semé vos paroles dans un bon terrain. Quand j'aurai ma retraite, j'irai dans une manière de trou, j'en serai le maire, et tâcherai de vous imiter. S'il me manque votre science, j'étudierai.

— Vous avez raison, monsieur, le propriétaire [1] qui emploie son temps à corriger un simple vice d'exploitation dans une commune fait à son pays autant de bien que peut en faire le meilleur médecin : si l'un soulage les douleurs de quelques hommes, l'autre panse les plaies de la patrie. Mais vous excitez singulièrement

---

1. Résidant, et non pas vivant à la cour. C'est un très ancien thème du XVIIIe siècle.

ma curiosité. Puis-je donc vous être utile en quelque chose ?

— Utile, dit le commandant d'une voix émue. Mon Dieu ! mon cher monsieur Benassis, le service que je venais vous prier de me rendre est presque impossible. Tenez, j'ai bien tué des chrétiens dans ma vie, mais on peut tuer les gens et avoir un bon cœur ; aussi, quelque rude que je paraisse, sais-je encore comprendre certaines choses.

— Mais parlez ?

— Non, je ne veux pas vous causer volontairement de la peine.

— Oh ! commandant, je puis beaucoup souffrir.

— Monsieur, dit le militaire en tremblant, il s'agit de la vie d'un enfant.

Le front de Benassis se plissa soudain, mais il fit un geste pour prier Genestas de continuer.

— Un enfant, reprit le commandant, qui peut encore être sauvé par des soins constants et minutieux. Où trouver un médecin capable de se consacrer à un seul malade ? à coup sûr, il n'était pas dans une ville. J'avais entendu parler de vous comme d'un excellent homme, mais j'avais peur d'être la dupe de quelque réputation usurpée. Or, avant de confier mon petit à ce monsieur Benassis, sur qui l'on me racontait tant de belles choses, j'ai voulu l'étudier. Maintenant...

— Assez, dit le médecin. Cet enfant est donc à vous ?

— Non, mon cher monsieur Benassis, non. Pour vous expliquer ce mystère, il faudrait vous raconter une histoire où je ne joue pas le plus beau rôle ; mais vous m'avez confié vos secrets, je puis bien vous dire les miens.

— Attendez, commandant, dit le médecin en appelant Jacquotte qui vint aussitôt, et à laquelle il demanda son thé. Voyez-vous, commandant, le soir, quand tout dort, je ne dors pas, moi !... Mes chagrins m'oppressent, je cherche alors à les oublier en buvant du thé.

Cette boisson procure une sorte d'ivresse nerveuse, un sommeil sans lequel je ne vivrais pas. Refusez-vous toujours d'en prendre ?

— Moi, dit Genestas, je préfère votre vin de l'Ermitage.

— Soit. Jacquotte, dit Benassis à sa servante, apportez du vin et des biscuits.

— Nous nous coifferons pour la nuit, reprit le médecin en s'adressant à son hôte.

— Ce thé doit vous faire bien du mal, dit Genestas.

— Il me cause d'horribles accès de goutte, mais je ne saurais me défaire de cette habitude, elle est trop douce, elle me donne tous les soirs un moment pendant lequel la vie n'est plus pesante. Allons, je vous écoute, votre récit effacera peut-être l'impression trop vive des souvenirs que je viens d'évoquer [1].

— Mon cher monsieur, dit Genestas en plaçant sur la cheminée son verre vidé, après la retraite de Moscou, mon régiment se refit dans une petite ville de Pologne. Nous y rachetâmes des chevaux à prix d'or, et nous y restâmes en garnison jusqu'au retour de l'empereur. Voilà qui va bien. Il faut vous dire que j'avais alors un ami. Pendant la retraite je fus plus d'une fois sauvé par les soins d'un maréchal-des-logis nommé Renard, qui fit pour moi de ces choses après lesquelles deux hommes doivent être frères, sauf les exigences de la discipline. Nous étions logés dans la même maison, un de ces nids à rats construits en bois où demeurait toute une famille, et où vous n'auriez pas cru pouvoir mettre un cheval. Cette bicoque appartenait à des juifs qui y pratiquaient leurs trente-six commerces, et le vieux père juif, de qui les doigts ne se trouvèrent pas gelés pour manier de l'or, avait très-bien fait ses affaires pendant notre déroute. Ces gens-là, ça vit dans l'ordure et ça meurt dans l'or. Leur maison était élevée sur des caves, en bois bien entendu, sous lesquelles ils

---

1. Va donc suivre une autre *Confession*. Balzac, « courtier » pour revues, est familier de ces « tiroirs ».

avaient fourré leurs enfants, et notamment une fille belle comme une Juive quand elle se tient propre et qu'elle n'est pas blonde. Ça avait dix-sept ans, c'était blanc comme neige, des yeux de velours, des cils noirs comme des queues de rat, des cheveux luisants, touffus qui donnaient envie de les manier, une créature vraiment parfaite ! Enfin, monsieur, j'aperçus le premier ces singulières provisions, un soir que l'on me croyait couché, et que je fumais tranquillement ma pipe en me promenant dans la rue. Ces enfants grouillaient tous, pêle-mêle comme une nichée de chiens. C'était drôle à voir. Le père et la mère soupaient avec eux. À force de regarder, je découvris dans le brouillard de fumée que faisait le père avec ses bouffées de tabac, la jeune Juive qui se trouvait là comme un napoléon tout neuf dans un tas de gros sous. Moi, mon cher Benassis, je n'ai jamais eu le temps de réfléchir à l'amour ; cependant, lorsque je vis cette jeune fille, je compris que jusqu'alors je n'avais fait que céder à la nature ; mais cette fois tout en était, la tête, le cœur et le reste. Je devins donc amoureux de la tête aux pieds, oh ! mais rudement. Je demeurai là, fumant ma pipe, occupé à regarder la Juive, jusqu'à ce qu'elle eût soufflé sa chandelle et qu'elle se fût couchée. Impossible de fermer l'œil ! je restai pendant toute la nuit, chargeant ma pipe, la fumant, me promenant dans la rue. Je n'avais jamais été comme ça. Ce fut la seule fois de ma vie que je pensai à me marier. Quand vint le jour, j'allai seller mon cheval, et je trottai pendant deux grandes heures dans la campagne pour me rafraîchir ; et, sans m'en apercevoir, j'avais presque fourbu ma bête... Genestas s'arrêta, regarda son nouvel ami d'un air inquiet, et lui dit : — Excusez-moi, Benassis, je ne suis pas orateur, je parle comme ça me vient, si j'étais dans un salon, je me gênerais, mais avec vous et à la campagne...

— Continuez, dit le médecin.

— Quand je revins à ma chambre, j'y trouvai

Renard tout affairé. Me croyant tué en duel, il nettoyait ses pistolets, et avait idée de chercher chicane à celui qui m'aurait mis à l'ombre... Oh ! mais voilà le caractère du pèlerin. Je confiai mon amour à Renard, en lui montrant la niche aux enfants. Comme mon Renard entendait le patois de ces Chinois-là, je le priai de m'aider à faire mes propositions au père et à la mère, et de tâcher d'établir une correspondance avec Judith. Elle se nommait Judith. Enfin, monsieur, pendant quinze jours je fus le plus heureux des hommes, parce que tous les soirs le Juif et sa femme nous firent souper avec Judith. Vous connaissez ces choses-là, je ne vous en impatienterai nullement ; cependant, si vous ne comprenez pas le tabac, vous ignorez le plaisir d'un honnête homme qui fume tranquillement sa pipe avec son ami Renard et le père de la fille, en voyant la princesse. C'est très-agréable. Mais je dois vous dire que Renard était un Parisien, un fils de famille. Son père, qui faisait un gros commerce d'épicerie, l'avait élevé pour être notaire, et il savait quelque chose ; mais la conscription l'ayant pris, il lui fallut dire adieu à l'écritoire. Moulé d'ailleurs pour porter l'uniforme, il avait une figure de jeune fille, et connaissait l'art d'enjôler le monde parfaitement bien. C'était lui que Judith aimait, et elle se souciait de moi comme un cheval se soucie de poulets rôtis. Pendant que je m'extasiais et que je voyageais dans la lune en regardant Judith, mon Renard, qui n'avait pas volé son nom, entendez-vous ! faisait son chemin sous terre ; le traître s'entendait avec la fille, et si bien, qu'ils se marièrent à la mode du pays, parce que les permissions auraient été trop de temps à venir. Mais il promit d'épouser suivant la loi française, si par hasard le mariage était attaqué. Le fait est qu'en France madame Renard redevint mademoiselle Judith. Si j'avais su cela, moi, j'aurais tué Renard, et net, sans seulement lui laisser le temps de souffler ; mais le père, la mère, la fille et mon maréchal-deslogis, tout cela s'entendait comme des larrons en foire.

Pendant que je fumais ma pipe, que j'adorais Judith comme un saint sacrement, mon Renard convenait de ses rendez-vous, et poussait très-bien ses petites affaires. Vous êtes la seule personne à qui j'aie parlé de cette histoire, que je nomme une infamie ; je me suis toujours demandé pourquoi un homme, qui mourrait de honte s'il prenait une pièce d'or, vole la femme, le bonheur, la vie de son ami sans scrupule. Enfin, mes mâtins étaient mariés et heureux, que j'étais toujours là le soir, à souper, admirant comme un imbécile Judith, et répondant comme un *tenor* aux mines qu'elle faisait pour me clore les yeux. Vous pensez bien qu'ils ont payé leurs tromperies singulièrement cher. Foi d'honnête homme, Dieu fait plus attention aux choses de ce monde que nous ne le croyons. Voici les Russes qui nous débordent. La campagne de 1813 commence. Nous sommes envahis. Un beau matin, l'ordre nous arrive de nous trouver sur le champ de bataille de Lutzen à une heure dite. L'empereur savait bien ce qu'il faisait en nous commandant de partir promptement. Les Russes nous avaient tournés. Notre colonel s'embarbouille à faire des adieux à une Polonaise qui demeurait à un demi-quart de lieue de la ville, et l'avant-garde des Cosaques l'empoigne juste, lui et son piquet. Nous n'avons que le temps de monter à cheval, de nous former en avant de la ville pour livrer une escarmouche de cavalerie et repousser mes Russes, afin d'avoir le temps de filer pendant la nuit. Nous avons chargé durant trois heures et fait de vrais tours de force. Pendant que nous nous battions, les équipages et notre matériel prenaient les devants. Nous avions un parc d'artillerie et de grandes provisions de poudre furieusement nécessaires à l'empereur, il fallait les lui amener à tout prix. Notre défense en imposa aux Russes, qui nous crurent soutenus par un corps d'armée. Néanmoins, bientôt avertis de leur erreur par des espions, ils apprirent qu'ils n'avaient devant eux qu'un régiment de cavalerie et nos dépôts d'infanterie. Alors, monsieur, vers le soir, ils firent une attaque à tout démolir, et si chaude, que nous y sommes restés plusieurs. Nous fûmes enveloppés. J'étais avec Renard au premier rang, et je voyais mon Renard se battant et chargeant comme un démon, car il pensait à sa femme. Grâce à lui, nous pûmes regagner la ville, que nos malades avaient mise en état de défense ; mais c'était à faire pitié. Nous rentrions les derniers, lui et moi, nous trouvons notre chemin barré par un gros de Cosaques, et nous piquons là-dessus. Un de ces Sauvages allait m'enfiler avec sa lance, Renard le voit, pousse son cheval entre nous deux pour détourner le coup ; sa pauvre bête, un bel animal, ma foi ! reçoit le fer, entraîne, en tombant par terre, Renard et le Cosaque. Je tue le Cosaque, je prends Renard par le bras et le mets devant moi sur mon cheval, en travers, comme un sac de blé. — Adieu, mon capitaine, tout est fini, me dit Renard. — Non, lui répondis-je, faut voir. J'étais alors en ville, je descends, et l'assieds au coin d'une maison, sur un peu de paille. Il avait la tête brisée, la cervelle dans ses cheveux, et il parlait. Oh ! c'était un fier homme. — Nous sommes quittes, dit-il. Je vous ai donné ma vie, je vous avais pris Judith. Ayez soin d'elle et de son enfant, si elle en a un. D'ailleurs, épousez-la. Monsieur, dans le premier moment, je le laissai là comme un chien ; mais quand ma rage fut passée, je revins... il était mort. Les Cosaques avaient mis le feu à la ville, je me souvins alors de Judith, j'allai donc la chercher, elle se mit en croupe, et, grâce à la vitesse de mon cheval, je rejoignis le régiment, qui avait opéré sa retraite. Quant au Juif et à sa famille, plus personne ! tous disparus comme des rats. Judith seule attendait Renard, je ne lui ai rien dit, vous comprenez, dans le commencement. Monsieur, il m'a fallu songer à cette femme au milieu de tous les désastres de la campagne de 1813, la loger, lui donner ses aises, enfin la soigner, et je crois qu'elle ne s'est guère aperçue de l'état où nous étions. J'avais l'attention de la tenir toujours à dix lieues de nous, en avant, vers la France ; elle est accouchée d'un garçon pendant que nous nous battions à Hanau. Je fus blessé à cette affaire-là, je rejoignis Judith à Strasbourg, puis je revins sur Paris, car j'ai eu le malheur d'être au lit pendant la campagne de France. Sans ce triste hasard, je passais dans les grenadiers de la garde, l'empereur m'y avait donné de l'avancement. Enfin, monsieur, j'ai donc été obligé de soutenir une femme, un enfant qui ne m'appartenait point, et j'avais trois côtes ébréchées ! Vous comprenez que ma solde, ce n'était pas la France. Le père Renard, vieux requin sans dents, ne voulut pas de sa bru ; le père juif était fondu, Judith se mourait de chagrin. Un matin elle pleurait en achevant mon pansement. — Judith, lui dis-je, votre enfant est perdu. — Et moi aussi, dit-elle. — Bah ! répondis-je, nous allons faire venir les papiers nécessaires, je vous épouserai et reconnaîtrai pour mien l'enfant de... Je n'ai pas pu achever. Ah ! mon cher monsieur, l'on peut tout faire pour recevoir le regard de morte par lequel Judith me remercia ; je vis que je l'aimais toujours, et dès ce jour-là son petit entra dans mon cœur. Pendant que les papiers, le père et la mère juifs étaient en route, la pauvre femme acheva de mourir. L'avant-veille de sa mort, elle eut la force de s'habiller, de se parer, de faire toutes les cérémonies d'usage, de signer leurs tas de papiers ; puis, quand son enfant eut un nom et un père, elle revint se coucher, je lui baisai les mains et le front, puis elle mourut. Voilà mes noces. Le surlendemain, après avoir acheté les quelques pieds de terre où la pauvre fille est couchée, je me suis trouvé le père d'un orphelin que j'ai mis en nourrice pendant la campagne de 1815. Depuis ce temps-là, sans que personne sût mon histoire, qui n'était pas belle à dire, j'ai pris soin de ce petit drôle comme s'il était à moi. Son grand-père est au diable, il est ruiné, il court avec sa famille entre la Perse et la Russie. Il y a des chances pour qu'il fasse fortune, car il paraît s'entendre au commerce des pierres précieuses. J'ai mis cet enfant au collège ; mais, dernièrement, je l'ai fait si bien manœuvrer dans ses mathématiques pour le colloquer à l'École Polytechnique, et l'en voir sortir avec un bon état, que le pauvre petit bonhomme est tombé malade. Il a la poitrine faible. À entendre les médecins de Paris, il y aurait encore de la ressource s'il courait dans les montagnes, s'il était soigné comme il faut, à tout moment, par un homme de bonne volonté. J'avais donc pensé à vous, et j'étais venu pour faire une reconnaissance de vos idées, de votre train de vie. D'après ce que vous m'avez dit, je ne saurais vous donner ce chagrin-là, quoique nous soyons déjà bons amis.

— Commandant, dit Benassis après un moment de silence, amenez-moi l'enfant de Judith. Dieu veut sans doute que je passe par cette dernière épreuve, et je la subirai. J'offrirai ces souffrances au Dieu dont le fils est mort sur la croix. D'ailleurs mes émotions pendant votre récit ont été douces, n'est-ce pas d'un favorable augure ?

Genestas serra vivement les deux mains de Benassis dans les siennes, sans pouvoir réprimer quelques larmes qui humectèrent ses yeux et roulèrent sur ses joues tannées.

— Gardons-nous le secret de tout cela, dit-il.

— Oui, commandant. Vous n'avez pas bu ?

— Je n'ai pas soif, répondit Genestas. Je suis tout bête.

— Hé ! bien, quand me l'amènerez-vous ?

— Mais demain, si vous voulez. Il est à Grenoble depuis deux jours.

— Hé bien ! partez demain matin et revenez, je vous attendrai chez la Fosseuse, où nous déjeunerons tous les quatre ensemble.

— Convenu, dit Genestas.

Les deux amis allèrent se coucher, en se souhaitant mutuellement une bonne nuit. En arrivant sur le palier

qui séparait leurs chambres, Genestas posa sa lumière
sur l'appui de la croisée et s'approcha de Benassis.

— Tonnerre de Dieu ! lui dit-il avec un naïf enthousiasme, je ne vous quitterai pas ce soir sans vous dire
que, vous le troisième parmi les chrétiens, m'avez fait
comprendre qu'il y avait quelque chose là-haut ! Et il
montra le ciel.

Le médecin répondit par un sourire plein de mélancolie, et serra très-affectueusement la main que Genestas lui tendait.

Le lendemain, avant le jour, le commandant Genestas partit pour la ville, et vers le milieu de la journée,
il se trouvait sur la grande route de Grenoble au bourg,
à la hauteur du sentier qui menait chez la Fosseuse. Il
était dans un de ces chars découverts et à quatre roues,
menés par un seul cheval, voiture légère qui se rencontre sur toutes les routes de ces pays montagneux.
Genestas avait pour compagnon un jeune homme
maigre et chétif, qui paraissait n'avoir que douze ans,
quoiqu'il entrât dans sa seizième année [1]. Avant de descendre, l'officier regarda dans plusieurs directions afin
de trouver dans la campagne un paysan qui se chargeât
de ramener la voiture chez Benassis, car l'étroitesse du
sentier ne permettait pas de la conduire jusqu'à la maison de la Fosseuse. Le garde-champêtre déboucha par
hasard sur la route et tira de peine Genestas, qui put,
avec son fils adoptif, gagner à pied le lieu du rendez-
vous, à travers les sentiers de la montagne.

— Ne serez-vous pas heureux, Adrien, de courir
dans ce beau pays pendant une année, d'apprendre à

---

1. On va voir l'explication de ce rachitisme ou de cette croissance
retardée : l'onanisme, les « mauvaises habitudes » (voir p. 311). Ce
problème obsédait tout le monde depuis le XVIIIe siècle. On était persuadé que « ça » rendait malade (« ça rend sourd », vieux dicton pas
seulement catholique). Le grand spécialiste était le médecin genevois
Tissot. On retrouve le problème avec le Félix du *Lys dans la vallée*.
Comme pour la chlorose (ou pâles couleurs) des jeunes filles, on
recommandait le grand air, l'activité (pour les jeunes filles, l'équi-
tation...).

chasser, à monter à cheval, au lieu de pâlir sur vos
livres[1] ? Tenez, voyez !

Adrien jeta sur la vallée le regard pâle d'un enfant
malade ; mais, indifférent comme le sont tous les
jeunes gens aux beautés de la nature, il dit sans cesser
de marcher : — Vous êtes bien bon, mon père.

Genestas eut le cœur froissé par cette insouciance
maladive, et atteignit la maison de la Fosseuse sans
avoir adressé la parole à son fils.

— Commandant, vous êtes exact, s'écria Benassis
en se levant du banc de bois sur lequel il était assis.

Mais il reprit aussitôt sa place, et demeura tout pensif en voyant Adrien ; il en étudia lentement la figure
jaune et fatiguée, non sans admirer les belles lignes
ovales qui prédominaient dans cette noble physionomie. L'enfant, le vivant portrait de sa mère, tenait
d'elle un teint olivâtre et de beaux yeux noirs, spirituellement mélancoliques. Tous les caractères de la beauté
juive polonaise se trouvaient dans cette tête chevelue,
trop forte pour le corps frêle auquel elle appartenait.

— Dormez-vous bien, mon petit homme ? lui
demanda Benassis.

— Oui, monsieur.

— Montrez-moi vos genoux, retroussez votre pantalon.

Adrien dénoua ses jarretières en rougissant, et montra son genou que le médecin palpa soigneusement.

— Bien. Parlez, criez, criez fort !

Adrien cria.

— Assez ! Donnez-moi vos mains ?...

Le jeune homme tendit des mains molles et
blanches, veinées de bleu comme celles d'une femme.

— Dans quel collège étiez-vous à Paris ?

— À Saint-Louis.

— Votre proviseur ne lisait-il pas son bréviaire pendant la nuit ?

---

1. Toujours la non-intellectualité du militaire.

— Oui, monsieur.

— Vous ne dormiez donc pas tout de suite[1] ?

Adrien ne répondant pas, Genestas dit au médecin :
— Ce proviseur est un digne prêtre, il m'a conseillé de retirer mon petit fantassin pour cause de santé.

— Hé ! bien, répondit Benassis en plongeant un regard lumineux dans les yeux tremblants d'Adrien, il y a encore de la ressource. Oui, nous ferons un homme de cet enfant. Nous vivrons ensemble comme deux camarades, mon garçon ! Nous nous coucherons et nous nous lèverons de bonne heure. J'apprendrai à votre fils à monter à cheval, commandant. Après un mois ou deux consacrés à lui refaire l'estomac par le régime du laitage, je lui aurai un port d'armes, des permis de chasse, et le remettrai entre les mains de Butifer, et ils iront tous deux chasser le chamois. Donnez quatre ou cinq mois de vie agreste à votre fils, et vous ne le reconnaîtrez plus, commandant. Butifer va se trouver bien heureux ! je connais le pèlerin, il vous mènera, mon petit ami, jusqu'en Suisse, à travers les Alpes, vous hissera sur les pics, et vous grandira de six pouces en six mois ; il rougira vos joues, endurcira vos nerfs, et vous fera oublier vos mauvaises habitudes de collège[2]. Vous pourrez alors aller reprendre vos études, et vous deviendrez un homme. Butifer est un honnête garçon, nous pouvons lui confier la somme nécessaire pour défrayer la dépense de vos voyages et de vos chasses, sa responsabilité me le rendra sage pendant une demi-année ; et pour lui, ce sera autant de gagné.

La figure de Genestas semblait s'éclairer de plus en plus, à chaque parole du médecin.

— Allons déjeuner. La Fosseuse est impatiente de vous voir, dit Benassis en donnant une petite tape sur les joues d'Adrien.

— Il n'est donc pas poitrinaire ? demanda Genestas

---

1. Donc, il s'« occupait ».   2. L'expression consacrée est là. Il ne s'agit pas seulement de surmenage mais bien de masturbation.

au médecin en le prenant par le bras et l'entraînant à l'écart.

— Pas plus que vous ni moi.

— Mais qu'a-t-il ?

— Bah ! répondit Benassis, il est dans un mauvais moment, voilà tout.

La Fosseuse se montra sur le seuil de sa porte, et Genestas n'en vit pas sans surprise la mise à la fois simple et coquette. Ce n'était plus la paysanne de la veille, mais une élégante et gracieuse femme de Paris qui lui jeta des regards contre lesquels il se trouva faible. Le soldat détourna les yeux sur une table de noyer sans nappe, mais si bien cirée, qu'elle semblait avoir été vernie, et où étaient des œufs, du beurre, un pâté, des fraises de montagne qui embaumaient. Partout la pauvre fille avait mis des fleurs qui faisaient voir que pour elle ce jour était une fête. À cet aspect, le commandant ne put s'empêcher d'envier cette simple maison et cette pelouse, il regarda la paysanne d'un air qui exprimait à la fois des espérances et des doutes ; puis il reporta ses yeux sur Adrien, à qui la Fosseuse servait des œufs, en s'occupant de lui par maintien.

— Commandant, dit Benassis, vous savez à quel prix vous recevez ici l'hospitalité. Vous devez conter à ma Fosseuse quelque chose de militaire.

— Il faut d'abord laisser monsieur déjeuner tranquillement, mais après qu'il aura pris son café...

— Certes je le veux bien, répondit le commandant ; néanmoins je mets une condition à mon récit, vous nous direz une aventure de votre ancienne existence.

— Mais, monsieur, répondit-elle en rougissant, il ne m'est jamais rien arrivé qui vaille la peine d'être raconté. — Voulez-vous encore un peu de ce pâté au riz, mon petit ami ? dit-elle en voyant l'assiette d'Adrien vide.

— Oui, mademoiselle.

— Il est délicieux, ce pâté, dit Genestas.

— Que direz-vous donc de son café à la crème ? s'écria Benassis.

— J'aimerais mieux entendre notre jolie hôtesse.

— Vous vous y prenez mal, Genestas, dit Benassis. Écoute, mon enfant, reprit le médecin en s'adressant à la Fosseuse, à qui il serra la main, cet officier que tu vois là près de toi cache un cœur excellent sous des dehors sévères, et tu peux causer ici à ton aise. Parle, ou tais-toi, nous ne voulons pas t'importuner. Pauvre enfant, si jamais tu peux être entendue et comprise, ce sera par les trois personnes avec lesquelles tu te trouves en ce moment. Raconte-nous tes amours passés, ce ne sera point prendre sur les secrets actuels de ton cœur.

— Voici le café que nous apporte Mariette, répond-it-elle. Lorsque vous serez tous servis, je veux bien vous dire mes amours. — Mais, monsieur le commandant n'oubliera pas sa promesse, ajouta-t-elle en lançant à Genestas un regard à la fois modeste et agressif.

— J'en suis incapable, mademoiselle, répondit respectueusement Genestas.

— À l'âge de seize ans, dit la Fosseuse[1], quoique je fusse malingre, j'étais forcée de mendier mon pain sur les routes de la Savoie. Je couchais aux Échelles, dans une grande crèche pleine de paille. L'aubergiste qui me logeait était un bon homme, mais sa femme ne pouvait pas me souffrir et m'injuriait toujours. Ça me faisait bien de la peine, car je n'étais pas une mauvai-se[2] pauvresse ; je priais Dieu soir et matin, je ne volais point, j'allais au commandement du ciel, demandant de quoi vivre, parce que je ne savais rien faire et que j'étais vraiment malade, tout à fait incapable de lever une houe ou de dévider du coton. Eh ! bien, je fus chassée de chez l'aubergiste à cause d'un chien. Sans parents, sans amis, depuis ma naissance, je n'avais jamais rencontré chez personne de regards qui me fissent du bien. La bonne femme Morin qui m'a élevée

---

1. Encore une confession-tiroir.   **2.** Immorale. La pauvresse est toujours soupçonnée d'être une prostituée en puissance.

était morte, elle a été bien bonne pour moi ; mais je ne
me souviens guère de ses caresses ; d'ailleurs, la
pauvre vieille travaillait à la terre comme un homme ;
et, si elle me dorlotait, elle me donnait aussi des coups
de cuiller sur les doigts quand j'allais trop vite en mangeant notre soupe dans son écuelle. Pauvre vieille, il
ne se passe point de jours que je ne la mette dans mes
prières ! veuille le bon Dieu lui faire là-haut une vie
plus heureuse qu'ici-bas, surtout un lit meilleur ; elle
se plaignait toujours du grabat où nous couchions
toutes les deux. Vous ne sauriez vous imaginer, mes
chers messieurs, comme ça vous blesse l'âme que de
ne récolter que des injures, des rebuffades et des
regards qui vous percent le cœur comme si l'on vous
y donnait des coups de couteau. J'ai fréquenté de vieux
pauvres à qui ça ne faisait plus rien du tout ; mais je
n'étais point née pour ce métier-là. Un *non* m'a toujours fait pleurer. Chaque soir, je revenais plus triste,
et je ne me consolais qu'après avoir dit mes prières.
Enfin, dans toute la création de Dieu, il ne se trouvait
pas un seul cœur où je pusse reposer le mien ! Je
n'avais que le bleu du ciel pour ami. J'ai toujours été
heureuse en voyant le ciel tout bleu. Quand le vent
avait balayé les nuages, je me couchais dans un coin
des rochers, et je regardais le temps. Je rêvais alors que
j'étais une grande dame. À force de voir, je me croyais
baignée dans ce bleu ; je vivais là-haut en idée, je ne
me sentais plus rien de pesant, je montais, montais, et
je devenais tout aise. Pour en revenir à mes amours, je
vous dirai que l'aubergiste avait eu de sa chienne un
petit chien gentil comme une personne, blanc, mou-
cheté de noir aux pattes ; je le vois toujours, ce chérubin ! Ce pauvre petit est la seule créature qui dans ce
temps-là m'ait jeté des regards d'amitié, je lui gardais
mes meilleurs morceaux, il me connaissait, venait au-
devant de moi le soir, n'avait point honte de ma misère,
sautait sur moi, me léchait les pieds ; enfin il y avait
dans ses yeux quelque chose de si bon, de si reconnais-

sant, que souvent je pleurais en le voyant. — Voilà
pourtant le seul être qui m'aime bien, disais-je. L'hiver
il se couchait à mes pieds. Je souffrais tant de le voir
battu, que je l'avais accoutumé à ne plus entrer dans
les maisons pour y voler des os, et il se contentait de
mon pain. Si j'étais triste, il se mettait devant moi, me
regardait dans les yeux, et semblait me dire : — Tu es
donc triste, ma pauvre Fosseuse ? Si les voyageurs me
jetaient des sous, il les ramassait dans la poussière et
me les apportait, ce bon caniche. Quand j'ai eu cet
ami-là, j'ai été moins malheureuse. Je mettais de côté
tous les jours quelques sous pour tâcher de faire cinquante francs afin de l'acheter au père Manceau. Un
jour, sa femme, voyant que le chien m'aimait, s'avisa
d'en raffoler. Notez que le chien ne pouvait pas la
souffrir. Ces bêtes-là, ça flaire les âmes ! elles voient
tout de suite quand on les aime. J'avais une pièce d'or
de vingt francs cousue dans le haut de mon jupon ;
alors je dis à monsieur Manceau : — Mon cher monsieur, je comptais vous offrir mes économies de l'année pour votre chien ; mais avant que votre femme ne
le veuille pour elle, quoiqu'elle ne s'en soucie guère,
vendez-le-moi vingt francs ; tenez, les voici. — Non,
ma mignonne, me dit-il, serrez vos vingt francs. Le ciel
me préserve de prendre l'argent des pauvres ! Gardez
le chien. Si ma femme crie trop, allez-vous-en. Sa
femme lui fit une scène pour le chien... ah ! mon Dieu,
l'on aurait dit que le feu était à la maison ; et vous ne
savez pas ce qu'elle imagina ? Voyant que le chien
était à moi d'amitié, qu'elle ne pourrait jamais l'avoir,
elle l'a fait empoisonner. Mon pauvre caniche est mort
entre mes bras, je l'ai pleuré comme si c'eût été mon
enfant, et je l'ai enterré sous un sapin. Vous ne savez
pas tout ce que j'ai mis dans cette fosse. Je me suis
dit, en m'asseyant là, que je serais donc toujours seule
sur la terre, que rien ne me réussirait, que j'allais rede-
venir comme j'étais auparavant, sans personne au
monde, et que je ne verrais pour moi d'amitié dans

« *Je me couchais dans un coin des rochers,
et je regardais le temps.* »

aucun regard. Je suis restée enfin là toute une nuit, à la belle étoile, priant Dieu de m'avoir en pitié. Quand je revins sur la route, je vis un petit pauvre de dix ans qui n'avait pas de mains. Le bon Dieu m'a exaucée, pensais-je. Je ne l'avais jamais prié comme je le fis pendant cette nuit-là. Je vais prendre soin de ce pauvre petit, me dis-je, nous mendierons ensemble et je serai sa mère ; à deux on doit mieux réussir ; j'aurai peut-être plus de courage pour lui que je n'en ai pour moi ! D'abord le petit a paru content, il lui aurait été bien difficile de ne pas l'être, je faisais tout ce qu'il voulait, je lui donnais ce que j'avais de meilleur, enfin j'étais son esclave, il me tyrannisait ; mais ça me semblait toujours mieux que d'être seule. Bah ! aussitôt que le petit ivrogne a su que j'avais vingt francs dans le haut de ma robe, il l'a décousue et m'a volé ma pièce d'or, le prix de mon pauvre caniche ! je voulais faire dire des messes avec. Un enfant sans mains ! ça fait trembler. Ce vol m'a plus découragée de la vie que je ne sais quoi. Je ne pouvais donc rien aimer qui ne me pérît entre les mains. Un jour je vois venir une jolie calèche française qui montait la côte des Échelles. Il se trouvait dedans une demoiselle belle comme une vierge Marie, et un jeune homme qui lui ressemblait. — « Vois donc la jolie fille ? » lui dit ce jeune homme en me jetant une pièce d'argent. Vous seul, monsieur Benassis, pouvez savoir le bonheur que me causa ce compliment, le seul que j'aie jamais entendu ; mais le monsieur aurait bien dû ne pas me jeter d'argent. Aussitôt, poussée par mille je ne sais quoi qui m'ont tarabusté la tête, je me suis mise à courir par des sentiers qui coupaient au plus court ; et me voilà dans les rochers des Échelles, bien avant la calèche qui montait tout doucement. J'ai pu revoir le jeune homme, il a été tout surpris de me retrouver, et moi j'étais si aise que le cœur me battait dans la gorge ; un je ne sais quoi m'attirait vers lui ; quand il m'eut reconnue, je repris ma course, en me doutant bien que la demoiselle et lui s'arrêteraient pour voir la cascade de Couz ; lorsqu'ils sont descendus, ils m'ont encore aperçue sous les noyers de la route, ils m'ont alors questionnée en paraissant s'intéresser à moi. Jamais de ma vie je n'avais entendu de voix plus douce que celle de ce beau jeune homme et de sa sœur, car c'était sûrement sa sœur ; j'y ai pensé pendant un an, j'espérais toujours qu'ils reviendraient. J'aurais donné deux ans de ma vie, rien que pour revoir ce voyageur, il paraissait si doux ! Voilà, jusqu'au jour où j'ai connu monsieur Benassis, les plus grands événements de ma vie ; car, quand ma maîtresse m'a renvoyée pour avoir mis sa méchante robe de bal, j'ai eu pitié d'elle, je lui ai pardonné ; et foi d'honnête fille, si vous me permettez de vous parler franchement, je me suis crue bien meilleure qu'elle ne l'était, quoiqu'elle fût comtesse.

— Hé ! bien, dit Genestas après un moment de silence, vous voyez que Dieu vous a prise en amitié ; ici, vous êtes comme le poisson dans l'eau [1].

À ces mots, la Fosseuse regarda Benassis avec des yeux pleins de reconnaissance.

— Je voudrais être riche ! dit l'officier.

Cette exclamation fut suivie d'un profond silence.

— Vous me devez une histoire, dit enfin la Fosseuse d'un son de voix câlin.

— Je vais vous la dire, répondit Genestas. La veille de la bataille de Friedland, reprit-il après une pause, j'avais été envoyé en mission au quartier du général Davoust, et je revenais à mon bivouac, lorsqu'au détour d'un chemin je me trouve nez à nez avec l'empereur. Napoléon me regarde : « — Tu es le capitaine Genestas ? me dit-il. — Oui, sire. — Tu es allé en Égypte ? — Oui, sire. — Ne continue pas d'aller par ce chemin-là, me dit-il, prends à gauche, tu te trouveras plus tôt à ta division. » Vous ne sauriez imaginer avec quel accent de bonté l'empereur me dit ces paroles, lui

---

1. Platitude et banalité qui va dans le sens de la non-intellectualité du militaire, qui a d'autres vertus.

qui avait bien d'autres chats à fouetter, car il parcourait le pays pour reconnaître son champ de bataille. Je vous raconte cette aventure pour vous faire voir quelle mémoire il avait, et vous apprendre que j'étais un de ceux dont la figure lui était connue. En 1815, j'ai prêté le serment. Sans cette faute-là je serais peut-être colonel aujourd'hui ; mais je n'ai jamais eu l'intention de trahir les Bourbons ; dans ce temps-là je n'ai vu que la France à défendre. Je me suis trouvé chef d'escadron dans les grenadiers de la garde impériale, et malgré les douleurs que je ressentais encore de ma blessure, j'ai fait ma partie de moulinet à la bataille de Waterloo. Quand tout a été dit, j'ai accompagné Napoléon à Paris ; puis, lorsqu'il a gagné Rochefort, je l'ai suivi malgré ses ordres ; j'étais bien aise de veiller à ce qu'il ne lui arrivât pas de malheurs en route. Aussi, lorsqu'il vint se promener sur le bord de la mer, me trouva-t-il en faction à dix pas de lui. « — Hé ! bien, Genestas, me dit-il en s'approchant de moi, nous ne sommes donc pas morts ? » Ce mot-là m'a crevé le cœur. Si vous l'aviez entendu, vous auriez frémi, comme moi, de la tête aux pieds. Il me montra ce scélérat de vaisseau anglais qui bloquait le port, et me dit : « — En voyant ça, je regrette de ne m'être pas noyé dans le sang de ma garde ! » — Oui, dit Genestas en regardant le médecin et la Fosseuse, voilà ses propres paroles. « — Les maréchaux qui vous ont empêché de charger vous-même, lui dis-je, et qui vous ont mis dans votre berlingot, n'étaient pas vos amis. — Viens avec moi, s'écria-t-il vivement, la partie n'est pas finie. — Sire, je vous rejoindrai volontiers ; mais quant à présent j'ai sur les bras un enfant sans mère, et je ne suis pas libre. » Adrien que vous voyez là m'a donc empêché d'aller à Sainte-Hélène. « — Tiens, me dit-il, je ne t'ai jamais rien donné, tu n'étais pas de ceux qui avaient toujours une main pleine et l'autre ouverte ; voici la tabatière qui m'a servi pendant cette dernière campagne. Reste en France, il y faut des braves après tout !

Demeure au service, souviens-toi de moi. Tu es de mon armée le dernier Égyptien que j'aurai vu debout en France. » Et il me donna une petite tabatière. « — Fais graver dessus : *honneur et patrie*, me dit-il, c'est l'histoire de nos deux dernières campagnes. » Puis ceux qui l'accompagnaient l'ayant rejoint, je restai pendant toute la matinée avec eux. L'empereur allait et venait sur la côte, il était toujours calme, mais il fronçait parfois les sourcils. À midi, son embarquement fut jugé tout à fait impossible. Les Anglais savaient qu'il était à Rochefort, il fallait ou se livrer à eux ou retraverser la France. Nous étions tous inquiets ! Les minutes étaient comme des heures. Napoléon se trouvait entre les Bourbons qui l'auraient fusillé, et les Anglais qui ne sont point des gens honorables, car ils ne se laveront jamais de la honte dont ils se sont couverts en jetant sur un rocher un ennemi qui leur demandait l'hospitalité. Dans cette anxiété, je ne sais quel homme de sa suite lui présente le lieutenant Doret, un marin qui venait lui proposer les moyens de passer en Amérique. En effet, il y avait dans le port un brick de l'État et un bâtiment marchand. « — Capitaine ! lui dit l'empereur, comment vous y prendriez-vous donc ? — Sire, répondit l'homme, vous serez sur le vaisseau marchand, je monterai le brick sous pavillon blanc avec des hommes dévoués, nous aborderons l'anglais, nous y mettrons le feu, nous sauterons, vous passerez. — Nous irons avec vous ! » criai-je au capitaine. Napoléon nous regarda tous et dit : « — Capitaine Doret, restez à la France. » C'est la seule fois que j'ai vu Napoléon ému. Puis il nous fit un signe de main et rentra. Je partis quand je l'eus vu abordant le vaisseau anglais. Il était perdu, et il le savait. Il y avait dans le port un traître qui, par des signaux, avertissait les ennemis de la présence de l'empereur. Napoléon a donc essayé un dernier moyen, il a fait ce qu'il faisait sur les champs de bataille, il est allé à eux, au lieu de les laisser venir à lui. Vous parlez de chagrins, rien ne peut vous peindre le désespoir de ceux qui l'ont aimé pour lui.

— Où donc est sa tabatière ? dit la Fosseuse.

— Elle est à Grenoble, dans une boîte, répondit le commandant.

— J'irai la voir, si vous me le permettez. Dire que vous avez une chose où il a mis ses doigts. Il avait une belle main ?

— Très-belle.

— Est-il vrai qu'il soit mort ? demanda-t-elle. Là, dites-moi bien la vérité.

— Oui, certes, il est mort, ma pauvre enfant [1].

— J'étais si petite en 1815, que je n'ai jamais pu voir que son chapeau, encore ai-je manqué d'être écrasée à Grenoble.

— Voilà de bien bon café à la crème, dit Genestas. Hé ! bien, Adrien, ce pays-ci vous plaira-t-il ? viendrez-vous voir mademoiselle ?

L'enfant ne répondit pas, il paraissait avoir peur de regarder la Fosseuse. Benassis ne cessait d'examiner ce jeune homme, dans l'âme duquel il semblait lire.

— Certes, il viendra la voir, dit Benassis. Mais revenons au logis, il faut que j'aille prendre un de mes chevaux pour faire une course assez longue. Pendant mon absence vous vous entendrez avec Jacquotte.

— Venez donc avec nous, dit Genestas à la Fosseuse.

— Volontiers, répondit-elle, j'ai plusieurs choses à rendre à madame Jacquotte.

Ils se mirent en route pour revenir chez le médecin, et la Fosseuse, que cette compagnie rendait gaie, les conduisit par de petits sentiers à travers les endroits les plus sauvages de la montagne.

— Monsieur l'officier, dit-elle après un moment de silence, vous ne m'avez rien dit de vous, et j'aurais voulu vous entendre raconter quelque aventure de guerre. J'aime bien ce que vous avez dit de Napoléon, mais ça m'a fait mal... Si vous étiez bien aimable...

---

1. Trait réaliste : en 1821, beaucoup de gens ne voulaient pas croire en la mort de l'Empereur. C'était de « l'intox ».

— Elle a raison, s'écria doucement Benassis, vous devriez nous conter quelque bonne aventure, pendant que nous marchons. Allons, une affaire intéressante, comme celle de votre poutre, à la Bérésina.

— J'ai bien peu de souvenirs, dit Genestas. Il se rencontre des gens auxquels tout arrive, et moi, je n'ai jamais pu être le héros d'aucune histoire. Tenez, voici la seule drôlerie qui me soit arrivée. En 1805, je n'étais encore que sous-lieutenant, je fis partie de la Grande-Armée, et je me trouvai à Austerlitz. Avant de prendre Ulm, nous eûmes à livrer quelques combats où la cavalerie donna singulièrement. J'étais alors sous le commandement de Murat, qui ne renonçait guère sur la couleur. Après une des premières affaires de la campagne, nous nous emparâmes d'un pays où il y avait plusieurs belles terres. Le soir, mon régiment se cantonna dans le parc d'un beau château habité par une jeune et jolie femme, une comtesse ; je vais naturellement me loger chez elle, et j'y cours afin d'empêcher tout pillage. J'arrive au salon au moment où mon maréchal-des-logis couchait en joue la comtesse, et lui demandait brutalement ce que cette femme ne pouvait certes lui donner, il était trop laid ; je relève d'un coup de sabre sa carabine, le coup part dans une glace ; puis, je flanque un revers à mon homme, et l'étends par terre. Aux cris de la comtesse, et en entendant le coup de fusil, tout son monde accourt et me menace. « — Arrêtez, dit-elle en allemand à ceux qui voulaient m'embrocher, cet officier m'a sauvé la vie ! » Ils se retirent. Cette dame m'a donné son mouchoir, un beau mouchoir brodé que j'ai encore, et m'a dit que j'aurais toujours un asile dans sa terre, et que si j'éprouvais un chagrin, de quelque nature qu'il fût, je trouverais en elle une sœur et une amie dévouée ; enfin, elle y mit toutes les herbes de la Saint-Jean. Cette femme était belle comme un jour de noces, mignonne comme une jeune chatte. Nous avons dîné ensemble. Le lendemain j'étais devenu amoureux fou ; mais le lendemain il fallait se trouver en ligne à Guntzbourg, je crois, et je délogeai muni du mouchoir. Le combat se livre ; je me disais : — À moi les balles ! Mon Dieu, parmi toutes celles qui passent n'y en aura-t-il pas une pour moi ? Mais je ne la souhaitais pas dans la cuisse, je n'aurais pas pu retourner au château. Je n'étais pas dégoûté, je voulais une bonne blessure au bras pour pouvoir être pansé, mignoté par la princesse. Je me précipitais comme un enragé sur l'ennemi. Je n'ai pas eu de bonheur, je suis sorti de là sain et sauf. Plus de comtesse, il a fallu marcher. Voilà.

Ils étaient arrivés chez Benassis, qui monta promptement à cheval et disparut. Lorsque le médecin rentra, la cuisinière, à laquelle Genestas avait recommandé son fils, s'était déjà emparée d'Adrien, et l'avait logé dans la fameuse chambre de monsieur Gravier. Elle fut singulièrement étonnée de voir son maître ordonnant de dresser un simple lit de sangle dans sa chambre à lui pour le jeune homme, et le commandant d'un ton si impératif qu'il fut impossible à Jacquotte de faire la moindre observation. Après le dîner, le commandant reprit la route de Grenoble, heureux des nouvelles assurances que lui donna Benassis du prochain rétablissement de l'enfant.

Dans les premiers jours de décembre[1], huit mois après avoir confié son enfant au médecin, Genestas fut nommé lieutenant-colonel dans un régiment en garnison à Poitiers[2]. Il songeait à mander son départ à Benassis lorsqu'il reçut une lettre de lui par laquelle son ami lui annonçait le parfait rétablissement d'Adrien.

« L'enfant, disait-il, est devenu grand et fort, il se porte à merveille. Depuis que vous ne l'avez vu, il a si bien profité des leçons de Butifer, qu'il est aussi bon tireur que notre contrebandier lui-même ; il est d'ailleurs

---

1. 1829. Date importante : Benassis va mourir. Il ne verra pas la révolution de 1830.   2. Fidèle aux Bourbons, il est donc quand même « reconnu ».

leste et agile, bon marcheur, bon cavalier. En lui tout est changé. Le garçon de seize ans, qui naguère paraissait en avoir douze, semble maintenant en avoir vingt. Il a le regard assuré, fier. C'est un homme, et un homme à l'avenir de qui vous devez maintenant songer. »

— J'irai sans doute voir Benassis demain, et je prendrai son avis sur l'état que je dois faire embrasser à ce camarade-là, se dit Genestas en allant au repas d'adieu que ses officiers lui donnaient, car il ne devait plus rester que quelques jours à Grenoble.

Quand le lieutenant-colonel rentra, son domestique lui remit une lettre apportée par un messager qui en avait longtemps attendu la réponse. Quoique fort étourdi par les toasts que les officiers venaient de lui porter, Genestas reconnut l'écriture de son fils, crut qu'il le priait de satisfaire quelque fantaisie de jeune homme, et laissa la lettre sur sa table, où il la reprit le lendemain, lorsque les fumées du vin de Champagne furent dissipées.

« Mon cher père... » — Ah ! petit drôle, se dit-il, tu ne manques jamais de me cajoler quand tu veux quelque chose ! Puis il reprit et lut ces mots : « Le bon monsieur Benassis est mort... » La lettre tomba des mains de Genestas qui n'en reprit la lecture qu'après une longue pause. « Ce malheur a jeté la consternation dans le pays, et nous a d'autant plus surpris, que monsieur Benassis était la veille parfaitement bien portant, et sans nulle apparence de maladie. Avant-hier, comme s'il eût connu sa fin, il alla visiter tous ses malades, même les plus éloignés, il avait parlé à tous les gens qu'il rencontrait, en leur disant : Adieu, mes amis. Il est revenu, suivant son habitude, pour dîner avec moi, sur les cinq heures. Jacquotte lui trouva la figure un peu rouge et violette ; comme il faisait froid, elle ne lui donna pas un bain de pieds, qu'elle avait l'habitude de le forcer à prendre quand elle lui voyait le sang à la tête. Aussi la pauvre fille, à travers ses larmes, crie-t-elle depuis deux jours : Si je lui avais donné un bain de pieds, il vivrait encore ! Monsieur Benassis avait faim, il mangea beaucoup, et fut plus gai que de coutume. Nous avons beaucoup ri ensemble, et je ne l'avais jamais vu riant. Après le dîner, sur les sept heures, un homme de Saint-Laurent-du-Pont vint le chercher pour un cas très-pressé. Il me dit : « — Il faut que j'y aille ; cependant ma digestion n'est pas faite, et je n'aime pas monter à cheval en cet état, surtout par un temps froid ; il y a de quoi tuer un homme ! » Néanmoins il partit. Goguelat, le piéton, apporta sur les neuf heures une lettre pour monsieur Benassis. Jacquotte, fatiguée d'avoir fait sa lessive, alla se coucher en me donnant la lettre, et me pria de préparer le thé dans notre chambre au feu de monsieur Benassis, car je couche encore près de lui sur mon petit lit de crin. J'éteignis le feu du salon, et montai pour attendre mon bon ami. Avant de poser la lettre sur la cheminée, je regardai, par un mouvement de curiosité, le timbre et l'écriture. Cette lettre venait de Paris, et l'adresse me parut avoir été écrite par une femme. Je vous en parle à cause de l'influence que cette lettre a eue sur l'événement. Vers dix heures j'entendis les pas du cheval de monsieur Benassis. Il dit à Nicolle : « — Il fait un froid de loup, je suis mal à mon aise. — Voulez-vous que j'aille réveiller Jacquotte ? lui demanda Nicolle. — Non ! non ! » Et il monta. — Je vous ai apprêté votre thé, lui dis-je. — Merci, Adrien ! » me répondit-il en me souriant comme vous savez. Ce fut son dernier sourire. Le voilà qui ôte sa cravate comme s'il étouffait. « — Il fait chaud ici ! » dit-il. Puis il se jeta sur un fauteuil. « — Il est venu une lettre pour vous, mon bon ami, la voici, lui dis-je. » Il prend la lettre, regarde l'écriture et s'écrie : « — Ha ! mon Dieu, peut-être est-elle libre ! » Puis il s'est penché la tête en arrière, et ses mains ont tremblé ; enfin, il mit une lumière sur la table, et décacheta la lettre. Le ton de son exclamation était si effrayant, que je le regardai pendant qu'il lisait, et je le vis rougir et pleurer. Puis tout à coup il tomba la tête la première en avant, je le relève et lui vois le visage tout violet. « — Je suis mort, dit-il en bégayant et en faisant un effort affreux pour se dresser. Saignez, saignez-moi ! cria-t-il, en me saisissant la main. Adrien, brûlez cette lettre ! » Et il me tendit la lettre, que je jetai au feu. J'appelle Jacquotte et Nicolle ; mais Nicolle seul m'entend ; il monte, et m'aide à mettre monsieur Benassis sur mon petit lit de crin. Il n'entendait plus, notre bon ami ! Depuis ce moment il a bien ouvert les yeux, mais il n'a plus rien vu. Nicolle, en partant à cheval, pour aller chercher monsieur Bordier, le chirurgien, a semé l'alarme dans le bourg. Alors en un moment tout le bourg a été sur pied. Monsieur Janvier, monsieur Dufau, tous ceux que vous connaissez sont venus les premiers. Monsieur Benassis était presque mort, il n'y avait plus de ressources. Monsieur Bordier lui a brûlé la plante des pieds sans pouvoir en obtenir signe de vie. C'était à la fois un accès de goutte et un épanchement au cerveau. Je vous donne fidèlement tous ces détails parce que je sais, mon cher père, combien vous aimez monsieur Benassis. Quant à moi, je suis bien triste et bien chagrin. Je puis vous dire qu'excepté vous, il n'est personne que j'aie mieux aimé. Je profitais plus en causant le soir avec ce bon monsieur Benassis, que je ne gagnais en apprenant toutes les choses du collège. Quand le lendemain matin sa mort a été sue dans le bourg, ç'a été un spectacle incroyable. La cour, le jardin ont été remplis de monde. C'était des pleurs, des cris ; enfin personne n'a travaillé, chacun se racontait ce que monsieur Benassis lui avait dit, quand il lui avait parlé pour la dernière fois ; l'un racontait tout ce qu'il lui avait fait de bien ; les moins attendris parlaient pour les autres ; la foule croissait d'heure en heure, et chacun voulait le voir. La triste nouvelle s'est promptement répandue, les gens du Canton, et ceux même des environs, ont eu la même idée : hommes, femmes, filles et garçons sont arrivés au bourg de dix lieues à la ronde. Lorsque le convoi s'est fait, le cercueil a été porté dans l'église par les quatre plus anciens de la

Commune, mais avec des peines infinies, car il se trouvait entre la maison de monsieur Benassis et l'église, près de cinq mille personnes qui, pour la plupart, se sont agenouillées comme à la procession. L'église ne pouvait pas contenir tout le monde. Quand l'office a commencé, il s'est fait, malgré les pleurs, un si grand silence, que l'on entendait la clochette et les chants au bout de la grande rue. Mais lorsqu'il a fallu transporter le corps au nouveau cimetière que monsieur Benassis avait donné au bourg, ne se doutant guère, le pauvre homme, qu'il y serait enterré le premier, il s'est alors élevé un grand cri. Monsieur Janvier disait les prières en pleurant, et tous ceux qui étaient là avaient des larmes dans les yeux. Enfin il a été enterré. Le soir, la foule était dissipée, et chacun s'en est allé chez soi, semant le deuil et les pleurs dans le pays. Le lendemain matin, Gondrin, Goguelat, Butifer, le garde-champêtre et plusieurs personnes se sont mis à travailler pour élever sur la place où gît monsieur Benassis une espèce de pyramide en terre, haute de vingt pieds, que l'on gazonne, et à laquelle tout le monde s'emploie. Tels sont, mon bon père, les événements qui se sont passés ici depuis trois jours. Le testament de monsieur Benassis a été trouvé tout ouvert dans sa table, par monsieur Dufau. L'emploi que notre bon ami fait de ses biens a encore augmenté, s'il est possible, l'attachement qu'on avait pour lui, et les regrets causés par sa mort. Maintenant, mon cher père, j'attends par Butifer, qui vous porte cette lettre, une réponse pour que vous me dictiez ma conduite. Viendrez-vous me chercher, ou dois-je aller vous rejoindre à Grenoble ? Dites-moi ce que vous souhaitez que je fasse, et soyez sûr de ma parfaite obéissance.

« Adieu, mon père, je vous envoie les mille tendresses de votre fils affectionné.

« ADRIEN GENESTAS. »

— Allons, il faut y aller, s'écria le soldat.

Il commanda de seller son cheval, et se mit en route par une de ces matinées de décembre[1] où le ciel est couvert d'un voile grisâtre, où le vent n'est pas assez fort pour chasser le brouillard à travers lequel les arbres décharnés et les maisons humides n'ont plus leur physionomie habituelle. Le silence était terne, car il est d'éclatants silences. Par un beau temps, le moindre bruit a de la gaieté ; mais par un temps sombre, la nature n'est pas silencieuse, elle est muette. Le brouillard, en s'attachant aux arbres, s'y condensait en gouttes qui tombaient lentement sur les feuilles, comme des pleurs. Tout bruit mourait dans l'atmosphère. Le colonel Genestas, dont le cœur était serré par des idées de mort et par de profonds regrets, sympathisait avec cette nature si triste. Il comparait involontairement le joli ciel du printemps et la vallée qu'il avait vue si joyeuse pendant son premier voyage, aux aspects mélancoliques d'un ciel gris de plomb, à ces montagnes dépouillées de leurs vertes parures, et qui n'avaient pas encore revêtu leurs robes de neige dont les effets ne manquent pas de grâce. Une terre nue est un douloureux spectacle pour un homme qui marche au-devant d'une tombe ; pour lui, cette tombe semble être partout. Les sapins noirs qui, çà et là, décoraient les cimes, mêlaient des images de deuil à toutes celles qui saisissaient l'âme de l'officier ; aussi, toutes les fois qu'il embrassait la vallée dans toute son étendue, ne pouvait-il s'empêcher de penser au malheur qui pesait sur ce Canton, et au vide qu'y faisait la mort d'un homme. Genestas arriva bientôt à l'endroit où, dans son premier voyage, il avait pris une tasse de lait. En voyant la fumée de la chaumière où s'élevaient les enfants de l'hospice, il songea plus particulièrement à l'esprit bienfaisant de Benassis, et voulut y entrer pour faire en son nom une aumône à la pauvre femme.

---

1. L'histoire va du printemps à décembre, avec la (re)naissance d'un enfant...

Après avoir attaché son cheval à un arbre, il ouvrit la porte de la maison, sans frapper.

— Bonjour, la mère, dit-il à la vieille, qu'il trouva au coin du feu, et entourée de ses enfants accroupis, me reconnaissez-vous ?

— Oh ! oui bien, mon cher monsieur. Vous êtes venu par un joli printemps chez nous, et vous m'avez donné deux écus.

— Tenez, la mère, voilà pour vous et pour les enfants !

— Mon bon monsieur, je vous remercie. Que le ciel vous bénisse !

— Ne me remerciez pas, vous devez cet argent au pauvre père Benassis.

La vieille leva la tête et regarda Genestas.

— Ah ! monsieur, quoiqu'il ait donné son bien à notre pauvre pays, et que nous soyons tous ses héritiers, nous avons perdu notre plus grande richesse, car il faisait tout venir à bien[1] ici.

— Adieu, la mère, priez pour lui ! dit Genestas après avoir donné aux enfants de légers coups de cravache.

Puis, accompagné de toute la petite famille et de la vieille, il remonta sur son cheval et partit. En suivant le chemin de la vallée, il trouva le large sentier qui menait chez la Fosseuse. Il arriva sur la rampe d'où il pouvait apercevoir la maison ; mais il n'en vit pas, sans une grande inquiétude, les portes et les volets fermés ; il revint alors par la grande route dont les peupliers n'avaient plus de feuilles. En y entrant, il aperçut le vieux laboureur presque endimanché, qui marchait lentement tout seul et sans outils.

— Bonjour, bonhomme Moreau.

— Ah ! bonjour, monsieur ! Je vous remets, ajouta le bonhomme après un moment de silence. Vous êtes un ami de défunt monsieur notre maire. Ah ! monsieur,

---

1. Terme d'agriculture : venir à maturité, à fruit.

ne valait-il pas mieux que le bon Dieu prît à sa place un pauvre sciatique comme moi. Je ne suis rien ici, tandis que lui était la joie de tout le monde.

— Savez-vous pourquoi il n'y a personne chez la Fosseuse ?

Le bonhomme regarda dans le ciel.

— Quelle heure est-il, monsieur ? On ne voit point le soleil, dit-il.

— Il est dix heures.

— Oh ! bien, elle est à la messe ou au cimetière. Elle y va tous les jours, elle est son héritière de cinq cents livres de viager et de sa maison pour sa vie durante ; mais elle est quasi folle de sa mort.

— Où allez-vous donc, mon bon homme ?

— À l'enterrement de ce pauvre petit Jacques, qu'est mon neveu. Ce petit chétif est mort hier matin. Il semblait vraiment que ce fût ce cher monsieur Benassis qui le soutînt. Tous ces jeunes, ça meurt ! ajouta Moreau d'un air moitié plaintif, moitié goguenard.

À l'entrée du bourg, Genestas arrêta son cheval en apercevant Gondrin et Goguelat tous deux armés de pelles et de pioches.

— Hé ! bien, mes vieux troupiers, leur cria-t-il, nous avons donc eu le malheur de le perdre...

— Assez, assez, mon officier, répondit Goguelat d'un ton bourru, nous le savons bien, nous venons de tirer des gazons pour sa tombe.

— Ne sera-ce pas une belle vie à raconter [1] ? dit Genestas.

— Oui, reprit Goguelat, c'est, sauf les batailles, le Napoléon de notre vallée.

En arrivant au presbytère, Genestas aperçut à la porte Butifer et Adrien causant avec monsieur Janvier, qui revenait sans doute de dire sa messe. Aussitôt Butifer, voyant l'officier se disposer à descendre, alla tenir son cheval par la bride, et Adrien sauta au cou de son

---

1. Programme pour le romancier...

père, qui fut tout attendri de cette effusion ; mais le
militaire lui cacha ses sentiments, et lui dit : — Vous
voilà bien réparé, Adrien ! Tudieu ! vous êtes, grâce
à notre pauvre ami, devenu presque un homme ! Je
n'oublierai pas maître Butifer, votre instituteur.

— Ha ! mon colonel, dit Butifer, emmenez-moi
dans votre régiment ! Depuis que monsieur le maire est
mort, j'ai peur de moi. Ne voulait-il pas que je fusse
soldat, hé ! bien, je ferai sa volonté. Il vous a dit qui
j'étais, vous aurez quelque indulgence pour moi...

— Convenu, mon brave, dit Genestas en lui frappant dans la main. Sois tranquille, je te procurerai
quelque bon engagement. Hé ! bien, monsieur le curé...

— Monsieur le colonel, je suis aussi chagrin que le
sont tous les gens du Canton, mais je sens plus vivement qu'eux combien est irréparable la perte que nous
avons faite. Cet homme était un ange ! Heureusement
il est mort sans souffrir. Dieu a dénoué d'une main
bienfaisante les liens d'une vie qui fut un bienfait
constant pour nous.

— Puis-je vous demander sans indiscrétion de
m'accompagner au cimetière ? je voudrais lui dire
comme un adieu.

Butifer et Adrien suivirent alors Genestas et le curé,
qui marchèrent en causant à quelques pas en avant.
Quand le lieutenant-colonel eut dépassé le bourg, en
allant vers le petit lac, il aperçut, au revers de la montagne, un grand terrain rocailleux environné de murs.

— Voilà le cimetière, lui dit le curé. Trois mois
avant d'y venir, lui, le premier, il fut frappé des incon-
vénients qui résultent du voisinage des cimetières
autour des églises ; et, pour faire exécuter la loi qui
en ordonne la translation à une certaine distance des
habitations, il a donné lui-même ce terrain à la
Commune. Nous y enterrons aujourd'hui un pauvre
petit enfant : nous aurons ainsi commencé par y mettre
l'Innocence et la Vertu. La mort est-elle donc une
récompense ? Dieu nous donne-t-il une leçon en appe-

lant à lui deux créatures parfaites ? allons-nous vers lui, lorsque nous avons été bien éprouvés au jeune âge par la souffrance physique, et dans un âge plus avancé par la souffrance morale ? Tenez, voilà le monument rustique que nous lui avons élevé.

Genestas aperçut une pyramide en terre, haute d'environ vingt pieds, encore nue, mais dont les bords commençaient à se gazonner sous les mains actives de quelques habitants. La Fosseuse fondait en larmes, la tête entre ses mains et assise sur les pierres qui maintenaient le scellement d'une immense croix faite avec un sapin revêtu de son écorce. L'officier lut en gros caractères ces mots gravés sur le bois :

D.O.M.

CI GÎT

LE BON MONSIEUR BENASSIS,

NOTRE PÈRE

À

TOUS.

PRIEZ POUR LUI !

— C'est vous, monsieur, dit Genestas, qui avez...

— Non, répondit le curé, nous avons mis la parole qui a été répétée depuis le haut de ces montagnes jusqu'à Grenoble.

Après être demeuré silencieux pendant un moment, et s'être approché de la Fosseuse qui ne l'entendit pas, Genestas dit au curé :

— Dès que j'aurai ma retraite, je viendrai finir mes jours parmi vous [1].

Octobre 1832. — Juillet 1833.

---

1. Et on n'aura pas le *happy end* stupide de Genestas épousant la Fosseuse... Que ferait ici la télévision ?...

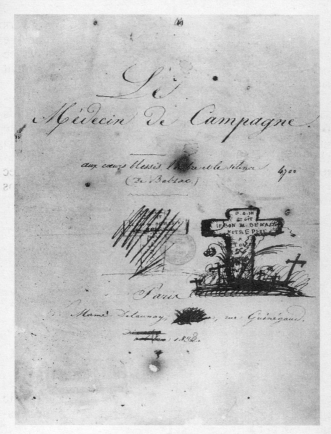

Manuscrit autographe du *Médecin de campagne*,
page de titre.

PREMIÈRE CONFESSION
DU MÉDECIN DE CAMPAGNE [1]

---

1. Texte inédit jusqu'à sa publication par Bernard Guyon en 1951 dans *La Création littéraire chez Balzac. La genèse du « Médecin de campagne »*. Le titre du manuscrit est *Restes de la Confession qui n'a pas servi pour « Le Médecin de campagne »*, Collection Lovenjoul (A 145).

Mon histoire, monsieur, est d'un mince intérêt pour les autres. Ce qui fut jadis, ce qui est encore un grand événement dans ma vie doit paraître peu de chose, et je dois même vous avouer que si cette aventure n'était pas la mienne elle me semblerait la plus vulgaire du monde. Aussi, pour prendre part à mes peines faut-il admettre que tout est relatif en fait de sentiment, grandir des riens, et amoindrir bien des grandeurs. Je hais parler de moi. La vie que j'ai embrassée a été déterminée par un mot d'adieu : Aux cœurs blessés l'ombre et le silence. Ce mot est devenu ma devise. Depuis douze ans je me suis tu fidèlement. Si je romps ce long silence, j'aurai du moins la bonne foi d'avouer qu'il commençait à me peser. Il y a encore de l'homme en moi. Mes pauvres malades seuls savent souffrir en silence et se taire en mourant. Je n'ai plus que peu de jours à vivre, je le sens ; eh bien, sur le bord de la fosse, j'ai je ne sais quel plaisir à confier au cœur d'un vieux soldat la pensée qui m'a dévoré. Les anciens chevaliers, faute de prêtre se confessaient à la croix de leur épée ; or la confession de mon cœur n'est pas du domaine de l'Église. Il n'y a peut-être qu'un enfant ou un vieux soldat qui puisse m'écouter, comprendre mes douleurs et y croire.

Un sourire doucement ironique passa sur ses lèvres et nuança d'une fausse expression de joie la mélancolie empreinte dans ses traits.

« Bénassis est le nom primitif de ma famille auquel s'en était joint depuis longtemps un autre accompagné d'un titre jadis acheté à je ne sais quel prix ; j'en ai eu beaucoup de vanité ; j'ai conçu les avantages de la noblesse, j'en ai joui ; mais aujourd'hui, la vie du monde me semble petite. J'ai renoncé à mon nom, après lui avoir imprimé quelque célébrité. J'ignore si elle sera durable, tant peu je m'en soucie. Aussi ne vous dirai-je rien de ce nom. Ce serait me démentir. D'ailleurs, s'il vous était inconnu, peut-être souffrirais-je encore. L'amour-propre nous tient compagnie, jusques à l'échafaud ; pourquoi n'en conserverais-je pas quelque peu » ? « L'amour-propre tient à une sorte de dignité personnelle qui sied bien à l'homme. Après tout le sot est celui qui ne justifie pas la haute opinion qu'il a de lui-même.

À trente ans, je passais pour être un de ces hommes supérieurs qui sont le fléau de notre époque ; car cette supériorité n'est jamais qu'une médiocrité très élevée du moment où elle est en quelque sorte générale. S'il y a quelques personnes de même portée au-dessus des autres, ne sera-ce pas toujours la monnaie d'un homme de génie ? L'homme supérieur doit être la pièce d'or. Néanmoins, j'avais un grand et bel avenir devant moi ; je pouvais espérer d'être un jour quelque chose dans mon pays. Une enfance toute malheureuse avait développé dans mon âme une énergie qui me permettait de tout tenter parce que j'avais appris à tout souffrir. Mais, pour contrebalancer les effets de cette puissance, ma sensibilité ayant sans cesse réagi sur moi sans s'user au dehors était devenue si pudique, si chatouilleuse, qu'elle était vivement offensée par des choses auxquelles le monde n'accordait pas la moindre importance. Honteux de ma susceptibilité, je la cachais sous une assurance menteuse, je souffrais en silence et j'admirais en moi ce dont je me moquais avec les autres, imitant les autres et blessant peut-être des âmes vierges et fraîches par les mêmes coups qui me meurtrissaient fortement. Malgré les fausses apparences qui me faisaient souvent mal juger, il y avait en moi une conscience pure et une délicatesse auxquelles j'obéissais toujours. Ainsi, j'étais dupé dans bien des occasions et ma bonne foi me déconsidérait. Le monde est plein de respect pour l'habileté sous quelque forme qu'elle se montre. Enfin, il n'y avait pas jusqu'aux malheurs attachés à la nature de mes talents qui ne me desservissent et ceux que je croyais mes amis étaient les premiers à s'en armer pour me rendre ridicule, pour diminuer peut-être l'estime que mes travaux devaient tôt ou tard m'obtenir et auxquels ils n'avaient pas le courage de se livrer. J'étais envié, déchiré, méconnu. Tout en restant dans une région supérieure à celles de ces tracasseries, elles m'affectaient momentanément ; puis mon âme reprenait son calme ; mais elle s'était agitée et je souffrais ; je souffrais surtout par moi-même, plus que par les autres. Ma vie était extérieurement heureuse ; en réalité, misérable. Le monde m'attribuait des vices, des qualités et des succès que je n'avais pas. L'on m'accablait de bonnes fortunes que j'ignorais, l'on me blâmait d'actions qui m'étaient étrangères et je dédaignais de démentir les calomnies par fierté, de même que, par vanité, j'acceptais des passions qui m'étaient inconnues.

L'Étude et d'immenses entreprises me consolaient de tout. Puis, çà et là, quelques approbations secrètes me soutenaient dans cette vie de déceptions, et un regard que je croyais ami, m'encourageait à persister dans cette voie au bout de laquelle était un triomphe chèrement payé, car à Paris, souvent blessé le vainqueur arrive au but en perdant tout son sang. Personne ne m'aimait, monsieur. Cependant, le rêve que mon âme caressait avec le plus d'ardeur et dont je souhaitais chaque jour la réalisation, était un amour profond et vrai. Mon caractère, mon tempérament, la nature de mon imagination, mon genre d'esprit, tout en moi me portait à résoudre ma vie par les voluptés du cœur et de la passion par celles de la famille les plus délicieuses de toutes. Tout ce qui appartenait à la vie intime excitait mes plus vives émotions. Mon visage, enseigne de passion, n'est point menteur, et mon cœur est caché. Peut-être cette opposition secrète de deux natures qui s'accordent dans les hautes régions du sentiment est-elle la source de mes malheurs ? Mon masque était tout pour le monde. Mais, monsieur, l'amour était dans mon âme un principe auquel je rattachais les choses les plus légères, d'où je faisais procéder les déterminations et les actes les plus importants de ma vie. L'amour était toute ma vie. J'avais un besoin d'affection qui renaissait toujours plus violent par la privation constante à laquelle un hasard inexplicable me condamnait. Si nos penchants ont, comme notre figure, une analogie plus ou moins apparente avec les instincts des animaux, il y avait en moi quelque chose de la nature canine et, pour qui la connaît, cette croyance est une grande prétention. Je sentais en moi toutes les conditions d'un attachement vrai. Je comprenais, par suite de ma solitude au milieu du monde, et les félicités de la constance et le bonheur qui change un sacrifice en plaisir. Malheureux, rebutés, nous sommes peut-être tous ainsi. Mais je me croyais capable de soumettre ce *moi* qui revient sans cesse et sous tant de formes dans nos actions et dans nos pensées à la créature aimée et la mettre la première dans mes actions et dans mes pensées. J'ai bien souvent vécu par un sentiment imaginaire que je supposais arrivé à ce degré de certitude où les émotions pénètrent si bien deux êtres que le bonheur a passé dans la vie, dans le regard, dans la respiration et ne cause plus aucun choc tant il s'est uni au principe de notre vie. Alors, cet amour est dans notre vie comme le sentiment religieux dans notre âme ; il l'anime et la soutient toujours. Les gens assez fous pour convertir en croyances ces fatales idées et pour en chercher ici-bas la réalisation, deviennent toujours victimes de ces belles religions humaines. Une puissance jalouse jette ces cœurs à battements égaux à de si grandes distances qu'ils ne peuvent se rejoindre, ou se connaissent trop tard, ou sont trop tôt séparés par la mort. Cette fatalité doit avoir un sens, mais je ne l'ai jamais cherché. Je souffre trop de ma blessure pour l'étudier. Peut-être le bonheur est-il un monstre inféconde qui ne perpétuerait pas notre espèce. Enfin, je n'ai point eu d'amis. Il y avait sans doute en moi quelque chose qui s'opposait au doux phénomène de l'union des âmes. Quelques personnes m'ont recherché, mais rien ne les ramenait près de moi quoique j'allasse vers elles.

Cependant, pour beaucoup d'entre elles, j'ai fait taire ce que le monde nomme *la supériorité* ; je marchais de leur pas, j'épousais leurs idées, je riais de leur rire, j'excusais leur caractère, j'allais jusqu'à justifier leurs vices, et comme c'était avoir pitié d'eux, je cachais sous de la gaieté cette compassion amicale ; mais j'avais beau leur vendre la gloire, mon temps et les talents pour un peu d'affection, je n'obtenais rien... rien, monsieur. Le terrain se brûlait autour de moi, là où dans le monde, se posaient mes pieds. Pour les uns, ma complaisance était faiblesse ; leur montrais-je les griffes du lion, j'étais méchant. Pour les autres, ce rire délicieux, auquel nous ne nous livrons plus, était un sujet de moquerie. Je les amusais... Ah ! monsieur, j'ai conçu les vengeances populaires contre ce monde de petitesse.

Plus j'obéissais à cette multiplicité de sensations qui procèdent d'une imagination poétique et qui n'exclut la logique ni dans les choses ni dans les sentiments de la vie, moins j'obtenais de résultats. Le monde se courbe devant un homme pâle, froid, peu causeur. Il le hait, mais il lui obéit. J'ai entendu vanter la puissance de ma séduction et je n'ai jamais séduit personne ; ma parole, quoique procédant d'une conviction ardente, n'a jamais pu vaincre une résistance ; j'ai toujours tout offert et l'on m'a toujours tout refusé. J'ai vu des niais rencontrer des gens qui s'attachaient à eux, les établissaient, les conseillaient, les dirigeaient à travers les dangers du monde et du commerce, avec un sentiment paternel, tandis que les choses d'enthousiasme, les sensations élevées ne trouvent que des cœurs glacés.

Le talent, comme une belle et grande musique, ne vibre qu'à une grande distance et de près, il assourdit. Les sots ont de la glu, sont de facile entendement, et peut-être leur allure toute simple a-t-elle des séductions qui manquent aux gens passionnés dont l'apparente mobilité doit effrayer le commun des hommes. Puis, un homme très haut situé ne donne jamais les plaisirs de la protection ; fier dans l'indigence, modeste au milieu des rayons de la gloire, il accable toujours, dans toutes les situations de la vie, ceux qui l'approchent. De là ses misères. Le génie est comme la perle, le fruit d'une maladie ; le monde le met orgueilleusement à son front ; mais un rien le brise, et on le serre, on le garde pour les grands jours, tandis que la médiocrité suffit à toutes les heures de la vie ; c'est le vêtement journalier de la société. Si j'étais la perle, j'aimerais mieux rester au fond des mers. Je n'ai fait ces réflexions et beaucoup d'autres qu'ici, pendant les longues heures de mes nuits sans sommeil.

Enfin, Monsieur, j'atteignis à l'âge de trente-quatre ans, sans avoir pu bien complètement satisfaire les appétits de ma nature toute artiste, ardente, amoureuse d'une perfection chimérique dans la vie du cœur, mais toujours plus affamée d'affection, à mesure que cette vie se refroidissait extérieurement pour moi. Sans avoir rencontré personne à qui je pusse dire mon secret, j'avais deviné les délicatesses les plus fugitives des sentiments. J'avais la faculté d'épouser les émotions des autres, de réaliser leurs joies inespérées ; je pouvais disputer à une femme la faculté de sentir ou d'apprécier mieux que moi ces plaisirs ou ces chagrins. En ce moment de ma vie, j'étais donc fatigué de malheur, lassé de sensations superficielles, plus ennuyé que flatté par des succès creux qui ne me faisaient point arriver au but où tendaient tous mes désirs ; je répondais aux railleries par un froid mépris. En me sentant toujours en désaccord avec moi, j'étais toujours prêt à prendre une résolution désespérée que l'espoir retardait toujours. — Enfin, dans un jour où je pliais sous le fardeau de tant de misères secrètes, où j'avais long-temps contemplé les scènes de malheur et de tristesse qui, depuis le berceau jusqu'alors s'étaient succédées [*sic*] et dans ma vie, je rencontrai la seule créature qui jamais ait réalisé les idées que j'avais préconçues de la femme. Depuis dix années que je me laissais aller au torrent des fêtes, au tourbillon des plaisirs du monde, j'avais étudié les femmes sous l'empire d'une passion sans bornes ; je les avais vues à travers les feux du désir ; et, quoique très indulgent à leurs beautés, aucune d'elles ne m'était apparue douée des avantages ou des défauts que je voulais trouver dans une femme ; indices de passion, observés avec bonheur, mais épars chez toutes les créatures fugitives que les hasards du monde me présentèrent par milliers. Cette perfection idéale qu'elles se partageaient, pour la première fois, je pus l'admirer tout entière dans une seule d'entre elles. Il n'y avait pas un sentiment auquel cette femme ne répondît ou qu'elle ne réveillât. N'attribuez pas cet éloge à l'aveugle enthousiasme de la passion. Sa grâce, son esprit, sa beauté l'avaient déjà rendue célèbre dans le monde. Elle avait inspiré bien des regrets, causé plu-sieurs malheurs ; à son insu peut-être, et fait éclore un grand nombre de ces amours éphémères qui naissent sous les feux d'un lustre au bal, et meurent le lende-main, emportés par les dévorantes préoccupations de Paris, ce gouffre où tout s'engloutit sans retentis-sement.

Je suis certain que vous avez entendu parler de cette femme, que vous l'avez vue peut-être, et même que vous connaissez l'autre moi-même auquel j'ai renoncé. Après avoir souffert pendant douze années par cette femme, après l'avoir maudite et adorée tous les soirs, je trouve que les femmes avaient raison de l'envier et les hommes de l'aimer : il ne lui manquait rien de ce qui peut inspirer l'amour, de ce qui le justifie, de ce qui le perpétue. La nature l'avait douée de cette coquetterie douce et naïve qui, chez la femme, est, en quelque sorte, la conscience de son pouvoir. Tout en elle s'harmoniait. Ses moindres mouvements étaient d'accord avec la tournure particulière de ses phrases, le son de sa voix qui vibrait dans les cœurs et la manière dont elle jetait son regard pour bouleverser toutes les idées. Type admirable de noblesse et d'élégance, sa noblesse n'avait rien de cherché ni de contraint, son élégance était tout instinctive. Le hasard avait été prodigue envers elle. Je ne vous dirai rien de sa naissance ni de sa fortune. En amour, ce sont des niaiseries qui souvent lui donnent du relief, mais qui, plus souvent encore, le tuent. Ce qu'elle avait de plus précieux était une belle âme, qui ne l'a pas empêchée de commettre un crime, un caractère délicieux en apparence. Elle pouvait être mélancolique, gaie dans la même heure, sans jouer ni la mélancolie, ni la gaieté. Elle paraissait vraie en tout, du moins je l'ai cru ; et ce fut le principe de mes malheurs. Elle savait être imposante, affable ou impertinente à son gré. Elle semblait être bonne et elle l'était ; mais elle s'est préférée à moi, sans savoir si je ne me serais pas immolé pour elle. Elle était sans défiance, et rusée ; tendre à faire venir des larmes aux yeux les plus secs et dure à vous briser le cœur le plus ferme. Mais, pour peindre ce caractère, il faudrait accumuler tous les contrastes. Elle était femme, et tout ce qu'elle voulait être. Un homme au désespoir s'était dit-on, tué pour elle. Après l'avoir vue, ce désespoir paraissait naturel.

Eh bien, Monsieur, cette femme m'accueillit avec plaisir ; et, dans un court espace de temps, après quatre ou cinq soirées passées près d'elle, je devins la proie d'une passion que je puis en ce moment dire éternelle, en mesurant la valeur de ce mot à la durée de notre vie. Elle était alors dans une de ces situations sociales qui, selon la complaisante jurisprudence de nos mœurs, doit permettre à une femme de se laisser aimer sans trop de scandale. Il est reçu dans le monde qu'une pre-

mière faute excuse, autorise, justifie une seconde. Je
n'ai certes point espéré devoir son amour aux maximes
de la corruption, mais j'avoue que j'étais enchanté de
la trouver déjà séparée de la société, de rencontrer en
elle un être tout à part. Je n'ai pas à me reprocher de
l'avoir flétrie par une seule pensée mauvaise, et ce fut
toujours pour moi la plus pure de toutes les femmes.
J'ai une opinion consolante pour nous autres, faibles
créatures. L'homme a le pouvoir de se faire une vie
nouvelle à chaque nouveau progrès de sa vie ; il a le
don de ne plus ressembler à lui-même par le changement de ses pensées ; il peut devenir meilleur ou plus
mauvais ; j'ai peut-être été victime d'une transformation de ce genre ; mais elle a pour effet de permettre à
une femme de reconquérir sa sainte innocence par un
amour vrai. Pour moi, la vie d'une femme, et pour elle
aussi peut-être, commence au premier regard par lequel
ils se créent l'un pour l'autre. Je ne jetai donc jamais
un seul coup d'œil sur sa vie passée, pas même pour
y puiser une pensée d'espoir. Je l'aimai de tous les
sentiments humains. Ma passion se trouva forte de mes
désespoirs secrets, de mes illusions déçues, de tous
mes songes d'amitié, d'amour évanouis qui se réveillè-
rent pour elle...

— Ah ! monsieur, s'écria le médecin, je vous
raconte une bien fatale histoire, bien épouvantable et
bien ridicule...

Il resta pendant un moment silencieux, agité.

— Non seulement, reprit-il, cette femme m'accueillit, mais encore, elle déploya pour moi, sciemment, les
ressources les plus captivantes de sa redoutable coquetterie, elle voulut me plaire, et prit d'incroyables soins
pour fortifier, pour accroître mon ivresse. Elle usa de
tout son pouvoir pour faire déclarer un amour timide.
Elle fut heureuse de m'entendre lui dire que je l'aimais
après avoir longtemps joui de mon silence qui lui avait
déjà tout dit. Joyeuse de mes paroles, elle ne m'a
jamais fait taire et ses regards insatiables m'arrachaient

tous mes secrets. Ayant la crainte de ressentir près d'elle des félicités que je n'inspirasse pas et de rêver à moi seul pour nous deux, désespérant de pouvoir jamais l'initier aux délices de mes espérances, jugez de mon éloquence dans ces moments délicieux où tout homme est éloquent. Pendant ces heureux jours, monsieur, je n'ai rien rêvé. Ses aveux eussent donné de la fatuité à l'homme le plus modeste. Elle eut toutes les jalousies qui nous flattent ; elle me rendit par des paroles plus délicieuses les mille discours que me suggérait une passion vraie, un ardent amour de poète. Elle s'éleva certes au-dessus de mes idées, de mes désirs et de mes croyances, et m'attira chaque jour plus haut dans le ciel. Puis, elle me promit et me donna tout ce qu'une femme peut donner en restant chaste et pure. Ce fut alors l'infini des cieux, l'amour des anges, des délices que je n'ai pas même aujourd'hui le courage de lui reprocher. Mais que sont toutes ces choses sans la confiance qui les éternise, sans le témoignage sacré qui rend l'amour indissoluble ? Vous, monsieur, vous auquel je confesse les plus cruelles angoisses de ma vie, soyez le seul juge entre nous ; justifiez-la..., je mourrai tranquille !... Croyez-vous qu'un seul baiser, plus furtif il est et plus il engage, croyez-vous que les plus caressantes délices que puisse accorder une femme sans compromettre sa vertu, l'obligent à quelque chose ? Croyez-vous qu'il lui soit permis de demander un amour sans bornes, une croyance aveugle en elle, un sentiment vrai, une vie entière, de l'accepter, de nourrir avec bonheur toutes les espérances d'un homme, de l'encourager d'une main flatteuse à aller plus avant dans un abîme, et de l'y laisser ?... Là est toute mon histoire. Histoire horrible ! C'est celle d'un homme qui a joui pendant quelques mois de la nature entière, de tous les effets du soleil dans un riche pays et qui perd la vue. Oui, monsieur, quelques mois de délices et puis rien. Pourquoi m'avoir donné tant de fêtes ?... Pourquoi m'a-t-elle nommé pendant quelques jours son bien-aimé, si elle devait me ravir ce titre, le seul dont le cœur se soucie. Était-il en son pouvoir d'effacer la trace profonde que cette parole a laissée dans mon âme ? Peut-elle faire que ce mot n'ait pas été dit ? Devait-elle le dire sans y joindre le cortège des pensées délicieuses qu'il exprime ? Elle a tout confirmé par un baiser, cette suave et sainte promesse que, par une distinction spéciale, Dieu nous a laissée en souvenir des cieux, et dont nous sommes investis seuls parmi les créatures, pour nous donner l'orgueil de la pensée. Un baiser ne s'efface jamais. Si le cœur était d'accord avec la voix, les yeux, l'abandon de la personne, pourquoi m'a-t-elle fui ? Quand a-t-elle menti ? Lorsqu'elle m'enivrait de ses regards en murmurant un nom donné, gardé par l'amour, ou lorsqu'elle a brisé seule le contrat qui obligeait nos deux cœurs ? qui mêlait à jamais deux pensées en une même vie ? Elle a menti quelque part. Et son mensonge a été le plus homicide de tous les mensonges ! Elle peut prier pour les meurtriers ! Elle est la sœur de tous, la sœur admirée par le monde qui ne connaît pas les invisibles liens de leur parenté. La pauvre femme, toute faible qu'elle se dise, a tué une âme heureuse. Elle a flétri toute une vie. Les autres sont plus charitables ; ils tuent plus promptement.

Pendant quelques heures le démon de la vengeance m'a tenté. Je pouvais la faire haïr du monde entier, la livrer à tous les regards, attachée à un poteau d'infamie, la mettre, à l'aide du talent de Juvénal, au-dessous de Messaline, et jeter la terreur dans l'âme de toutes les femmes, en leur donnant la crainte de lui ressembler. Mais il eût été plus généreux de la tuer d'un coup que de la tuer tous les jours et dans chaque siècle. Je ne l'ai pas fait. J'ai été dupe d'un amour vrai. J'ai porté l'orgueil plus loin, et je lui ai fait la magnifique aumône de mon silence. Elle ne méritait rien : ni pitié, ni amour, ni vengeance même, je lui ai tout donné. C'est une femme... une femme qui me fait vivre par le souvenir de quelques heures délicieuses, souvenirs purs et célestes : conversations de cœur à cœur, entremêlées de sourires gracieux comme des fleurs, heures coloriées, parfumées, pleines de soleil ; je me perds souvent dans les abîmes de ma mémoire, en tâchant de ne pas penser au dénouement triste et glacial qui a flétri les plus suaves caresses. Néanmoins, encore aujourd'hui, mon cœur se déchire plus vivement, à chaque nuit nouvelle, quand je me reporte à ces belles heures. Je suis fidèle à une femme qui ne m'aimait pas ; je l'aime avec orgueil, même oublié par elle. Où sera ma récompense ? J'ai peur que Dieu ne la punisse et je me flatte de pouvoir lui obtenir dans l'autre vie un pardon qu'elle ne mérite pas, en offrant à Dieu les souffrances qu'elle m'a causées. Elle ne sait pas que, dans ma solitude, je prie pour elle. Et cela est vrai, monsieur ; je suis assez lâche pour faire ici tout en son nom, pendant que légère, rieuse, elle me calomnie, en pensant que je l'ai oubliée !... Car elle s'est conduite d'après les maximes du monde : elle a été fidèle à son éducation, au jésuitisme de sa société qui permet à une femme de tout accorder, de tout dire, de tout penser, moins un dernier témoignage qui n'est rien et dont le monde fait tout, auquel il donne un prix qu'il n'a pas. Eh ! certes, personne n'a demandé plus ardemment à Dieu de créer une autre preuve pour l'alliance des cœurs. Hélas, l'amour divin n'est que dans les cieux !...

Cette pauvre femme, habituée, dès son entrée au grand bal de Paris, à jouer avec les sentiments, à juger superficiellement les passions des hommes, parce qu'autour d'elle les hommes en changeaient comme de vêtement, ou se consolaient en se jetant dans le torrent des intérêts, dans les occupations d'une vie ambitieuse, qu'elle ignorait ce que c'est qu'un amour vrai, profond !...

Que la justice humaine envoie une tête au bourreau, cela se conçoit ; mais ce qui a toujours fait frémir la société tout entière, ce fut de voir la Justice apprivoiser une victime pour la livrer au supplice. Que j'eusse aimé cette femme, que je ne lui eusse jamais plu ; qu'elle m'eût chassé, elle était dans son droit, mais m'attirer dans un désert et m'y laisser tout seul quand elle en connaissait l'issue !... Et, après m'y avoir enterré, s'en aller de par le monde se plaindre du froid de la vie, des hommes et des choses, du peu d'affection qu'on trouve ici-bas !... que de crimes pour lesquels il n'y a point d'échafauds !...

Monsieur, vous me demandez comment s'est passée cette affreuse catastrophe ?... De la manière la plus simple. La veille j'étais tout pour elle, le lendemain, je n'étais plus rien ! La veille, sa voix était harmonieuse et tendre, son regard plein d'enchantements ; le lendemain, sa voix a été dure, son regard froid, ses manières sèches ; pendant la nuit, une femme était morte ; c'était celle que j'aimais. Comment cela s'est-il fait ? Je l'ignore. Et, monsieur, j'ai été, dans ce temps, assez grand, assez spirituel, assez aimant, assez supérieur pour chercher les raisons de ce changement auquel je ne me suis pas fié tout d'abord. Elle m'offrait, suivant l'exécrable coutume des femmes de bonne compagnie, son amitié. Mais, accepter son amitié, c'était l'absoudre de son crime. Je n'ai rien voulu. Ce ne devait pas être une épreuve, car c'eût été certes une insulte, une défiance. Je suis donc encore à chercher la cause de mon malheur. J'ignore si, négligeant par orgueil de la séduire, je l'ai perdue pour ne pas lui avoir assez plu ; si elle s'est offensée d'être trop ou pas assez aimée ; ou aimée comme elle ne voulait pas l'être. Je ne sais si j'ai blessé sa fierté, si j'ai mécontenté son orgueil, si j'étais trop petit ou trop grand pour elle ; si elle a frémi d'appartenir à un homme qui l'aimerait toujours ou si elle a voulu humilier une supériorité qui l'humiliait. Peut-être aussi n'ai-je pas répondu aux idées qu'elle se faisait de moi, comme elle répondait à toutes mes croyances ; a-t-elle trouvé qu'il fallait me sacrifier trop de choses ; mais alors, elle ne m'aimait pas.

— Ai-je eu trop de foi dans ses paroles négatives, ai-je trahi ses désirs secrets, l'ai-je mal comprise ? Je me suis fait ces questions en pure perte. En effet, j'avais devant moi un immense avenir pour dot. Je ne voulais rien que pour elle, je voulais justifier son choix, à tous les yeux. Dans mon ivresse, j'espérais la rendre fière de moi, je croyais avoir l'instinct de son bonheur. Près d'elle, je m'abandonnais à des songes magnifiques dont, par timidité, par pudeur d'amour, je ne lui disais que peu de chose, ayant peur de la devoir à une séduction, ne voulant la tenir que d'elle-même. J'ai dépouillé le moi ; j'ai tâché de me rendre digne de ses premières paroles. — Monsieur, c'est un abîme où je me perds. — Peut-être suis-je, sans le savoir, accablé de son mépris pour avoir cru à sa cruauté froide comme j'ai cru à son amour. — Peut-être devais-je avoir de la hardiesse, peut-être cette froideur mortelle avait-elle un sens que je n'ai pas saisi. Mais quel triste jeu jouait-elle ? Je ne m'arrête jamais à cette pensée, car alors, je ne l'estimerais plus. Une femme est trop belle dans ses aveux, et elle était trop femme pour employer les ruses des prudes ou des laides. Maintenant, Monsieur, tout ce dont je ne doute pas est d'avoir aimé cette femme, c'est de l'aimer encore et de l'aimer assez pour mourir si j'apprenais que sa forme s'est évanouie sous terre ; je crois à son existence, je vis avec elle, malgré elle, sans qu'elle en sache rien. Elle est dans ma pensée, la source de toutes mes pensées.

Quand ce coup de foudre me terrassa, monsieur, car venons au dénouement et la nuit ne me suffirait pas s'il fallait vous dire les détails de ma passion, et vous trouveriez cette femme par trop mauvaise... Alors, je fus accablé d'une douleur si vive que je me renfermai pour pleurer comme un enfant ; puis, voyant tout fini pour moi dans... [fin du manuscrit]

DOSSIER

Balzac est né deux fois, par-delà le Balzac journaliste-contier-« philosophe » 1830-1832 : la seconde autour du *Père Goriot* qui inaugure la Société virtuelle de l'inter-communication des romans par le retour des personnages ; mais la première en 1832 autour de *Louis Lambert-Le Médecin de campagne*, qui inaugurent la sortie hors des vieux dilemmes : les deux femmes (l'ange et la démone) et vivre-ne pas vivre-vivre quand même (le Je, le Moi, ni ne se suicideront ni ne deviendront fous mais ils choisiront l'Œuvre). Benassis entré à la Grande-Chartreuse (et l'équivalent pour Balzac : la retraite comme l'« autre » suicide), et il n'y aurait eu ni le village-commune ni la future *Comédie*, « recherche du temps perdu », on le verra bientôt avec ce gigantesque effort pour re-faire et rattraper l'Histoire de la Restauration, avant qu'en 1846 (*Les Parents pauvres*) on ne se mette à écrire *au présent*, le temps du roman rejoignant le temps actuel. *Le Dernier Chouan*, premier roman d'une première Société virtuelle, assez oublié, reste disponible pour une réédition qui fera le lien entre 1799 (l'année de la naissance de Balzac) et la France « révolutionnée ». Le premier roman signé (mais pas encore *de* Balzac) sera réédité, remanié, en 1835. Et, l'an d'après, le roman-feuilleton (*La Vieille Fille*) relancera la machine dans le cadre d'un nouveau mode de communication de masse (nouveau public, nouvelle diffusion, nouvelle écriture), puis la petite Bibliothèque Charpentier (premier « livre de poche », livre bon marché à gros tirage) complètera encore le nouveau dispositif. Mais rien de tout cela n'aurait été possible sans le grand tournant de 1832, lorsque la philosophie politique féconde et transforme la « philosophie » encore un peu abstraite, rhétorique, mais appuyée, sans qu'on mesure encore toutes les conséquences, sur les premiers grands textes de la « vie privée », avec la « femme de trente ans », la « femme abandonnée » et leurs entours socio-historiques. 1832, ne l'oublions pas, marque pour Balzac la fin de certains espoirs (?) séculiers (être député, être le gourou d'un néo-carlisme « moderne » et, d'« homme du moment » littéraire, passer à un autre « homme du moment », médiatique et politique-partisan-militant), et notre homme se tourne vers une autre, et vers un autre POLITIQUE. Au même moment (synchronisme qui, à nous seuls, est devenu clair, car sur le moment qui y aurait songé ?), Stendhal, qui avait envisagé, lui aussi, au lendemain de Juillet, une carrière publique (être préfet à Quimper ! ou, peut-être, entrer à la Chambre des Pairs rénovée dans laquelle il souhaitait une représentation ès-qualités des « intellectuels », comme il disait — déjà —, renouvelant l'idée de « classe pensante » lancée en 1825), Stendhal, enfermé dans son consulat de Civitavecchia, se met à *Brulard*, aux *Souvenirs d'égotisme* et bientôt à ce *Lucien Leuwen* qu'il ne publiera pas ; et il ne reviendra au « public », en 1840, qu'avec cette *Chartreuse* qui, sans le savoir, mobilise des souvenirs qui lui sont communs avec Balzac du côté de la haute montagne dauphinoise (et il est du plus haut intérêt de prendre en compte le fait que ce sera Balzac qui, de manière tonitruante, saluera le roman de Fabrice-Sanseverina-Mosca dans son immense article de la *Revue parisienne*, à l'immense surprise aussi de Stendhal lui-même : l'Histoire, dira Marx, a plus d'imagination que nous...). La différence est certes que Stendhal ne s'enferme pas, ne se retire pas, pour écrire une Œuvre *organisée*, organique, monumentale, éloquente, mais une Œuvre en morceaux, vaste chantier fragmenté et plus ou moins déserté, et sans, jamais, de grande(s) Préface(s) manifeste(s). Mais, dans les deux cas, on aura eu le même retrait-bond en avant dans l'écrire. En 1832 encore, par ailleurs, Chateaubriand, après son inutile voyage à Prague auprès des « Princes », s'enfermera dans l'écriture de ses *Mémoires* et, pas mal d'années plus tard, ce sera la *Vie de Rancé*, où la Trappe sera comme un doublon des autres « chartreuses ». 1832 et le *Médecin* liquident et « dépassent » à la fois *Lambert* et ses folies autistes (après le « passage » par le futur Cénacle, qu'il avait fondé), son autocastration (fantasme récurrent dans le petit récit, avec la référence à Origène ; mais voir la « figure de satyre » de Benassis, son « front plein de *proéminences* significatives », et ses amours virtuelles avec la Fosseuse, nouvel « ange »), *Lambert*, donc, ET les illusions séculières. Mais « si » Balzac était revenu d'Aix « heureux », ayant couché avec madame la marquise de Castries, ayant été coopté par les Fitz-James, intégré au lobby carliste, il se serait sans doute répandu en textes « politiques », il serait entré dans le jeu parlementaire et partisan, il aurait peut-être songé au ministère, et tout aurait été perdu. Il serait peut-être entré à l'Académie. Il aurait peut-être été Pair de France comme tout le monde. Et l'on frémit. Mais, rentré cocu, il devait se mettre à sa *Légende du siècle*. Ainsi, texte-Somme et texte-pivot, le *Médecin* marque une autonaissance et une parthéno-genèse sans la « femme sans cœur » conquise et exhibée dont il restera à finir de faire un « personnage ». La grande hésitation entre les deux *Confessions* est hyper-signifiante ; la « femme sans cœur » est écartée du passé de Benassis, mais on la récupérera avec *La Duchesse de Langeais*, parce qu'on ne fait pas tout à la fois. Mais nous pouvons, nous, coudre ensemble la première *Confession* avec la suite de l'*Œuvre* : Balzac a de quoi *faire*. Trois années encore, et, du Dauphiné, on plongera dans les abîmes de la Pension Vauquer, « pension bourgeoise » au « Quartier latin », déjà en clair (mais pas encore lisible) dans *Le Médecin de campagne*[1]. Signe parfaitement *aveugle*, en 1832 : la

---

1. Personne, jamais, à ma connaissance, n'a signalé ce pré-signe *Goriot* dans le *Médecin*...

« pension bourgeoise » (tenue par des gens respectables...) attend encore son Rastignac, son Bianchon, son Vautrin, sa demoiselle pauvre, sa Michonneau, sa Police (couture avec le Corentin du *Dernier Chouan*), son « à nous deux maintenant », et son jeune homme ayant enterré « ses dernières larmes de jeune homme » avant d'aller « dîner chez madame de Nucingen », et il est vrai que Nucingen n'est pas né, lui non plus, mais que Gobseck l'a ébauché, futur « roi secret de nos destinées », Gobseck qui, dès *Les Dangers de l'inconduite* (1830 ; premier titre de la nouvelle éponyme de l'usurier-prophète), avait entrepris de former Derville (encore à baptiser), qui sera le grand témoin du *Colonel Chabert*, d'abord pochade d'Étude avant d'être le grand texte des *J'ai vu* (dont, entre autres, un Père mourant dans sa mansarde). « Tout cela », un jour, sera « sorti » d'une tasse de thé. Pour Balzac, en 1832, tout est sorti d'un voyage à Aix.

De la confession à l'utopie — De l'utopie à la confession

La confession fictionnelle est une étrange chose. Récit d'un passé, elle est destinée à l'explication d'un présent, et l'on tient là une première déviance par rapport à l'« autre » confession, la catholique-institutionnelle. Explicative, en effet, elle est argumentative et, à la limite, revendicative, autojustificative bien plus qu'auto-accusatrice et devant conduire à la contrition et au ferme propos de ne plus pécher. Mais il n'y a pas que son *contenu*. Il y a aussi sa *destination* : non plus un confesseur juge et secret, détenteur, à certaines conditions, du pouvoir d'absoudre, mais le plus souvent un autre personnage et, par son intermédiaire, un lecteur, un public, constitués en juges d'un nouveau discours et d'un nouveau genre. Bien entendu, publiée, écrite, manifestée, elle n'a plus le caractère absolument secret de la confession religieuse, affaire entre le pénitent et Dieu par l'intermédiaire du confesseur. Elle est, massivement, au moins autant que révélation, plaidoyer à la face du monde, et celui qui se raconte et confesse, même s'il s'accuse de fautes et/ou les reconnaît, ne le fait pas sans une certaine complaisance qui ressemble souvent au plaisir de vivre à nouveau ce qui est confessé. Enfin (et c'est l'une des conséquences de ce qui précède), cette confession n'induit pas nécessairement une *conversion* et elle peut même dire l'impossibilité d'échapper à ce qui fut vécu et commis et une sorte d'auto-enfermement dans ce qui est confessé : le monde destinataire a tort, a eu tort, et il arrive même que l'on en appelle à une solidarité de ceux, tous ces autres, qui vécurent des choses semblables et qui en souffrirent pareillement. Là, la dimension revendicatrice s'amplifie (voir la *Confession d'un enfant du siècle* de Musset) jusqu'au manifeste politique, l'idée de *génération* introduisant une certaine idée de combativité confraternelle. Mais, pour en revenir au contenu, la confession fictionnelle, à l'exemple de la religieuse-institutionnelle mais avec d'autres présupposés et conséquences, à la différence du discours mémorialiste (qui porte sur la vie *publique*), porte sur de l'*intime* (essentiellement amoureux ou sexuel) et, puisqu'il s'agit de ramasser des arguments, sur l'enfance, l'adolescence, la jeunesse, toutes périodes fragiles de l'être soumis aux censures et aux agressions. Le mémorial ne dit rien sur les origines du Moi. La confession, elle, commence très tôt, de plus en plus tôt, surtout depuis Rousseau. Pour le lecteur moderne, elle rencontre là le discours qui tente d'aller au-devant du psychanalyste qui cherche l'origine des choses. Elle parle de traumatismes originels, de rapports parentaux, de vie scolaire, d'érotisme naissant, de premières « solutions » et bricolages pour répondre. Il semble dès lors assez évident que cette confession correspond à l'émergence de l'individu comme valeur contre, plus ou moins, tout ce qui est institutionnel, et qu'elle en appelle à une « liberté » nouvelle : celui qui ici se confesse et raconte ne reconnaît plus de transcendance absolue, ni religieuse, ni familiale, ni sociale, le *texte* donné à entendre-lire étant le seul lieu de légitimité. Et là on découvre l'*auteur* qui, puisqu'il est le responsable et le décideur de la confession du personnage, se confesse finalement à lui-même et revendique pour son propre compte, avec cette arme nouvelle de la littérature : d'où les innombrables entreprises de *vérification* de ce qu'avoue et dit l'auteur-personnage : dit-il la « vérité » ? Comme le discours mémorial, la confession est ainsi convoquée au tribunal de la sincérité et de l'exactitude. Enfin, les voies formelles de la confession sont multiples : outre le récit-retour, elle peut passer par les entrecroisements du roman par lettres (Rousseau) et le destinataire fictionnel peut être bien un peu le double de celui qui se confesse, cette ressemblance ou cette proximité pouvant très bien expliquer la décision de se confesser *à lui* (Chactas, ancien amant d'Atala, recevant la confession de René). Depuis des Grieux en passant par Rousseau, par Chateaubriand, par Balzac pour aboutir à Fromentin (après lui, il semble que la confession fictionnelle achève un peu sa carrière), sans oublier évidemment Musset, la confession fictionnelle a dominé toute une production romanesque (il y en a des traces au théâtre : Lorenzo, Ruy Blas) dans un contexte de situations successives de crise : condition du cadet, de l'« intellectuel », du bâtard, du marginal, de celui qui a échoué dans des entreprises, qui a été trompé ou qui s'est trompé, et elle n'est pas séparable de la promotion et du bond de l'autobiographie ; elle est toujours d'ailleurs un morceau d'autobiographie inséré dans un ensemble plus vaste. Pour simplifier, on pourrait dire que la confession est essentiellement *romantique*, par-delà le cadre étroit du romantisme localisé en tant qu'« école » ou mouvement plus ou moins organisé et cohérent.

Il est aisé de retrouver dans ce qui précède bien des éléments permettant de bien saisir la confession (double) de Benassis : des origines, une formation, des expériences, etc., tout cela expliquant l'immédiat et cet étrange destin d'être venu s'enfermer en ce canton de montagne. Que Benassis se confesse à un militaire (lui aussi homme blessé...) et non pas à son curé (éventuellement de village...) est également très remarquable. MAIS : c'est ici que tout bascule et qu'apparaît ce qui peut, dans certaines conditions, être l'une des conséquences de la confession et son prolongement. Soit : l'utopie, l'entreprise utopiste comme « guérison », comme tentative, pour le moins de résolution, à la place du vieux repentir religieux, le vouloir vivre et l'orgueil (y aurait-il là un piège du diable ?), la capacité personnelle se cherchant une voie nouvelle. Une rédemption, si l'on veut, mais une rédemption dans et par le monde, de nouvelle manière abordé. Une fois de plus, tout vient de Rousseau, Julie (et, plus difficilement, Saint-Preux) cherchant dans l'utopie de Clarens un dépassement des « passions » originelles, productrices de trouble et, presque, de mort. Cette articulation confession-utopie n'est pas de règle générale : pas d'utopie dans *Manon*, ni dans tant de confessions « sentimentales », mais enfin la dialectique est fréquente entre l'aveu et la recherche d'une « solution » « sociale ». Retombée de la vieille idée de « faire le bien », de pratiquer la « charité » ? En partie. Mais en partie seulement : l'utopie est plus active que la charité classique (non créative) et elle met en cause et en jeu de tout autres choses. L'utopie, en effet, suppose toujours un nouveau *savoir* et de nouvelles *idées* de nature historique, politique, idéologique, etc. Pas d'utopie sans nouvel horizon humain et sans la pensée d'une autre pratique intra-mondaine possible. La physiocratie au XVIIIe siècle, un certain néocatholicisme « social » dès la fin du premier tiers du XIXe, le « socialisme » naissant ou balbutiant (Saint-Simon), les idées « industrielles », etc. : sans ces nouveaux repères, pas d'utopie ni d'utopisme. Clarens, c'est l'idée du propriétaire résidant et transformateur et non plus seulement facile et

sommaire ramasseur de revenus. La commune du Père
Aubry (*Atala*), c'est l'idée d'une religion planificatrice
hors des schémas de l'argent. Le village de Benassis
(et plus tard celui de Véronique Graslin), c'est le surgissement à la fois saint-simonien, menaisien, etc. Des
êtres meurtris et rescapés (Aubry a connu, lui aussi,
les « passions ») trouvent dans de nouvelles Bibles et
Écritures une chance inattendue de « s'en sortir ». Et,
forcément, toujours le confessé-utopiste *théorise* cette
sortie qu'il tente par le haut dans une Histoire (même
sommairement et très localement) renouvelée, renou-
velable. Le Dominique de Fromentin, doublement
blessé par son amour impossible pour Madeleine inter-
dite et par la débâcle de 48 dont il avait été un militant,
puis par le coup d'État (dont il fuit l'univers parisien),
re-trouve dans l'idée d'organiser la terre et de se consacrer aux tâches un peu de cette « démocratie »-cité à
laquelle il avait cru. On voit d'ailleurs ainsi que l'utopie, en tant que conséquence de la confession, est très
peu séparable de l'idée de *retraite* : ce n'est que hors
du monde que peut s'envisager la tentative utopique-
utopiste (voir plus loin pour cette distinction). Mais
cette retraite est un lieu de vie nouvelle, du moins tentée. Et, dès lors, les choses deviennent (assez) claires :
1) crise passionnelle, 2) catastrophe, 3) départ, 4) ins-
tallation dans un « ailleurs », 5) mise en œuvre d'une
« entreprise » mais aussi, très vite, 6) : le problème est-
il résolu ?

La réponse est d'abord : celui qui s'est confessé a
trouvé un incontestable *repos* et une incontestable *harmonie* ; il fonctionne, il travaille, il a le sentiment
d'être utile et de ne plus se gaspiller ; et il semble bien
« guéri » des « passions ». Julie, Aubry, Benassis (puis
Véronique), Dominique ont (re)trouvé une certaine *fer-
tilité* d'eux-mêmes. MAIS ALORS : POURQUOI SE
CONFESSENT-ILS ? S'ils sont vraiment guéris, ils n'ont
pas oublié, et voilà bien l'essentiel, le palimpseste. Car
le repos, la paix, le plaisir des tâches sont *aussi* appa-

rences, et quelque chose couve. Les passions ne sont
pas effacées, et l'utopie est fragile, mortelle : la promenade sur le Lac, et Julie aime toujours Saint-Preux ;
Aubry échoue à intégrer Atala-Chactas ; une lettre suffit à « réveiller » Benassis ; Véronique n'a pas oublié
son amant-ouvrier-assassin ; et Dominique, c'est évident, n'a pas oublié Madeleine ni sa jeunesse « romantique ». De plus, formellement, l'utopie ne survit pas à
son fondateur : il n'y a plus de Clarens après Julie ; la
commune d'Aubry disparaît dans des massacres ; il n'y
a plus de village après Benassis (malgré son testament)
ni après Véronique ; et les Trembles, dans *Dominique*,
n'ont plus d'histoire une fois terminée la confession.
Aux fragilités internes (l'équilibre de Clarens est précaire ; les communes Aubry-Benassis sont guettées par
des retours de « civilisation » : l'avarice, l'usure ; et
aux Trembles Dominique semble bien jouer un *rôle*)
s'ajoute la fragilité finale : l'utopie ne s'inscrit pas
durablement dans l'espace, et elle n'aura été qu'un
signe, un moment, et l'on ne verra jamais ses habitants
vivre une vraie vie après la disparition de leur « bienfaiteur »-inventeur. Ajoutons que, même « en son
temps », l'utopie ne se maintenait qu'au prix de sur-
veillances et de règles (le problème des domestiques à
Clarens ; les Indiens d'Aubry tentés par les colonisa-
teurs ; Benassis se méfiant de résurgences « bourgeoises » ; Dominique, lui aussi, surveillant ses paysans),
les fêtes, par exemple, y étant toujours très réglemen-
tées et jamais libres ni « sauvages ». Et c'est ici que la
confession, pré-utopique en ses références et souvenirs,
post-utopique en sa *production*, si elle avait conduit à
l'utopie, signe aussi, malgré tout, la précarité de l'utopie et en dénonce et signale les limites. Il faut y insister : la totale réussite de l'utopie aurait dû rendre non
nécessaire la confession, devenue sans objet. QUELQUE
CHOSE N'A PAS MARCHÉ, quelque chose de fondamental
et de structurel. Et c'est ce qui permet de mieux situer
les actions et les paroles. L'utopie, en effet, est loin

d'être « parfaite » : il y a encore des riches et des pauvres (ou des moins riches) dans le village-Benassis, et Taboureau relève la tête ; de plus Benassis tient des propos qui, réduits à eux seuls, sont fortement « réactionnaires », du moins d'un point de vue formel (stérilité, impuissance de l'administration, critique de l'élection, appel au pouvoir fort, etc., avec pas mal de Bonald derrière sans aucun doute), et toujours cette protestation contre l'égalitarisme stérilisant de la société bourgeoise révolutionnée. Mais il faut s'entendre sur deux fronts : 1) ces propos relèvent d'un langage qui se cherche, et l'anti-*libéralisme* (au pire sens du terme) passe alors, forcément, par un droitisme apparent, faute d'un langage « socialiste » alors impensable ; 2) ces propos sont des propos de *personnages* qui, dans des circonstances qu'ils n'ont pas choisies, cherchent le nord ; propos d'auteur, certes, mais mis en situation ; il convient donc de ne pas les lire dans l'absolu mais dans le relatif du raconté ; « ainsi parlait Benassis » ne doit pas être lu comme du texte purement déclaratif et théorique, et le politique est ici dans le mouvement de l'histoire déduite et narrée, non dans de statiques proclamations que l'on aurait le droit de confronter à quelque parole « socialiste » aujourd'hui possible (mais qui croit encore aujourd'hui à cela ?). LA FRAGILITÉ THÉORIQUE EST ICI INSÉPARABLE DE L'IMMATURITÉ DE LA SITUATION HISTORIQUE : COINCÉ, ON FAIT CE QU'ON PEUT. Cela n'empêche pas l'*orientation* utopiste : des gens s'enrichissent, mais c'est une image de la prospérité conquise, et, quant aux pauvres, ils ne sont plus misérables et ils participent au mouvement général (le cas Moreau est illustratif : laissé pour compte, il l'est de la Société en général, comme ce Gondrin à qui on refusait une pension) ; on dirait aujourd'hui qu'ils se sont vu donner les moyens de prendre le train en marche de la croissance. Quant à la fortune de Benassis (comme plus tard celle de Véronique Graslin), elle sert de *réservoir* à l'opération en l'absence d'une politique générale de crédit et d'incitation. Mais — chose si neuve en discours utopiste romanesque — elle ne gomme pas, cette orientation novatrice et ruptrice, tout le passé, et elle n'écrit pas sur une page blanche ni elle n'écrit une page blanche. De l'« ancien » réel demeure, interne, mais surtout externe (l'indifférence et même l'hostilité de la Société et de son État). Mais c'est qu'on est dans *du* réel, non dans le gratuit absolu d'un monde refait sur des terres vierges (Thomas More), et il y a correspondance, homologie entre la précarité passionnelle et les balbutiements de l'autre chose. Le choc en retour de la *Confession*, la mort de Benassis, la *fin* textuelle du village, tout cela correspond à une certaine et invincible impureté de l'utopie, à son incomplétude. MAIS C'EST QU'ON EST DANS DU ROMAN, NON DANS DE LA CONSTRUCTION ABSTRAITE, et ne pas oublier que Benassis se méfie tant des « idées générales » et des prêches humanistes qui « changent la vie », comme ça, de manière miraculante et irresponsable. L'UTOPIE, ICI, NE FAIT PAS TOUT BASCULER ET ELLE PROCÈDE PAR RETOUCHES DONT ON SAIT TRÈS BIEN QU'ELLES NE CHANGERONT PAS L'ENSEMBLE. Benassis, jamais, n'annonce quelque « cité radieuse » à la Péguy première manière. Il y a donc bel et bien coexpression et coextension de la *Confession* et de l'utopie incomplète ou seulement indicative. ON FAIT AVEC CE QU'ON A ET AVEC CE QU'ON EST, et il n'est jamais question d'un « homme nouveau » ni d'une Société globalement « régénérée », sortis du néant, tout beaux et tout jolis. L'équilibre-tension du texte est là : un effort assorti de déclarations, de résultats, mais le tout encore obéré aussi bien par les tendances lourdes de la Société que par certaines tendances « naturelles » comme l'égoïsme et la recherche de l'intérêt, sauf chez Benassis, miraculé par sa catastrophe et vacciné contre le faux social du « paraître ».

Cette utopie, en effet, on voit vite et bien à quels

reproches elle s'expose : « révolution sur cinquante kilomètres carrés » ou « marmites de l'avenir » qu'on fait naïvement bouillir, comme le dira Marx à propos d'Owen et autres « socialistes utopiques » par-delà le libéralisme. Balzac, réactionnaire patenté, n'aurait fait que du paternalisme de chef-lieu de canton. À quoi on peut répondre plusieurs choses.

I. Crypto-résolutive de la crise révélée par la confession, cette utopie, comme chez Rousseau ou Chateaubriand, est fondamentalement *littéraire*. Elle est l'un des éléments d'un récit, non un Traité politique ni une grande théorie sociale. Elle sert à dire que le JE cherche à sortir de son cercle empoisonné et ainsi à *rejoindre* : prodigieuse novation par rapport aux romans « classiques » (Mme de La Fayette), qui n'avaient d'autre horizon que moral et psychologique, et la seule « solution », alors, était la retraite au couvent ou la mort (voir aussi cette « possibilité » pour les héros et surtout pour les héroïnes chez Stendhal : le *Rouge*, déjà, *Armance*, puis la *Chartreuse*). Ici s'ouvre un autre espace, qui fait sa part, pour la première fois, à la *praxis*, à l'entreprise, à l'économie politique, à l'idée d'organisation. Balzac n'est ni Saint-Simon ni Cabet (*Voyage en Icarie*) ; il ne théorise pas un avenir plus ou moins « fin de l'Histoire » sur l'air de l'« association » mettra fin à la guerre intrahumaine, ou bien l'Internationale sera le genre humain... L'UTOPIE LITTÉRAIRE N'EST JAMAIS DÉFINITIVE. Elle est un SIGNE. Non une solution ni réponse à tout. Et son « paternalisme » (point d'utopie sans fondateur et maître d'œuvre) est étroitement lié au problème du moi face au monde, et à soi-même : puis-je être à moi-même ma propre utopie ? Quelque chose d'ailleurs ne trompe pas : au lieu d'être *close* (Thomas More, Cabet), l'utopie fictionnelle tient toujours compte du rapport au reste du monde, au marché, aux communications : l'horizon-Grenoble pour Benassis, déjà les circuits marchands pour Wolmar (et le problème du placement des capitaux rendus disponibles),

l'horizon-Tours pour le Clochegourde du *Lys*. Donc :
1) ne demandons pas à l'utopie littéraire et fictionnelle
plus et autre chose que ce qu'elle est capable de dire
et que ce qu'elle a pour fonction de dire ; 2) ce qu'elle
dit n'est-il pas consubstantiel à toute utopie et à tout
désir de changement ? Ici intervient une distinction
fondamentale qu'on doit à Ernst Bloch (*Le Principe
espérance*).

II. Il ne faut pas confondre, en effet, utopique et
utopiste. L'*utopique* renvoie à une utopie close, définitive, résolutive, clôturante et finalement totalitaire ou
risquant de l'être. Rien n'y bouge plus. Tout y est
intégré. Rien n'y dépasse. Aussi, disait Berdiaev, le
pire, avec les utopies, c'est qu'elles peuvent se réaliser.
Mais l'utopiste renvoie au désir de dignité, au désir
d'accomplissement de soi par-delà les structures et les
institutions, et s'il est organisation sociale, il est aussi
musique, poésie, sport, santé, etc. Il est fondamentalement *pulsion* et *mouvement*, et, par là même, l'utopisme conteste toujours les utopies artefacts clés en
main. On voit bien alors que l'utopie littéraire-fiction-
nelle est utopiste plus qu'utopique et que rien n'y est
jamais arrêté, enkysté, à la limite *nié*.

Ainsi, Benassis et son « utopie » peuvent apparaître
pour ce qu'ils sont : UNE HYPOTHÈSE narrative, un instrument pour interroger le réel et pour le travailler.
Benassis est un homme incomplet, lui aussi (Mme de
Staël, contre les illusions révolutionnistes, parlait du
« sentiment de l'incomplet de notre destinée »), mais
qui vise à sa propre transfiguration et à son propre
dépassement alors que tant d'autres s'en tiennent à
fonctionner dans l'univers du *fait*. L'incomplet travaille de l'incomplet, peut-être de l'incomplétable, du
moins dans le court terme. C'était déjà le cas de Julie.
Ce sera à nouveau le cas de Dominique (et là, quel
exemple ! car tandis que Dominique rêve et tente son
utopie dans sa retraite, s'installe le lourd et puissant
système du Second Empire : chemins de fer, Bourse,

banques, spéculation, Haussmann, etc.). Les héros de
la confession-utopie et de l'utopie-confession ressemblent assez au second Faust qui, après les folies pas-
sionnelles (devenir éternel !), se mettra au travail au
service des hommes, creusera des canaux, etc. Et
quelle référence ! Ouvrir des routes, faire communiquer, impulser le mouvement, irriguer, *faire vivre* : la
tentation existe chez certains. Mais la mort est toujours au rendez-vous. Et *Le Médecin de campagne*
se termine, comme tout, toujours, par une tombe.
C'est un problème que l'utopie aurait bien voulu
évaporer, et ce n'est pas pour rien ni sans raisons(s)
qu'elle figeait et fixait ses populations dans un
immobile et dans un immuable et dans un acquis
pour toujours. L'utopie voulait chasser la Mort et
faire comme si elle pouvait un jour cesser d'être le
terme de ce qui a commencé avec la naissance et la
venue au monde. Mais, finalement, la seule chose
qui défie la mort, n'est-ce pas toujours la *création*,
qu'elle soit littéraire, musicale, picturale, intellectuelle ? Et, écrire *La Comédie humaine*, n'est-ce pas,
dans le monde si sec, bâtir aussi son esquisse de
village modèle et de contre-réalité ? Et donc : ne pas
trop chercher des poux dans la tête du scripteur.
La problématique est certes toujours *historique*, nulle
Histoire n'étant « pure ». Mais la problématique est
toujours aussi existentielle, « Frère, il faut mourir »,
comme on dit dans les chartreuses, qu'elles soient
un jour de Parme, ou, déjà dans la sauvage solitude
dauphinoise un jour rencontrée. Le retour de la Chartreuse oubliée, comme le retour de la *Confession*,
n'est-ce pas, par-delà l'utopie et par-delà l'utopisme,
un moment piégé, le retour d'un refoulé depuis Freud
mieux cerné ? Et la Chartreuse la moins négative,
n'est-ce pas cette chambre où l'on s'enferme (Balzac,
Proust) pour *écrire*[1] ?

---

1. Très important : un autre signe du caractère non évolutif de l'utopie ici est l'impossibilité d'y inclure la Fosseuse, être poétique qui

Le Médecin de campagne *dans* La Comédie humaine

Il n'est pas facile, « aujourd'hui », c'est-à-dire alors que l'œuvre romanesque de Balzac a été organisée dans le cadre du grand ensemble, de bien repérer la spécificité du *Médecin de campagne*. Quelque chose du moins saute aux yeux : ce roman n'a rien à voir avec le fameux système du retour des personnages qui fait que 1) la « biographie » des personnages balzaciens est éclatée entre plusieurs romans 2) des univers communiquent, par exemple Paris-province. Rastignac et Bianchon se trouvent quasiment partout et, de plus, de nombreux « petits » personnages, d'un roman à l'autre, assurent l'homogénéité de l'ensemble. À mesure que Balzac avançait, il a peu à peu intégré ses textes les plus anciens à la grande saga globale, l'opération recevant sa formulation finale dans le fameux *Furne corrigé*, dernier exemplaire revu, qui ne donna lieu à aucune réédition du vivant de l'auteur mais qui a servi, à partir de corrections et additions manuscrites marginales, aux éditions modernes « définitives ». Pour prendre un exemple, *Gobseck* et *Le Colonel Chabert*, textes d'abord séparés, ont été unifiés notamment par l'intermédiaire du personnage de Derville, avoué de toute la *Comédie* comme Bianchon en est le médecin. De manière plus ambitieuse, *Goriot*, *Illusions perdues* et *Splendeurs et Misères des courtisanes* constituent le roman continu de Rastignac-Vautrin-Lucien de Rubempré, auquel se trouve reliée *La Peau de chagrin* par le personnage de Rastignac, dont certains éléments décisifs (son ascension grâce à la liaison avec Delphine de Nucingen) se trouvent dans *La Maison Nucingen*, et quelques compléments dans *Le Curé de village* avec le jeune abbé de Rastignac, frère du « grand ». Or, *Le Médecin* est demeuré à

---

demeure en marge, et non récupérable. La Fosseuse mériterait toute une étude symbolique : elle est l'ÊTRE impossible à inclure dans le FAIRE.

l'écart de ce grand rebrassage et il en est resté à sa singularité de 1832, alors que *Louis Lambert*, qui est de la
même année, sera relié à *Illusions perdues* (Lambert est
le fondateur du Cénacle de d'Arthez). Balzac, jamais,
n'ajoutera le moindre « pont » entre l'histoire de Benassis et ses autres romans. Deux seuls minces renvois
existent.

I. L'un, hors récit. En 1835, dans l'*Introduction* aux
Études de mœurs du XIXᵉ siècle, de Félix Davin : plusieurs références au *Médecin* pour les *Scènes de la Vie
de campagne* : les paysages, la paix retrouvée après les
orages politiques ou privés (jonction avec *Le Lys dans la
vallée*), « la civilisation progressive d'un village », une
opinion de Benassis sur le suicide, mais ce n'est pas
grand-chose. Le porte-plume de Balzac s'applique à glo-
baliser une œuvre désormais importante, et assez différente de celle de 1829-1832, et il est normal que le
Médecin soit cité, mais on s'arrête là. Les personnages
reparaissants ne sont pas encore opératoires. Benassis,
pour cette *Introduction*, n'est guère que « touchant ».

II. Dans le récit. Il faut attendre *L'Envers de l'histoire contemporaine*, en août 1848, pour que Benassis
trouve l'occasion non pas de reparaître mais d'être cité
et utilisé comme exemple de « bienfaiteur » en compagnie de quelques autres. Mais c'est tout. Et pas le
moindre raccrochage dans le *Furne corrigé*.

Benassis est ainsi mort deux fois : dans le roman,
après la réception de la lettre, dans l'Œuvre totale
ensuite. Correspondances intéressantes et qui fournis-
sent un premier élément d'explication : Eugénie Grandet elle aussi est totalement morte à Saumur, et
Véronique Graslin à Montégnac, et Pierrette. 1) ces
personnages n'ont donc pas *circulé* et ne sont jamais
sortis de leur petit lieu étroit ; 2) la vie de province
ensevelit et fait silence sur tout. Ce sont les « Parisiens » qui « reparaissent » à l'infini, Protées de la vie
moderne, et dont les horizons sont multiples. Dynah
de La Baudraye ne survivra à Sancerre (*La Muse du*

département) que parce qu'elle s'est enfuie à Paris avec Lousteau. Mais le cas Benassis est quand même étrange : monté de son Languedoc, il avait fait ses études à Paris. Rien de plus facile, dès lors, que de lui faire rencontrer, après coup et au prix de menues additions ou corrections, bien du monde, pendant ces années de formation. Mais rien. Il faut chercher autre chose. Et, ici, le lecteur est quasi souverain. Mais il peut utiliser ce qu'il sait.

Or, il constate que : *Le Médecin de campagne* demeure une sorte de petit continent isolé, à l'écart, et, narrativement parlant, ce roman n'est pas nécessaire à la saisie de l'ensemble balzacien, même si, thématiquement, comme on l'a vu (proximité avec *Chabert* ou *Le Curé de village*), la communication signifiante existe et s'impose. Il faut essayer de comprendre pourquoi et comment. D'où : tout d'abord, le *Médecin* demeure une image fidèle de la *production* balzacienne des débuts : une juxtaposition d'histoires, soit fantastiques, soit réalistes, qui sont conçues et écrites sans lien formel entre elles. En 1832, Balzac n'a encore produit, comme « grands » textes, que *Les Chouans* et *La Peau de chagrin* (1829 et 1831), plus *La Physiologie du mariage*, mais qui n'est pas un roman (1829), avec une première version (restée inédite) quelques années plus tôt. Balzac, ce sont alors des nouvelles, des contes, assez courts, faciles à caser dans des revues (qui s'accommodent mal de textes longs) ou bien des textes « philosophiques » qui, dans un cadre restreint, exposent une certaine théorie de la « vie ». Balzac est alors un journaliste qui écrit *aussi* de petites fictions facilement commercialisables. La poussée existe cependant vers des productions plus ambitieuses (*Seraphita*), mais dont les directeurs de revues ne savent trop quoi faire : trop long ! Or, le *Médecin* relève alors de cette mutation en cours : non plus petite histoire exemplaire mais récit plus ample, avec tableau social, plus cette grande *Confession* qui donne toute son ampleur à l'affaire. Aussi n'est-il pas question de sa publication en revue mais directement en librairie (Mame). Texte « philosophique » (l'exemple de Benassis), il devient histoire d'une vie : de « contier », comme il se définit lui-même (*La Peau de chagrin* n'est encore qu'un conte philosophique amplifié), Balzac tend invinciblement à devenir romancier (*Eugénie Grandet*, *Le Lys dans la vallée*, puis *Le Père Goriot* iront dans le même sens). À partir de 1836 ; (*La Vieille Fille*), le roman-feuilleton fournira un vecteur commode pour la publication d'histoires longues elles aussi, mais d'abord publiables au jour le jour (coup double éditorial : on touche d'abord de l'argent du journal puis de l'éditeur en volume). Mais les conséquences sont connues : le roman-feuilleton, tout entier bâti sur l'intérêt narratif immédiat, n'admet plus les textes « philosophiques » ; il faut tenir le lecteur en haleine avec des « aventures » plus que des « pensées », et les rivaux sont là : Dumas, Sue, Soulié. Le « modèle » *Médecin* s'amuit donc alors dans le cadre de nouveaux supports éditoriaux et en direction d'un nouveau public. Il devient ainsi une sorte de texte aberrant, hors norme. Conservé (et comment négliger un tel livre pour fournir la copie de la *Comédie* ?), il garde pourtant toute sa singularité, témoin d'une époque où Balzac écrivait *autrement*. Il est une sorte de butte-témoin d'une préhistoire de Balzac, avant la mise en place de la grande machine, de plus en plus « parisienne » (la saga Vautrin), de moins en moins « philosophique », et de plus en plus « narrative » (les bas-fonds, les intrigues, et tous ces « mystères » de plus en plus de Paris). Petite histoire exemplaire élargie, il demeure *traité* de philosophie sociale, comme on n'en écrit plus guère alors que vient le temps de l'épopée moderne. Le *Médecin* n'a pas été écrit par l'auteur de la saga Rastignac-Vautrin-Lucien, mais par une sorte de pré-Balzac. Il n'a pas été écrit selon les lois d'une *circulation* fictionnelle. Et il l'est resté. Il n'a pas été écrit dans le cadre d'un grand mou-

vement ascensionnel. Et il l'est resté : Balzac avant
Balzac. Il fait transition certes entre les contes et nouvelles et les romans, mais sur un mode très particulier.
Et il n'est pas encore connecté sur le nouveau projet
d'une grande histoire secrète de la Société. *Les
Chouans* pourront se prolonger dans *La Cousine Bette*,
avec ce retour du vieux maréchal Hulot (ex-comman-
dant) et cet étonnant retour, aussi, du chef chouan
Montauran *via* son frère derrière le cercueil du vieil
adversaire républicain. Mais — et là on n'est déjà plus
dans la seule « technique » — c'est que Hulot et Montauran ont et auront *duré*, alors que Benassis, et pas
seulement pour des raisons de *dates*, est sans « suite ».
L'histoire de l'Ouest blanc est encore là dans les
mémoires politiques, alors que celle de Benassis n'y
est plus. Irrécupérable formellement (autre champ narratif), le *Médecin* l'est aussi idéologiquement (autre
champ historique). On est passé à autre chose, profes-
sionnellement et idéologiquement. Le *Médecin* demeure
donc comme une sorte de monstre inassimilable. La
crise de la technique rejoint la crise de la thématique.
Pour autant le *Médecin* est toujours présent : copie pour
la grande opération, mais copie comme déviante, et four-
rée là pour faire masse mais aussi pour témoigner de ce
qu'était la littérature en 1832. Mais il faut aller plus loin.

Texte utopiste en effet, le *Médecin*, en bonne utopie,
est sans communication avec le « réel ». L'utopie, c'est
bien connu, a des bords qui ne sont franchissables
qu'une fois et dans un seul sens : visitée, découverte,
l'utopie ne se revisite pas ; *l'utopie ne dure pas*. Elle est
signe isolé, hors tout devenir historique. L'entreprise-
expérience de Benassis demeure ainsi sans ancrage du
côté du « réel » déjà allégué. L'utopie a toujours un fondateur. Elle n'a jamais de descendants. Et, souvent (voir
la Julie de Rousseau), elle meurt avec son fondateur et
elle se résorbe dans son histoire : il en ira de même de
l'utopie de Clochegourde dans le *Lys*, et Vandenesse
survivra, courra la « vie parisienne » (*Une fille d'Ève*),

mais pas l'entreprise-expérience de Mme de Mortsauf, ni Mme de Mortsauf elle-même, morte tout entière avec elle-même, comme Julie. Comment l'utopie aurait-elle la moindre communication avec la « physiologie de la vie sociale », ou avec sa « pathologie » ? L'utopie demeure un insulat absolu, un lieu autre et sans rien à voir avec les autres lieux de la « vie ». Benassis avait rompu avec Paris. Comment y « reviendrait »-il ? Il était parti. Il avait sombré. Il est resté parti et sombré. Le lecteur pourra, alors, faire une étrange expérience : quelque part, hors de l'univers de la *Comédie*, il y aura eu cette aventure et cette œuvre de Benassis dans son village de montagne, mais aussi absolument isolé que la Grande-Chartreuse, et ce sera à lui, s'il le veut et le peut, de faire le *raccord*.

De la rose-épine à l'entreprise : une géographie réaliste-utopiste

La « campagne », c'est-à-dire la *non-ville*, la ruralité et donc la non-urbanité sont choses fort anciennes en « littérature ». Ce peut être le doux paysage patricien latin, tout à l'écart des embarras et des artifices de l'*urbs* (Horace, Virgile). Ce peut être le facile bucolique de tout un discours de mondains amateurs de bergeries (de la précieuse *Astrée* à certaine peinture XVIIIᵉ). Ce peut être le célèbre « jardin anglais » plus les paysages également « anglais » XVIIIᵉ-XIXᵉ, qui consacreront l'adjectif *romantic*, passé en France, à la fin des Lumières, avec Girardin et Rousseau. Ce peut être les « natures » lamartiniennes qui, d'*Automne* en *Vallon*, consacreront, elles, une Nature noble, aristocratique, poétique, assez élégante pour intellectuel fatigué. Ce peut être, chez Lamartine encore, dans le Hugo d'*Olympio*, dans le Vigny de *La Maison du berger*, le vaste et dramatique théâtre d'une méditation sur la vie. Mais là, de *ruralité*, point, et la « Nature » est un cadre pour émotions (*René*, déjà), non une réalité spécifique. Dans *Le Lys dans la vallée* encore, la « chère vallée » est inséparable de l'image de Mme de Mortsauf, le paysage,

comme le dira si bien Freud, étant profondément *féminin*.
Dans le même roman, cependant, on aura le passage à tout
autre chose : les problèmes de l'agriculture, de la mise en
valeur, des investissements, des récoltes, des méthodes de
culture, et tout ce qu'on appelait alors les « améliorations ». Il est vrai aussi que depuis les Le Nain, les paysans
et les paysannes étaient devenus âpres et rudes, ayant
perdu leurs roses, leurs rubans, leurs pipeaux et toute leur
élégance de faire-valoir, mais désormais escortés de leur
condition, de leur travail, et, forcément, de leur *terroir*. Le
développement, au cours du XVIIIe siècle, de toute une
réflexion sur l'agriculture, le mouvement physiocrate,
seront pour beaucoup dans la transformation des « campagnes » intellectuelles, du moins chez certains, et tout s'ac-
célérera sous la Restauration avec l'émergence de toute
une littérature (au sens large) sur le sous-développement
rural. Désormais, les campagnes cessent d'être uniquement l'auxiliaire du moi réflexif, avec privilège accordé
au décoratif, au poétique, etc., pour devenir des *réalités*
spécifiques. À ce titre, le premier chapitre de notre roman
et son intitulé (*Le pays et l'homme*) sont tout un programme, qui nous est familier depuis que nous sommes
devenus des lecteurs de Braudel et de Leroy-Ladurie,
mais aussi de Michelet (*Tableau de la France*) et, bien
entendu, de Vidal-Lablache (*Tableau de la géographie de
la France*, 1903) : tout commence toujours par une étude
de terroir, « l'homme », ici, devant être bien entendu le
héros-voyageur puis médecin, mais rien n'interdit une
lecture plus large : quel rapport du *pays* (au sens que les
géographes donnent au mot) à l'humanité qui y vit, y travaille, etc. ? Le « matériel », ici, n'est pas les outils, les
structures sociales, mais bien le sol, le climat, les productions naturelles, les possibilités de culture, le peuplement,
ETC. LE ROMAN COMMENCE PAR UNE LEÇON DE GÉOGRA-
PHIE. Il est aisé de déceler trois niveaux de cette géographie.

1) Un torrent à lit pierreux souvent à sec, un peu de verdure entretenue par « les constantes irrigations dues aux

montagnes » (donc irrigations sauvages), le jeu des versants et des vallons, la domination hostile ou au moins étrange de la montagne, la fragilité des pistes, etc. : c'est *la base* d'une « montagne » non pas poétique mais comme pré-historique et, en tout état de cause, image d'une Histoire immobile qui se passerait très bien de l'homme. LA VIE N'EST PAS ENCORE VRAIMENT LÀ.

2) Le « moulin à scie », avec ses tuyaux rudimentaires de bois carrés, les premiers arbres fruitiers, le panier au-dessus de chaque porte où sèchent les fromages (l'élevage est domestique et non pas pastoral-errant comme en pays de transhumance ; voir le *Montaillou* de Leroy-Ladurie), la vigne mariée aux ormes : ce sont les premières interventions — sommaires — de l'homme, avec soit les maisons très pauvres, soit les quelques maisons plus riches, soit « une misère laborieuse » mais qui, c'est capital, au détour de quelque colline, disparaît : il n'y a plus « ni fabriques, ni champs, ni chaumières ». L'homme n'a qu'égratigné par endroits cette Nature, bégayant une minimale « industrie » de survie : cultures, élevage (les fromages...), petite industrie du bois, et de rares maisons, comme celle où va s'arrêter Genestas. L'homme fait ce qu'il peut. Mais il faudra ajouter aux duretés d'une terre pauvre et peu mise en valeur celles du climat et du jeu ombre-lumières dans ces vallées encaissées : voir le problème du crétinisme et du goitrisme. On est loin de la vieille idée rassurante d'une terre-Cérès, nourricière et maternelle. On est bien au printemps (première ligne du texte), mais de quelle fragilité ! L'« épine rose » du tout début est à ce sujet bien intéressante. Littré donne : « grosse poire hâtive, variée de vert et de rose », soit un poirier sauvage, d'ailleurs mis en rapport avec les arbousiers, les viormes et les buis. Rien à voir avec des espaliers ni avec une arboriculture élaborée comme en plat pays, et cette épine rose, qui pousse toute seule, renvoie à un printemps qui, lui aussi, se passerait parfaitement de l'homme. Aussi le bourg, où va arriver

le voyageur après l'arrêt à la chaumière aux enfants, apparaît-il comme une sorte d'oasis inattendue dans cette infinitude. Il faut y insister : rien à voir ni avec la poétique montagne de Byron (la Jungfrau) ni avec les poétiques bords du Léman chez Rousseau (mais le voyage de Saint-Preux en Valais permettait de découvrir déjà une *autre* montagne). On comprend aussi que Balzac, enfant de la somptueuse Touraine, ait été frappé par ces solitudes avec leurs rares humains, et par toute cette réalité *ignorée*. Aussi a-t-on ici comme un viol littéraire et culturel : les petites scies sommaires, les paniers à fromage (qu'on retrouve dans la chaumière aux enfants), autant de détails impensables pour la « littérature » ordinaire, et comment ne pas songer à cet autre texte-viol du début du *Rouge et le Noir* que Balzac connaissait si bien : aux portes de Verrières, c'est encore la pauvre économie de montagnes, avec déjà ses scieries archaïques tout près de la toute neuve fabrique de clous de M. de Rénal. L'ÉCONOMIE POLITIQUE ENTRE EN LITTÉRATURE *via* le paysage réaliste. Et justement :

3) L'entreprise de Benassis manifestera l'intervention, dans cette Nature indifférente et, ou hostile, de l'IDÉE. Rousseau déjà, dans sa *Julie*, avait montré qu'il existait une autre possibilité qu'un laisser-faire paresseux lié à l'absentéisme des propriétaires, qui se contentent d'encaisser leurs revenus pour les dépenser à la Ville. Le couple Wolmar, présent sur ses terres, les organise, les modernise, y investit ses capitaux, en commercialise les produits sur le marché moderne (la vigne, dont le produit est « tout industriel », c'est-à-dire dépend d'un savoir-faire élaboré et d'une commercialisation avisée). Benassis va construire une route, un pont, amorcer le désenclavement du village. Il va déplacer une partie des habitants pour les faire échapper aux maladies liées au sous-ensoleillement. Mais pour ce faire il lui faudra lutter contre les pesanteurs administratives *et* contre la passivité sceptique des vil-

lageois semi-animalisés. Il donnera, mais à contre-courant, un coup d'accélérateur à la lutte contre la Nature : rien à voir avec les heureux et bons sauvages qui se contentent de cueillir les fruits. Or, ce coup d'accélérateur suppose qu'on s'élève au-dessus des petites pratiques de survie. Le spontané, c'est, à la limite, l'ABANDON. La rose-épine, c'était bientôt la végétation recouvrant l'humain. On comprend dès lors l'intérêt de cette géographie, d'abord physique puis très vite économique, et en deux temps : 1) économie d'abord balbutiée, 2) économie ensuite PENSÉE de plus haut. Il ne s'agit pas d'annihiler le travail commencé des hommes. Il s'agit de le faire passer à un stade supérieur. Et c'est toute l'idée de Nature qui bascule : la Nature est l'adversaire à vaincre, mais, là où les hommes concrets se sont contentés de ruser et de négocier au plus près, il s'agit de décoller d'un réel qui nous piège : la rose épine est loin...

Conclusion en forme d'ouverture : un roman mythologique

Bilan :

1) Le *Médecin* n'est pas un petit bricolage utopique à la mécanique douteuse et noyé dans du pathos paternaliste. Rien à voir avec la-dame-du-château-qui-fait-le-bien ni avec « le grand propriétaire » (premier titre envisagé des *Paysans*) intelligent qui met en valeur au lieu de gaspiller et qui conforte ainsi sa fortune. « Le grand propriétaire », dans la *Comédie*, sera d'ailleurs l'adversaire des paysans qui lui feront la guerre, et le général Monconnet ne sera qu'un usufruitier non transformateur (*Les Paysans*).

2) Le *Médecin* n'est pas non plus une petite « scène de la vie privée » avec secret d'amour, catastrophe sentimentale puis, malgré quelques efforts, invincible retour de la « faute » et de l'erreur (*La Femme de trente ans*, ou Michel Chrestien amoureux de Diane de Maufrigneuse dans *Les Secrets de la princesse de Cadignan*).

3) Le *Médecin* n'est pas un roman *régionaliste* tout imprégné de souvenirs de voyage, et encore moins d'« origines » étroitement régionales. La preuve : sous une forme un peu et pas mal différente, le sujet « se déplacera » vers le Limousin dans *Le Curé de village*.

4) Et surtout : en dépit du titre, *médecine* et *campagne*, à la différence de ce qui se passera dans *Bovary*, ne constituent pas le double prédicat de l'exercice d'une profession dans un milieu non urbain (« c'est bien bon pour la campagne », dira Charles, à propos de ses houseaux crottés), avec problèmes thérapeutiques spécifiques, socialité de même, etc. (la jambe cassée du Père Rouault et la collecte des factures d'honoraires). *Médecine* et *campagne* ont toute une charge crypto-épique potentielle.

5) Le *Médecin* est un roman *mythologique*, avec grande figure symbolique et signifiante et son rapport au monde. Conscience en actes, Benassis est une sorte de Faust au quotidien entouré d'autres figures à forte charge symbolique elles aussi : Gondrin, Goguelat, la Fosseuse, Taboureau, plus l'interlocuteur privilégié Genestas. Et son itinéraire, de la catastrophe amoureuse à l'utopie puis au retour des fantasmes, balise une grande interrogation sur la vie, la Société, le Réel. Benassis, comme tous les grands personnages mythologiques, est non pas un petit praticien mais un poseur de questions (et n'oublions pas sa force physique, et sa « tête de satyre » — leçon de manuscrit). Et ce n'est qu'illusion significative d'accorder trop d'importance aux discours ponctuels coupés de leur ensemble enveloppant et de leur environnement. De plus, comme tous les grands mythes, Benassis, après avoir *signifié* (Prométhée), *échoue*, laissant la trace de ses angoisses et de ses interrogations. Mais son échec sert de révélateur, et il fait apparaître ce qui était caché dans le quotidien, dans l'historique à la petite semaine et dans le folklore apparent, donc dans l'HISTOIRE. Comme tous les grands héros mythiques, Benassis convoque l'humanité au « tribunal

de sa *volonté* » (*Lorenzaccio*), et (inséparable) de sa *conscience*. Là, il rejoint Chabert et surtout Vautrin, qui dépasse singulièrement son pseudo-modèle Vidocq. Aussi est-il bien différent de tous les acteurs aveugles de la *Comédie*, engoncés dans une pratique sans perspective (Birotteau). Comme Vautrin, il sait « coudre deux idées ensemble », et il propose une autre lecture du monde. Tandis que prospère Rastignac et se fourvoie Lucien de Rubempré, ou s'abîme Raphaël de Valentin (*La Peau de chagrin*), lui, il *signale*. Il est *par-delà*. Et, l'une des preuves, à laquelle on ne songe guère : le *Médecin* (hors ces confessions) est *un roman sans femme(s)*, qu'elle soit de province, abandonnée ou de trente ans, ce qui chez Balzac est assez remarquable. Il n'y a que la femme en allée, effacée, de la *Confession*, et la Fosseuse n'est pas une femme au sens courant. Et Jacquotte, elle, n'est qu'une servante de service. Misogynie du texte ? Plus simplement sans doute : le problème de la femme est ici dépassé en tant que tare de la « civilisation ». Conjointement, disparaît aussi le thème de l'*ambition*, fût-elle légitime (Derville), sans lequel que resterait-il de la *Comédie* ? Dans *Le Curé de village* aussi, l'amour sera derrière Véronique, vieux roman du passé. On sait qu'existe un autre cas de figure : dans les *Treize*, fini les histoires de femmes, on passe aux choses sérieuses avec la conquête du Pouvoir, et, dans le *Lys*, Félix tentera quelque chose de semblable en abandonnant Mme de Mortsauf pour Arabella, moins « femme » que haute figure de la vie parisienne. Il y a là non pas autocastration mais bel et bien dépassement de ce que Vautrin, parlant à Rastignac amoureux, appellera « un tas de choses dans lesquelles vous allez vous embarbouiller ». La femme et l'amour, préhistoire(s) de l'Homme. De quoi dérouter les amateurs et amoureux de romanesque conventionnel et répétitif. Il y a çà et là dans la *Comédie* des hommes pour qui les femmes et l'amour c'est fini, réglé, aboli et — oui ! — *dépassé*.

*

STENDHAL À LA GRANDE-CHARTREUSE
(*Mémoires d'un touriste*)

Au mois d'août 1837, dans le cadre de son tour de France, Stendhal arrive à la Grande-Chartreuse où il passe quelques jours en compagnie d'autres « touristes ». Les femmes ne sont pas admises et doivent aller loger à quelque distance dans une auberge. Stendhal, lui, athée, anticlérical décidé, assiste aux offices et est très impressionné par le cadre, le paysage, la vie des moines-hôteliers, mais aussi leur vie spirituelle, les traditions de l'ordre de saint Bruno : rien à voir avec ces curés et cette Église politique des villes et de la « civilisation ». On appréciera l'impact de la Grande-Chartreuse sur cet esprit et sur cette sensibilité que rien ne préparait à de telles émotions. On notera aussi la fascination exercée sur Stendhal par la retraite *hors du monde (voir* Le Rouge et le Noir, *et* La Chartreuse de Parme*), qui fait contrepoids chez lui à l'autre tentation (illusoire) de la « réussite » dans le monde. Il se rencontre là avec Chateaubriand qui regrettait la disparition des cloîtres avec la Révolution. Mais jamais chez Stendhal n'apparaît la solution utopiste du travail et de l'œuvre vraie à faire comme chez Balzac.*

Le chartreux qui nous parlait ainsi est un fort bel homme de quarante-cinq à cinquante ans ; il porte, comme les autres, une robe de laine blanche ; et, comme il faisait un petit vent assez froid, il ramenait à tout moment le capuchon de sa robe sur sa tête rasée.

Oserai-je l'avouer ? à ce moment j'ai commencé à trouver notre visite assez ridicule. Comment donc ! même abstraction faite de la religion, me disais-je, il ne sera pas permis à de pauvres gens ennuyés du monde et des hommes de fuir leur approche ? Ils cherchent un refuge dans une solitude, à une élévation étonnante, et parmi des rochers affreux ; tout cela ne suffira pas pour arrêter une curiosité indiscrète et cruelle : on viendra voir la mine qu'ils font, on viendra les faire songer aux ridicules qu'ils peuvent se donner, peut-être aux peines cruelles qu'ils cherchent à oublier !

— Mesdames, me suis-je écrié après le départ du père procureur, si vous vouliez m'en croire, vous repartiriez sur-le-champ, vous iriez coucher à Saint-Laurent-du-Pont. Plus vous êtes jeunes et jolies, plus votre présence ici est un manque de délicatesse. [...]

Comme nous rentrions dans l'infirmerie, un coup de tonnerre épouvantable a fait retentir ces rochers nus et ces forêts de grands sapins. Jamais je n'entendis un tel bruit. Qu'on juge de l'effet sur les dames. Le vent a redoublé de fureur, et lançait la pluie contre les fenêtres de l'infirmerie de façon à les enfoncer. Qu'allons-nous devenir si les vitres se cassent ? disaient les dames. Ce spectacle était sublime pour moi. On entendait les gémissements de quelques sapins de quatre-vingts pieds de haut que l'orage essayait de briser. Le paysage était éclairé par une lueur grise tout à fait extraordinaire : nos dames commençaient à avoir une peur réelle. La nuit qui approchait redoublait la tristesse du paysage. Les coups de tonnerre étaient de plus en plus magnifiques. Je m'en allais, je voulais être seul ; les dames m'ont rappelé. [...]

Un moine est venu nous inviter à aller à la prière ; mes compagnons, de fort mauvaise humeur à cause du traitement infligé aux dames, n'ont pas voulu se lever, moi je l'ai suivi. Il faisait un froid perçant le long de ces étroits corridors, quoique à la mi-août.

Rien de singulier et de lugubre comme l'aspect de l'église ; on m'a placé au bas, près de la grande porte. Les Chartreux sont dans des stalles, et ont devant eux une séparation en planches, de quatre pieds de hauteur, de façon que, lorsqu'ils se mettaient à genoux, je ne voyais plus rien. Au milieu du plus profond silence et pendant la méditation, les coups de tonnerre ont recommencé de plus belle. Que j'aurais voulu dans ce moment ne rien savoir de l'électricité ni de Franklin ! [...]

À la messe, au moment de l'élévation, tous les Chartreux tombent sur leurs mains comme emportés par un boulet de canon, et, à cause de cette séparation en planches de quatre pieds de haut dont j'ai parlé, à nos yeux tous disparaissent à la fois. De notre place, au bas de la nef, nous ne voyions plus que le père officiant et le frère qui sert la messe. Sous la Restauration, madame la duchesse de Berry vint à la Chartreuse ; en sa qualité de princesse, elle put entrer au couvent ; on plaça son prie-Dieu et son fauteuil près de la porte : ses dames remarquèrent qu'aucun Chartreux ne tourna la tête pour la voir. [...]

On sait que chaque Chartreux vit seul dans une petite maison isolée : chacun a un jardin qu'il peut cultiver, mais ces messieurs ne les cultivent pas à la Grande-Chartreuse. Ils mangent seuls, excepté les jours de *spaciment* et de fêtes, et il ne leur est permis de parler que ces jours-là. Les Chartreux sont vêtus d'une longue tunique de laine blanche, ils portent par-dessus une dalmatique à laquelle tient un capuchon. Leurs antiques constitutions présentent un vestige bien curieux de l'esprit de liberté et de raison qui domina dans la primitive église, jusqu'à l'époque où les évêques de Rome réussirent à s'emparer du pouvoir absolu. Chaque année, tous les chefs de couvent et le général lui-même donnaient leur démission, mais souvent ils étaient réélus. Ils le furent toujours quand le pouvoir absolu fut à la mode.

Avant 1789, les Chartreux étaient seigneurs féodaux de Saint-Laurent-du-Pont et de plusieurs autres villages ; ils avaient d'immenses propriétés qu'ils cultivaient et gouvernaient avec beaucoup de sagesse. Leur maxime était d'enrichir les fermiers de leurs terres qui se conduisaient bien, mais de ne jamais laisser passer la moindre offense sans une petite punition. Ils distribuaient des vêtements aux paysans pauvres, et quelquefois du pain ; jamais d'argent.

Table des illustrations

Table

DOSSIER

Composition réalisée par NORD COMPO

IMPRIMÉ EN FRANCE PAR BRODARD ET TAUPIN
La Flèche (Sarthe).
LIBRAIRIE GÉNÉRALE FRANÇAISE - 43, quai de Grenelle - 75015 Paris
ISBN : 2 - 253 - 14643 - 9   ✛ 31/4643/8